KB045257

五

나가시노長篠 전투(1575) 병풍도 앞부분.
오다 · 도쿠가와 연합군이 타케다 군을 공격하는 모습.

도쿠가와 이에야스

德川家康

1부 대망 大望

9 혼노사의 변

德川家康

도쿠가와 이에야스

1부 대망 大望

9 혼노사의 변

야마오카 소하치 대하소설

이길진 옮김

솔

『도쿠가와 이에야스』를 바로 읽기 위해

1. 본문 중 °표시가 된 용어는 책 뒤에 풀이를 실었다.
2. 인명과 지명은 원음 표기를 원칙으로 하며, 된소리를 피하고 거센소리로 표기하였다. 단 도쿠가와와 도요토미만은 원음과 차이가 있지만 일반인에게 익숙한 이름이기에 외래어 표기법에 따랐다. 장음은 생략하였다.
3. 인명, 지명 및 고유명사는 처음 나올 때 원어를 병기하였으며, 강과 산, 고개, 골짜기 등과 같은 지명 역시 현지 음대로 카와(가와), 야마(잔, 산), 사카(자카), 타니(다니) 등으로 표기하였다.
4. 성과 이름 중간에 나오는 것은 대부분 관직명과 서열을 나타내는 것인데, 그 당시의 관습에 따라 이름과 혼용하여 쓰이는 경우도 있다. 각 관청 및 관직에 대해서는 부록에서 설명하였다.
   ex) 히라테 나카츠카사노타유 마사히데 → 히라테 마사히데(이름) + 나카츠카사노타유(나카츠카사의 장관), 아마노 아키노카미 카게츠라 → 아마노 카게츠라(이름) + 아키노카미(아키 지방의 장관)
5. 시간과 도량형은 센고쿠 시대에 쓰던 것을 그대로 따랐으며, 역시 부록에서 설명하였다.

차례

《혼노 사의 변》

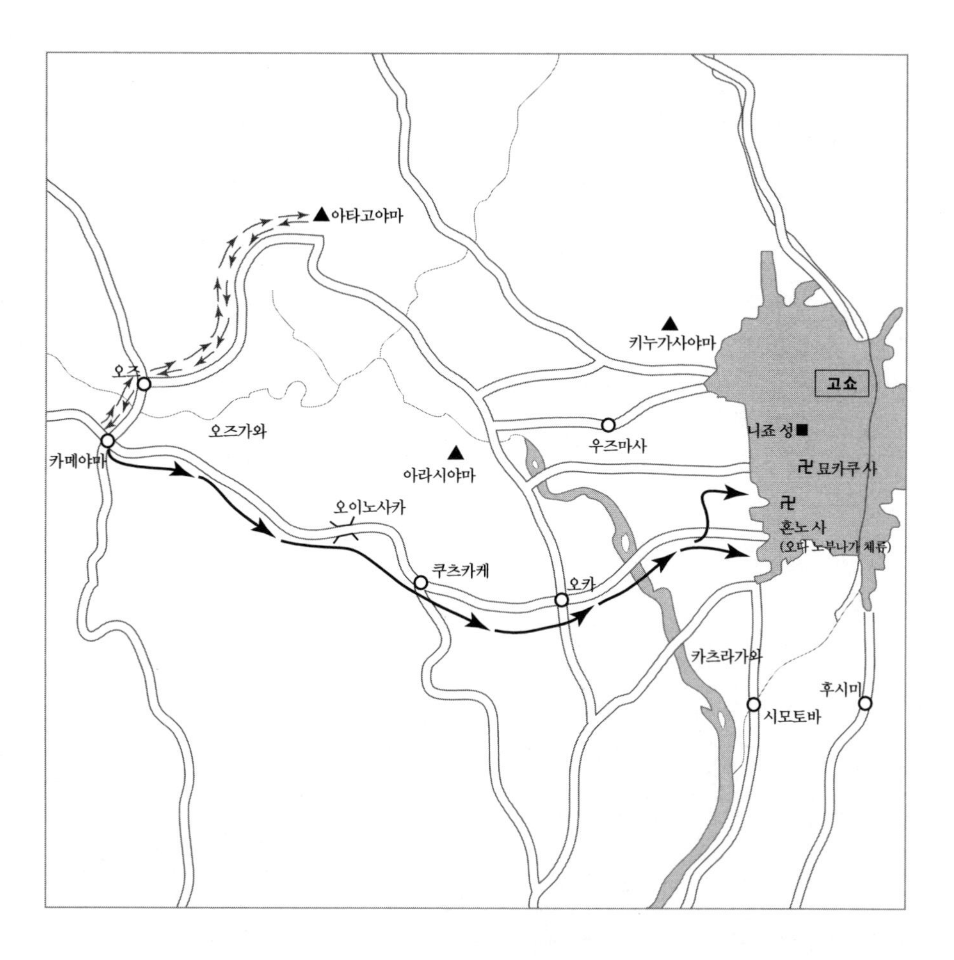

→ ········ 아케치의 행보

→ ········ 아케치 군의 진출로

채찍소리

1

노부야스信康는 그날도 새벽에 자리를 박차고 마장馬場으로 나갔다.

아버지 이에야스家康도 할아버지 히로타다廣忠도 매일 아침 말을 달렸던 이 오카자키 성岡崎城의 마장에는 오래된 벚나무가 울창하게 자라고 서로 겹쳐 있는 푸른 잎이 아침 안개 속에서 산맥처럼 보였다.

한쪽 어깨를 벗어부친 노부야스는 그 주위를 질풍같이 달리면서 때때로 말의 목에 내비친 땀을 내려다보곤 했다. 뜻하지 않은 아야메의 죽음 뒤 노부야스는 오로지 무예를 연마하는 데에만 온 마음을 쏟고 있었다. 아니, 그 사이에 한때는 마침 유행하고 있던 춤에 빠진 적도 있었으나 그것도 노부야스로 하여금 자신을 잊게 하지는 못했다.

언제나 어딘가에서 아야메가 쓸쓸히 자기를 바라보고 있었다.

'바보 같은 아야메, 그대는 왜 죽었는가.'

마음속에서 부르면 아야메는 묵묵히 고개를 가로저을 뿐이었다.

노부야스도 요즘에는 자기 나름대로 아야메의 죽음을 해석하게 되었다.

아야메는 무엇보다도 노부야스와 토쿠히메德姬의 불화를 두려워했다. 자기 때문에 부부간에 불화가 생기면 오다織田 가문이나 도쿠가와德川 가문에 미안한 일이라고 소심하고 선량한 아야메가 생각하고 있을 때 츠키야마築山가 키쿠노菊乃라는 처녀를 데려왔기 때문에 노부야스의 사랑이 다른 데로 옮겨가기 전에 죽음을 택한 것이다…… 이렇게 해석하고 있었다.

그 이후 노부야스는 토쿠히메와의 화합을 생각했다. 마음 어딘가에 그렇게 하는 것이 아야메의 명복을 비는 일이라는 기분이 작용하고 있었는지 몰랐다.

키쿠노는 토쿠히메 밑에서 어느새 열여섯 살이 되었다.

"사부로, 아직까지도 아들을 낳지 못하는 토쿠히메에게 왜 그리 미련을 갖고 있어?"

어머니 츠키야마는 이것이 못마땅하여 때때로 찾아와서는 토쿠히메에게 들으라는 듯 말을 던지고 돌아갔다.

노부야스는 웃음으로 넘겨버렸다. 당사자인 키쿠노가 완전히 토쿠히메의 시녀가 되어 만족하고 있는 탓이기도 했다.

화합이란 참으로 불가사의한 것이었다. 노부야스가 토쿠히메에게 마음을 기울였을 때 토쿠히메 또한 믿을 수 없을 정도로 깨끗이 응어리를 풀어버렸다.

"성주님, 용서하십시오…… 저는 성주님을 증오한 일이 있어요."

잠자리에서 생각난 듯 사죄하는 토쿠히메가 지난날의 아야메보다 더 순진한 여자로 보이기도 했다.

'나는 무장의 아들이 아닌가. 절대로 곁눈질은 하지 않겠다. 아직 여러 면에서 아버지보다 뒤져 있다.'

이렇게 생각하고 술을 삼가면서 밤에는 무용담에 열중하고, 낮에는 혹독한 훈련에 몰두하는 노부야스였다.

노부야스는 지쳐 헐떡거리는 말을 내려다보다가 달리기를 멈추고 훌쩍 땅에 뛰어내렸다.

"이런 허약한 녀석, 아직 얼마 달리지도 않았어……"

말의 목을 두드리며 말하고 있을 때, 역시 말을 탄 히라이와 치카요시平岩親吉가 마장으로 들어서는 모습이 보였다.

하늘은 맑게 개어 머리 위에 푸른 하늘이 펼쳐지고, 땀으로 흠뻑 젖은 살결을 시원한 바람이 쓰다듬고 지나갔다.

2

"성주님, 아주 열심이시군요."

치카요시가 말에서 내리며 다가왔다.

"오, 이 밤색 말은 아직 힘이 모자라는 것 같아. 치열한 전쟁터에선 쓸모가 없겠어. 물론 아직 어린 탓이겠지만."

노부야스는 돌아보지도 않고 땀에 젖은 말의 앞다리를 문질러주면서 말을 이었다.

"강으로 데려가 씻어주어야겠어."

"성주님……"

"왜 그러나? 나중에 이 녀석의 위턱에 소인燒印을 찍어주게. 혈통은 좋아. 명마가 될 소질은 있어."

"성주님……"

치카요시는 다시 한 번 부르고 말을 잇지 못했다.

"볼일이 있는 모양이군, 치카요시. 스루가駿河에 출전이라도 하게 됐나?"

노부야스의 눈길이 자기에게 향하자 치카요시는 무언가를 결심한 듯이 말했다.

"아니, 좀 마음에 걸리는 소문을 들어서."

"마음에 걸리는 소문이라니?"

"그 일로 제가 지금부터 하마마츠浜松에 다녀오려고 합니다. 성주님…… 성주님은 혹시 사카이 타다츠구酒井忠次 님에게 원한을 사신 일이 없습니까?"

"사에몬노죠左衛門尉에게 원한을…… 그런 일은 없어. 진중에서의 말다툼은 언쟁에 속하지도 않아. 서로 자기 주장이 옳다고 생각해 다투는 것은 전략회의에서는 흔히 있는 일이지."

말하다 말고 노부야스는 무슨 생각이 떠올랐는지 싱긋 웃었다.

"아, 그 오후쿠阿福의 일 말이로군."

"오후쿠의 일이라니 그게 무엇입니까?"

"그대는 모를 거야. 토쿠히메가 데리고 있던 오후쿠 말일세. 타다츠구가 그녀를 달라는 것이었어. 토쿠히메는 내 허락도 없이 타다츠구에게 주겠다고 약속하고 요시다 성吉田城으로 데려가게 했던 거야. 토쿠히메는 자기에겐 키쿠노가 있을 뿐 아니라 오후쿠는 서른 살이나 되었기 때문에 이대로 두면 가엾다는 생각이 들었던 거지. 나는 왜 내 허락도 받지 않고 그랬느냐고 타다츠구와 토쿠히메를 꾸짖었어. 내가 그렇게 한 것은 까닭이 있어서야. 키쿠노는 어머니가 나에게 떠맡기려고 데려온 여자, 그 여자를 자기가 데리고 있을 생각에서 오후쿠까지 내보냈다고 나중에 어머니가 토쿠히메를 꾸짖을 것 같아서 미리 내가 꾸짖고 용서해주는 것으로 끝낼 생각이었지. 그것은 타다츠구도 잘 알고 있을 거야. 그런데 도대체 이 소문을 어디서 들었나?"

치카요시는 고개를 갸웃했다.

"그렇다면 원한이라고 할 것까지도 없겠군요."

"당연하지. 타다츠구는 아버지의 중신, 내가 그런 사람과 다투려 할

리가 없지 않아? 그게 대관절 어떻다는 말인가?"
"성주님! 놀라지 마십시오."
"무슨 소릴 하는 게야. 나는 그렇게까지 간이 작지 않아."
"아즈치安土로 옮긴 우다이진右大臣(노부나가) 님으로부터 작은 성주님을 자결케 하라고 하마마츠의 성주님께 지시가 내렸다고 합니다."
"뭐……?"
노부야스는 비로소 말에서 손을 떼었다.
"나에게 자결을…… 아즈치의 장인이 무엇 때문에? 말도 안 되는 소리야, 치카요시."
노부야스는 전혀 믿으려 하지 않았다.
"그것과 타다츠구가 무슨 관계가 있다는 거야? 그 늙은이가 그대를 속이기라도 했다는 말인가?"
너무나 밝은 표정으로 반문하는 바람에 치카요시는 그만 고개를 돌리고 숨을 죽였다. 그에게 이번 일을 은밀히 알려온 것은 혼다 사쿠자에몬本多作左衛門이었다.

3

"성주님, 농담이 아닙니다. 저는 지금 바로 큰 성주님을 찾아뵈려 합니다. 성주님께서도 유념하고 계십시오."
치카요시의 목소리는 기어드는 것 같았다.
노부야스는 아직도 믿을 수 없다는 표정으로 반쯤 웃고 있었다.
"어제 사에몬노죠 타다츠구 님이 변명을 하기 위해 이 오카자키를 지나 아즈치로 갔을 것입니다. 타다츠구 님이 여기 들렀는지 어쨌는지는 알 수 없으나, 만일 들르지 않고 갔다가 올 때도 들르지 않고 곧바로 하마마츠로 돌아갔다면 변명이 통하지 않은 줄 알라……는 것이 혼다 사쿠자에몬 님의 말이었습니다."

"뭣이, 어제 타다츠구가 이 아즈치로 갔어?"

"예. 들르지 않고 그대로 지나갔습니다."

노부야스의 얼굴에 비로소 불안한 기색이 떠올랐다.

"그럼, 누가 나에 대한 것을 장인에게 일러바치기라도 했다는 말이냐, 치카요시?"

"제가 곧 하마마츠에 가서 자세한 사정을 큰 성주님께 여쭈어보려고 합니다. 그때까지는 전혀 내색하지 마시고 성주님 혼자 가슴에 담아두십시오."

"그렇구나, 그런 일이 있었구나……"

"부디 자중하시기 바랍니다."

노부야스는 고개를 끄덕이고 시동을 불러 말고삐를 건넸다.

"내가 장인께 다른 마음이라도 품은 줄 알고 그러는 것일까?"

치카요시는 그러나 이 말에는 대답하지 않고 눈길을 내리깔고 인사한 뒤 그대로 자기 말을 끌고 사라졌다.

노부야스는 잠시 눈앞에서 흔들리는 푸른 잎을 바라보고 있었다.

이미 해는 지평선 위로 떠올라 따갑게 햇볕을 내려쬐기 시작했다. 노부야스는 걸음을 옮겼다.

'내가 비위를 건드리기라도 한 것일까……?'

승마를 하고 난 뒤에는 활터로 가는 것이 일과였으나 오늘은 전혀 그럴 마음이 없었다.

노부야스는 해마다 더 울창해지는 본성 주위의 솔밭 사이를 지나서 내실과 현관 사이에 만들게 한 휴게실로 들어갔다. 시동이 가져온 차를 한 모금 마시고 곧 찻잔을 내려놓았다. 혹시 토쿠히메가 사정을 알고 있지 않을까 하는 생각이 그제야 떠오를 정도로 노부야스는 당황하고 있었다.

토쿠히메는 아직 아침 식사를 하지 않고 있었다. 시녀가 가져온 밥상이 옆방에 그대로 놓여 있고, 그녀는 머리 손질을 하고 난 뒤 손썻을 물을 앞에 놓고 있었다.

"어머, 이렇게 어질러져 있는데……"

노부야스의 모습을 본 토쿠히메는 얼른 시녀에게 치우라는 눈짓을 하고 두 딸에게 부드럽게 명했다.

"절해야지."

맏딸은 햇수로 다섯 살, 둘째딸은 세 살이었다.

노부야스는 아이들에게 고개를 끄덕하고 자리에 앉았으나 무슨 말부터 해야 할지 막막하기만 했다. 토쿠히메에게는 조금도 어두운 기색이 없었다. 최근의 화목한 부부관계에 만족하여 동작 하나하나가 밝기만 했다.

"무슨 일이 있었습니까? 안색이 안 좋으신 것 같습니다마는."

드디어 토쿠히메도 노부야스의 표정이 다른 때와는 달리 흐려 있다는 것을 깨달았다.

"얘들아, 너희들은 저리 가서 놀아라. 성주님, 무슨 근심이라도?"

"그대는 아무것도 모르는 모양이군."

"아무것도라니…… 무슨 일인지요?"

토쿠히메는 의아하게 여기고 노부야스를 쳐다보며 물었다.

4

노부야스는 얼마 동안 물끄러미 토쿠히메를 바라보다가 물었다.

"아즈치의 장인이 이 노부야스에게 몹시 화를 내고 계시다는 말을 들었어."

자결이라는 말 대신 화를 낸다고 하고, 한번 길게 숨을 쉬었다.

"그대는 생각나는 것이 없나?"

목소리를 낮추었다.

"아즈치의 아버지가……?"

토쿠히메는 고개를 갸웃하고 먼 곳을 바라보는 표정이 되었다.

"오래 전에는 이런저런 불만 비슷한 편지를 썼으나 별로 회답다운 회답도 보내오지 않았어요. 그래서 이 년 가까이 그쪽에다가는 글을 쓰지 않았어요."

"그쪽으로부터 아무 말도 못 들었다는 말이지?"

"예. 몹시 화를 내시다니, 무슨 말씀이 있었나요? 제 힘으로 해결될 일이라면 곧 사람을 보내겠어요."

"그래……?"

노부야스는 잠시 생각하다가 말했다.

"괜찮아, 걱정할 것 없어."

그러면서 시녀가 가져온 찻잔에 손을 내밀었다.

아직 자세한 내막은 잘 모른다. 타다츠구가 변명하기 위해 떠났다고 하고, 또 치카요시는 사정을 알아보기 위해 하마마츠로 달려갔다. 그동안 아무것도 모르는 토쿠히메를 놀라게 한다면 도리어 일이 어려워진다고 스스로를 억제했다.

"마음에 걸립니다. 좀더 자세한 사정을 알려주세요."

"아직 자세한 사정은 몰라. 아니, 염려할 것 없어."

토쿠히메가 아무것도 모른다는 것이 노부야스에게는 크게 다행스런 일이었다.

"지금 치카요시가 자세히 알아보기 위해 하마마츠로 떠났어. 돌아오면 다시 말해주지. 날씨가 점점 더워지고 있으니 아이들을 잘 돌보아주도록."

차를 마시고 나서 노부야스는 곧 휴게실로 돌아왔다. 오래 마주앉아 있기가 왠지 답답하여 견딜 수 없었기 때문이다.

"노나카 시게마사野中重政를 이리 불러라."

거실로 돌아온 노부야스는 밥상 앞에 앉았다. 그리고는 옆에 있는 시동에게 명했다.

'입맛이 있을까……?'

스스로 자문해보고 노부야스는 저도 모르게 얼굴을 무너뜨리고 웃었다. 아직 노부나가信長가 무엇을 생각하고 있는지, 아버지가 무엇 때문에 고민하고 있는지 모르기 때문일 것이다. 식사는 여전히 두 공기를 비워도 세 공기를 먹어도 맛이 있었다. 네 공기를 비우고는 웃으면서 상을 물렸을 때 노나카 시게마사는 이미 옆방에 와서 식사가 끝나기를 기다리고 있었다.

"부르셨다고 해서……"

"오, 시게마사. 오늘도 역시 무더울 것 같아."

"예. 저 매미소리를 듣기만 해도 저절로 땀이 흐르는 것 같습니다."

"음, 그러고 보니 매미 우는 소리가 들리는군. 침착한 줄 알았는데 역시 나는 아직 미숙한 모양이야."

"무슨 말씀입니까, 미숙하시다니요?"

"저어, 사실은 치카요시가 오늘 아침 일찍 하마마츠에 갔어."

"출전에 관한 일을 상의하기 위해서입니까?"

"아니, 묘한 일이 생겼네. 하마마츠의 사쿠자에몬이 소식을 전해온 모양이야."

"허어, 무슨 소식이?"

"나더러 자결하라고 아즈치의 장인이 요구해왔다는 것일세……"

시게마사의 표정이 갑자기 어두워졌다.

5

"그게 무슨 말씀입니까, 우다이진 님이 성주님께?"

시게마사가 깜짝 놀라 반문하고, 노부야스는 웃으면서 고개를 끄덕였다.

"나에게는 아무것도 짚이는 게 없어. 아마 무슨 오해 때문일 테지. 하마마츠에서 사카이 타다츠구가 변명하기 위해 아즈치에 갔다는군."

시게마사는 노부야스를 빤히 쳐다본 채 잠자코 있었다.

"그래서 말인데, 시게마사."

"예."

"타다츠구가 돌아오는 길에 이 성에 들르면 모든 것이 밝혀질 테니, 그대가 누군가를 내보냈으면 좋겠어."

"사에몬노죠 님을 기다리라는 말씀입니까?"

"기다려도 소용없다는 표정이로군, 그대는."

"어째서 큰 성주님이 사에몬노죠 님을 보내셨는지……"

"시게마사!"

"예."

"그대에게는 뭔가 짚이는 게 있는 모양이군."

"예. 전혀 없지는 않습니다."

"이 노부야스에게 어떤 의혹을 살 만한 일이라도 있었단 말인가?"

"그렇습니다."

시게마사는 작은 소리로 대답하고 고개를 떨어뜨렸다.

"허어, 그것이 알고 싶군. 무엇인가?"

"츠키야마 마님이 코슈甲州와 내통한 일입니다."

"그런 말은…… 그것은 말할 필요 없어. 이미 지나간 일, 오래 전의 일 아닌가."

"그 오래 전의 일이 다시 살아났습니다. 나가시노長篠 전투 이후 한동안 잠잠하던 카츠요리勝頼가 다시 활발하게 움직이기 시작했습니다."

"으음."

"성주님! 그 밀서가 모두 우다이진 님의 손에 들어갔습니다."

"설마, 그럴 리가……"

"당연히 그럴 리가 없기를 바라시겠지만, 츠키야마 마님이 보관했던 밀서는 시녀인 코토죠琴女와 내전에 있는 키노喜乃 자매가 죽은 코지쥬小侍従를 통해 그 내용을 낱낱이 기후岐阜에 보냈다는 단서가 있습니다."

이번에는 노부야스가 침묵했다. 지금까지 자기 혼자만의 일이라 생각하고 있었는데, 어머니에게도 영향이 미치게 될 것 같았다.

"그럼, 어머니의 내통에 이 노부야스도 가담했다는 혐의란 말인가?"

"아니, 그렇다고는 생각되지 않습니다."

노나카 시게마사는 천천히 고개를 가로저었다.

"앞으로 내통할 우려가 있다……고 생각하기 때문일 것입니다."

"뭐, 앞으로 내통할 우려가 있다니, 말도 안 되는 소리."

"마님은 아직도 오다가 원수라고 작은 마님 앞에서 공공연히 말씀하고 계십니다. 그 밀서에는 오다와 도쿠가와 양가를 멸망시킨 후에는 카츠요리가 성주님에게 오카자키 성 외에 오다의 영지 한 곳을 주겠다는 내용이 씌어 있다고 합니다. 그러니 모두 한통속이라고 주장할 수도 있지 않겠습니까?"

노부야스는 다시 침묵했다. 사실 어머니는 아직 노부야스 앞에서도 오다 가문에 대한 매도를 그치지 않고 있었다. 그 증오를 잘 알 수 있었고, 아무 힘도 없는 어머니이므로 못 들은 체하고 있었는데, 어쩌면 그것이 끔찍할 수 없는 불행을 초래했는지도 몰랐다.

"나는 그런 어머니의 아들이었구나……"

추녀 바로 밑에서 다시 매미 한 마리가 요란하게 울기 시작했다.

6

"실은 그밖에도 또 마음에 걸리는 것이 있습니다."

노나카 시게마사는 푹 고개를 숙이고 있는 노부야스에게 비통한 듯 얼굴을 돌리고 말을 계속했다.

"……다름이 아니라, 사카이 사에몬노죠 님은 마음속으로 츠키야마 마님을 무척 경계하고 있다고 합니다."

"물론 그럴 테지."

"작은 성주님도 아시리라 생각합니다. 사에몬노죠 님이 마님을 가리켜, 언젠가는 도쿠가와 가문에 치명적인 화근을 가져오게 할 사람……이라고 우리에게 말한 것이 한두 번이 아닙니다. 그런 사에몬노죠 님이 변호를 하기 위해 갔다면……"

"그만, 됐어."

노부야스는 더 이상 참지 못하고 시게마사의 말을 중단시켰다.

"어쨌든 타다츠구와 치카요시가 돌아올 때를 기다릴 수밖에 없겠어. 하지만 시게마사, 그대도 알다시피 이 노부야스는 아버지를 배반하고 타케다武田 군에 내응할 생각 따위는 전혀 갖고 있지 않아. 나는 반드시 이런 내 마음을 직접 아버지와 장인에게 말하겠어. 그러니 괜한 걱정으로 일을 그르치지 말게."

"깊이 명심하겠습니다……"

"좋아, 그만 물러가게."

시게마사는 노부야스의 볼에서도 입술에서도 핏기가 가신 것을 보고 예사 일이 아니라 생각했다.

"작은 성주님도 과히 심려하지 마십시오."

그러면서도 웃는 낯을 짓지 않고는 일어설 수 없었다.

"이 시게마사가 직접 사에몬노죠 님이 돌아올 때를 기다렸다가 낱낱이 사정을 알아보겠습니다."

노부야스는 대답 대신 빤히 허공을 노려보며 무언가를 생각하고 있었다.

오카자키 성에는 표면상 조용한 날이 며칠 동안 더 계속되었다. 이미 가신들은 모두 그 소문을 듣고 어떻게 될 것인지 숨을 죽이고 있었다. 다만 츠키야마와 토쿠히메에게만은 아무도 그 말을 전해주는 사람이 없었다.

"오늘도 마님은 작은 마님을 찾아가 성주님께 소실을 두게 하라고 강요하셨다는군."

대기실에서 흘러나오는 말을 들으면서 성을 나온 노나카 시게마사는 가도를 따라 야하기矢矧의 큰 다리 부근까지 갔다. 아침에 비가 그쳤으나 아직 길은 젖은 채로 있었다.

초소에 다다르자 아시가루足輕°가 시게마사의 말을 맡으면서 보고했다.

"조금 전에 오쿠다이라 쿠하치로 노부마사奧平九八郎信昌 님이 아즈치에서 하마마츠로 가신다며 큰 소리로 외치고 지나가셨습니다."

"뭐, 오쿠다이라 님이……? 혼자더냐?"

"예. 종자 두 명에게 서둘러 말을 끌게 하시고."

"그래……?"

시게마사는 크게 실망하면서 걸상에 주저앉았다.

오쿠다이라 노부마사가 혼자서 먼저 돌아온다는 것은 흉보凶報나 다름없었다. 노부마사는 긴박한 사태를 한시바삐 이에야스에게 보고하기 위해 서둘러 돌아온 것이 분명했다.

'사에몬노죠도 오카자키에 들르지 않을 것이다……'

시게마사의 불안은 적중했다.

노부마사보다 2각刻(4시간) 정도 늦게 말을 달려온 타다츠구는 다리의 초소에서 시게마사의 모습을 발견하고 얼굴빛이 변했다. 시게마사가 노부야스의 명으로 자기를 죽이러 나온 것이 아닐까 하고 생각한 모양이었다.

"시끄럽게 굴면 안 돼. 급한 길이어서 그대로 하마마츠로 돌아간다. 하마마츠에서 추후에 지시가 내릴 것이니 조용히 있도록 하게."

시게마사의 말 따위는 들으려고도 하지 않고 가도를 따라 동쪽으로 달려갔다.

7

히라이와 시치노스케 치카요시平岩七之助親吉는 계속 하마마츠 성에 머물면서, 아즈치에 간 사카이 사에몬노죠 타다츠구와 오쿠다이라 쿠하치로 노부마사가 돌아오기를 기다리고 있었다.

그 무렵 코슈 군은 도쿠가와 군을 쉽게 무찌를 수 없다는 것을 알고 일단 스루가에서 철수해 있었다. 이에야스는 그 기회를 재빨리 포착하고 즉시 오다와라小田原의 호죠北條에게 밀사를 보냈다. 그리고 이마가와今川의 옛 영지를 호죠와 도쿠가와 두 가문이 배분하자는 외교교섭을 시작했다.

이러한 때 오다 가문과의 사이에 큰 위기가 닥치려 하고 있었다. 이럴 때 혹시 카츠요리가 노부야스를 노린다면 어떻게 할 것인가. 마음의 고통을 참아가며 대책을 강구하는 이에야스가 치카요시에게는 한없이 슬프게 여겨졌다.

오늘도 여러 가지 지시를 내리고, 돌아온 첩자의 보고를 듣는 등 이에야스의 거실에는 아침부터 접견하는 자들이 잇따르고 있었다.

접견객이 뜸해지기를 기다렸다가 치카요시는 다시 이에야스 앞으로 나갔다.

"성주님, 아직 마음을 결정하시지 못했습니까?"

이미 계절은 음력 7월 보름이 지났으며, 올해의 더위는 특히 유난스러웠다. 살이 찌기 시작한 이에야스의 목덜미에는 땀띠가 빨갛게 돋아 있었다.

"시치노스케로군."

겨우 바쁜 일이 끝났다는 듯 이에야스는 가슴의 땀을 닦으면서 시동들을 물러가게 했다. 노부야스의 일에 관한 한 아직 표면적으로는 가신들에게 아무 말도 하지 않고 있는 이에야스였다.

"사에몬노죠의 귀성이 늦어지는 것으로 보아 일이 잘 되지 않은 듯합니다. 성주님, 이렇게 된 이상 부디 이 치카요시의 부탁을 들어주시기 바랍니다."

"잠시 기다리게. 지금 땀을 닦고 있는 중일세."

그러면서 이에야스는 진지하게 말했다.

"그대도 불운을 만나 불쌍하게 됐어."

치카요시는 타다츠구와 노부마사가 확실하게 노부야스의 구명救命을 거절당하고 돌아오기 전에, 자기 목을 걸고 혼다 사쿠자에몬이나 이시카와 이에나리石川家成를 노부나가에게 파견하라고 거듭 청하고 있었다.

"우다이진 님의 의혹이 비록 여러 조항에 달한다 해도 그것은 젊은 이에게는 흔히 있을 수 있는 과오. 이 모든 것은 사부師傅 역할을 해온 제 죄입니다. 아무리 우다이진 님이라도 이 치카요시의 목을 보신다면 군이 작은 성주님의 목숨까지는 원하지 않을 것입니다. 때를 늦추어서는 안 됩니다. 부디 제 청을……"

"시치노스케."

이에야스는 땀을 닦고 나서 머리를 조아리고 있는 치카요시에게서 눈길을 떼며 가볍게 말했다.

"나는 그대의 할복을 허락하지 않기로 했네."

"예? 그것은 어째서입니까?"

"나는 무장일세. 나를 위해 목이 잘린 사람, 목숨을 잃은 사람이 수없이 많아. 알겠나, 시치노스케…… 그러한 내가 자식의 목숨을 구하기 위해 여섯 살에 인질이 되었을 때부터 아츠타熱田, 슨푸駿府 등지에서 고락을 같이한 그대에게 할복하라고 한다면 내일부터는 신불神佛에게 기도도 드릴 수 없어. 용서해주게. 그대의 뜨거운 마음에 두 손 모아 울고 있는 이 이에야스…… 더 이상 무리한 청은 말게."

치카요시는 그만 온몸을 떨며 흐느끼기 시작했다.

8

"성주님! 이 치카요시는…… 성주님을 원망합니다."

치카요시는 어린아이처럼 계속 흐느꼈다.

"성주님은 아직 이 치카요시의 마음을 모르십니다!"

"알고 있어. 알고 있어서 허락하지 않는 거야."

이에야스는 가만히 눈을 누르고 얼굴을 돌렸다.

"아니, 모르십니다! 저는 그것이 원망스럽습니다! 여섯 살 때부터 곁에서 모셨고, 지금은 소중한 적자嫡子의 양육까지 맡고 있습니다…… 이 치카요시의 마음은 구석구석까지 성주님께 통하는 줄 알고 있었는데, 정말 원망스럽습니다. 성주님! 이 치카요시는 단지 충의나 의리 때문에 이런 말씀 드리는 것이 아닙니다. 마음으로부터 성주님을 흠모하고 있습니다. 그러므로 어떠한 어려움도 고통이 아니었습니다. 언제나 기쁨이었습니다…… 성주님은 이 치카요시의 말을 단순히 충의와 의리 때문이라 생각하시고 도리어 저를 위로하려 하십니다. 위로받고 기뻐할 치카요시가 아닙니다…… 성주님! 성주님은 사부로三郎(노부야스) 님에 대한 이 치카요시의 마음도 모르십니다. 만일 사부로 님이 자결하게 되신다면 그 후에도 이 치카요시가 과연 뻔뻔스럽게 살아 있을 수 있겠습니까?"

"시치노스케, 닥치지 못하겠나!"

"아니, 그럴 수 없습니다. 성주님만은 제 마음을…… 이렇게 믿고 살아온 치카요시의 마음에서 등불이 꺼졌습니다. 침묵할 수 없습니다. 이 치카요시는 몇 번이라도 말하겠습니다. 성주님을 원망한다고."

이번에는 이에야스가 입술을 깨물고 무섭게 어깨를 떨었다.

"시치노스케, 입을 다물지 않으면 더 이상 용서치 않겠다."

"그래도 무섭지 않습니다. 이 치카요시는 사부로 님에 앞서 떠돌이 무사가 되어 아즈치의 성문 앞에서 할복하고 내장을 꺼내 문에 뿌리고 죽겠습니다. 그러지 않으면 이 분통이 가라앉지 않습니다."

"닥쳐!"

다시 이에야스는 일갈했다.

"흥분하지 마라, 시치노스케. 그대의 마음은 거울에 비친 것처럼 잘 알고 있어. 그래서 할복을 허락하지 않겠다는 거야. 그걸 이해하지 못한단 말인가!"

"이해할 수 없습니다."

"고집스런 녀석. 처음부터 고개를 흔들지 말고 내 말을 다시 한 번 잘 곱씹어보아라. 알겠나, 나는 무장이야. 평화를 바라고 정의를 내세우면서 많은 사람을 죽여왔어…… 그러한 내가 자식 사랑에 못 이겨 모든 사람이 가문의 기둥임을 인정하는 그대를 일부러 죽게 할 것이라 생각한단 말인가? 그대가 죽고 나서 노부야스도 할복하게 된다면 도대체 나는 어쩌라는 말인가? 이에야스는 살인죄조차 깨닫지 못하는 무도한 자, 자기 자식을 살리기 위해 혈안이 되어 소중한 중신을 죽게 했을 뿐만 아니라 자기 자식까지 잃은 경박하기 짝이 없는 자…… 사람들이 비웃지는 않을지 모르나, 그런 경박한 자에게 신불의 가호는 있을 수 없다고 내 마음이 흔들리기 시작하면 어떻게 되겠는가? 이 이에야스는 사람을 죽이기 위해 이 세상에 태어난 죄업罪業의 덩어리로 전락한다는 것을 모르겠는가?"

"……"

"시치노스케! 그대는 나를 흠모한다고 했다. 사부로에 대한 그대의 마음까지 알면 알수록 더욱 그대를 할복하게 할 수 없는 내 마음을 알아주길 바란다."

"……"

"이보게, 시치노스케. 신불이 이 이에야스를 버리기 전에는 그대가 먼저 죽어서는 안 돼!"

치카요시는 여전히 찌를 듯한 눈으로 이에야스를 쳐다보고 있었다.

9

"그대는 아직 하고 싶은 말이 남아 있는 모양이군."

이에야스는 치카요시의 부릅뜬 눈을 바라보고 한숨을 쉬었다.

"나는 허락하지 않겠어. 그대는 응석을 부리고 있는 거야. 세상이 얼마나 매정하고 가혹하다는 것을 잘 알고 있으면서도 이 이에야스에게 응석을 부리고 있어. 시치노스케, 나는 응석을 부릴 상대조차 없어…… 다시는 그런 말 하지 말게."

시치노스케 치카요시는 잠자코 이에야스를 노려보고 있었다. 그러나 이윽고 깊이 고개를 떨어뜨렸다.

'나는 정말 성주님께 응석을 부렸던 것일까.'

갑자기 지금까지와는 다른 슬픔이 가슴에 치밀어올랐다.

'죽음보다도 더 괴로운 삶이 있다는 것을 잊어버리고 있었다……'

"성주님! 그럼 성주님은 사부로 님을 이대로 버릴 결심을 하셨다는 말씀입니까?"

이에야스는 가만히 고개를 저으며 대답했다.

"나는 말일세, 노부나가 님의 지시를 기다리기 전에 자진해서 사부로를 처단하게 될지도 몰라. 나는 누구의 지시도 받지 않겠어……"

"자진하여 처분하시다니요?"

"그것은 묻지 말게, 앞으로 알게 될 것일세. 그보다도 자네는 곧 오카자키에 가서 가신들이 동요하지 않도록 힘써주지 않겠나?"

치카요시는 그 이상 더 할말이 없었다. 누구의 지시도 받지 않겠다고 한 이에야스의 마음을 어렴풋이 짐작할 수 있었기 때문이다.

오쿠보 헤이스케大久保平助가 오쿠다이라 노부마사 혼자 돌아왔다는 보고를 한 것은 그때였다.

이에야스는 가볍게 고개를 끄덕였다.

"노부마사의 안색은?"

헤이스케에게 물었다. 헤이스케는 그 말을 듣고 자기 얼굴이 창백해졌다는 것을 깨달았다.

"황송합니다마는 이 헤이스케의 낯빛과 똑같습니다."

"그래? 그렇다면 일은 결정된 거야."

심각한 표정으로 말했다.

"알겠어. 노부마사에게 수고가 많았다고, 다시 부를 때까지 좀 쉬라고 해라. 그리고 시치노스케는 즉시 오카자키로 돌아가도록. 혼다 사쿠자에몬에게는 내가 지시한 것이 준비되었거든 이리 오라고 일러라."

헤이스케가 절을 하고 나가자 히라이와 시치노스케 치카요시도 얼른 물러갔다.

치카요시는 바로 오쿠다이라 쿠하치로를 찾아가 무언가 알아내려는 것이 분명했다. 알면서도 이에야스가 굳이 제지하지 않은 것은, 이미 치카요시는 무슨 말을 들어도 일을 그르치지는 않을 것이라 믿었기 때문이다.

혼자 남은 이에야스는 사방침을 앞으로 돌려놓고 그 위에 천천히 턱을 괴었다.

열어젖힌 정원에서 시끄러운 청개구리 울음소리가 들려왔다. 비가 내릴 징조이기라도 한 것일까. 싸리꽃이 미풍에 날리고, 땅의 이끼가 단풍든 것처럼 고왔다.

"그래, 역시 결말이 난 것이다……"

이에야스는 다시 한 번 자신에게 다짐하듯 중얼거리고 조용히 눈을 감았다.

눈물이 말라 눈동자가 따가운데, 쿠하치로 노부마사의 창백한 얼굴이 분명하게 떠올랐다. 아마 쿠하치로는 타다츠구의 변호가 마땅치 않아 타다츠구보다 한발 먼저 성에 돌아와 그 뜻을 이에야스에게 전하려는 것이 틀림없었다. 이에야스는 그 말을 듣기가 괴로웠다.

10

결과가 좋았다면 두 사람이 따로따로 돌아올 리가 없었다. 쿠하치로 노부마사의 보고를 듣고 그런 사실을 확인하는 것도 이에야스로서는 견딜 수 없는 일이었다.

이윽고 오쿠보 헤이스케와 혼다 사쿠자에몬이 반쯤 조는 듯한 표정으로 들어왔다.

"혼다 님이 오셨습니다."

헤이스케는 이렇게 말하고 물러났으나 이에야스는 아직 눈을 뜨려 하지 않았다.

"성주님, 졸고 계십니까?"

"……"

"오쿠다이라 노부마사 님이 돌아왔는데 어째서 곧 접견을 허락하시지 않습니까?"

"사쿠자에몬."

이에야스는 여전히 눈을 감은 채 말했다.

"나는 내일 오카자키로 떠날 생각이야."

"알겠습니다."

사쿠자에몬은 고개를 끄덕였다.

"언제든 모시고 떠날 수 있도록 준비해놓았습니다."

"나는 불초 자식을 가졌어. 한발 먼저 오카자키에 가서 사부로 노부야스를 우리 가문에서 제적시킬 생각이야."

"사부로 님에게 무슨 잘못이 있었습니까?"

사쿠자에몬은 시치미를 떼고 물었다. 그의 말과는 달리 미간의 주름이 슬프게 떨리고 있었다.

"지금은 난세가 겨우 새로운 질서를 찾아내려 하는 중요한 때일세."

"그렇습니다."

"오다의 우다이진 님, 지금까지 고생하신 보람이 겨우 열매를 맺으려 하고 있는 중요한 때 우다이진 님의 사위가 된 것을 기화로 백성들을 괴롭히고 아비의 말을 거역하며 중신들과 다툴 뿐만 아니라…… 특히 말일세……"

이에야스는 꿀꺽 침을 삼키고 떨리는 목소리를 누르듯 나직이 말을 이어나갔다.

"정신나간 츠키야마가 타케다 쪽과 내통하는 것을 알고도 모른 체한 일은 용서할 수 없어."

"그렇습니다."

"내가 직접 오카자키에 가서 처단하겠어. 그러나 사부로는 우다이진님의 사위, 아무런 통보도 하지 않으면 나중에 추궁이 있을지 몰라. 오구리 다이로쿠小栗大六를 사자로 보내 아즈치에 이 사실을 고할 생각인데, 그대도 이의가 없겠지?"

"예."

사쿠자에몬은 마침내 더 이상 참지 못하고 얼굴을 돌렸다.

'이 얼마나 강인한 분인가, 성주님은……'

사쿠자에몬의 판단에는, 비록 변명에는 실패했어도 사카이 타다츠구나 오쿠다이라 노부마사는 어떤 언질도 남기지 않았으리라 생각되었다.

"지시대로 하겠습니다."

더구나 할복을 장담하고 돌아오지는 않았을 것이었다. 따라서 두 사람을 뒤쫓듯이 노부나가의 문책사問責使가 아즈치를 떠났을 것이 분명했다. 이에야스는 문책사가 도착하기 전에 노부야스를 처단하겠다는 뜻을 이쪽에서 먼저 노부나가에게 전할 생각이었다.

어디까지나 노부나가의 명령으로 움직이는 것이 아니다, 나는 나 자신의 뜻에 따라…… 이렇게 말하려는 것이 이에야스의 뜻임을 깨닫는 순간 사쿠자에몬은 제대로 고개를 들 수 없었다.

"이의가 없다면 즉시 다이로쿠를 아즈치에 보내겠어. 그대가 가서 이리 불러오게."

이에야스는 나직한 소리로 말한 다음에야 비로소 가만히 눈을 떴다.

"예, 곧 불러오겠습니다."

사쿠자에몬은 얼굴을 돌린 채, 허리를 구부리고 일어나 소리도 내지 않고 나갔다.

11

그날 안으로 오구리 다이로쿠는 하마마츠를 떠났다. 자기 아들 사부로 노부야스에게 잘못이 있으므로 처단하려 하니 말리지 말라는 이에야스의 서신을 휴대하고……

그런 후 비로소 이에야스는 오쿠다이라 쿠하치로와, 그 조금 후에 돌아온 사카이 타다츠구를 대면했다.

타다츠구는 이에야스 앞에 무릎을 꿇고 창백한 얼굴로 보고했다.

"성주님! 이 타다츠구는 나잇값도 못하고 오다 님에게 면박만 당했습니다."

이에야스는 그저 고개만 끄덕였을 뿐이었다.

"곧 오다 님의 사자가 도착할 것입니다. 사자가 가져온 글에 이 타다츠구를 비롯한 중신들이 작은 성주님에 대해 불신不信을 호소했다는 내용이 들어 있습니다."

이때도 이에야스는 가볍게 대답했다.

"그래?"

외교에 익숙지 못하고 우직하기만 한 타다츠구와 타다요忠世가, 노부나가에게 다른 속셈이 있다는 것도 알지 못하고 사부로 노부야스에 대한 불만을 털어놓고 그런 뒤에야 소스라치게 놀라는 모습이 눈에 보이는 듯했다.

“실은 나도 여러 모로 생각한 끝에……”

이에야스가 말했다.

“사부로를 오카자키에서 추방하기로 했네. 무엇보다도 아비인 나를 업신여기고 있어. 이대로 두면 가문의 장래가 우려돼.”

젊은 오쿠다이라 쿠하치로는 이에야스를 빤히 노려보았다. 사카이 타다츠구는 푹 고개를 떨구고 있었다.

자기들이 실언한 것을 크게 부끄럽게 여기고 있었다. 그러면서도 그 밑바닥에는 거짓말을 한 것은 아니라는 일종의 변명이 깔려 있다는 것이 이에야스로서는 견딜 수 없었다.

“알겠네. 알겠으니 쿠하치로는 나가시노로, 타다츠구는 요시다 성으로 돌아가 철저하게 코슈 군의 침입에 대비하게.”

이에야스가 노부나가의 문책사 도착을 기다리지 않고 하마마츠를 출발하여 오카자키로 향한 것은 8월 1일이었다. 가을 향기 짙은 가랑비가 대지를 적시고, 엔슈나다遠州灘의 파도소리가 가까이에서 더욱 요란하게 들려왔다.

이에야스는 혼다 사쿠자에몬과 그의 지휘 아래 있는 200명의 군사를 데리고 말에 올라 성을 나왔다. 그리고는 사쿠자에몬을 돌아보고 약간 조소가 섞인 어조로 중얼거렸다.

“사쿠자에몬, 여기서 군사를 거느리고 오카자키에 쳐들어가게 될 줄은 생각지도 못했을 테지.”

사쿠자에몬은 얼굴을 돌렸다.

“쳐들어가다니 당치 않은 말씀입니다.”

“아니야, 쳐들어가는 것일세.”

이에야스는 고삐를 조종하였다.

“일본을 위해 살려둘 수 없다고 한 우다이진의 마음을 존중하여 내

아들의 성을 공격하러 가는 거야."

"그런 말씀은 듣기가 민망스럽습니다."

"나도 말하고 싶지 않지만 그것이 사실 아닌가…… 사쿠자에몬, 방심해서는 안 돼. 우리 두 사람의 첫 출전 때처럼 조심하고 정신을 바짝 차려 절대로 차질이 생기지 않도록 하세."

사쿠자에몬은 그 말을 듣고 휙 말머리를 돌려 행렬 뒤쪽으로 물러갔다. 외곬으로만 생각하는 사부로 노부야스가 어쩌면 노부나가의 부당성을 내세워 아버지와 일전을 벌이려 할지도 모른다는 생각이 들지 않는 것도 아니었다.

성을 떠날 무렵부터 비가 점점 더 세차게 내리기 시작했다.

추방

1

사카이 사에몬노죠 타다츠구가 오카자키에 들르지 않고 그대로 하마마츠로 돌아갔다는 사실은 노부야스를 몹시 불안하게 했다.

"어쩌면 내가 생각했던 것보다 사정이 더 심각한지도 모른다."

그래도 노부야스는 아직 자기한테 파멸이 왔다고는 생각지 않고 있었다. 비록 일시적인 오해는 있다고 해도 노부나가는 장인이고 하마마츠에는 아버지가 있었다.

오해를 풀기 위해 여러 모로 교섭을 벌이다 보면 반드시 자신의 결백이 입증될 것이라 믿고 있었다. 그러나 어머니인 츠키야마의 경우는 그리 간단하지 않을 것 같았다.

이제 와서 생각하니 겐케이減敬도 수상했고, 오가 야시로大賀彌四郎와 어머니도 연결이 되어 있었던 것으로 보이기도 했다.

노나카 시게마사의 말대로, 혹시 카츠요리가 어머니에게 보낸 서신의 사본이 노부나가의 손에 들어갔다면, 그때에는 어떤 변명도 통하지 않으리라.

'이 일에 대해서는 직접 어머니께 확인해볼 필요가 있다……'

노부야스는 그날도 오전에는 마장에서 보냈다. 그리고는 오후에 비가 내리는 가운데 츠키야마를 찾아갔다.

츠키야마의 시녀는 그 후 모두 교체되어 마중 나온 것은 오하야お早라는 소녀였는데, 노부야스를 보고는 안도한 듯 츠키야마의 거실로 안내했다. 무언가 꾸중을 듣고 있었던 모양이다.

"어머님, 건강은 좀 어떠십니까?"

츠키야마는 일어난 지 얼마 되지 않은 듯 거실 중앙에 융단을 깔게 하고 거울을 세워놓고 있었다.

"오, 사부로 님이 웬일로 여기까지. 오하야, 어서 방을 정리하여라."

츠키야마는 자기도 얼른 일어나 노부야스가 앉도록 담요를 가져다 놓았다. 어느새 여성의 황혼기에 접어들어 축 늘어진 피부가 슬퍼 보였고, 고집스러운 성격이 그대로 드러나 보였다.

"어머님……"

"그래, 곧 차를 끓이게 하겠어요. 매일같이 열심히 무예를 닦는다면서요?"

"오늘은 좀 마음에 걸리는 일이 있어 찾아왔습니다."

"마음에 걸리는 일……?"

츠키야마는 기대에 찬 듯한 눈으로 고개를 갸웃했다.

"마침내 소실을 두어야겠다는 것을 깨달았어요? 스물이 넘었는데도 후사가 없다면 조상님 뵐 면목이 없는 일이니까."

노부야스는 눈길을 돌려 잠시 비가 내리는 정원을 바라보았다.

"실은 아즈치의 우다이진 님이 뜻하지 않은 요구를 해오신 것 같습니다."

"뭐, 우다이진 님이라고? 사부로 님, 이 어미 앞에서 아무리 장인이라 해도 우다이진이라고는 부르지 말아요. 노부나가는 이 어미의 원수

예요.”

노부야스는 대답 대신 한숨을 쉬었다.

“그 노부나가 님으로부터 어머님은 목을 베고 이 노부야스는 할복하게 하라는 지시가 있었다고 합니다.”

“뭐라고 했어요?”

츠키야마는 처음에는 무슨 말을 들었는지 모르는 표정으로 시녀가 가져온 찻잔을 들었다.

“노부나가가 이 어미를 어떻게 하라고 했다고요?”

“어머님을 참수斬首하고 이 노부야스에게는 할복을……”

노부야스는 다시 한 번 조용히 말하고 가만히 어머니로부터 눈길을 돌렸다.

바로 그 무렵—

이에야스의 행렬이 이미 본성 현관에 도착해 있었으나, 노부야스는 그것을 알지 못했다.

2

츠키야마는 한순간 바보 같은 표정으로 멍하니 노부야스를 쳐다보고 있었다.

“노부나가가 나를 참수하라고?”

“이 노부야스에게는 할복을.”

“도대체 그것을 누구에게…… 누구에게 지시했단 말이에요?”

“하마마츠의 아버님께.”

노부야스는 되도록 어머니를 놀라게 하지 않으려는 듯 부드럽게 말했다.

"사정을 자세히 알아보기 위해 히라이와 치카요시를 하마마츠로 보냈습니다마는 아직 돌아오지 않았습니다."

"뭐, 하마마츠의 아버님께……"

츠키야마는 다시 한 번 똑같은 말을 되풀이하고 나서 큰 소리로 웃기 시작했다.

"호호호…… 하마마츠의 아버님이 언제부터 노부나가 따위의 부하가 되었단 말인가요? 자기 아내와 아들을 참수하고 할복케 하라는 말도 안 되는 소리를 듣고도 잠자코 있단 말이지! 호호……"

"어머님."

"왜 그래요, 사부로 님? 그렇다면 그 사람은 일전을 불사하겠다고 대답했겠지요? 사부로 님에게는 토쿠히메라는 인질도 있으니까."

"어머님!"

"아버님은 그런 결심을 못 내릴 무장은 아니에요. 사부로 님도 곧 준비를 해야겠어요."

"그 일에 대해 어머님께 여쭐 말씀이 있습니다."

"미련 없이 일전을 벌이기 위해서?"

"그런 결정은 나중에 할 일. 어머님은 카츠요리에게 내응하겠다는 서약서를 보내시고 카츠요리로부터 약속하는 글을 받으신 기억이 있습니까?"

"뭐!"

"아즈치에 그 사본이 있다고 합니다. 어머님의 시녀 코토죠의 손에서 그 동생인 키노에게 전해지고 키노에게서 다시 코지쥬의 손을 거쳐 전달됐습니다. 그것이 우리 모자母子가 모반하려는 증거라고 합니다. 이에 대해 어머님은 뭔가 생각나시는 것이 없으십니까?"

순간 츠키야마의 얼굴에서 핏기가 사라졌다.

"기억나는 게 있거든 그렇다고 분명하게 말씀해주십시오. 그런 뒤에 결정을 내려야 합니다. 다른 오해라면 몰라도 아버님을 배반하고 적과 내통했다면 이 노부야스는 할말이 없습니다."

"호호호……"

츠키야마는 또다시 터져나갈 듯이 웃었다.

"무언가가 있었다면 어떻게 하겠어요?"

"그럼, 어머님은 정말……"

"약속하는 서신을 받은 일은 있어요. 하지만 그것은 모두 적을 속이기 위한 책략이에요."

"적을 속이기 위한 책략이라니요?"

"야시로와 겐케이가 적의 첩자라는 것을 알았기 때문에 나도 한패가 되는 것처럼 했을 뿐이었어요."

노부야스는 어머니를 똑바로 노려본 채 와들와들 떨기 시작했다.

적을 속이기 위한 책략…… 그런 일을 할 수 있는 어머니가 아니었다. 그렇다면 증거가 드러난 이상 가련한 어머니를 구할 길은 없단 말인가……?

"아뢰옵니다."

데리고 왔던 시동이 옆방에 와서 머리를 조아렸다.

"방금 하마마츠에서 큰 성주님이 본성에 도착하셨으니 마중 나오시라는 히라이와 치카요시 님의 말씀이 있었습니다."

노부야스는 어머니를 잔뜩 노려보며 일어났다.

3

츠키야마가 겐케이나 오가 야시로에게 이용당했다는 것은 이미 의심할 여지가 없었다.

'내가 너무 방심했었구나……'

노부야스는 급히 현관으로 나가면서 새삼스럽게 어머니를 불쌍히 여기고 자신의 부주의를 후회했다.

여러 가지 풍문을 듣고는 있었다. 그러나 모반 같은 거창한 일은 하지 못할 어머니, 아픈 곳을 건드리는 것은 잔인한 짓이라 생각하고 위로해왔는데, 그것이 도리어 역효과를 내고 말았다.

타케다 카츠요리는 다시 힘을 되찾고 틈만 있으면 스루가와 토토우미遠江를 공격하려 하고 있었다. 이러한 때 서약서니 내응을 약속하는 글이니 하는 것이 발각되었다면 자기 힘으로는 어머니를 구할 길이 없을 것 같았다.

츠키야마의 거처에서 나와 본성으로 향하는 도중, 히라이와 시치노스케 치카요시가 머리와 어깨에 가랑비를 맞으며 서 있었다. 불과 며칠 사이에 눈에 띌 만큼 나이가 든 초췌한 모습, 눈 가장자리에는 크게 기미가 끼어 있었다.

"작은 성주님……"

치카요시가 노부야스를 부르면서 곁으로 다가와 나무 사이로 성문을 가리켰다.

"저것을 좀 보십시오."

노부야스는 흠칫했다. 이에야스가 데리고 온 듯싶은 군사가 문을 지키고 있었다.

"치카요시, 저것이 어떻게 된 일인가?"

"작은 성주님, 절대로 성주님께 거역하시면 안 됩니다."

"으음, 그럼 아버님도 우다이진 님의 말씀을 그대로 받아들이셨다는 말인가?"

"예. 그 이상으로 괴로우신 심정…… 우선 큰방으로 가셔서 대면부터 하십시오."

노부야스는 부글부글 분노가 치밀어오르는 것을 깨달았다.

'피를 나눈 아들도 믿지 못한다는 말인가.'

불만이 끓는 물처럼 가슴속으로 퍼져나갔다.

"작은 성주님, 칼을 이리 주십시오."

그곳에 서 있다가 노부야스로부터 허리에 찬 칼을 압수한 것은 사카키바라 코헤이타榊原小平太였다.

"이놈……"

꾸짖다가 노부야스는 치카요시를 돌아보았다. 치카요시는 애원하는 듯한 눈길을 노부야스에게 보내고 있었다.

"그렇구나, 나는 아버님께 이미 이 성을 반납당한 것이로구나."

"성주님이 기다리고 계십니다."

"알겠다, 어서 안내하여라."

노부야스가 현관에 들어섰을 때 이에야스는 정면 상좌에서 얼음 같은 눈으로 내려다보고 있었다.

"아버님, 영접도 나가지 못하고……"

노부야스 역시 아버지를 노려보듯이 하고 앉았다. 이번에는 갑자기 형용할 수 없는 슬픔이 치밀어올랐다.

좌중은 찬물을 끼얹은 듯 조용하고 기침소리 하나 들리지 않았다. 윗자리에 앉아 있던 혼다 사쿠자에몬이 혼잣말을 하듯 말했다.

"오늘부터 이 사쿠자에몬이 오카자키의 성주가 되라는 분부를 받았습니다."

그때 비로소 이에야스가 입을 열었다.

"사부로 노부야스, 너를 오늘 날짜로 이 성에서 추방하고 당분간 오하마大浜에서 근신할 것을 명한다."

모든 감정을 죽인 거대한 바위와도 같은 말이었다.

그 말에 노부야스는 눈을 부릅뜨고 아버지를 쳐다보았다.

4

노부야스는 갑자기 큰 소리로 웃기 시작했다. 이미 자기 감정을 스스로도 억제할 수 없게 된 젊은이의 당혹과 울음이 뒤섞인 웃음소리였다.

"갑자기 이상한 말씀을 하시는군요. 이 사부로가 아버님을 업신여겼다고…… 하하하…… 그런 농담을…… 당분간 전쟁도 없을 것이므로 오하마에서 잠시 낚시질이나 매사냥이라도 하라는 뜻입니까? 그런 말씀을 하시기에는 아버님의 무장이 너무 거창하십니다."

"말을 삼가라, 노부야스."

이에야스는 허둥대는 자기 아들을 차마 보지 못했다.

"치카요시, 시게마사, 코헤이타, 서둘러 노부야스를 오하마로 보내도록 하라. 알겠느냐, 노부야스. 거역하면 안 된다. 오하마에서 다음 지시를 기다리도록 해라."

이렇게 말하고 얼른 일어서려고 했다.

"잠깐 기다려주십시오!"

노부야스는 터질 듯한 소리로 불렀다. 지금까지 웃고 있던 얼굴이 무서울 정도로 긴장되고 눈썹과 입술이 마구 떨리고 있었다.

"잘못한 기억이 없다는 말이냐?"

"예, 없습니다!"

노부야스는 때려부수듯이 대답하고 무릎걸음으로 두서너 걸음 다가갔다.

"이 사부로는 아버님의 자식인데도……"

"닥쳐라!"

빨갛게 충혈된 이에야스의 눈이 노부야스를 쏘아보았다.

"너는 망국적인 춤에 빠져들고 농부가 남루한 옷을 입었다고 하여 죽인 기억이 없다는 말이냐?"

"그것은…… 그것은 놈이 이 사부로의 목숨을 노렸기 때문에……"

"시끄럽다. 매사냥에서 돌아오다가 아무 죄도 없는 승려를 말안장에 묶고 끌고 다니면서 죽인 것은 누구였더냐?"

"그 일에 대해서는 이미 사죄가 끝난 일……"

"사카키바라 코헤이타에게 활을 겨눈 기억도 없느냐? 오와리尾張에서 따라온 코지쥬를 죽인 기억은……? 아니, 그뿐만이 아니다. 타케다 카츠요리와 내통하고 츠키야마와 함께 이 이에야스를 죽이려고 꾀한 방자한 놈. 치카요시, 어서 노부야스를 데려가라."

"앗, 아버님! 아버님! 그것은 지나치게…… 아버님……"

이때 벌써 이에야스의 모습은 그 자리에 없었고, 노나카 시게마사와 히라이와 치카요시가 노부야스의 두 팔에 매달려 울고 있었다.

좌중에서 고개를 들고 있는 것은 혼다 사쿠자에몬 한 사람뿐이었다. 그 역시 잔뜩 천장을 노려보고 격한 감정을 억누르고 있었다. 갑자기 오카모토 헤이자에몬岡本平左衛門이 목놓아 울기 시작했다. 이에야스를 따라왔던 마츠다이라 이에타다松平家忠가 쥐어짜듯 중얼거렸다.

"작은 마님은 비정한 분이야!"

모두 이 비극의 원인은 토쿠히메가 친정에 보고한 탓이라 믿고 있다는 증거였다.

노부야스는 마침내 넋을 잃은 듯 주저앉았다.

"작은 성주님, 지금에 와서 거역하시면 안 됩니다. 우선은 일단 오하마로 가셨다가……"

치카요시가 노부야스의 귀에 속삭이자 노부야스는 어린아이처럼 순순히 고개를 끄덕였다.

"그럼, 오하마로 가도록 하자."

"그래야 하실 것 같습니다."

"오늘은 팔월 삼일…… 아내도 아이들도 만나지 않고 떠나겠다. 오늘은 운이 나쁜 날이었어."

다시 오카모토 헤이자에몬이 흐느끼기 시작했다. 아무도 노부야스를 정면으로 바라보는 사람이 없었다. 그런 가운데 노부야스는 넋 나간 사람처럼 비틀거리며 일어났다.

"모두에게 걱정을 끼쳤다. 그러나…… 흥분하지 말게. 이 이상 더 아버님을 진노케 하면 안 돼."

노부야스의 눈에는 이에야스의 진노한 모습이 보이는 듯, 일어나 가만히 처마 끝의 빗소리에 귀를 기울이면서 마음을 가라앉혔다.

5

근시가 노부야스의 출발을 알려왔는데도 이에야스는 잠시 동안 꼼짝도 하지 않았다. 빗소리가 점점 더 크게 들렸으나 기온은 계속 올라가는 모양이었다. 계절마다 닥치는 태풍이 몰고 오는 비인지도 몰랐다. 사방에서 바람소리가 더욱 요란해지고 있었다.

어제까지 노부야스의 거실이었던 서원에 묵묵히 앉아 있으려니, 이에야스는 지난 37년간의 인생이 모두 비참한 악몽처럼 생각되었다.

'이처럼 비참해진 원인이 어디에 있었던 것일까……?'

자기와 츠키야마와의 불화 때문이라고는 생각하고 싶지 않았다. 그 불화의 원인은 이마가와 요시모토今川義元가 오다 노부나가에게 죽은 데에 있었다. 물론 노부나가가 그를 죽이지 않았다면 요시모토가 노부나가를 죽였을 것이 분명하다.

이 세상의 일은 모든 것이 원인이 되고 또 결과가 되어 영원히 돌고 도는 비탄의 연속일까?

"성주님……"

그 역시 목상木像처럼 서원 입구에 앉아 있던 혼다 사쿠자에몬이 입을 열었다

"이미 해가 저물어가고 있습니다."

"알고 있네. 그런데 사쿠자에몬, 악연惡緣이란 정말 있는 것 같아."

"악연은 성주님 한 분에게만 따르는 것이 아닙니다. 저는 이 가문의 최대 위기는 미카타가하라三方ヶ原 전투 때……라 생각하고 있었습니다마는, 지금은 그 이상의 위기가 닥친 것 같습니다."

"알겠네. 그럼, 츠키야마의 거처에 울타리를 치고 일절 출입을 금지시키도록 하게."

"그 준비는 이미 끝냈습니다."

"그래, 그렇다면 토쿠히메의 신변을 잘 경계하라는 말이로군."

"예. 성주님이 그 지시를 내리지 않으시면 작은 성주님의 부하가 가만히 있지 않을 것 같습니다."

"그렇겠군. 이시카와 타로자에몬石川太郎左衛門을 이리 부르게. 내가 직접 지시를 내리겠어."

이에야스는 이렇게 말했다.

"비가 가을 홍수를 몰아올 것처럼 쏟아지기 시작하는군……"

고개를 갸웃하고 밖을 내다보았다.

"사쿠자에몬, 나는 절대로 토쿠히메는 벌하지 않겠다. 그 대신 츠키야마를 처단할 생각이야."

"그게 무슨 뜻입니까?"

"양쪽 모두 난세라는 파도에 조롱당하는 가련한 여인들, 힘을 갖지 못한 자를 죽이는 것은 무장의 할 일이 아님을 깨달았네."

"알겠습니다. 성주님의 심정을…… 그럼, 타로자에몬을 불러오겠습니다."

큰방에는 아직 아무도 자리를 뜬 사람이 없었다. 그들은 모두 이에야

스가 이토록 엄하게, 이토록 신속하게 노부야스를 벌하리라고는 생각지 않고 있었다.

"가증스러운 작은 마님, 따님을 두 분씩이나 두고 있으면서도 작은 성주님을 친정에 참소하다니."

"아니, 나는 사에몬노죠 님이 저주스럽소. 작은 마님이 아즈치에 가셨을 리는 없으니 밀고한 것은 그분임이 틀림없어요."

"좌우간 모두 피로써 서명하여 성주님께 탄원을 드려야 해요. 이대로 있으면 틀림없이 할복을 명하실 거요."

"만일 성주님께서 가납하시지 않으면?"

이런 말이 여기저기서 들렸으나 사쿠자에몬은 무표정을 가장하고 밖으로 나와 이시카와 타로자에몬에게 이에야스의 말을 전했다.

큰방에는 어둡게 밤이 내리깔리기 시작했다.

6

오카자키 성안은 밤이 깊어질 때까지 사람들의 움직임으로 어수선했다. 사부로 노부야스가 오하마로 떠나고, 즉시 츠키야마의 거처 주위에 출입구가 없는 울타리가 쳐지고 감시병이 배치되었다. 이어서 토쿠히메 주변에는 20명 남짓한 경호원이 딸렸다.

그동안 마츠다이라 겐바 이에키요松平玄蕃家清와 우도노 하치로 야스사다鵜殿八郎康定가 이에야스를 찾아와 노부야스의 구명을 청했다. 이에야스는 그들의 호소를 한마디로 눌러버렸다.

"자기 자식을 아비가 처단하는 심정이 오죽하겠는가. 다시는 그런 말 꺼내지 말게."

성안 처리가 끝나자 곧 오카자키를 둘러싼 주위의 작은 성들에 대한 방비를 굳히기 시작했다. 그것은 마치 노부야스가 아버지에게 역습을 가하려 하고 있기라도 한 듯 삼엄했다. 셋째 성에 있던 이에야스의 생모 오다이於大까지도 이맛살을 찌푸리고 고개를 갸웃거렸을 정도로 철저한 것이었다.

혼다 사쿠자에몬만은 이러한 이에야스의 마음을 슬플 정도로 잘 알고 있었다.

이에야스는 어느 것 하나도 노부나가로부터 트집을 잡히지 않으려고 필사적이었다. 노부나가가 장인과 사위라는 사사로운 정을 떠나 일본에 새로운 질서를 확립하기 위해 눈물을 머금고 노부야스의 자결을 강요하는 태도를 취하고 있는 이상, 이에야스 역시 이에 못지않는 단호하고도 차원 높은 처치를 할 필요가 있었다.

노부나가가 천황이 택한 우다이진이라면 이에야스 역시 천황의 사콘에곤左近衛權 소장. 결코 노부나가 개인의 신하가 아니라는 입장을 확실히 하기 위해서는 만약의 경우를 위한 처리에 추호도 소홀함이 있어서는 안 되었다. 혹시 이 이상 더 소란을 초래하는 일이 있다면 씻을 수 없는 치욕이 된다는 엄한 자기 반성이 밑바탕에 깔려 있었다.

성안 배치가 끝나자 이에야스는 다시 큰방에 모습을 나타냈다. 그리고는 오하마, 오카자키와 함께 작은 삼각형을 이루는 니시오 성西尾城에 마츠다이라 이에타다를 배치하고, 북쪽 변두리 성을 공고히 하기 위해 마츠다이라 겐바와 우도노 하치로사부로에게 수비를 명했다.

"아무 일도 없을 것이라고 방심하면 절대로 안 된다, 알겠는가? 이 성은 사쿠자에몬에게 맡기겠는데, 마츠다이라 코즈케노스케 야스타다松平上野介康忠와 사카키바라 코헤이타 야스마사榊原小平太康政 두 사람은 오늘밤부터 앞뒤 성문에 대한 불침번을 담당하도록 하라."

비는 밤이 깊어짐에 따라 점점 더 세차게 쏟아지기 시작했다.

기록에 의하면 그날부터 5일 동안 계속해서 내린 비로 피해가 막대했다고 하는데, 그런 가운데서도 명령을 받은 사람들은 배치에 임했고, 나머지 사람들은 큰방에서 이에야스에게 서약서를 썼다. 어떤 일이 있어도 노부야스와는 서신을 교환하지 않겠다는 내용의 것이었다.

이에야스가 그 서약서를 모아가지고 다시 거실로 돌아왔을 때는 이미 자시子時(오후 12시)가 지나 있었다.

아직 덧문은 닫히지 않았고, 발을 늘어뜨린 듯한 빗줄기와 점점 더 거세지는 바람소리가 후텁지근하고 음산한 분위기를 정원에서부터 거실로 몰아왔다.

이때 그 빗속에 사람의 그림자 하나가 나타났다. 갈대 삿갓에 농부의 도롱이를 걸치고 온몸이 흠뻑 젖은 맨발의 사나이.

그 사나이는 이에야스의 거실에서 새어나오는 불빛을 보았다. 샘물 옆에서 뒹굴듯이 마루 앞으로 오더니 절규하듯 외쳤다.

"아버님!"

그대로 정원 흙 위에 두 손을 짚고 울기 시작했다.

7

이에야스는 깜짝 놀라 정원의 어둠 속으로 눈길을 던졌다. 정원석에 떨어져 튀어오르는 빗방울 때문에 갈대 삿갓과 농부의 도롱이 차림으로 조아린 상대의 모습을 확인할 때까지는 잠시 시간이 걸렸으나, 목소리가 노부야스의 것임은 금방 알 수 있었다.

"아니…… 너는?"

이에야스는 혹시 노부야스가 젊은 혈기에 못 이겨 반항할 경우가 있을지 모른다는 생각은 하고 있었다. 그러나 이런 비참한 모습으로 빗속을 뚫고 몰래 찾아오리라고는 꿈에도 생각지 못했다.

"너는…… 너는, 이 아비의 명령을 잊었느냐?"

"아버님…… 이대로 헤어지면 이 노부야스는 죽어도 눈을 감지 못합니다. 그래서 치카요시와 우타노스케 마사이에雅樂助正家에게 도움을 청했습니다. 그 두 사람은 꾸짖지 마시기를……"

"사쿠자에몬도 한통속이 되어 통과시켰겠구나?"

"아닙니다. 사카키바라 코헤이타가 만일 꾸중이 내릴 때는 책임을 지겠다고……"

노부야스는 다시 하얀 손으로 땅을 짚고 어깨를 떨면서 어린아이처럼 흐느껴 울었다.

이에야스는 당황하여 비가 쏟아지는 정원으로 눈길을 보내다가 거실을 둘러보았다.

어디에도 두 사람의 대면을 엿보는 사람은 없었고 시동마저도 옆방으로 물러가 숨을 죽이고 있었다. 안타까운 생각에 가슴이 뭉클했다.

'져서는 안 된다!'

엄하게 자신을 꾸짖었다.

"아버님……"

다시 노부야스가 말했다.

"아버님의 고통…… 치카요시로부터 이야기를 듣고 겨우 알게 되었습니다."

"건방진 소리 하지 마라. 그걸 아는 놈이 이런 모습으로 몰래 숨어들어왔다는 말이냐?"

"미련이 있어서입니다. 부끄럽습니다. 저도 무장의 아들이니 무장의 체면은 잘 알고 있습니다. 그러나……"

"그러나 어떻다는 말이냐? 원래 무장의 임무는 자기 목숨을 버리고 천황을 섬기는 데 있다…… 그렇게만 말한다면 넌 알아듣지 못할 게다. 천황을 섬긴다는 것은 천황의 보물, 즉 백성들의 목숨을 지키는 일이야. 백성들의 목숨을 지키기 위해서는 자기 목숨 하나쯤은 아까워하지 않는다…… 이것이 무장이다. 그래서 키요야스淸康 할아버님도 스물다섯에 목숨을 버리셨고, 아버지 히로타다 역시 스물넷에 세상을 등지셨다. 나 이에야스도 옳고 그름을 가려 물러설 수 없을 때는 언제든지 전쟁터에서 깨끗이 목숨을 내던질 각오로 있다. 그런 내 자식인 네가…… 자기 잘못도 알지 못하고 미련을 갖다니 부끄럽지 않느냐?"

"아버님! 너무 야속하신 말씀입니다. 제가 이처럼 은밀히 찾아뵌 것은 결코 죽음을 두려워해서가 아닙니다. 이 노부야스의 죽음이 가문을 위한 것이라면 기꺼이 죽겠습니다. 다만 한 가지……"

어느 틈에 노부야스는 새어나오는 불빛 앞으로 저도 모르게 기어나왔다. 삿갓을 벗고 머리도 눈썹도 얼굴도 입술도 젖는 대로 그냥 내버려두고, 눈만이 푸른빛을 발하며 불타고 있었다.

"다만 한 가지, 이 사부로가 타케다 쪽과 내통했다는…… 그것은 너무 가혹하신 말씀입니다…… 이것만은 믿어주십시오. 불초 자식이기는 하나 이 노부야스는…… 아버님의 아들입니다. 아버님을 거역한 아들이라고 하면 저승에서…… 저승에서…… 할아버님께도 증조부님께도 면목이 없습니다."

이에야스는 비틀거리면서 거실의 문기둥을 붙들고 겨우 자기 몸을 지탱했다. 크게 통곡하고 싶은 격정이 돌풍처럼 가슴에 몰아치고 피를 끓게 했다.

8

인간이 하나의 길을 끝까지 밀고 나가기란 이처럼 괴롭고 어려운 것일까.

'노부야스! 이 아비도 원통하기 짝이 없다……'

이에야스는 이렇게 말해주고 싶었다.

노부나가가 천하를 위해서라고 정면으로 도전해온 이상 이쪽에서도 물러설 수 없다. 노부나가에게 죽이라는 명령을 받아야 한다면 이 손으로 먼저 처단하고 가엾은 녀석이라 마음으로 울어주고 싶다……고.

이런 말을 하면 아비의 면목이 서지 않는다는 것을 너는 모른다는 말인가……

"아버님! 아버님만은 이 노부야스에게 두 마음이 없다는 것을 믿는다. 이 한마디만 해주십시오! 그 말 한마디만 해주십시오."

"……"

"아버님! 왜 잠자코 계십니까? 아버님도 이 노부야스가 카츠요리와 내통했다고 정말로 믿고 계십니까?"

"……"

"그 의혹을 남긴 채 할아버님이나 증조부님 곁에 가라고 하시다니…… 너무 잔인하시지 않습니까?"

"멍청한 자식!"

이에야스는 눈을 감는 대신 무섭게 치뜨고 노부야스를 노려보았다. 그러나 두 사람의 눈은 어느 쪽도 상대에게 통할 힘이 없이, 헛되이 허공에서 불꽃을 튀길 뿐이었다.

이에야스는 참다못해 말했다.

"그…… 그 단 하나의 부탁, 그게 바로 미련이라는 것을 모르느냐! 근신하라고 명했는데 너는 그것조차 참지 못할 만큼 무력한 녀석이란 말이냐!"

노부야스는 한쪽 무릎을 세운 채 잠시 아무 말도 하지 않았다.

"이렇게까지 말씀 드렸는데도……"

"시끄럽다. 돌아가라!"

비바람이 다시 노부야스에게 휘몰아쳤다. 귀 앞에 난 머리카락이 모두 한꺼번에 얼굴에 달라붙고, 절망에 빠진 눈이 원한을 담은 채 불타고 있었다.

"무장이란 일단 명령을 받으면 태산이 무너져도 움직이지 않는 법이야. 알겠느냐, 어서 돌아가서 경거망동하지 마라. 근신하라는 명을 받았거든 다음 명령이 내릴 때까지 근신하는 것이 무장이야."

노부야스는, 그러나 이 말을 듣고 있는 것 같지 않았다. 그는 벌떡 일어나 옆에 있는 삿갓을 맨발로 마구 짓밟았다. 마침내 애원이 분노로 변한 모양이다……고 생각하는 순간 다시 푹 고개를 떨구고 흐느껴 울었다.

이에야스는 의연히 선 채 자기 아들을 바라보고 있었다.

"돌아가겠습니다. 예, 돌아가겠어요……"

노부야스는 작은 소리로 한두 마디 중얼거리고 어깨를 떨군 채 캄캄한 폭우 속을 비틀거리듯 걷기 시작했다. 걷기 시작하다가 정원석에 발이 걸려 쓰러진 것은 어둠 때문만이 아니었다.

아버지만은 나의 결백을 알아주실 것이다—이렇게 믿고 그러기를 기대하며 찾아온 젊은이가 그 꿈과 기댈 곳을 끝내 분쇄당한 절망의 모습이었다.

노부야스가 흰 발바닥을 보이다가 이윽고 완전히 어둠 속에 파묻혔다. 그 뒤에는 단지 거센 바람소리와 빗소리만이 남았다.

사자獅子의 눈물

1

이튿날 바람은 좀 약해졌으나 비는 여전히 음산하게 계속 쏟아지고 있었다. 기온도 어제보다는 상당히 내려가 아침나절에는 싸늘한 느낌마저 들었다.

날이 밝은 뒤 토쿠히메는 곧 내전을 지키는 경호책임자 이시카와 타로자에몬을 바깥 복도 입구로 찾아갔다. 타로자에몬 자신도 불침번을 섰던 모양인지 눈이 벌겋게 되어 복도 옆 방에 창을 세워놓고 대기하고 있었다.

"작은 마님이시군요. 바깥출입은 삼가주시기 바랍니다."

"타로자에몬, 도대체 어떻게 된 일인가요? 누가 성을 공격해오기라도 한다는 말인가요? 작은 성주님은 무얼 하고 계신지 궁금하군요."

"작은 성주님은 이미 이 성에 계시지 않습니다."

이시카와 타로자에몬 역시 이번 일의 원인이 토쿠히메의 참소에 있다고 믿고 있었기 때문에 자연히 대답이 거칠었다.

"이 성에 안 계시다니…… 그럼, 하마마츠에 급한 일이라도 생겼다는 말인가요?”

“글쎄요…… 작은 마님께 그 말을 해도 괜찮을지, 이 타로자에몬은 지시를 받지 못했습니다마는……”

“그게 무슨 말인가요? 어제부터 성안의 움직임이 왠지 부산스럽고 오늘 아침에도 인마人馬 소리가……”

말하다 말고 목소리를 낮추었다.

“설마 성주님께 무슨 변고가 생긴 것은 아니겠죠?”

이 말을 듣고 타로자에몬은 반쯤은 반감, 반쯤은 의아해하는 눈길로 토쿠히메를 바라보았다.

“그럼, 작은 마님은 아무것도 모르신다는 말입니까?”

“그 말은 무슨 일이 있었다는 것같이 들려 마음에 걸리는군요. 타로자에몬, 말해보세요.”

“이거 정말 뜻밖입니다.”

타로자에몬은 일부러 크게 볼을 부풀렸다.

“저는 작은 성주님의 신상에 관한 일은 진작부터 알고 계신 줄 알았는데요.”

“아니, 몰라요. 성주님은 아무 말씀도 하시지 않았어요. 답답하군요, 무슨 일이 있었는지 말해주세요.”

타로자에몬은 다시 한 번 무뚝뚝하게 고개를 갸웃했다.

토쿠히메의 눈에 떠오른 놀람과 초조해하는 모습에 거짓이 있는 것 같지는 않았다.

‘정말 모르는 것일까……?’

‘아니, 그럴 리가……’

“작은 성주님은 어제 이 성에서 추방되어 유폐되셨습니다.”

“예? 성주님이 이 성에서 추방되시다니……”

“그렇습니다. 우선 오하마에서 근신하시도록 명령받고 나중에 할복하시게 될 것이라고…… 그래서 어제부터 이 타로자에몬도 혹시 발생할지 모르는 소란에 대비하기 위해 마님과 작은 마님을 경호하고 있습니다."

"타로자에몬! 대관절 성주님은…… 무엇 때문에 그런……?"

"츠키야마 마님과 함께 타케다 쪽과 내통한 혐의입니다. 누가 그런 일을 아즈치에 낱낱이 고했는지, 아즈치의 우다이진 님이 살려두지 말라는 지시를 내렸습니다."

타로자에몬은 그만 울분에 못 이겨 이렇게 말하고 나서 짓궂게 토쿠히메의 표정을 훔쳐보았다.

2

토쿠히메의 입술이 백지장처럼 하얗게 되었다.

"아즈치의 아버지로부터 그런……"

"예. 분부가 계셨기 때문에 아무리 소중한 작은 성주님이라도 용서할 수 없다고 하시며…… 이것이 성주님의 심정입니다. 가신 일동은 울분이 골수에 사무쳤으나, 성주님이 친히 하마마츠에서 군사를 거느리고 오셔서 조용히 하라는 엄명을 내리셨기 때문에 모두 눈물을 삼키며 참고 있습니다."

이시카와 타로자에몬은 말을 하는 동안 점점 더 토쿠히메가 미워졌다. 좀더 심한 말을 해주고 싶었으나 자기의 임무를 생각하고 겨우 참았다.

'나는 작은 마님을 보호하라는 명령을 받고 있다……'

이런 생각을 했는데도 부드러운 말이 나오지 않았다.

"어젯밤 작은 성주님은 억수같이 퍼붓는 빗속에도 오하마에서 농부

차림으로 몰래 오셔서……"

그래서 조금 전에 사카키바라 코헤이타에게 들은 노부야스의 비참한 모습을 말하기 시작했다.

"이 노부야스가 모반을 꾀했다니 너무 하십니다. 다른 것은 몰라도 그 일에 대해서만은 저를 믿는다고 한마디만 해주십시오…… 그러나 성주님은 끝내 이를 뿌리치시고 마루에도 오르지 못하게 하셨다고 합니다."

이미 토쿠히메는 타로자에몬의 말을 듣고 있지 않았다. 가슴 가득히 미칠 듯한 감정이 소용돌이쳐 자기가 가신들에게 원한의 대상이 되어 있다는 것조차 깨닫지 못하고 있었다. 아직 무어라 말하고 있는 타로자에몬에게 홱 등을 돌리고 허공을 밟는 듯한 걸음걸이로 다시 거실로 돌아왔다.

"키쿠노…… 키쿠노, 어디 있느냐?"

"예, 작은 마님, 여기 있습니다."

"오, 키쿠노…… 불러오너라, 곧 이리로."

"알겠습니다. 그런데 누구를?"

"누구겠느냐, 두 아이 말이다."

키쿠노는 둥근 눈을 더욱 둥그렇게 뜨고 나가 공을 치며 놀던 두 아이의 손을 잡고 돌아왔다.

"따님들이 오셨습니다."

그 말에 지금까지 허공을 쳐다보고 있던 토쿠히메.

"오오."

눈길을 그쪽으로 보냈다.

"키쿠노, 너는 물러가 있거라. 혼자 좀 생각할 일이 있다."

"예. 그럼, 따님들은?"

"두고 가거라."

날카로운 어머니의 목소리에 딸들은 긴장하여 자세를 바로 했다.

"얘들아."

"예."

"예. 왜 그러세요, 어머니?"

"큰일이 생겼어. 뜻하지 않은 큰일이."

"큰일이라니요?"

"아버님이 갇히셨어…… 이 말을 해도 너희들은 알아듣지 못하겠지만…… 아버님에게, 아버님에게 큰일이 생기셨다. 어떻게 해야 좋을지 모르겠구나…… 너희들과는 상의할 수도 없고."

두 딸은 의아하다는 듯 고개를 갸웃했다.

"어머니, 공치기를 하면 안 될까요?"

"안 돼."

날카롭게 대답하고 다시 토쿠히메는 쏘는 듯한 눈으로 두 아이를 바라보았다.

3

바깥 하늘은 여전히 잔뜩 흐려 캄캄하기만 하고, 계속 쏟아지는 비가 주위에 음산한 분위기를 감돌게 하고 있었다.

나란히 앉아 있는 두 딸은 놀라울 정도로 노부야스를 닮았다. 열한 살 때부터 쌍둥이처럼 같이 지내온 남편의 딸. 부부로서는 때로 화나는 일도 있고, 그래서 싸우기도 했다. 그러나 그것은 모두 자기 자신을 못마땅하게 여기는 감정과도 비슷했다.

인간이 자기 손발에 대해 고마움을 느끼지 않는 것과 마찬가지로, 부부로서 당연하게 알고 조금도 의심하지 않는 중에 여러 가지 불평과 탄식이 있었다. 그런데 노부야스는 지금 토쿠히메의 곁에서 격리되어 있다. 단지 격리되었다는 것만으로도 토쿠히메는 자기 손발이 잘려나간 듯한 당혹스러움을 느꼈다. 열한 살부터 스물한 살까지 10년 동안, 토쿠히메의 생애 전부라고 해도 좋을 세월 동안 노부야스는 토쿠히메의 일부였다……

"얘들아……"

다시 토쿠히메가 말했다.

"너희들을 위해서라도 이대로 있을 수 없다. 성주님은 너희들에게 하나밖에 없는 아버지니까."

딸들은 공치기를 못하게 해서 얼굴이 잔뜩 부어 있었다.

"나는 지금부터 아즈치에 다녀와야겠다. 너희들을 위해 소중한 아버지를 되찾아와야겠어."

"어머니, 아즈치가 어디예요?"

"아즈치는 오미近江 지방, 너희 외할아버지가 계시는 성이야. 너희들에 대해 잘 말씀 드리면 외할아버지도 틀림없이 들어주실 거다. 서둘러서 아즈치에 가야겠어…… 키쿠노, 키쿠노."

당직인 로죠老女°를 부르고, 히라이와 치카요시와 상의하여 즉시 떠날 준비를 할 생각이었다. 이때 토쿠히메 앞에 로죠 한 사람이 헐레벌떡 달려왔다.

"작은 마님, 성주님께서 이리 오십니다."

"뭐, 아버님이……? 알겠다, 마침 잘 됐어. 아버님께 이 몸이 길을 떠나야겠다고 말씀 드려야지. 그동안 아이들을 데리고 나가 있거라."

"예. 아가씨들, 할미하고 저쪽으로 가요."

아이들이 나가는 것과 거의 동시에 무장을 한 이에야스가 이시카와 타로자에몬의 안내를 받으며 토쿠히메의 거실로 들어왔다. 투구는 오쿠보 헤이스케가 받쳐들고, 칼은 이이 만치요井伊万千代가 들고 따라

오고 있었다.

"아버님, 이렇게 찾아주셔서 감사합니다."

이에야스는 그녀에게서 시선을 돌리듯이 하고 상좌로 걸어가 타로자에몬이 갖다주는 걸상에 앉았다.

"비가 많이 오는군, 토쿠히메."

"예."

"너도 알고 있는지 모르겠구나. 실은 사부로에게 잘못된 점이 있어 이 성에서 추방했다."

"저어…… 그 일과 관련하여 아버님께 드릴 말씀이 있습니다."

토쿠히메는 창백해진 얼굴을 들었다가 황망히 머리를 조아렸다.

"저를 지금 아즈치로 보내주십시오. 부탁입니다."

순간 이에야스는 타로자에몬과 얼굴을 마주보았다. 토쿠히메가 위험을 느끼고 있는 줄 알았다.

4

"토쿠히메, 너는 우다이진 님의 딸이다. 절대로 네게 해를 가하지 못하게 할 것이니 염려 말아라."

이에야스는 애써 불쾌한 표정을 감추고 타이르는 어조로 부드럽게 말했다.

"오래지 않아 우다이진 님으로부터 너의 신상에 대해 얘기가 있을 것이다. 그때까지는 이 성에 머무르도록 하여라."

"아닙니다!"

토쿠히메는 몸을 앞으로 내밀었다.

"소문에 따르면 아즈치의 아버지가 작은 성주에게 당치도 않은 의혹을 품고 있는 듯합니다. 하지만 작은 성주의 결백은 제가 잘 알고 있습니다. 아이들을 위해서라도 제가 곧 아즈치로 가서 사실을 밝히려고 합니다."

"아니, 그럼 사부로를 위해 아즈치에 가겠다는 말이냐?"

"예. 그것이 아내 된 사람의 도리라는 것을 깨달았습니다. 부디 허락해주십시오."

"으음, 사부로를 위해…… 그렇다면 내가 잘못했구나. 그만 오해를 하고 있었어."

"아버님, 그이는 절대로 나쁜 사람이 아닙니다. 성급하여 화를 내는 일은 있으나 그릇된 일은 절대로 하지 않습니다. 딸들에게는 자상한 아버지, 저에게는 천지와도 바꿀 수 없는 남편입니다."

이에야스의 눈이 점점 더 크게 벌어지더니 마침내는 눈언저리가 빨갛게 되었다.

"토쿠히메……"

"예."

"너는 어째서 한두 해 전에 진작 그런 마음을 갖지 못했느냐?"

"예…… 솔직히 말씀 드리겠습니다. 작은 성주가 추방되었다는 말을 듣고서야 비로소 저에게 그이는 절대로 없어서는 안 될 사람임을 깨닫게 되었습니다."

이에야스는 얼른 군선軍扇을 펴서 얼굴을 가렸다. 토쿠히메의 말에 전혀 가식이 없음을 깨닫는 순간 인생의 얄궂음이 무섭게 감정을 뒤흔들었다.

"부탁입니다. 저를 아즈치로 보내주십시오. 목숨을 걸고 작은 성주의 결백을 입증하겠습니다."

"토쿠히메……"

"예. 허락해주시겠습니까?"

"아니야. 어떤 소문을 들었는지 모르겠다만, 이번 일은 우다이진 님의 분부가 아니다. 이 이에야스의 뜻에 따른 것이다."

"예? 그러면 아버님의……?"

"그래. 따라서 아즈치에는 갈 필요가 없어."

토쿠히메는 순간 아연한 표정으로 이에야스를 쳐다보고 이번에는 미친 듯이 고개를 숙였다.

"그렇다면 더더구나 저를 보아 작은 성주를 용서해주십시오. 아버님, 이렇게 빌겠습니다. 아버님을 배반하다니…… 틀림없이 부자간의 사이를 갈라놓으려는 못된 자들의 음모임이 틀림없습니다. 요즘 작은 성주는 새벽의 무예연마부터 밤늦게까지 잠시도 쉬지 않고 정진하고 있습니다. 그것은 아내인 제가 가장 잘 알고 있습니다."

이에야스는 더 이상 참지 못하고 잠시 고개를 돌려 아이들이 거실에 놓고 나간 공을 바라보고 있었다.

"아버님, 설마 작은 성주를 특별히 미워하는 건 아니시지요? 작은 성주는 아버님 걱정을 하지 않는 날이 없습니다. 그 효심을 생각하시어…… 아니, 아이들과 저를 가엾게 여기셔서 추방령을 거두어주십시오. 이렇게 비옵니다, 이렇게……"

5

이에야스는 애타게 탄원하는 토쿠히메를 바라보는 동안 마음속으로부터 인간의 비애를 느꼈다.

'더 이상 할말이 없다……'

이곳에 올 때까지는 자기 자식을 죽일 수밖에 없게 된 아버지의 고통을, 경솔한 짓을 한 며느리에게 일깨워주고 싶은 마음이 없지 않았다.

이제는 그런 마음이 아침 안개처럼 사라지고 말았다.

'경솔한 것은 토쿠히메 한 사람뿐이 아니었다……'

노부야스도 자기도 츠키야마도 노부나가도, 모두 인간인 이상 끊임없이 실수와 회한 사이를 맴돌게 마련—

"아버님, 부탁입니다. 아이들을 보아 제발 작은 성주를……"

이에야스는 크게 고개를 끄덕이고 일어섰다.

"그 마음은 잘 알겠다. 토쿠히메, 이 일은 그대로 넘길 수 없어 아비인 내가 눈물을 머금고 내린 조치라 생각하기 바란다. 하지만……"

말하다 말고 이에야스는 자신의 허약함을 꾸짖었다.

"사람에게는 저마다 가지고 태어나는 운이란 것이 있다. 이 운은 누구도 거역하지 못해. 사부로가 만일 나보다 더 좋은 운을 가지고 태어났다면……"

이에야스는 당황했다. 듣는 사람에 따라서는 어떤 오해를 불러일으킬지 모르는 말임을 깨달았다.

"어쨌든 외곬으로만 생각하여 소란을 일으켜서는 안 된다. 나는 곧 니시오 성으로 가야 하지만……"

토쿠히메는 그 말에서 어떤 구원의 실마리라도 찾으려는 듯 똑바로 이에야스를 쳐다보고 있었다. 이에야스는 다시 의미도 없이 고개를 끄덕이고 복도로 나왔다.

"타로자에몬……"

"예."

"나는 역시 토쿠히메를 만나기를 잘했어! 사부로가 아내에게 사랑받고 있다는 것을 알았으니까 말일세."

"예. 작은 마님 말씀에 저도 그만 눈물을 흘렸습니다. 소문과는 전혀 다릅니다."

"그럼, 뒤를 잘 부탁하네. 소홀함이 없도록 하게."

이에야스는 비가 내리는 가운데 다시 니시오 성으로 향했다. 그 성은 가문의 원로인 사카이 우타노스케 마사이에酒井雅樂助正家의 거성居城이었는데, 그곳에서 오카자키 성과 오하마를 철저하게 감시하여 추호도 빈틈이 없도록 대비하기 위해서였다.

그를 따르는 군사는 200명에, 총포 30자루. 숙연히 니시오로 가는 길을 재촉하고 있으려니 새삼스럽게 여섯 살 때의 일이 서글프게 상기되었다.

그때는 가마에 올라 언제 돌아올지도 모르는 인질의 몸으로 이 길을 지나갔다. 오늘은 바로 그 길을 자기 자식을 처단할 결심을 가슴에 품고 지나고 있었다.

'먼저 니시오 성을 공고하게 하고 이어서 오하마의 사부로에게 할복을 명하러 간다……'

길을 반쯤 갔을 때 가도 양쪽으로 젓꼭지나무 생울타리가 빗속에 희미하게 이어져 있었다.

"아버님……"

바로 근처에서 토쿠히메가 부르는 것 같아 이에야스는 자기도 모르게 고삐를 당겨 말을 세웠다. 물론 그 근처에 토쿠히메가 있을 리 없다. 공허한 환청幻聽, 그러나 그 환청이 왠지 이에야스의 가슴을 두근거리게 했다.

'며느리인 토쿠히메까지도 그렇게 슬퍼하고 있다.'

만일 오하마의 울타리 한쪽을 열어놓는다면 가신 누구라도 노부야스를 어디론가 데려가주지 않을까……?

그 생각을 이에야스는 마음속으로 부끄럽게 여겼다.

'미련을 버려야 한다!'

엄하게 자신을 꾸짖고 다시 말을 몰았다. 그러나 한번 마음에 떠오른 생각은 집요하게 그의 가슴에서 떠나려 하지 않았다.

6

이에야스는 니시오 성에서 9일까지 머물렀다. 아니, 정확하게는 머물렀다기보다 진을 치고 있었다고 해야 했다. 무장도 풀지 않은 채 활과 총을 든 군사들을 거느리고 사방의 경계를 강화하는 것으로 나날을 보냈다.

줄기차게 내리던 비는 7일 오후에야 겨우 멎었다. 그날 밤 이에야스는 가장 가슴 조이고 초조한 시간을 보냈다.

그 무렵 노부야스의 구명을 호소하러 오는 사람은 하나도 없었다. 이미 이에야스의 결의가 확고하다고 모두에게 알려졌기 때문이다.

그동안 노부나가로부터는 노부야스의 문책장에 이어 노부야스를 처단하겠다는 뜻을 전한 이쪽 서신에 대한 답장이 왔다.

아버지와 가신에게까지 버림받은 이상 시비를 가릴 것 없이 이에야스 님 뜻대로 하시오—이런 내용이 씌어 있었다. 이미 예견했던 일, 별로 놀랍지도 않았다.

그날도 이에야스는 당번인 오구리 다이로쿠를 불러 지나가는 말처럼 물었다.

"사부로는 어떻게 지내고 있다더냐?"

오구리 다이로쿠는 오하마와 니시오 사이를 왕복하면서 노부야스의 동태를 낱낱이 이에야스에게 보고하고 있었다.

"전혀 달라진 것이 없습니다. 거실에서 한 걸음도 나오지 않고 근신하고 계십니다."

"알겠다."

이에야스는 한숨을 쉬었다.

명령은 엄격하게 지켜지고 있었다. 그러므로 안심해도 좋았으나 그것이 도리어 안타깝게 여겨졌다. 누군가가 자신의 가슴에 숨겨진 마음을 알아차리고 노부야스를 어딘가로 데려가지 않을까 하는, 가져서는 안 될 생각이 이에야스의 마음에서 사라지지 않았다.

오하마는 바닷가에 있었다. 육지의 경비는 삼엄했으나, 누군가가 야음을 틈타 몰래 작은 배를 타고 와서 노부야스를 납치해간다면 할복하라는 명령은 그대로 허공에 떠버린다. 그 사이에 토쿠히메의 애절한 심정이 노부나가에게 전해지면 혹시 노부야스가 목숨을 건질 수 있게 되지 않을까……?

'아니, 그런 생각을 해서는 안 된다! 내일은 할복을 명해야 한다.'

이것이 지난 며칠 동안 이에야스를 애타게 만든 망설임이고 초조감이었다.

오랜만에 비가 그치고 맑게 갠 가을하늘이 파랗게 얼굴을 내밀었다. 이에야스는 인간사의 번뇌에 새삼스럽게 분노를 느꼈다.

'그렇다, 오늘 밤에는 결정을 내리겠다.'

그날 밤 이에야스는 별이 빛나는 밤하늘을 쳐다보며 한참 동안 성안의 이곳저곳을 거닐었다.

일단 동요하기 시작한 마음이 끝내 결단을 내리지 못하게 했고, 결단을 내리지 못한 채 얕은 잠에 빠졌다가 새벽에 이르러서야 지금까지와는 전혀 다른 결심을 했다. 노부야스를 엔슈遠州의 호리에堀江로 옮기겠다—는 것이었다.

오하마에서는 이에야스의 명령이 지나칠 정도로 엄격하게 지켜졌다. 그러나 한쪽이 하마나浜名 호수에 면한 호리에로 옮기면 혹시 이에야스의 마음을 알아차리고 작은 배를 타고 나타날 자가 있을지도 모른다…… 그런 일을 할 수 있는 사람은 이번 일에 처음부터 관계하고 있는 사카이 타다츠구, 또 한 사람은 타다츠구와 같이 아즈치에 다녀온 오쿠보 타다요였다.

두 사람 모두에게는 이미 노부야스와 비슷한 또래의 아들이 있었다.

어째서 성주가 호리에로 옮기는 것일까 생각하고, 당연히 이 괴로운 아비의 마음을 깨달을 수 있을 것 같았다.

"생각하는 바가 있어 내일 아침 노부야스를 엔슈의 호리에로 옮기려 한다. 그 준비를 갖추도록."

마츠다이라 이에타다를 불러 이렇게 명했다. 갑자기 주위가 밝아진 듯한 기분이 들었다.

7

노부야스가 하마나 호수 북동쪽 기슭에 있는 호리에 성으로 옮겨진 것은 8월 9일이었다.

그날 노부야스는 아버지의 명령으로 오하마를 떠난다는 말을 듣고 눈을 내리깔며 중얼거렸다.

"아버님은 그토록 나를 엄중하게 다루어야 하는 것일까."

오하마는 오카자키와 가깝다. 만일에 가신들이 소요라도 일으키면 어떻게 할 것인가 싶어 아버지의 거성과 가까운 호리에로 옮기는 것이라고 노부야스는 해석했다.

"치카요시, 아버님께 염려하지 마시라고 전해주게. 이 사부로는 절대로 아버님을 원망하고 있지 않아."

노부야스는 맑게 갠 가을하늘을 쳐다보고 가마에 오르면서 크게 기지개를 켜고 치카요시에게 웃어 보였다.

"치카요시, 다시는 만날 수 없게 될지도 모르겠네."

치카요시는 얼굴을 돌리고 엎드린 채 아무 말도 하지 못했다.

"아버님을 잘 부탁하겠네. 그리고 모쪼록 건강하도록."

노부야스를 따라가는 것은 시동 다섯 명뿐. 도중의 경비는 모두 아버지가 데려온 하마마츠 성의 병사들이 담당했다.

이에야스는 일단 니시오 성을 나와 그 행렬이 사라지는 것을 지켜보고 나서 오카자키 성으로 돌아왔다. 이에야스에게는 그날 밤이 몹시 고통스러웠다. 끄덕끄덕 졸고 있으려니 호수를 저어 건너가는 노소리가 들려왔다. 요시다 성에서 사카이 타다츠구의 부하들이 노부야스를 빼앗아가는 꿈이었다.

"나중 일은 내가 책임지겠다. 어쨌건 사부로 님을 구해내라. 그렇지 않으면 내가 어찌 가신들에게 얼굴을 들 수 있겠느냐."

뱃머리에 서서 이렇게 외치는 타다츠구의 모습을 보고 꿈에서 깨어났을 때는 베개가 흠뻑 젖어 있었고, 주위는 이미 밝아 있었다.

이에야스는 자리에서 일어나 평소와 다름없이 호리에의 정보를 기다렸다.

도중에 누군가가 납치해가지는 않았을까? 아니면 타다츠구의 부하들이 배로 구출하지는 않았을까?

오늘은 반드시 무슨 소식이 있을 것이다—하는 생각으로 계속 초조하게 보냈다. 9일 밤에도 10일 밤에도 여전히 기적은 일어나지 않고, 노부야스는 호리에의 성에서 오하마에서와 마찬가지로 근신하며 조용히 책을 읽고 있다는 보고만이 들어왔다.

12일, 이에야스는 더 이상 참지 못하고 오쿠보 타다치카大久保忠隣를 불렀다. 타다치카는 타다요의 맏아들이었다.

"즉시 타다요한테 가서 호리에에 있는 사부로를 후타마타 성二俣城에서 인계받으라고 해라. 나도 이제부터 하마마츠로 돌아가겠다. 만사에 실수가 없도록……"

실수가 없도록—이라는 말에 힘을 주고 나서 이에야스는 아차 하는 생각이 들었다. 가신에게 수수께끼를 남겨주어야 하다니 이 얼마나 어리석은 아비가 되었는가 싶어 스스로 안타까워했다.

"알겠습니다. 즉시 후타마타 성으로 가서 그 뜻을 아버지께 전하겠습니다."

타다치카는 젊은 얼굴에 홍조를 띠고 힘차게 대답했다.

"그래, 잘 부탁한다."

이에야스도 전열을 가다듬고 오카자키를 떠났으나 마음속은 올 때보다도 더 암담했다.

'타다요, 그대만은 내 수수께끼를 풀어줄 것이다. 그래서 이렇게 타다치카를 보낸다……'

8

하마마츠에 도착한 이에야스는 다시 노부나가의 사자를 맞이했다.

사건은 어떻게 되었는가? 그 결과를 알고 싶다는 것이 구실이었으나, 실은 노부야스에 대한 처단을 서두르라는 독촉임이 분명했다.

"사부로는 지금 후타마타 성으로 옮겼소. 오카자키에서 사카이 타다츠구의 처사에 원한을 품고 소동을 벌일 자가 있을 것 같아 만일의 경우를 생각하여 취한 조치. 그리고 츠키야마는 하마마츠로 불러 내가 직접 문제를 규명할 것이오."

이에야스는 이렇게 대답하면서 츠키야마를 죽일 수 없다는 듯 일부러 양미간을 찌푸렸다.

"츠키야마 마님은 아직 그대로 오카자키에 계십니까?"

"그대로는 아니오. 울타리를 두르고 거실에 가두어놓았소. 하마마츠에 감옥을 마련할 때까지의 임시조치요."

노부나가의 사자는 일단 아즈치로 돌아갔다. 그러나 이미 노부야스에 대한 처단은 미룰 수 없는 상태에까지 이르러 있었다.

"노부야스는 여전하더냐?"

이에야스는 그 후에도 종종 사람을 보내 노부야스의 동정을 보고하게 했다. 후타마타 성은 적군과의 경계에 있었다. 거기서 한 걸음만 산악지대로 들어서면 도쿠가와의 세력권을 벗어난다.

'노부야스 녀석, 어째서 스스로 목숨을 보존하려는 노력을 하지 않는단 말인가.'

애타게 기적을 기다리는 동안 어느덧 8월 하순에 접어들었다. 하마마츠 서북쪽에 짓게 한 츠키야마의 임시거처가 마련된 것은 24일.

"츠키야마는 실성하여 광란상태에 있소."

그곳에 그녀를 유폐하고, 이렇게 말하여 천수天壽만은 다하게 하려는 것이 이에야스의 생각이었다.

이에야스는 26일에 이르러 오카자키에 사자를 보냈다.

"츠키야마를 하마마츠로 호송할 것. 중요한 죄인이므로 도중에 잘못이 없도록, 특히 오카자키에서 노나카 고로 시게마사, 오카모토 헤이자에몬 토키나카岡本平左衛門時仲, 이시카와 타로자에몬 요시후사石川太郎左衛門義房로 하여금 경호하도록 하라."

그때도 사자는 오구리 다이로쿠였다.

다이로쿠를 오카자키로 보내고 난 뒤 이에야스는 갑자기 오한과 현기증을 느꼈다. 가을이 완연하여 아침저녁으로 대기가 쌀쌀한 걸 느꼈다. 자리에 눕자 온몸의 뼈마디가 여간 쑤시지 않았다.

'아마 너무 피곤했던 모양이다……'

한 번도 병이라고는 앓은 적이 없는 이에야스도 이번 사건만은 상당히 몸에 무리였던 모양이다.

지금은 사이고西鄕 부인이라 불리는 오아이お愛가 머리맡을 떠나지 않고 간호하고 있었는데, 이에야스는 잠이 들면 때때로 헛소리를 했다.

"사부로! 어서 오너라. 내 뒤를 따라오너라!"

이렇게도 말했다.

"내가 잘못했어…… 곁에 두지 않은 것이 잘못이었어…… 할아버님, 할머님, 용서하십시오."

꿈속에서 엉엉 울기도 했다. 꿈속에서도 눈물은 얼마든지 나오는 모양이었다.

사이고 부인은 잠자코 그 눈물을 닦아주었다.

낙조落照의 그림자

1

해질 무렵의 가을 공기는 지나칠 정도로 건조했다. 불그레하던 서쪽 하늘은 이미 보랏빛으로 물들기 시작했다. 감탕나무의 열매를 찾아 몰려왔던 새들의 울음소리도 어느덧 멀어지고, 견고한 울타리로 둘러쳐진 저녁 어스름 속에는 물푸레나무의 꽃향기가 짙게 풍기고 있었다.

츠키야마는 아까부터 마루에 나와 서서 하늘을 쳐다보고 있었다. 버릇이 되어 있던 짙은 화장도, 시녀들이 두려워하던 눈동자의 노기도 오늘은 찾아볼 수 없었다. 조용하다…… 아니 그보다는 맑고 싸늘한 겨울의 호수를 연상케 하는 모습이었다.

"마님, 바람이 많이 차졌습니다."

지난해부터 있게 된 시녀 미노가 곁에서 말했다. 그러나 츠키야마의 귀에는 들리지 않는 모양이었다.

"아아, 까마귀들이 둥지로 돌아가는구나…… 기러기가 찾아올 날도 멀지 않았어."

"마님, 감기를 조심하셔야 합니다."

시녀의 두번째 말에야 츠키야마는 가만히 옷깃을 여몄다. 그러나 안으로 들어가려고는 하지 않았다.

"오미노."

"예."

"그 후에는 사부로 소식을 듣지 못했느냐?"

"예. 후타마타 성으로 옮기신 뒤 아직 아무런 소식도 없다……고 시동들은 말하고 있습니다마는."

"그래? 여기 있는 하인들은 나를 보기만 하면 얼른 모습을 감춘다니까. 내가 크게 못마땅한 모양이야. 나에 대해 무슨 말들을 하고 있는지 듣지 못했느냐?"

"예…… 아무 말도……"

시녀는 얼른 눈길을 피하고 고개를 숙였다.

아무 말도 듣지 못한 것이 아니었다. 토쿠히메가 노부야스의 구명을 위해 자기를 아즈치로 보내달라고 울면서 이에야스에게 호소했다는 소문이 퍼졌고, 그 뒤 모든 사람들의 원망은 츠키야마 한 사람에게 집중되고 말았다.

"그 훌륭한 작은 성주님을 그르친 것은 바로 마님이야."

"대관절 무슨 마음으로 코슈와 내통했을까."

"점잖지 못한 분이라 겐케이의 꾐에 넘어가 색정에 빠지다 보니 그렇게 된 거지."

"색정에 빠져 자기 자식을 망쳐놓다니 그야말로 악처, 악한 어머니의 본보기가 아닐 수 없어."

저마다 이런 소리를 했다.

"그 짐승 같은 여자, 아직도 자결하지 않았어?"

시녀 미노를 보면 거침없이 묻는 아시가루까지 있었다. 츠키야마가 자결하여, 카츠요리와의 내통은 자기 혼자만의 생각에서였다는 것을 밝히면, 노부야스의 구명은 이루어질지 모른다고 생각하는 사람이 적지 않았다.

"아뢰옵니다."

지금은 두 사람밖에 없는 시녀 중 하나인 아즈사가 츠키야마와 미노의 뒤에서 말했다.

"방금 노나카 시게마사 님이 오카모토 헤이자에몬 님, 이시카와 타로자에몬 님과 함께 오셨습니다."

"알겠다. 기다리고 있던 중이었어."

비로소 츠키야마는 저물어가는 하늘에서 눈길을 떼었다.

"바로 만나겠으니 이리 모셔라."

여전히 싸늘하고 맑은 표정인 채 방에 들어와 상좌에 앉았다.

"미노, 날이 어두워졌으니 등불을 밝혀라."

이때 시게마사를 선두로 하여 세 사람이 들어왔다.

2

"올해는 유난히 일찍 가을이 찾아온 것 같습니다."

노나카 시게마사는 이렇게 말하면서 흘끗 츠키야마를 쳐다보며 덧붙였다.

"오늘은 성주님의 사자로 왔으니 당연히 자리를 옮기셔야 하겠으나, 사사로운 말씀도 있으므로 그대로 계셔도 관계없습니다."

츠키야마는 그 말에는 바로 대답하지 않았다.

시녀 미노가 가져온 촛대에 불이 켜져 실내가 훤하게 밝아지기를 기다렸다.

"수고가 많았어요. 이 세나瀨名는 이에야스의 정실이므로 자리를 옮길 생각이 없어요."

세 사람은 저도 모르게 얼굴을 마주보았다.

'순순히 말을 들을 상대가 아니다……'

단단히 경계하는 눈빛이고 태도였다.

"이에야스 님이 무어라고 했는지 우선 그것부터 묻고 싶군요."

"예, 말씀 드리지요. 마님을 위해 하마마츠에 임시로 거처를 마련했으므로 그리로 옮기시라는 분부십니다."

"하마마츠로?"

츠키야마는 그들이 상상했던 것보다는 조용하고 대범하며 부드러운 태도였다.

"성주님도 연세가 들어 옛 아내가 아쉬워지는 모양이군. 그래, 언제 옮기라고 하시던가요?"

"우리 세 사람에게 옮기시는 길의 경호를 명하셨습니다. 이십칠일 새벽에 출발하여 이십구일 중으로 하마마츠에 도착하려고 합니다."

"알겠어요. 모든 것을 그대들의 뜻에 맡기겠어요."

세 사람은 서로 얼굴을 마주보지 않을 수 없었다. 이토록 순순히 받아들일 줄은 생각지 못했다. 예상이 어긋나 무슨 말을 해야 할지 모를 지경이었다.

"마님, 후타마타로 옮기신 작은 성주님은……"

이번에는 이시카와 타로자에몬이 입을 열었다.

"아무 일도 없이 조용히 근신하고 계십니다."

"그래요? 반가운 일이로군요."

"반가우시다니…… 마님께서는 작은 성주님에 대해 무슨 생각이라도 가지고 계십니까?"

"정말 이상한 질문을 하는군요. 모든 일이 이에야스 님의 뜻대로 움직이는 가문, 나 같은 것에게 무슨 생각이 있겠나요. 만일에 있다고 해도 통할 리가 없어요."

이 말에 성질이 급한 타로자에몬은 버럭 화를 내며, 무릎걸음으로 한 걸음 앞으로 나왔다.

"마님, 작은 마님께서는 작은 성주님의 구명을 위해 아즈치에 보내 달라고 성주님께 울면서 탄원하셨습니다."

츠키야마는 웃지도 않고 화를 내지도 않았다.

"그래요? 하지만 며느리는 며느리, 나는 나예요. 나에게는 아무런 생각도 없어요. 이에야스 님 마음대로 하라고 하세요."

"마님!"

참다못해 노나카 시게마사가 다시 몸을 앞으로 내밀었다.

"작은 성주님은 아직 후타마타 성에 살아 계십니다."

"그래서 반갑다고 한 거예요."

"그것은 어머니로서의 말씀이 못 됩니다. 언제 할복하라는 명이 떨어질지 모르는…… 그런 마당인데도 마님은 반갑다는 말씀을 하실 수 있습니까?"

"암, 반가운 일이에요."

츠키야마가 말했다.

"이 세나는 이에야스 님의 정실. 자식을 벌하고 기뻐하는 것이 남편의 즐거움이라면 나도 함께 기뻐하는 것이 부도婦道가 아닐까요, 헤이자에몬?"

3

헤이자에몬은 자기 이름이 불리자 얼른 눈길을 돌렸다. 세 사람 모두 이에야스의 명령을 전하기 위해서만 온 것은 아닌 듯했다.

"우리 세 사람에게……"

눈길을 돌린 채 헤이자에몬은 감정을 누르고 말하기 시작했다.

"마님을 하마마츠로 모시라는 분부가 내렸으나, 매우 어려운 임무여서 일단 사양했습니다."

"아니, 나를 하마마츠로 옮기는 일이 그렇게도 어렵나요?"

츠키야마는 여전히 싸늘한 목소리로 반문했다.

"예, 워낙 가신들이 크게 격분하고 있기 때문입니다."

"어째서?"

"작은 성주님을 사지死地로 몰아넣은 것은 어머니이신 마님, 그러한 마님을 살해하여 작은 성주님의 억울함을 풀겠다는 사람이 많습니다."

헤이자에몬은 대담하게 말하고 얼른 눈길을 돌렸다.

이미 바깥은 완전히 어두워지고 촛대의 불이 이따금 츠키야마의 그림자를 흔들었다.

"허어."

츠키야마는 입술을 일그러뜨리고 희미하게 웃었다.

"그렇게 위험한 일이라면 사양하면 될 것 아니오?"

"성주님은 허락을 내리시지 않았습니다. 모셔오라는 엄한 분부를 내리셨습니다."

이번에는 노나카 시게마사가 츠키야마를 노려보듯이 하고 말했다.

"마님! 부탁이 있습니다."

"이 힘없는 나에게 무슨 부탁이란 말이오?"

"마님께서 작은 성주님의 구명을 위한 탄원서를 쓰시고 자결하셨으면 합니다."

"뭐, 자결하라고……?"

츠키야마는 이러한 요구 역시 예상하고 있었는지 별로 놀라는 기색이 아니었다.

"이에야스 님의 명이요 아니면 그대들 세 사람의 생각이오?"

"우리 세 사람의 생각입니다."

일단 말을 꺼내자 시게마사는 물러서지 않았다.

"가신들의 분노가 상상 이상입니다. 아마 저희들이 모신다고 해도 무사히 오카자키를 떠날 수 없을 것 같습니다. 도중에 치욕을 당하는 것보다 여기서 자결하시는 편이 나을 것이라 생각합니다."

"호호호……"

츠키야마는 갑자기 옷소매를 입에 대고 웃기 시작했다.

"나는 이에야스 님의 좋은 아내가 되려고 굳게 맹세했어요. 이에야스 님의 명령이라면 어떤 벌이라도 받겠지만 가신인 그대들의 말에는 따를 수 없어요. 아무리 말해도 소용없어요."

"마님!"

드디어 타로자에몬이 큰소리로 외쳤다.

"작은 성주님이 애처롭지도 않습니까? 성주님이 아직도 작은 성주님께 자결을 명하지 못하시는 그 심정을 이해하지 못하십니까?"

"타로자에몬, 그대가 진정 내가 자결하기를 원한다면 이에야스 님에게 가서 자결하라는 명령을 받아오도록 하시오."

"성주님의 명이 내리시면 자결하시겠습니까?"

"그래요."

츠키야마는 담담하게 고개를 끄덕였다.

"도쿠가와 이에야스는 얼빠진 사람이라 노부나가 따위의 비위를 맞추기 위해 자기 처자를 살해한 자라고 후세에까지 웃음거리가 될 것…… 그래, 명령이 떨어진다면 깨끗이 자결하겠어."

노나카 시게마사는 깜짝 놀라 거칠게 무릎을 쳤다. 타로자에몬의 왼손이 허리에 찬 칼을 쥐고 있었기 때문이다.

4

시게마사는 타로자에몬을 제지하고 다다미에 두 손을 짚었다.

"다시 한 번 말씀 드립니다. 저희들의 거친 말에 대해서는 거듭 사죄드립니다마는, 작은 성주님을 위해 재고하시기 바랍니다…… 이렇게 빌겠습니다."

"시게마사……"

"예."

"두말할 것 없어요. 이 세나의 마음은 어떤 일이 있어도 움직이지 않아요."

"작은 성주님을 잃는 한이 있어도 성주님에 대한 원한을 버릴 수 없다는 말씀입니까?"

"그렇다, 나를 악마라고 불러. 마귀라고 불러. 시체를 뜯어먹어도 좋아! 나는 내 생각대로 행동하다가 죽을 거야…… 다시는 입을 놀리지 마라, 시게마사."

시게마사는 크게 어깨를 흔들고 두 사람을 돌아보았다. 두 사람의 얼굴에는 무섭게 노기가 떠올라 있었다.

"그러면……"

시게마사는 두 사람에게 작은 소리로 중얼거리고 일어섰다.

"이십칠일 새벽에 모시러 오겠습니다."

츠키야마는 대답하지 않았다. 등뒤로 날카로운 눈길을 느끼며 복도로 나와 타로자에몬이 토해내듯 말했다.

"역시 실성하셨어."

시게마사도 정체를 알 수 없는 분노를 가슴 가득히 느꼈다. 그러나 그것은 츠키야마에 대한 분노라고만은 할 수 없었다.

이마가와 요시모토의 조카로 시집온 마님. 사랑에 굶주려 자신을 주체하지 못하고 부부 사이의 벽을 더욱 높이 쌓아올린 가련한 여자. 전쟁으로 날이 새고 지는 전국戰局의 모략이 이런 여자의 불만을 놓치지 않고 마침내 모반이라는 엄청난 일을 저지르게 했다……

'도대체 이것은 누구의 죄란 말인가.'

"노나카—"

현관을 나와 허리를 구부리고 울타리에 하나밖에 없는 출입구를 빠져나오면서 오카모토 헤이자에몬이 말을 걸었다.

"누군가를 시켜 과감하게 살해하는 것이 상책 아닐까?"

시게마사는 대답 대신 하늘을 쳐다보았다.

"내일 모레는 제발 개었으면 좋겠는데."

"여기서 살해하면 자결한 것으로 통할 수 있어. 감시하는 아시가루들의 입만 막아놓으면."

"정말이지 못 말릴 분이야."

타로자에몬의 어조는 아직도 험악했다.

"아마도 마님은 전대미문의 악처일 것일세. 하필이면 그런 여자가 성주님의 마님이 되었다니. 어차피 나중에 살해될 것이라면 아까 나를 말리지 말았어야 했어."

"노나카—"

다시 헤이자에몬이 말했다.

"도중에 젊은 무사들의 습격을 받게 되면 더욱 수치스러울 뿐 아니라 많은 희생이 따를 것일세. 어떨까, 우리 세 사람이 처리하면?"

"잠시 더 생각해보세. 나는 마님이 무슨 생각을 하고 있는지 그것을 헤아려보고 있는 중이야."

"그럴 필요 없어. 상대는 실성해 있네! 우리는 실성한 사람을 상대하고 있는 거야, 노나카……"

타로자에몬도 마음으로는 이미 헤이자에몬의 의견에 찬성하고 있는 모양이었다.

노나카 시게마사는 팔짱을 끼고 묵묵히 걸어갔다.

5

27일은 맑게 개었다.

츠키야마는 현관 앞에 놓인 가마를 흘끗 바라보았다.

"다시는 돌아오지 못할 것이다."

전송 나온 두 시녀에게 싸늘한 말을 던지고 그대로 안에서 창을 닫았다. 곧 가마에 그물이 씌워지고 여덟 명의 아시가루가 경호하는 가운데 츠키야마는 울타리 밖으로 나왔다.

오늘은 노나카 시게마사도 나머지 두 사람도 전혀 말이 없었다. 그러나 때때로 마주치는 세 사람의 눈에는 무언가 슬프고도 엄숙한 표정이 숨겨져 있었다.

스고가와菅生川 어귀를 벗어날 무렵부터 차차 안개가 걷히기 시작했다. 가마 안은 조용하기만 했다.

문 밖으로 나왔을 때 어디선가 돌멩이가 가마를 향해 날아왔다. 돌멩이가 날아올 때마다 아시가루들이 얼굴을 마주보며 혀를 찼다. 돌을 던지는 상대에 대해서가 아니라 츠키야마에 대한 증오에서였다.

10리를 표시하는 이정표 가까이에 이르렀을 때 일행은 특히 주위에 신경을 썼다. 젊은 무사들이 가마를 탈취하러 올지도 모른다는 소문이 있었기 때문이다.

"습격해오면 가마는 그대로 두고 도망쳐야겠어."

"당연하지. 이렇게 무거운 것을 메고 도망칠 수는 없는 노릇이지."

아시가루 중에는 일부러 츠키야마가 들으라고 큰 소리로 말하는 자까지 있었다. 그럴 때에도 가마 안의 츠키야마는 한 마디도 하지 않았다.

"설마 잠이 든 것은 아닐 테지."

오카모토 헤이자에몬이 고개를 갸웃거렸을 정도로 조용했다.

그날은 아카사카赤坂 부근까지 와서 일박을 했다.

이튿날인 28일은 요시다에서 일박하고, 하마마츠 남서쪽에 있는 토미츠카富塚에 도착한 것은 29일 정오가 가까웠을 무렵이었다.

걱정했던 비는 내리지 않고, 그날도 햇살이 쨍쨍해 목덜미가 따가울 정도였다. 아시가루와 노나카 일행은 이따금 멈추어 땀을 닦고는 했다.

"이 부근에서 점심을 먹도록 하세."

후미진 강가에 배를 댔다. 가지를 늘어뜨린 소나무 세 그루가 일행을 손짓해 부르듯이 그늘을 만들고 있었다.

아시가루들이 배에서 가마를 내려놓자 노나카 시게마사가 부드럽게 말했다.

"우리는 마님께 다시 한 번 말씀 드릴 것이 있다. 너희들은 저 너머 풀밭에 가서 쉬도록 해라."

그리고는 가마의 그물을 벗기고 문을 열었다.

"마님, 이제 하마마츠가 눈앞에 있습니다."

"하마마츠를 눈앞에 두고 어째서 이런 한적한 곳에서 쉬려고 하느냐?"

노나카 시게마사는 흘끗 이시카와 타로자에몬과 눈길을 교환했다.

"황송하지만 이제 이 시게마사가 마님의 카이샤쿠介錯°를 하려고 합니다."

"뭐, 카이샤쿠…… 여기서 나를 베겠다는 말이냐?"

"할복하십시오. 간곡히 부탁 드립니다."

"셋이 합의한 것이로구나. 시게마사 혼자의 의견은 아닌 것 같아."

"아니, 이 시게마사가 혼자 부탁 드리는 것입니다. 황송하오나 작은 성주님을 위해……"

시게마사는 안이 잘 보이지 않는 가마를 향해 계속 머리를 조아렸다.

"부디 가문을 위해 자결하시기를…… 이렇게 부탁 드립니다……"

6

가마 안에서 내다보이는 밖은 지나칠 정도로 밝았다. 땀이 흐르는 시게마사의 이마도 그의 콧구멍 안에 난 코털도 뚜렷하게 보였다.

츠키야마의 눈에는 이미 분노의 빛이 없었다. 분노 이상으로 싸늘한 결의가 떠올라 있었다.

처음에는 마음껏 냉소하고 반항하려 했던 츠키야마의 얼굴도 이제는 점점 굳어지기 시작했다. 이에야스의 명령도 아니고 세 사람이 상의한 것도 아니라고 했다.

'옳은 일이니 내가 해야 한다……'

시게마사의 우직한 성격이 츠키야마의 성격과 정면으로 맞서 결판을 내지 않을 수 없는 결과로 몰아가고 있었다.

"마님, 시게마사는 새삼스럽게 마님의 잘못을 거론하지는 않겠습니다. 다만 불행하게 태어나신 분이라고…… 진심으로 동정하고 있습니다. 그대로 이 자리에서 자결하시어 이 시게마사가 카이샤쿠를 할 수 있도록 해주십시오."

한마디 한마디가 싸늘하고 무서운 살기를 품고 육박해왔다.

츠키야마는 저도 무르게 온몸에 소름이 끼치는 것을 깨달았다.

"시게마사! 그럴 수는 없다."

"부탁 드립니다. 가문을 위해서입니다."

"그대는 내 마음을 알지 못해. 서두를 것 없다. 내가 자결하지 않겠다는 것은 아니야."

"그러시다면 제발……"

시게마사는 허리에 찼던 칼을 뽑아 가마 앞에 놓았다.

"시게마사! 내 말을 잘 들어. 나는 이미 내 운명을 내다보고 있어. 나는 이에야스 님 앞에서 자결하려고 해. 잘난 체하면서도 실은 처자의 행복 같은 것은 마음에도 없는 냉혹한 남편 앞에서 여봐란 듯이 죽을 생각이야. 그러니 이 자리에서는 참아주기 바란다."

"안 됩니다."

시게마사의 표정은 미동도 하지 않았다.

"두 분이 모두 불운하십니다. 마님도 성주님도…… 그러니 마님, 어서 이 자리에서 자결하십시오."

"그럴 수 없다! 그대는 여자인 내 마음을 모르고 있어."

"그렇지 않습니다. 잘 알고 있기 때문에 성주님 앞으로 모시고 가지 못합니다. 이 이상 더 부부 사이, 부자 사이의 상처를 크게 하여 가문의 비극을 깊게 하시렵니까? 자, 카이샤쿠를 할 것이오니……"

"못 하겠어……"

츠키야마는 다시 한 번 외치고 이상하게도 용기가 치솟는 것을 깨달았다. 아니, 용기가 아니라 역시 죽음을 두려워하는 최후의 저항인지도 몰랐다……

'죽을 수 없다!'

생각하는 것과 동시에 츠키야마의 몸이 어두컴컴한 가마 안에서 오색 의상을 펄럭이며 눈부신 햇빛 속으로 나왔다. 아마도 도망칠 수 있다고는 츠키야마도 생각지 않은 모양이었다. 순간 시게마사의 왼팔이 츠키야마를 가마 지붕 쪽으로 밀어붙이고 오른손이 와키자시脇差°로 뻗쳤다. 이어 주위에 피의 무지개가 서는 것과 동시에 가슴을 움켜쥐고

소리치는 츠키야마의 신음소리.

"이놈! 감히 이런 짓을……"

"카이샤쿠를 하겠습니다."

하얀 햇살 아래 얼어붙을 듯한 시게마사의 목소리가 뒤엉켰다. 나머지 두 사람은 가마를 등지고 서서 가까이 오는 자가 없는지 망을 보고 있었다.

7

"이놈! 무엄하게도 나를…… 저주를 해주마."

맑게 갠 하늘 아래에서 가슴에 찔린 와키자시를 움켜쥐고 선 츠키야마의 모습은 처참하다기보다 한없이 슬프고 가련한 인간의 최후처럼 보였다.

"도쿠가와 집안이…… 존속하는 한…… 저주하고 또 저주하고…… 끝까지 저주할 것이다."

"마님, 진정하십시오."

시게마사는 츠키야마가 움켜잡은 와키자시를 뺄 마음이 나지 않아 풀 위로 번져가는 피에 눈길을 떨구었다.

"시게마사, 서둘러야 해."

타로자에몬이 재촉했다.

"이런 장면을 아시가루들에게 보여서는 안 돼."

"나는 죽지 않는다. 이대로는 죽을 수 없다. 원혼怨魂만은 이 세상에 남아……"

다시 소리지르기 시작한 츠키야마의 저주에 시게마사는 눈을 감은 채 와키자시를 잡아 빼었다.

"악!"

괴조怪鳥의 그것과도 같은 날카로운 비명.

"용서하십시오."

시게마사의 낮은 소리와 함께 츠키야마의 몸이 그대로 시게마사의 품안으로 쓰러졌다.

"잘한 일이야. 여기서 처리하지 않으면 마님은 틀림없이 성주님을 찌르려 했을 걸세."

타로자에몬이 다시 격려하듯 말했으나 시게마사는 대답하지 않았다. 두 팔에 묻은 피를 묵묵히 손수건으로 닦고 합장을 하고 나서 츠키야마의 몸을 가마 안으로 옮기고 문을 닫았다.

주위의 피를 닦으면서, 시게마사는 자기가 지금 30년 가까이 섬겨온 주군의 정실을 죽였다는 생각은 하지 않았다. 주위가 너무 밝아 신경이 제대로 활동하고 있는지조차 알 수 없었다.

"어쨌든 유해는 일단 성주님 앞에 옮겨놓고 지시를 받은 후 처리하는 것이 좋겠네."

오카모토 헤이자에몬의 말을 듣고야 비로소 시게마사는 퍼뜩 정신이 들었다.

"이것은 어디까지나 우리의 뜻에 따라 결행한 일……"

그렇게 하지 않으면 이에야스는 물론이거니와 노부야스도 가련하고 죽은 마님도 가련하다고 냉정하게 계산했던 시게마사였다.

"두 사람에게 부탁하겠네. 이 토미츠카 앞 골짜기에 이르러 마님이 가마를 세우고 자결하신 것으로 발표하세, 알겠나?"

"으음……"

"마지못해 카이샤쿠는 노나카 고로 시게마사, 그리고 검시檢屍는 오카모토 헤이자에몬 토키나카와 이시카와 타로자에몬 요시후사가 했다고 하세."

"음, 잘 기억하고 있어야겠군."

"아직 더위가 심해 유해를 그대로 둘 수 없어서 이 노나카 시게마사의 재량으로 이 마을의 니시라이 선원西來禪院에 매장하겠네. 두 사람은 이 사실을 염두에 두고, 이제 아시가루들을 불러주게. 유해를 선원으로 모셔야겠네……"

"알겠어."

타로자에몬이 크게 고개를 끄덕이고 아시가루들을 부르러 갔다.

"마님은 여기서 깨끗이 자결하셨다. 작은 성주님의 구명을 우리에게 부탁하고. 과연 어머니다운 마음가짐…… 모두 염불을 하도록. 유해를 다 같이 이 마을의 선원으로 모시기로 하자."

타로자에몬의 말을 듣고 있다가 시게마사는 그만 풀 위에 털썩 주저앉아 어린아이처럼 쿨쩍쿨쩍 울기 시작했다.

8

행렬이 별로 멀지 않은 니시라이 선원에 도착한 것은 아홉 점 반(오후 1시)이 될까말까 했을 때였다.

주지와의 교섭은 오카모토 헤이자에몬이 맡고, 노나카 시게마사는 이시카와 타로자에몬과 같이 아시가루들을 지휘하여 선원의 묘지 북쪽 한편에 동서 방향으로 매장할 땅을 팠다.

여름으로 되돌아간 듯 강렬한 햇살은 파올린 흙을 뜨겁게 태우고 있었다.

"이것으로 마님의 생애도 막을 내리는구나."

무덤을 다 팠을 때 주지가 승려에게 솔도파率堵婆°와 꽃바구니를 들려 가지고 왔다.

계명戒名은 비극에 말려든 자기 아들 노부야스의 구명을 위해 자결한 이에야스의 정실로 간주하여 사이코인도노 마사이와 히데사다 다이시西光院殿政岩秀貞大姉라고 정했다.

땅속에 가마째로 유해를 내려놓았을 때 노나카 시게마사는 다시 한 번 오열했다.

시게마사의 도덕관으로 볼 때 이것은 결코 '악'도 '불충'도 아니었다. 마님이 계속 그런 마음을 가지고 하마마츠에 도착했다면, 그녀는 결국 모반을 꾀한 죄인으로 취급되어 부정不貞한 아내, 무정한 어머니로서의 최후를 맞았을 터. 그 오명으로부터 구하기 위해서는 이렇게밖에 할 수 없었다고 자기 자신을 납득시키고, 유해도 그런 심정으로 대했다.

아시가루들의 손으로 흙이 덮이고, 독경소리가 근처에서 울어대는 때까치의 울음소리와 뒤섞였다.

"마님…… 이제는 편안해지셨을 것입니다. 마음을 진정시키고 서방정토로 여행을 떠나십시오."

시게마사는 입밖에는 내지 않고 마음속으로 똑같은 말을 몇 번이나 반복하면서 무덤 앞에 꽃을 바치고 향을 피웠다.

일행이 하마마츠 성에 도착한 것은 이미 서쪽 하늘이 낙조落照의 여운을 남기고 저물어가고 있을 때였다.

"어쨌든 내가 성주님을 먼저 뵙겠네."

시게마사는 성문을 들어서면서 두 사람에게 말했다. 처음에는 노골적으로 츠키야마에게 반감을 드러냈던 두 사람도 이때는 몹시 침통해져 어깨를 축 늘어뜨렸다.

"자진하여 목숨을 버리셨다고 말씀 드려야 하네."

이렇게 다짐했을 뿐이었다.

이에야스는 그날도 여전히 병상에 누워 있었다. 열은 이미 내렸으나 양쪽 뺨은 해쓱하게 살이 빠져 있었다. 근시들의 말에 따르면 미카타가하라 전투 이래 가장 안색이 좋지 않다는 것이었다. 시게마사가 들어가자 이에야스는 사이고 부인만 남기고 모두 물러가게 했다.

"수고가 많았네. 무사히 임시거처로 옮겼겠지?"

시게마사는 입술을 꼭 깨물고 병상에 누운 채로 있는 이에야스를 노려보듯이 보며, 굳은 목소리로 말했다.

"마님은 북토미츠카北富塚 건너편 골짜기에 오셨을 때 작은 성주님의 구명을 탄원하시며 자결하셨습니다."

"뭣이, 자결을?"

이에야스의 몸이 흠칫 움직이더니 그대로 잠시 동안 돌처럼 움직이지 않았다.

"그래? 여자의 몸이니 다른 방법도 생각할 수 있었을 텐데…… 좁은 소견으로…… 자결하게 만들었구나."

자결케 만들었다는 말을 듣고 시게마사는 그 자리에서 머리를 조아렸다.

우리가 죽였다는 것을 민감하게 간파하고 있다…… 이런 생각에 온몸이 오그라들어 이에야스의 얼굴을 똑바로 볼 수 없었다.

그 후의 달

1

후타마타 성에 도착한 이후 하마마츠에서 따라온 시동말고는, 노부야스의 면회는 금지되어 있었다.

오늘도 노부야스는 아침부터 『논어論語』만 읽으면서 아무와도 말을 하려 하지 않았다.

노부야스의 시중을 들고 있는 시동 중에서 둘은 부엌으로 저녁상을 가지러 가고, 둘은 자기들 방에 있었다. 그래서 지금 노부야스 곁에는 열다섯 살인 키라 오하츠吉良於初가 있을 뿐이었다.

이미 9월도 14일이었다. 그곳에는 가을이 일찍 찾아와 여기저기 옻나무에 단풍이 들어 곧 서리가 내릴 것을 예고하고 있었다.

"오하츠—"

실내가 차차 어두워지기 시작했다는 것을 깨달은 노부야스는 책을 덮고 옆에서 혼자 자리를 지키고 있는 시동에게 말했다.

"날이 어두워지는구나."

"예. 등을 가져올까요?"

"아니, 그럴 필요는 없다. 오늘은 십사일, 달이 떴을 것이다. 창을 열어다오."

시키는 대로 오하츠가 창을 열었다.

"오, 물푸레나무 향기가 좋구나. 참, 이상한 일이야."

노부야스는 웃었다.

"이런 일이 생길 때까지는 달이나 꽃 같은 것에는 관심도 없었는데, 즐거움이란 생각지도 않은 곳에 있는 모양이다."

오하츠의 생가인 키라 가는 이마가와 가와 마찬가지로 아시카가足利 가문의 일파였다. 이번 사건은 다정다감한 이 열다섯 살 소년의 가슴에도 비극으로 느껴지고 있었다.

"작은 성주님!"

떨리는 목소리로 주저하듯 말했다.

"더 이상 숨길 수 없습니다. 마님께서는 지난 달 이십구일에 세상을 떠나셨다고 합니다."

"뭐, 어머니가 지난 달 이십구일에……"

"예. 타다치카 님에게 들은 것은 지난 십일이었습니다."

"그랬었구나…… 십일부터 나흘 동안 너는 그 일을 혼자 가슴에 숨겨두고 있었구나."

"예…… 작은 성주님의 심정이 어떠실지 생각하니 차마 말씀 드릴 수 없었습니다."

"그럴 것이다…… 어디서 처형당하셨다더냐, 오카자키에서였느냐?"

"그게 아니라……"

오하츠는 잠시 말을 더듬었다.

"하마마츠로 옮기시는 도중 토미츠카라는 곳에서였다고 합니다. 처형을 당하신 것은 아닙니다. 작은 성주님의 구명을 성주님께 탄원하시면서 자결하셨다 합니다."

노부야스는 그 말에 벌떡 일어나 창가로 걸어갔다. 눈물을 보이기가 괴롭기 때문이기도 했으나 어머니의 자결을 믿을 수 없기 때문이기도 했다.

이렇게 기거하게 되면서부터 노부야스는 비로소 부모의 비극이 어디에 그 원인이 있는지 알 것 같았다.

'두 분 모두 성격이 너무 과격했다……'

아버지는 과연 난세의 남자답게 조심성과 끈기가 있었고, 어머니는 여자의 입장에 너무 집착하여 자아自我를 굽히지 않았다. 그 어느 쪽이 옳은지는 노부야스로서는 잘 알 수 없었다. 다만 두 사람을 그렇게 만든 이면에서는 자라온 세계의 차이를 뚜렷이 느낄 수 있었다.

'아버지처럼 자랐으면 반드시 아버지같이 될 것이고, 어머니처럼 자랐으면 대개는 어머니같이 될 것이야……'

"오하츠, 달이 떴어. 이리 와서 구경하지 않겠느냐?"

노부야스는 얼굴을 돌려 밖을 내다보면서 가만히 눈물을 닦았다.

2

오하츠가 노부야스의 발치에 와서 앉았다.

과연 저물기 시작한 보랏빛 하늘에 혼구산本宮山의 모습을 뚜렷이 떠올리면서 14일 밤의 달이 고개를 내밀고 있었다. 그 능선 밑의 경치가 잔뜩 불만을 간직하고 검게 침묵하고 있는 것처럼 보였다.

"작은 성주님…… 저는 이 세상이 이토록 불쾌한 것인 줄 몰랐습니다……"

오하츠는 노부야스보다는 자기 자신에게 말하는 듯한 어조로 말끝에 감상을 담았다.

"저의 집안은 아시카가 쇼군將軍°의 일족입니다. 이미 멸망할 수밖에 없다고 운명에게까지 버림받은 일족…… 그런 마당에 도대체 무엇을 맛보게 하려고 저를 태어나게 했을까요? 저는 이곳에 온 이후 노상 그 생각만 했습니다."

노부야스는 여전히 시동에게 등을 돌린 채 말했다.

"오하츠, 아버님은 말이다…… 너무 괴로우신 나머지 병환이 나셨다는구나."

"아니, 누구에게 그런 말씀을 들으셨습니까?"

"나에게도 때때로 찾아오는 사람이 있어. 그 사람의 이름은 말하지 않겠다. 그 사람은 나더러 도망치라고 권하고 있어. 아버님이 그러기를 바라신다고…… 그래서 이름은 밝히지 않지만, 아버님은 분명히 그런 면을 가지신 분이야."

오하츠는 믿을 수 없다는 듯 고개를 저었다.

"성주님께 그런 뜻이 계셨다면 어째서 마님의 자결을 만류하지 않으셨겠습니까? 저는 그렇게 생각지 않습니다."

"그럼, 너는 어떻게 생각하느냐?"

"외곬으로만 생각하시는 성주님, 마님이 죽음으로써 간하신 결과 이렇게 되었다고……"

"허허…… 그럴 듯한 말이로구나."

노부야스는 가볍게 웃고 시동의 말을 중단시켰다.

"아마 재작년의 일이었을 것이다. 아버님이 이 노부야스와 어머님이 두려워 오만お万이 낳은 오기마루於義丸를 친자식으로서 대면하시지 않은 게……"

"그런 일이 있었습니까?"

"음, 그래. 나는 일부러 사람을 보내 오기마루를 오카자키로 불렀지…… 그리고 아버님이 오카자키에 오셨을 때 이 사부로의 유일한 동생을 아무 말씀도 말고 만나보시라고 부탁했어."

"전혀 모르고 있었습니다…… 처음 듣는 이야기입니다."

"그때의 아버님 얼굴, 지금도 생생하게 기억하고 있다. 처음에는 노하신 것처럼 나를 노려보고 나서 이윽고 눈시울을 붉히며 고개를 저으셨어. 아버님은 이 세상에서는 질서가 첫째, 화합이 첫째라고 하시며, 때로는 엄격히 사사로운 정을 무시하는 경우가 많으시다. 나는 강력하게 부탁 드렸어. 이 노부야스와 이미 대면이 끝난 동생, 아버님이 허락하시지 않으면 형제가 다시 헤어질 수밖에 없다, 우리 형제를 가엾게 여기신다면 부디……라고. 아버님은 느닷없이 내 어깨를 붙잡고 우셨어. 그러나 말씀은 여전히 엄하셨지. 네가 그러기를 바란다면 하고 오기마루를 불러들였으나 무릎에는 앉히지 않고, 너는 훌륭한 형을 가졌다 이 한마디만을 하셨을 뿐이야…… 알겠느냐? 그러한 아버님이기에 이번 일로 병환이 나셨을 것은 뻔한 일…… 이 노부야스는 어머니를 돌아가시게 하고 아버님께 고통을 드린…… 불효자였어."

어느덧 달은 능선을 벗어나 이 주종主從의 그림자를 뚜렷이 마루에 떨어뜨렸다.

3

"오하츠, 나도 이 성에서 도망치면 살아남을 수 있을 것이라곤 생각하고 있다. 타다치카는 그걸……"

말하다 말고 노부야스는 당황했다. 자기한테 도망치도록 권한, 말해서는 안 될 사람의 이름을 그만 입밖에 내었다.

"아니, 내게 도망치기를 권한 자는…… 지금 죽으면 개죽음이나 다름없다는 것이었다. 살아남아 훗날에 대비하는 것이 효도라고도 했어…… 나는 그렇게 생각하지 않아. 여기서 도망친다면 갈 곳이라고는 적지敵地, 싫더라도 한번은 카츠요리를 만날 수밖에 없어. 카츠요리를 만나면 아즈치의 장인이 품은 의혹이 사실이 아니었다는 증거가 나중에 아무것도 남지 않게 돼…… 알겠느냐, 오하츠?"

어느 틈에 오하츠는 두 주먹을 무릎에 얹고 울고 있었다.

오하츠 역시 마음속 어딘가에서 노부야스가 도망쳤으면 하는 생각을 하고 있었다는 것을 깨달았다. 그러기 위해 아버지 이에야스에 대한 반감을 부추겨야 한다는 의식도 있었다.

"그러니 오하츠, 이 노부야스에게 부모에 대한 말은 하지 마라. 나는 지금까지 내가 믿어온 길을 흔들림 없이 그대로 걸어나갈 생각이다. 도망쳐서 오쿠보 부자에게 누를 끼치고 아버님을 의심받게 하며 내 결백을 애매하게 만드는 것이 얼마나 어리석은 일인가를 깨달았어."

"작은 성주님! 용서하십시오. 제가 어리석었습니다."

"저것을 좀 보아라. 달이 점점 더 높이 떠오르고 있다. 눈물을 닦고 위대한 자연의 모습을 보도록 해라."

"예……"

"이 노부야스는 행복했다…… 어머니에게도 사랑을 받고, 아버님께도 병환이 나실 만큼 사랑을 받았어…… 아니, 말이 좀 지나쳤는지 모르겠다. 그렇다면 불효자였다고 말을 고치겠어. 어머니를 자결하게 만들고 아버님을 병상에 눕게 한…… 그래서 그나마 마지막만은 옳고 강해져야겠다고 생각했지."

"그러시면, 역시 자결을……?"

"아니, 죽는 게 아니야!"

노부야스는 강하게 고개를 가로저었다.

"지금까지 이 노부야스가 살아온 것은 나의 삶이 아니었어. 세파에 휩쓸리며 내 자신을 잃어버린 허망한 그림자에 지나지 않았지. 이제부터는 내 의사를 관철시키겠다. 올바르게 내 생각대로 살겠어."

이렇게 말하는 동안 노부야스는 자신의 죽음이 시시각각 험한 골짜기를 향해 다가감을 느꼈다.

'나는 아무래도 죽고 싶은 생각이 든 모양이다……'

이때 시동 둘이 촛대를 들고 나타났다.

"지금 진지를 가져오려 하는데 먼저 덧문을 닫았으면……"

한 사람이 말했다. 노부야스는 뒤를 돌아보고 말했다.

"그래, 달도 보았으니 닫도록 해라."

이때 문득 마루 밑에서 움직이는 사람의 그림자를 발견했다.

"누구냐, 거기 있는 자가 누구냐?"

"예, 타다치카입니다."

"타다치카, 듣고 있었구나?"

"예. 하마마츠에서 사자가 와서 그 말씀을 드리러 왔다가 그만……"

타다치카는 달빛 아래 움츠리고 앉아 노부야스를 쳐다보고 있었다.

노부야스는 그 눈에 서린 격한 감정을 깨달았다.

"하마마츠에서 누가 왔느냐?"

지나치게 가라앉은 조용한 목소리로 물었다.

4

"하마마츠에서 핫토리 한조 마사나리服部半藏正成 님과 아마가타 야마시로노카미 미치츠나天方山城守道綱 님이……"

타다치카는 나직한 소리로 말했다.

"부탁이 있습니다."

그리고는 깊이 고개를 숙였다.

"성주님의 심중은 두 사람의 이야기로도 짐작이 되시리라 믿습니다만, 이 타다치카의 눈에 잘못이 없다고 여기신다면 생각을 바꾸시기 바랍니다……"

도망치라는 말은 차마 하지 못하고 다시 똑바로 쳐다보는 타다치카였다.

노부야스는 그 강한 눈길에 위압당하지 않으려 했다.

"하하하……"

그래서 짐짓 소리내어 웃었다.

"음, 하마마츠에서 온 사람이 한조와 야마시로란 말이지. 그럼, 곧 그들을 만나보겠다. 타다치카, 내 말을 들었다면 다시는 아무 말도 하지 말게. 이 노부야스는 아주 강한 사람일세."

"강한 것만이 무장의 진면목은 아닙니다. 아까 무어라고 하셨습니까? 성주님은 생각하시는 바를 입밖에 내시지 않는 일면이 있으시다고…… 결코 성주님 혼자 그러시는 것은 아닙니다. 생각한 바를 생각한 대로 말할 수 있는 세월이 언제 올지…… 작은 성주님! 이렇게 애원합니다……"

노부야스는 탁 장지문을 닫았다.

"다시는 그런 소리 말고, 어서 하마마츠의 사자를 이리 안내하라."

곁에 오하츠가 있다는 것도 잊어버리고 노부야스는 비틀거리듯이 앉았다.

지금은 타다치카의 단호한 의지가 두렵고 부담스러웠다. 만일 타다치카의 말대로 이 후타마타 성에서 탈출하여 이름도 없는 타케다 쪽 병사에게 잡히기라도 한다면…… 그럴 우려가 있기 때문에 타다치카가 자주 은밀하게 찾아와 도망치기를 권하고 있지만, 그 아버지 타다요는 찾아오지 않았다. 아니, 타다요가 찾아와 권할 정도라면 아버지도 분명히 그런 뜻을 전했을 것이다…… 모두가 생각하는데도 말하지 못하는 이면에는 아무도 알지 못할 장래에 대한 위험을 느끼기 때문임이 틀림없었다.

"작은 성주님!"

아직 타다치카는 포기하기 않은 모양이었다.

"작은 성주님! 잠시 마루에 나오셔서 모습을……"

노부야스는 대답하지 않았다.

타다치카의 집요한 권유는 도리어 하마마츠에서 온 사자의 말이 어쩔 수 없는 지경에 이르렀다는 것을 말해주는 증거처럼 보였다.

"작은 성주님!"

어느 틈에 시동의 수가 셋으로 늘어나 여섯 개의 눈이 불안하게 노부야스를 바라보고 있었다.

"상관없으니 대답하지 마라."

그 여섯 개의 눈에게…… 아니 그보다는 역시 자기 자신을 향해 중얼거리는 노부야스였다.

"여기서 마음이 움직이면, 이 노부야스는 후세에까지 미련하고 철부지였다는 오명을 남기게 된다."

"돌아가신 것 같습니다."

잠시 후 오하츠가 작은 소리로 말했다. 세 사람의 시동이 모두 바깥에 귀를 기울이는 표정이었다.

장지문을 중간쯤 하얗게 비치는 달빛 밑으로 귀뚜라미소리가 들리기도 했다.

"오하츠, 너희들은 물러가 있거라."

"예…… 하지만 어째서 곁에 있으면……"

"하마마츠에서 온 사자를 만나보기 위해서야. 걱정할 것 없다, 그런 눈으로 보지 마라."

"예."

시동 셋이 나간 뒤 노부야스는 가만히 와키자시를 칼집째 허리에서 뽑아들고 조용히 눈을 감았다.

5

달빛이 밝아지면서 귀뚜라미소리가 더욱 가슴 깊이 스며들었다.

노부야스는 조용히 겹옷의 가슴을 열고, 문득 소나무 가지에 목을 매고 죽은 아야메의 얼굴을 떠올리고 있었다. 아야메의 얼굴이 어린 두 딸의 얼굴로 변하고 다시 아내 토쿠히메의 얼굴로 변했다.

"아버님……"

노부야스의 입술이 희미하게 움직였다.

"두 사람의 사자는 이 노부야스 만나기를 꺼릴 것이 분명합니다. 노부야스는 마지막으로 친절을 베풀어 그들을 괴롭히지 않고 떠나겠습니다. 웃고 있습니다, 이 노부야스는……"

이때, 멀리서 복도를 건너오는 발소리가 들렸다.

저녁상이 나오는 것일까, 아니면 하마마츠에서 온 사자가 단단히 결심을 하고 찾아오는 것일까?

'세 사람의 발소리……'

노부야스는 얼른 옷깃을 여몄다.

단단히 결심을 하고 온, 아버지가 보낸 사자를 만나야 한다. 만나서 할말 하고 그 다음에 조용히 할복하는 것이 자기 목숨에 대한 예의이기도 하다.

"아뢰옵니다."

발소리가 옆방에서 그치고 오쿠보 타다요의 음성이 들렸다.

"하마마츠에서 핫토리 한조, 아마가타 야마시로 두 사람이 왔습니다. 안내하겠습니다."

"그래? 들어오도록 하게."

얼른 미닫이가 열렸다.

"자, 들어가게."

타다요는 두 사람을 들여보내고 시동들에게 손짓했다.

"너희들은 부엌에 가서 식사하도록 해라."

핫토리 한조와 아마가타 야마시로는 촛불 너머로 노부야스의 태연한 모습을 보고 얼른 머리를 조아렸다.

"핫토리 한조입니다."

"아마가타 야마시로, 주군의 명을 받들고 왔습니다."

"오, 잘 왔네. 아버님이 병환이시라는 말을 들었는데 지금은 어떠신가?"

"예, 지금은 쾌차하시어 그제 아침부터 평소와 다름없이 냉수욕을 하고 계십니다. 이번에 저희 두 사람이 온 것은……"

핫토리 한조가 용기를 내어 단숨에 말하려는 것을 노부야스가 제지했다.

"서두를 것 없네, 한조. 아직 물어볼 일이 있어."

"예."

아마가타 야마시로는 한조 옆에서 계속 머리를 조아리고 있었다. 오쿠보 타다요는 혼자 등을 돌리고 옆방으로 통하는 문지방에 묵묵히 팔짱을 끼고 앉아 있었다.

그 타다요의 모습이 노부야스의 마음에 걸렸다. 보기에 따라서는 접근하려는 자를 경계하는 것 같기도 하고, 또는 앞으로 이 방에서 어떤 일이 벌어질지를 알고 대비하고 있는 것 같기도 했다. 핫토리 한조는 귀신이라는 별명을 듣고 있는 사나이, 아마가타 야마시로 역시 호탕하기로 소문이 나 있었다.

'혹시 이 두 사람은 노부야스가 할복을 거절할 경우 그 자리에서 베라는 명령을 받고 왔는지도 모른다.'

이런 생각을 하면서 노부야스는 스스로도 이상할 만큼 마음이 가라앉았다.

"어머니가 지난 달 이십구일에 자결하셨다는데 사실인가?"

"예, 그렇습니다."

"알았다. 한조, 이 노부야스도 자결할 것이니 마침 이 자리에 있는 그대가 카이샤쿠를 해주게."

6

한조는 흠칫 어깨를 떨면서 아마가타 야마시로와 마주보았다. 그가 명령받고 온 것은 노부야스의 상상대로 카이샤쿠를 하는 역할이었다.

이에야스는 한조에게 명할 때 병상을 치우게 한 거실의 탁자 앞에 앉아 무언가를 쓰고 있었다.

"한조, 다름이 아니라 자네가 후타마타에 가서 사부로의 카이샤쿠를 해야겠어. 또 아즈치에서 독촉이 왔네."

일단 옮겼던 눈길을 다시 창 밖으로 돌리면서 담담한 어조로 말했다.

"오다 님으로서는 한번 꺼냈던 말이어서 어떻게 처리되었는지 궁금한 모양일세."

한조는 소스라치게 놀랐다.

"성주님, 그런 분부시라면……"

제발 다른 사람에게 하고 말하려고 계속 머리를 조아렸다.

"한조."

"예."

"실은 이 역할을 시부카와 시로에몬澁河四郎右衛門에게 맡기려고 했으나, 삼대에 걸쳐 은혜를 입은 주군에게 차마 칼을 댈 수 없다……고 어젯밤에 종적을 감추고 말았어. 고지식하고 또 소심한 녀석이라서 말일세. 자네가 후타마타에 가서 타다요와 잘 상의하여 실수가 없도록 단단히 각오하고 일을 처리해주게."

다시 흘끗 한조를 바라보았다.

"검시할 사람으로는 아마가타 야마시로를 딸려보내겠어."

한조는 계속 이 일을 다른 사람에게 명해달라고 하며 머리를 조아렸다. 이에야스는 몹시 화가 난 듯 두 눈을 부릅뜨고 밀어붙였다.

"그토록 이 일이 하기 싫은가?"

할 수 없이 명령을 받들고 올 수밖에 없었던 한조, 노부야스가 먼저 카이샤쿠를 부탁하자 그만 고개도 들지 못했다.

"어때, 카이샤쿠를 해주겠지?"

"예…… 예. 그러나……"

"그러나, 어떻다는 것인가?"

"원……원……원통하옵니다. 이런 일이 생기다니."

노부야스는 그 말에는 대답을 하지 않았다.

"타다요, 이미 내 마음은 확고해. 어서 자리를 준비하게."

타다요는 여전히 등을 돌린 채 나직한 소리로 대답했다.

"예."

그러나 움직이지 않았다.

한조는 이때 갑자기 불안을 느꼈다.

'혹시 할복하게 해서는 안 되는 것이 아닐까?'

이에야스는 그가 노부야스의 목을 베지 못할 줄 알고 일부러 시부카와 시로에몬의 잠적을 이야기했는지 모른다는 생각도 들었다.

'삼대에 걸쳐 은혜를 입은 주군에게 차마 칼을 대다니……'

"작은 성주님!"

한조는 절규하듯 부르고, 갑자기 타다요 쪽을 향했다.

"작은 성주님께…… 작은 성주님께…… 이 자리에서 달리 해드릴 것은 없는지……"

"없어!"

노부야스는 단호하게 말하고 어느 틈에 조용히 웃옷을 벗고 있었다. 마음이 결정되었을 때를 대비해 하의는 이미 흰 것으로 갈아입고 있었다. 그러나 그것은 수의壽衣에 어울리는 순백색은 아니었다.

"알겠나, 나를 너무 괴롭히지 말게. 아마가타 야마시로, 검시는 꼭 하고 돌아가도록 하게."

노부야스는 아무런 주저도 없이 와키자시를 빼어 가만히 촛불에 비쳐 보았다.

7

싸늘하게 빛나는 칼날에 촛불의 빨간 불빛이 스미듯 다가와 따스하게 머물렀다.

할복할 자리를 준비하라는 명을 받은 타다요를 비롯하여 한조도 야마시로도 숨을 죽이고 움직이지 않았다. 무언가 돌이킬 수 없는 엄청난 실책의 고리가 지금 거역하지 못할 힘에 의해 조여들고 있다…… 모두들 이런 불안에 사로잡혀 있었다.

노부야스는 이같은 정적의 밑바닥에서 다시 한 번 귀뚜라미소리를 확인했다.

이미 세상을 떠났다는 어머니를 생각하고, 또 아내와 자식과 아버지의 얼굴을 점검하듯 떠올렸다.

"좋아, 새삼스럽게 준비할 것도 없을 테지."

"……"

"한조."

"예."

"아버님께 이 한마디만은 다시 한 번 전해주게."

"예……?"

"이 노부야스는 천지신명께 맹세코 한 점의 잘못도 없었다는 것을."

"작은 성주님!"

"아니…… 새삼스럽게 그런 말조차 할 필요가 없을 거야…… 아버님은 이 노부야스가 결백하다는 것을 잘 알고 계실 테니까. 그래, 그 말은 하지 말도록, 한조. 다만 노부야스가 깨끗이 할복했다고 전해주게. 원한도 품지 않고 눈물도 흘리지 않으면서 의연하게 죽어갔다는 말만 전해주게."

"작은 성주님!"

"그럼, 부탁하네."

노부야스는 이 말만을 하고 와키자시의 칼끝에서 4, 5치쯤 되는 곳에 옷소매를 감았다.

"스물한 해의 생애였어. 그동안 이것저것 많은 것을 괴로워했다. 그러나 지금 아무런 후회도 없어. 달이 점점 더 밝아지는구나. 타다요, 많은 신세를 졌네. 타다치카에게도 잘 말해주게. 그럼, 먼저 떠나네."

배 왼쪽에서 칼끝이 푹 찔리는 소리가 났다.

"작은 성주님!"

'모든 것은 끝났다!'

한조는 핏발이 선 눈을 들었다. 동시에 이 불행한 젊은 주군을 오래 괴롭히지 않으려는 무인의 본능이 바로 칼을 들고 뒤로 돌아가게 만들었다.

“작은 성주님! 이 핫토리 한조 마사나리가 분부에 따라 카이샤쿠를 하겠습니다. 용서하십시오!”

“으으……”

새빨간 피가 무서운 기세로 미닫이 쪽으로 뿜어지고 겨우 목의 얇은 가죽만 남긴 채 머리가 앞으로 푹 꺾였다. 이어 몸통이 그 위에 겹치듯 쓰러졌다.

장지문에 비친 달빛이 점점 어두워지고, 아래쪽에 겨우 한 줄기 빛만이 뚜렷하게 하얀색으로 남아 있었다.

어둠 속에 방안이 피 냄새로 칙칙하게 가라앉았다. 한조는 피묻은 칼을 늘어뜨린 채 천치처럼 멍하니 서 있었고, 아마가타 야마시로는 두 무릎에 손을 얹고 똑바로 앉아 화석처럼 굳어 있었다. 타다요는 여전히 등을 돌린 채 무섭게 어깨를 떨고 있었다.

핫토리 한조가 갑자기 괴성을 지르고 촛대 하나를 칼로 자른 것은 그로부터 잠시 후의 일이었다. 그는 잘려나간 촛불을 미친 듯이 짓밟고 그 자리에 칼을 던지면서 큰 소리로 엉엉 울었다.

8

노부야스의 주검에 먼저 손을 댄 사람은 아마가타 야마시로였다. 그는 공손히 절을 하고 노부야스의 머리를 몸에서 잘라내어 얼른 옷에 쌌다. 유해는 타다요가 벽장에서 옷을 꺼내 덮어주었다……

모든 것이 끝났다는 허탈감과, 무서운 광풍이 몰아닥칠 것 같은 불안이 세 사람의 마음을 똑같이 지배하고 있었다.

타다요의 아들 타다치카가 달려온 것은 세 사람이 망연히 생각에 잠겨 있을 때였다. 타다치카는 다다미와 미닫이에 뿌려진 피를 보았다.

"아뿔싸!"

신음하듯 말하고 누구에게랄 것 없이 대들었다.

"이래도 되는 일이오…… 이래도……? 세상에서는 노신들 중에서 대관절 누가 작은 성주에게 목숨을 걸고 간했느냐고 수군거리고 있소. 잘못을 알고도 간하지 못했다면 아첨꾼일 수밖에 없소. 그런 아첨꾼들이 작은 성주님의 목을 베어도 된단 말이오……?"

"타다치카, 닥치지 못할까."

타다요가 나무랐으나 그 목소리에는 힘이 없었다. 사카이 타다츠구와 함께 노부나가의 유도에 말려들어 아즈치에서 입에 올린 경솔한 말이 결국 무섭게 그를 괴롭히기 시작했다.

"도대체 누가 카이샤쿠를 했소? 어째서 다시 한 번 뜻을 바꾸도록 권하지 않았다는 말이오?"

"타다치카, 용서해주게. 너무 오래 괴로움을 드릴 수 없어 카이샤쿠를 한 것은 바로 이 한조일세."

핫토리 한조가 자세를 바로 하고 타다치카 앞에 두 손을 짚었다. 아마가타 야마시로가 당황하며 그를 제지했다.

"아니, 핫토리 님이 아니야. 핫토리 님이 차마 칼을 대지 못하고 우시기 때문에 이 아마가타 야마시로 미치츠나가 카이샤쿠를 했네. 타다치카, 이 미치츠나는 더 이상 무사로 있기가 싫어졌어. 그것을 증명하기 위해 가문도 녹봉도 버리고 이렇게 사죄하겠네……"

"아니, 가문도 녹봉도 버리고 사죄하겠다고……?"

"그렇다네, 이 역할을 맡았을 때부터 코야산高野山으로 출가할 각오를 하고 하마마츠를 떠났네…… 오쿠보 님, 핫토리 님, 작은 성주님의 장례를……"

이때 타다치카는 무슨 소리를 들었는지 벌떡 일어나 옆방의 미닫이를 열었다.

"오, 너는 오하츠가 아니냐? 여러분, 시동 키라의 오하츠가 주인을 따라 할복했소."

타다치카의 절박한 외침소리에 모두 벌떡 일어섰다.

타다치카는 가만히 촛불의 불똥을 잘랐다.

"그렇구나, 네가 주인을 따라 할복했구나……"

소년이었던 만큼 이번 사건이 오하츠로서는 더욱 견딜 수 없었을 것이다. 이렇게 생각하자 비로소 노부야스의 죽음까지도 대번에 비참한 파도가 되어 타다치카를 엄습했다.

"그렇구나…… 오하츠 너는……"

어느 틈에 나머지 세 사람도 문지방 옆에 와서 앉았다. 오하츠를 위해 합장을 해야 하는 것일까? 그 여부조차 알 수 없는 듯 모두 멍한 표정들이었다.

"오하츠, 괴로우냐? 내가 카이샤쿠를 해주겠다."

타다치카는 이렇게 말했다.

"너는 행복한 사람이야…… 존경하던 작은 성주님 곁으로 단숨에 달려갈 수 있으니까."

나직하게 중얼거리고 가만히 칼을 고쳐 잡았다.

9

노부야스의 자결은 가문에 큰 동요를 가져왔다.

소문이 소문을 낳아, 오카자키에서는 사카이 타다츠구와 오쿠보 타다요를 매도하는 사람이 늘어났다.

"작은 성주님을 죽인 것은 사카이와 오쿠보 두 사람이야. 그들이 작은 성주님을 노부나가에게 못된 말로 고자질해서 죽인 거야."

"아니, 그뿐만이 아니지. 오쿠보가 자기 잘못을 뉘우치고 반드시 작은 성주님의 생명을 구할 것이다…… 성주님은 이렇게 믿고 후타마타 성에 작은 성주님을 맡기셨던 거야."

"암, 아버지와 아들의 정이란 바로 그런 것이 아닌가. 그런데 살려내지는 않고 도리어 그냥 돌아가시게 하다니 그런 불충不忠이 어디 있단 말인가."

"유해는 대관절 어떻게 했을까?"

"후타마타 성 밖의 아무 특징도 없는 곳에 매장했기 때문에 오카자키에서 목을 훔치러 갔던 자가 있다더군. 그런 훌륭한 대장은 다시 태어나지 않을 거야. 그래서 와카미야若宮의 신사 근처에 머리무덤을 만들고 신으로 제사지낼 작정이란 말을 들었어."

아닌 게 아니라 유해를 묻은 후타마타 성 밖(후에 이에야스가 키요타키사淸瀧寺를 건립)말고 오카자키에도 머리무덤 비슷한 것이 만들어졌고, 토쿠히메에게 유발遺髮이 전해졌다는 소문까지 돌았다.

토쿠히메가 은밀히 사카키바라 시치로에몬의 여동생을 후타마타 성으로 보내 유발을 가져오게 했다고도 했다. 그 때문인지 사카키바라 시치로에몬 키요마사榊原七郎右衛門淸政 역시 집과 녹봉을 버리고 일족인 야스마사의 집에 칩거하게 되었다.

이 모두 노부야스의 죽음을 애석하게 여기는 데서 나온 풍문이었다. 이 풍문이 퍼짐에 따라 츠키야마의 유령을 성의 여러 곳에서 보았다는 사람까지 나타났다.

아마가타 야마시로는 노부야스의 유해를 처리하고 나서 그대로 코야산에 들어가 다시는 하마마츠로 나오려 하지 않았기 때문에, 그 일에 대한 보고는 핫토리 한조 혼자 하지 않으면 안 되었다. 이에야스는 한조가 돌아오기 전에 이미 노부야스의 할복을 알고 있었다.

"핫토리 한조 님이 돌아오셨습니다."

이이 만치요가 고했다.

"어서 이리 들게 하라. 그리고 모두 잠시 물러가 있거라."

이에야스는 머리를 끄덕이며 말했다.

"아니, 그대로 있어도 좋다."

곧 생각을 바꾼 듯 크게 고개를 끄덕이고 한조를 기다렸다.

정원에는 가을비가 내려 물푸레나무의 노란 꽃이 뜰 가득히 떨어져 있었다.

핫토리 한조는 몰라볼 정도로 수척해 있었다. 귀신이란 별명처럼 그가 크게 눈을 부릅뜨면 모두 눈길을 내리깔 정도인 사나이가 아무렇게나 수염을 기르고 눈언저리에는 검게 기미가 끼여 있었다.

"한조, 수고가 많았다."

이에야스의 말에 한조는 귀찮은 물건을 내던지듯 문 옆에 앉았다.

"수고라니 당치도 않습니다. 성주님! 이 한조에게 할복을 명해주십시오."

이에야스는 일부러 그 말을 못 들은 체했다.

"노부야스가 할복할 때의 태도는 어떠했느냐? 이성을 잃지는 않았느냐?"

감정을 억제한 목소리로 말하고 조용히 사방침을 앞으로 가져왔다.

10

좌중은 물을 끼얹은 듯 조용해졌다. 혼다 헤이하치로 타다카츠本多平八郎忠勝는 오른쪽 어깨를 잔뜩 치켜든 모습으로 한조와 이에야스를 똑같이 바라보고 있었고, 사카키바라 코헤이타 야스마사는 한조로부터 눈길을 떼지 않았다.

"저에게 할복을 명해주십시오."

한조는 다시 똑같은 말을 되풀이했다.

"성주님의 뜻을 읽지 못하고 큰 잘못을 저질렀습니다. 할복을 허락하실 때까지 입을 열 수 없습니다."

"한조!"

이에야스의 목소리가 날카로워졌다.

"이성을 잃어서는 안 된다. 어서 묻는 말에 대답하라. 그대가 갔을 때 사부로는 어떻게 하고 있더냐?"

"작은 성주님께서는 이미 할복하실 결심, 저희들 힘으로는 어쩔 수가 없었습니다."

"타다요는 아무 말도 없던데?"

"타다치카 님의 말에 따르면, 작은 성주님께서는 만일 탈출했다가 적의 손에 잡히기라도 하면 나의 결백을 후세사람들에게 전할 길이 없으시다고……"

이에야스는 고개를 돌리고 크게 머리를 끄덕였다.

격한 기질의 노부야스였다. 노부야스가 눈을 부릅뜨고 생각에 잠기는 모습이 역력히 보이는 듯했다.

"그래? 후세사람에게 결백을……"

"마지막으로 하신 말씀은, 천지신명께 맹세코 나에게는 한 점의 잘못도 없다고 성주님께 전해달라…… 하시고는 얼른, 아니 그럴 것까지도 없다고 앞의 말을 취소하셨습니다."

"그럴 것까지도 없다고……?"

"아버님은 내 마음을 잘 아실 것이니까 다만 이 사부로가 깨끗이 할복했다는 말만 전하면 된다…… 이렇게 말씀하셨습니다. 그때 저희가 당장 할복하시리라고는 생각지 못하고 방심하고 있을 때 갑자기 배 왼쪽에서 오른쪽을 향해 한 일자로 칼을……"

한조는 심하게 입을 일그러뜨리며 필사적으로 터져나오는 오열을 억제했다.

"이미…… 이미…… 만사가 끝났다. 더 이상 괴로움을 드려서는, 하고 제가 악마가 된 심정으로 카이샤쿠를 했습니다."

이에야스는 여전히 고개를 돌린 채 다시 끄덕였다.

"그럼, 유해는 어떻게 했느냐?"

"오쿠보 님 부자와 상의하여 성밖 동남쪽에 매장하고 은밀히 제사를 드렸습니다. 성주님! 설령 어떤 사정이 있었다 해도 주군의 적자嫡子에게 칼을 댄 이 한조에게 제발 할복을 명해주십시오."

"안 돼!"

"어째서입니까? 아마가타 야마시로는 이미 코야산에 들어가 은둔했습니다. 이대로는 이 한조의 면목이 서질 않습니다."

"안 돼."

이에야스가 다시 꾸짖었다.

"그대도 치카요시와 똑같은 말을 하는군. 사부로 하나를 잃은 것만으로도 이 이에야스의 상처가 얼마나 깊을지 생각해보아라. 게다가 야마시로를 잃고 또 그대까지도 잃는다면 어떻게 될 것 같은가? 그대에게 할복을 허용하면 치카요시에게도 허용해야 한다. 그 따위 말은 다시 하지 마라, 알겠는가? 헤이하치로, 코헤이타, 그대들이 한조를 데리고 나가 얼마 동안 감시하도록 하라. 한조가 약간 이성을 잃은 것 같다."

"성주님! 이 한조가……"

한조가 다시 입을 열려고 했을 때였다. 혼다 타다카츠가 성큼성큼 다가왔다.

"일어서, 일어서."

눈썹을 치켜올리고 오른팔을 붙잡았다.

11

핫토리 한조가 끌려나간 뒤 이이 만치요도 슬며시 시동들을 데리고 물러갔다. 이에야스를 잠시 혼자 있게 하려는 생각에서인 듯했다.

이에야스는 그런 움직임을 제지하려 하지 않고 정원의 빗줄기만 뚫어지게 바라보고 있었다.

츠키야마도 죽었다……

사부로 노부야스도 죽었다……

여덟 살 때부터 열아홉 살이 될 때까지 슨푸에서 지낸 오랜 반생의 흔적이 이것으로 물거품처럼 사라지고 말았다.

세나히메瀨名姬(츠키야마)를 이에야스에게 짝지어준 이마가와 요시모토가 제일 먼저 이 세상을 떠났다. 그리고 요시모토에게 제발 자기 사위로 삼게 해달라고 열심히 간청했던 츠키야마의 아버지 세키구치 교부 치카나가關口刑部親永는 요시모토의 아들 우지자네氏眞 때문에 할복했다.

요시모토의 아들 우지자네는 지금 어디에서 무얼 하고 있을까? 소문에 따르면 아버지를 죽인 노부나가를 위해 쿄토京都에서 공차기를 해 보였다고 한다……

이에야스를 괴롭히던 신겐信玄도 이미 없고, 세상은 크게 변하여 오다 일족을 위해 꽃이 만발한 봄으로 옮겨갔다.

'그 바람에 휩쓸려 노부야스도……'

이런 생각과 함께 온몸에 힘이 빠져 앞으로 아무 일도 할 수 없을 것만 같았다.

"사부로……"

이에야스는 입 속으로 중얼거렸다.

"이 아비가 울어주마. 가엾은 녀석 같으니라고."

그러나 당장에는 눈물도 나오지 않았다.

어딘가에서 이래도 좋은가? 호되게 자신을 꾸짖는 날카로운 목소리가 들려왔다.

'아내와 자식을 잃고도 그냥 이대로 오다의 그늘 아래 있어야만 하는가……'

첫번째 언덕에서 어려움을 만나 그 이상 올라가려 하지 않는다면 결국 수레는 미친 듯이 언덕 아래로 굴러떨어질 터.

어느 틈에 이에야스는 사방침을 꽉 움켜쥔 채 숨을 죽이고 있었다.

'반드시 이 언덕을 슬기롭게 넘어야만 한다……'

그것만이 노부야스의 죽음을 기리는 유일한 길.

"사부로!"

이에야스는 다시 중얼거렸다.

"너의 죽음은 이 아비에게 가장 부족한 것이 무엇인지를 확실하게 가르쳐주었다."

순간 억수같이 쏟아지는 호우를 뚫고 오하마로부터 몰래 찾아왔던 노부야스의 초라한 모습이 눈앞에 떠올랐다.

"나는 무武만을 너무 중히 여겨왔어…… 이 이에야스의 마음을 읽고 뭇 장수들과 능숙하게 교섭을 벌일 수 있는 가신을 가까이 두지 못했다. 앞으로는 그쪽에 힘을 기울이겠다."

아닌 게 아니라 이에야스의 측근은 무신들뿐이었다. 우직하고 순수한 반면에 성을 잘 내고 남의 술수에 쉽게 넘어갔다. 이번 일만 해도 사카이 타다츠구와 오쿠보 타다요에게 조금만 외교적 수완이 있었다면 이런 비참한 결과는 초래하지 않았을 것 같았다.

"노부야스를 벌하다니 당치도 않은 일입니다. 그렇게 되면 동쪽을 제압하는 힘이 반으로 줄어듭니다."

이렇게 주장하고 꺾이지 않았다면 노부나가도 자기 고집만 내세울

수 없었을지도 모른다.

어느덧 비가 내리는 가운데 주위는 저물어가고 있었다.

이에야스는 여전히 사방침을 움켜잡은 채 움직이지 않았다. 멀리서 촛대를 준비하는 사람들이 움직이는 소리만이 희미하게 들릴 뿐, 성 전체가 어깨를 축 늘어뜨린 채 숨을 죽이고 있는 듯한 느낌이었다.

카이甲斐의 바람

1

코슈의 올해 겨울은 전에 없이 따뜻하여, 분지 안에 있는 츠츠지가사키 성은 지난 며칠 동안 서리도 내리지 않는 밤이 계속되었다.

예전 같았으면 이 무렵부터 눈이 녹기를 기다려 활동하기 시작하는 에치고越後 군에 대비해 서서히 싸울 준비를 시작해야 할 계절이었다. 그러나 지금은 그 우에스기上杉 가문에도 아버지와 평생 동안 싸워온 켄신謙信이 죽어, 카이에 있는 적은 오로지 서쪽만 노리고 있었다.

카츠요리는 따스한 햇볕에 이끌려 정원으로 나오는 것처럼 가장하고 스루가, 토토우미의 적정敵情을 살피고 돌아온 나가사카 쵸칸長坂釣閑의 첩자로부터 보고를 받기 위해 거실을 나섰다.

"정원을 좀 산책하려 하니 너는 따라올 것 없다."

칼을 받쳐든 시동까지 마루에 남겨두고, 봉오리가 맺힌 한홍매寒紅梅 나무 밑을 지나 남쪽의 햇살 바른 양지 쪽으로 향했다. 그곳으로 쵸칸과 그의 첩자 역시 사방의 경치를 둘러보듯 하면서 천천히 걸어왔다.

"오, 성주님도 나오셨군요. 아주 좋은 날씨입니다. 아직 눈이 남아 있는 곳은 시나노信濃의 산들뿐인 것 같습니다."

쵸칸은 우선 정중히 머리를 숙이고 나서 흘끗 첩자에게 눈짓을 했다. 서른대여섯 살로 보이는 첩자가 성큼성큼 카츠요리에게 다가와 손에 들었던 걸상을 양지 쪽에 놓았다.

카츠요리는 그곳에 앉지 않았다. 주위에 사람이 없는 것을 확인하고 성급하게 물었다.

"오카자키에 있는 노부야스의 아내는 어떻게 되었느냐?"

"예, 이에야스의 참을성에는 모두 혀를 내두르고 있습니다. 토쿠히메에게는 전혀 노한 기색을 보이지 않고, 지난 이월 이십일에 마츠다이라 이에타다에게 명하여 무사히 비슈尾州(오와리의 다른 이름)의 키요스성清洲城으로 보냈습니다."

"그래? 결국 아무 일도 일어나지 않았군."

카츠요리는 크게 탄식하고 멀리 보이는 산맥을 응시했다. 그에게 이번의 도쿠가와 가문과 오다 가문 사이의 비극은 놓칠 수 없는 절호의 기회였다.

며느리의 사소한 실언이 시어머니와 남편을 죽게 했다. 일단 수습되기는 했으나 틀림없이 감정대립을 초래하여 양가의 관계는 불편해질 것이다. 그때는…… 하고 벼르고 있었는데, 아무래도 그 기대는 물거품이 된 모양이었다.

"그래, 끝내 아무 일도 없었단 말이지?"

"예. 토쿠히메도 도쿠가와 쪽의 성의에 의리를 지켜, 죽은 남편 사부로 노부야스를 애도하면서 끝까지 아즈치에 돌아가지 않고 당분간 키요스에 머물 생각인 것 같습니다. 키요스에서 노부나가에게 원망하는 글을 보내고 있다고 합니다…… 그래서 그런지 도쿠가와 쪽 가신들의 증오도 점점 사그라져 이제는 토쿠히메를 원망하는 사람은 거의 없는 것 같습니다."

"알겠다. 과연 이에야스, 가신들을 원만하게 무마시킨 모양이군. 그럼, 하마마츠와 오다와라의 사이는?"

"그것에 대해서는……"

이번에는 첩자보다 먼저 쵸칸이 입을 열었다.

"오다와라는 저희들 마님의 친정. 믿을 수 없는 일입니다마는, 이에야스와 손을 잡고 이에야스가 타카텐진 성高天神城으로 출병하면 오다와라 쪽에서도 스루가에 병력을 동원하기로 밀약을 맺은 것이 분명하다고 이 첩자는 말하고 있습니다."

"뭐, 오다와라가 우리 배후를 공격하겠다는 밀약을……"

카츠요리는 저도 모르게 신음했다.

2

카츠요리의 정실은 현재 오다와라의 성주인 호죠 우지마사北條氏政의 막내여동생이었다. 이전의 성주 우지야스氏康가 늘그막에 낳은 딸이었기 때문에 사랑을 한 몸에 받으며 자라다가 오랫동안 손을 잡아온 타케다 가문으로 출가시켰다.

그런 의미로 볼 때 센고쿠戰國 시대에서는 보기 드물게 정략적인 색채가 적은 결혼이었다. 스와諏訪 씨의 미모를 물려받은, 올해 열아홉 살 된 오다와라 부인은 서른이 지났으면서도 지나칠 정도로 단아한 카츠요리를 진심으로 사랑하고 있었다. 카츠요리 또한 젊은 아내의 사랑에 보답하기 위해 요즘에는 거의 소실을 가까이하지 않고 있었다.

그런 만큼 양가의 화목에 금이 가리라고는 상상도 하지 않았다. 얼마 전에는 카츠요리의 요청으로 이에야스에게 우지마사를 접근시키기까지 했었다.

“오다 가문과 도쿠가와 가문 사이에는 이번 노부야스 사건으로 반드시 금이 갈 것이오. 그렇게 되면 오다 쪽에서 원군을 보내지 않을 것이므로, 책략을 마련하여 이에야스를 스루가로 유인해주시오.”

카츠요리가 우지마사에게 이렇게 청했을 때 선뜻 동의했다.

“이에야스가 스루가로 출병하면 이 우지마사도 군사를 보내 카츠요리를 칠 테니, 이번 기회에 스루가를 도쿠가와와 호죠 양가가 분할하면 어떻겠는가.”

그 뒤 우지마사로부터는 이렇게 스루가로 유인하는 뜻을 이에야스에게 제의했다는 회답이 있었다. 그리고 일부러 우지마사와 코슈 군이 키세가와黃瀨川를 사이에 두고 대치한 것처럼 보인 것은 노부야스가 자결한 지 얼마 안 되는 지난해 10월 25일의 일이었다.

그 결과 이에야스도 우지마사와 카츠요리의 불화를 믿은 모양이었다. 그런데 이 책략이 계기가 되어 이에야스와 우지마사는 정말 손을 잡게 되었다는 것이다. 만일 그것이 사실이라면 카츠요리는 긁어 부스럼을 만들었으며, 도끼로 제 발등을 찍은 결과가 되었다.

이번에는 첩자가 그 뒤를 이어 말을 계속했다.

“도쿠가와는 가능한 한 오다의 원조를 받고 싶지 않았던 모양입니다. 그래서 호죠와 연합하여 주군께 대항하려는 계획을 세우고, 절치부심하여 결국 호죠를 설득한 것 같습니다.”

“그럴 리가…… 어떻게 네가 그런 것을 알게 되었느냐? 어떻게 쌍방이 정말 손을 잡았다고 할 수 있느냐?”

“예, 양가 모두 주군께는 아무 연락도 없이 공동으로 출전준비를 시작했다는 것이 무엇보다도 확실한 증거가 아닌가 합니다……”

“도쿠가와 쪽의 목적은?”

“물론 타카텐진 성의 탈환입니다.”

이 말에 카츠요리는 갑자기 얼굴이 굳어지더니 고개를 끄덕였다. 그리고는 말없이 돌아서서 자기 거실을 지나 오다와라 부인이 있는 내전의 정원으로 향했다.

'혹시 내전에 무슨 연락이 있었던 것은……?'

내전에 들어선 카츠요리는 아차 하고 걸음을 멈추었다. 따스한 햇볕이 내리쬐는, 마루 근처에서 거문고를 켜고 있는 아내의 모습이 너무도 순수하고 화사했기 때문이다.

'이런 아내의 오빠가 적과 손을 잡다니…… 그런 일이 있을 수 있다는 말인가.'

카츠요리는 한 곡을 연주하고 나서 빨갛게 상기된 얼굴을 들 때까지 기다렸다가 젊은 아내에게 말을 걸었다.

3

"오랜만에 듣는 거문고소리에 그만 넋을 잃었소. 한 곡조 더 들려주구려."

마루에 올라와 앉는 카츠요리에게 오다와라 부인은 고개를 갸웃하고 미소를 보냈다. 빨려들 듯이 부드러운 피부에서는 향기가 나고 눈동자는 소녀처럼 맑기만 했다.

"서투른 솜씨라 귀를 더럽혀드리지나 않았는지."

"무슨 소리를 하는 거요. 와카和歌°도 뛰어나고 거문고 솜씨도 놀랍소. 참, 정원을 거닐었더니 목이 마르오. 차라도 한 잔 갖다주시오."

"예. 마침 물이 끓고 있으니 곧 가져오겠어요."

거문고를 놓고 살며시 일어나 차를 가지러 가는 그녀의 가느다란 목이 애처로울 정도로 사랑스러웠다.

"그런데 말이오……"

"예……"

"오다와라에서 최근에 무슨 소식이 없었소?"

"소식……?"

조용히 돌아보았다.

"요즘 얼마 동안은 아무 소식도 없었어요."

가느다란 목으로 머리를 흔드는 바람에 비녀가 흔들려 소리가 났다. 카츠요리는 고개를 갸웃하고 차를 준비하는 그녀의 뒷모습을 묵묵히 바라보고 있었다.

지금까지는 노부야스와 토쿠히메의 관계가 자기에게는 절호의 기회라 여기고 냉정하게 지켜보고 있었다. 그것이 지금 자기 일로 변하고 있었다. 곧 오다와라로 사자를 보내야 할 것 같았다. 하지만 그 사자가 가지고 돌아올 회답이 두려웠다. 만일 첩자의 말이 옳다면 우지마사를 응징할 수단이 될 인질은 이 아내밖에 없었다.

"여동생이 죽게 되어도 괴롭지 않다는 말인가?"

이렇게 힐문했을 때.

"이미 출가시켰으니 마음대로 하라."

오다와라에서 이런 대답이 온다면, 나는 과연 이 젊은 아내를 죽일 용기가 있을까……

"서툰 솜씨로 끓였으나 어서 드시지요."

오다와라 부인은 뜻하지 않게 카츠요리가 낮에 찾아준 것이 여간 기쁘지 않은 듯 온몸으로 어리광을 부리고 있었다.

"이대로 봄이 와서 꽃이 만발했으면 좋겠다고, 아까부터 그 생각을 하고 있었어요."

"봄이 오면 다시 전쟁터로 나가야 하니 그대에겐 쓸쓸한 나날이 계속되겠지."

"정말 지금처럼 전쟁이 계속되지 않았으면 하는 생각도……"

"부인……"

"예."

"부인은 만약에 이 카츠요리가 그대의 오빠와 싸우게 된다면 어떻게 하겠소?"

"그럴 리는 없어요."

오다와라 부인은 다시 비녀소리를 내며 머리를 저었다.

"돌아가신 아버지가 절대로 싸우지 않을 사람을…… 하고 일부러 택하셨어요. 저는 행복합니다."

"으음."

카츠요리는 저도 모르게 한숨을 쉬면서 찻잔을 놓았다.

"지금은 그 아버님이 세상에 계시지 않아. 만일 싸우게 된다면 어떻게 하겠소? 나는 문득 그런 생각이 들어 찾아온 거요."

"만일 그렇게 된다고 해도 제 마음은 변하지 않아요."

"어떻게 변하지 않는다는 말이오?"

"짓궂으시군요. 잘 아실 텐데도."

"어디까지나 이 카츠요리의 아내라는 말이오?"

"예. 내세에서도, 그 다음 세상에서도, 다시 그 다음 세상에서도 또……"

노래하듯 말하면서 하얀 손가락을 차례로 꼽아나갔다.

4

카츠요리는 이 방에 들어온 것을 후회했다.

'와서는 안 되는 것인데 그랬다……'

이 티없이 순진한 아내는 아무것도 모를 뿐만 아니라, 카츠요리의 마음을 약하게 만드는 불가사의한 힘을 가지고 있었다.

"그러면 한 곡조 더 타도 될까요?"

동의를 구한다기보다도 카츠요리가 돌아가는 것이 싫어 다시 거문고 앞에 앉았다. 다른 사람이었다면 카츠요리는 크게 꾸짖고 자리를 떴을 것이 분명했다.

'오다와라에 누구를 보내고, 또 무슨 말을 할 것인가……?'

머릿속은 이 생각으로 가득 차 있는데도 아내만은 꾸짖을 수 없었다. 연령 차이만이 아니었다. 그녀의 젊음을 유지시키고 있는 천진난만한 기품이 카츠요리 같은 거친 무사에게도 온몸으로 봄바람을 보내고 있었다.

다시 거문고를 타기 시작하는 오다와라 부인은 하나의 훌륭한 예술품이었다. 눈동자도, 코도, 귀도, 입도, 손도, 발도. 이처럼 사랑스럽게 만들어질 수 있는 것일까.

카츠요리는 끝내 무슨 곡을 타고 있는지도 모른 채 아내의 손이 멈추기를 기다리고 있었다. 연주가 끝났을 때.

"아뢰옵니다."

옆방에서 시녀가 말했다.

"성주님께서 여기 계시면 급히 뵙고 싶다고 아까부터 보쿠사이卜齋님이 기다리고 계십니다."

이야기 상대인 보쿠사이가 왔다는 말에 카츠요리는 당황하며 일어났다.

"뭐, 급히……? 좋아, 거실에서 만나겠다. 그럼……"

오다와라 부인은 실망한 기색을 보이며 두 손을 짚었다.

"그렇다면 가보셔야지요."

"나중에 다시 듣겠소."

"예."

성큼성큼 복도로 걸어나오면서 물었다.

"보쿠사이, 따라오게. 무슨 일인가?"

"예."

보쿠사이는 둥근 머리를 깊이 숙였다.

"오다와라에서 츠치야 마사츠구土屋昌次 님 휘하의 첩자가 돌아왔습니다. 급히 드릴 말씀이 있어서……"

"그래? 츠치야 마사츠구가 이상하게 생각해 오다와라에 첩자를 보냈다는 말이지."

"예. 이상한 소문을 들었다, 방심해서는 안 된다고 해서 성주님의 지시도 기다리지 않고 이리 안내했습니다."

"잘 했어!"

카츠요리는 고개를 끄덕이면서, 이미 그것이 소문만은 아니라고 직감했다.

츠치야 마사츠구는 카츠요리를 보고 급하게 말했다.

"사람을 물리쳐주십시오."

"알겠다. 보쿠사이도 시모우사下總도 잠시 물러가 있게."

그들이 채 물러가기도 전에 물었다.

"무슨 일이냐? 오다와라에 무슨 일이 있었느냐?"

"예."

카츠요리보다 약간 젊은 마사츠구는 조심스럽게 사람들이 나간 것을 확인하고 나서 입을 열었다.

"오다와라 님에게 보기 좋게 당했습니다."

"그럼, 도쿠가와와 호죠 양가의 연합이 틀림없다는 말인가?"

"이들 양가는 이미 이삼 일 안으로 스루가에 출병하기로 결정했다고 합니다만."

마사츠구는 심각한 얼굴로 카츠요리의 반응을 지켜보았다.

5

카츠요리는 갑자기 대처할 방법이 생각나지 않는 듯 뚫어지게 허공만 노려보고 있었다. 기우는 이미 기우가 아니었다.

우지마사와 이에야스의 연합이 이루어지다니, 이에야스는 얼마나 운이 좋다는 말인가. 이에야스는 노부야스를 잃음으로써 약화된 힘을 완전히 되찾아, 카츠요리에게는 더욱 강대한 적이 되었다.

"도저히 믿어지지 않는 일이야……"

자기 매제와 인연을 끊고 그 적의 편이 되다니, 도대체 이에야스의 어디에 그런 매력이 있다는 말인가……?

나가시노에서 비참한 패배를 맛본 이후 카츠요리는 타케다 가문의 낡은 전술과 전법을 대대적으로 개선해나갔다.

기마무사가 주력인 고풍한 전법을 활과 총포로 무장한 아시가루 부대를 주력으로 편성하고, 총포 한 자루에 탄환 300발씩을 준비하도록 엄격하게 명령을 내려 실천하고 있었다. 나가시노의 패전으로 인한 인재의 손실도 숨어서 지내는 야인, 칩거하고 있던 용사들을 대대적으로 영입하여, 이제는 옛날 못잖은 자신감을 되찾고 있었다. 그런데도 호죠 우지마사의 눈에는 아직 이에야스에 비해 뒤떨어진 것으로 비쳤다는 말인가……?

"황송합니다마는……"

마사츠구가 말했다.

"그곳에 못된 승려가 나타났습니다. 그 자는 예사 승려가 아니어서 성주님의 일에 방해를 놓고 있는 것 같습니다."

"뭐, 못된 승려가 나타났다고?"

"예. 분명히 즈이후隨風라는 이름이었습니다. 녀석은 농부, 상인뿐만 아니라 가신들의 병까지 고치고 관상과 골상을 보며 기묘한 예언을 하여 상당히 많은 추종자를 확보하고 있었습니다. 그 소문이 마침내 우지마사 님의 귀에까지 들어갔습니다."

"그 자가 나에 대해 무슨 말이라도 했다더냐?"

"그건 아닙니다. 이에야스의 관상에 대해, 반드시 천하를 호령하고 무한한 부富를 쌓게 될 장자長者의 상이라 떠들고 다니기 때문에……"

"설마 그런 헛소리를 우지마사가 믿었을 리 없을 텐데……"

"그게, 우지마사 님의 귀에 들어가기 전에 가신들 사이에서는 벌써 이상한 힘을 발휘하고 있었던 모양입니다. 인기란 가볍게 볼 수 없는 무서운 것임을 깨달았다는 게 첩자의 보고였습니다."

"으음."

카츠요리는 다시 한 번 신음했다.

그런 괴승怪僧 하나쯤은 결코 두렵지 않았으나, 무언가 불길한 느낌을 주는 초조감이 가슴에 검은 그림자를 떨구는 것만은 사실이었다.

"알겠다! 이렇게 된 이상 한시도 지체할 수 없다."

"그렇습니다."

"마사츠구, 즉시 장수들을 불러 출병을 명하겠다. 더구나 노부나가까지 원군을 보낸다면 스루가, 토토우미의 우리 군사는 붕괴되고 말 것이다."

"알겠습니다."

"타카텐진 성을 결코 적에게 넘겨서는 안 된다. 이것이 바로 타케다 가문이 건재하다는 증거이다."

츠치야 마사츠구는 흘끗 불안한 듯한 표정을 지었으나, 그대로 일어나 등성해 있는 장수들을 부르러 갔다.

코후 성甲府城에는 다시 활발하게 출동준비가 시작되고, 당연히 오다와라에도 힐문하는 사자를 보냈다. 이 힐문에 대해 우지마사는 어떻게 응해올 것인가?

난세에 태어난 여자의 비극에는 미카와三河와 카이의 구별이 없었다. 토쿠히메와 노부야스를 엄습한 불행은 다시 오다와라 부인과 카츠요리에게도 비정한 창을 들이대고 있었다.

6

카츠요리는 이에야스와 우지마사가 손을 잡도록 만든 원인이 자신에게 있다는 것을 간과하고 있었다.

아버지 신겐과 계속 싸워온 우에스기 켄신의 죽음이 그를 오판誤判하게 만들었다. 켄신도 신겐이 죽은 후에는 카츠요리에게 호의를 보여 엣츄越中, 노토能登를 비롯하여 카가加賀, 에치젠越前 방면으로 군사를 출동시킨 오다 군과 테토리가와手取川에서 대치하고 있었다.

그때 바로 결전이 벌어졌다면 혹시 오다 군은 우에스기 군에 의해 재기할 수 없을 정도로 타격을 입었을지 모른다. 그러나 노부나가는 교묘하게 결전을 피하고, 켄신도 겨울을 맞이했기 때문에 일단 병력을 철수시켰다.

다시 눈이 녹기를 기다려 노부나가에게 전투를 유인하려 하다가 텐쇼天正 6년(1578) 3월 13일 켄신은 갑자기 죽고 말았다. 술을 좋아한 탓에 뇌졸중을 일으켰다.

카츠요리는 우에스기 가문과 이런 관계가 있었기 때문에 켄신의 아들 키헤이지 카게카츠喜平次景勝를 후원해왔다.

우에스기 가문에서는 켄신이 죽은 뒤 내부의 상속권 다툼으로 반목이 일어났다. 이 일로 우지마사와 자신이 대립하게 되었다는 것을 카츠요리는 깨닫지 못하고 있었다.

켄신에게는 친아들이 없었다. 그러므로 당연히 카게카츠가 후계자가 되어야 할 것이었으나, 켄신은 양자를 두고 있었다. 그것은 호죠 우지야스의 일곱번째 아들로, 우지마사에게는 동생, 오다와라 부인에게는 배다른 오빠가 되는 사부로 카게토라三郎景虎였다. 우지마사는 카츠요리가 당연히 자기편이 되어 혈연인 사부로 카게토라의 상속을 위해 힘이 되어줄 것으로 믿고 있었다. 그런데 카츠요리는 카게카츠의 상속을 기정사실로 받아들여 아무런 도움도 주지 않았다.

그러는 동안에 카게토라가 살해되었다. 어리석다고 말할 수도 있겠으나, 그런 일이 있은 뒤 호죠 우지마사는 이미 카츠요리는 힘이 되지 않는다고 판단하고 이에야스와 손을 잡았다. 이에야스와 손을 잡는 것은 오다와도 손을 잡는 것이었다.

우에스기 카게카츠에게 호감을 갖지 못한 우지마사로서는 우에스기와 타케다의 연합세력에 대항하기 위해 택할 수 있는 길은 그것밖에 없었다. 카츠요리는 어리석게도 자기편을 일부러 적으로 돌렸다는 사실조차 깨닫지 못하고 있었다.

카츠요리의 군사軍使가 다시 그의 세력 아래 있는 다이묘大名°들에게 달려갔다. 전쟁에 지친 다이묘들이 호죠까지 적으로 돌아섰다는 말을 듣고 과연 옛날의 사기를 되찾을 수 있을까?

어쨌든 숙적의 땅인 스루가와 토토우미로 출격하기 위해 동원된 타케다 군의 병력은 1만 6,000. 그들이 겨우 봄을 맞이한 코후를 출발할 무렵, 이에야스는 이미 타카텐진 성 공격을 결심하고 하마마츠를 떠나 나카무라中村 성채에서 군사를 동원하여 텐노가天王ヶ 마장에서 성병城兵들과 탐색전을 벌이고 있었다.

카츠요리가 출전하는 날, 오다와라 부인은 남편의 부탁으로 다시 한 번 거문고를 연주했다. 유키히메雪姬 시절부터 즐겨 연주하던 「매화나무 가지」에 나오는 '물떼새의 곡'과 '폭풍의 곡'이었다.

이미 갑옷으로 무장하고 걸상에 앉은 카츠요리 앞에서 연주하면서,

그녀는 자기 자신이 옛날 이야기 속에 나오는 인물이라도 된 듯 착각 속에 잠겼다.

꾀꼬리는 매화가지에
둥지를 트는구나
바람이 불면 어찌할 건가
꽃에 머무를 것을……

어느 틈에 오다와라 부인은 나직한 소리로 노래까지 부르고 있었다.

7

오다와라 부인은 전쟁이 얼마나 처참한 것인지, 또 서글픈 것인지를 알지 못했다.

'사나이는 용감하게 싸워야 하는 것……'

이러한 남편을 잘 받드는 것이 여자라……고, 순진하게 자란 그녀는 굳게 믿고 있었다. 아니, 모진 바람에 몸서리쳤을 때도 없지 않았으나 이런 것에서는 애써 눈길을 돌리려 하고 있었다. 갓 맞이한 청춘이 모든 것을 아름답고, 모든 것을 행복하게 채색해나갈 뿐이었다.

카츠요리는 지그시 눈을 감고 가락에 귀를 기울이고 있었다.

일찍이 열세 줄의 절묘한 음향이 이토록 마음을 예리하게 울려준 적도 없었다.

'이 여자에게 두 번 다시 돌아올 수 없게 되는 것은 아닐까?'

문득 이런 생각이 들기도 했다.

'내가 출전해 있는 동안 그녀가 죽게 되는 것은 아닐까……?'

그것을 자기에게 알리기 위해 거문고 줄마다 알지 못할 영靈을 실어 보내는 것은 아닐까 하는 생각도 들었다.

오다와라에 보냈던 사자는 울상을 짓고 돌아왔다. 그 말을 하지 않은 것은 그녀를 안심시키기 위해서라기보다도, 그 사실을 아내가 알았을 때 일어날 사태에 대한 두려움 때문이었다.

우지마사의 대답으로, 몰락한 이마가와 우지자네가 이에야스의 하마마츠 성에 몸을 의탁하고 있다는 것도 알게 되었다.

'정말 용의주도한 이에야스 녀석……'

우지자네를 이용하여 호죠와 손을 잡고 이마가와의 옛 영지인 스루가를 찾아주겠다는 것이 구실인 듯했다.

"이마가와 가는 호죠 가와 여러 대에 걸쳐 인연을 맺고 있다. 그 우지자네를 위해 옛 영지를 도로 찾기 위한 전쟁이어서 이에야스 님의 제안에 동의했다. 타케다 가 역시 이마가와 가와는 인연이 있는 사이, 즉시 스루가를 이마가와 가에 돌려주기 바란다. 만일 반환에 동의하지 않을 경우에는 무장의 체면상 전쟁터에서 만날 수밖에 없다. 여동생에 대해서는 마음대로 조치해도 좋다."

우지마사의 답장을 카츠요리는 아무 말도 않고 둘로 찢었다.

이마가와 우지자네 따위를 위해 이에야스나 우지마사가 병사 하나라도 결코 희생할 리가 없었다. 구실을 위한 구실, 그것을 카츠요리는 너무도 잘 알고 있었다.

오다와라 부인은 얼굴에 홍조를 띠고 연주하던 손을 멈추었다.

"마음에 드셨는지요?"

"오, 그만 넋을 잃고 있었소."

"거문고 때문이 아니라 봄빛 때문인지도 모릅니다. 그런데 언제 개선하시게 되나요?"

"글쎄, 아마 매미가 요란하게 우는 장마철쯤이면……"

"늦어지면?"

"늦어지면……"

카츠요리는 무심코 말하다가 깜짝 놀라 아내로부터 눈길을 돌렸다. 문득 들녘에 내버려진 자기 주검의 환상을 보고 있었다.

"늦어지면……?"

오다와라 부인은 다시 고개를 갸웃하고 대답을 재촉했다.

"늦어지면 엔슈 부근에서 새해를 맞게 될지도…… 몰라."

"어머, 새해를?"

"그대도 몸조심하도록."

"새해를 맞이할 때까지……"

이때 카츠요리의 맏아들인 열네 살의 타로 노부카츠太郎信勝가 출전을 축하하는 약주를 가져왔다. 카츠요리는 그쪽으로 돌아앉았다.

"타로, 이번 전투는 우리 가문의 흥망을 결정하는 전쟁이다. 알겠느냐, 성을 잘 지켜야 한다."

8

타로 노부카츠는 심각한 표정으로 아버지의 말에 고개를 끄덕였다.

"깊이 마음에 새기겠습니다."

"명심하여라. 신라 사부로新羅三郎 이래의 명문인 우리 가문을 나나네 대代에서 끊어지게 해서는 안 돼."

타로 노부카츠에게 들으라고 하는 말이라기보다, 전쟁이 길어지면 올해 안에 돌아오기 어렵다고 한 말을 듣고 힘없이 눈물짓는 아내에게 들려주고 싶은 말이었다. 그러나 아내는 이 말을 듣고 있는 것 같지 않았다. 남편이 없는 동안의 적적함을 자기 일로 받아들이며 생각에 잠겨 있었다.

카츠요리는 타로가 내미는 쟁반 위의 질그릇을 들고 엄한 소리로 말했다.

"부인, 술을."

"예."

오다와라 부인은 깜짝 놀라 약주를 따랐다.

"속히 개선하십시오."

카츠요리는 잠자코 한 모금 마시고 일부러 잔을 정원에 던져 깨뜨렸다. 이 행위의 이면에는 다시 돌아오기를 기약하지 않는 무인의 비장한 마음가짐이 숨어 있었으나 오다와라 부인은 그것조차 알지 못했다.

"출전을 축하 드립니다."

"음, 그래."

부자가 이런 말을 교환하고 나서 카츠요리는 다시는 아내를 보지 않으려고 하면서 일어섰다. 그 뒤를 칼과 창과 총포를 든 세 명의 시동이 따라나섰다. 만일 다시 아내와 눈이 마주치면 카츠요리는 자기 마음에 더욱 불길하고 약한 감정이 솟아날 것 같아 견딜 수 없었다.

"성주님."

오다와라 부인은 다시 매달리듯 말했다.

"무사하셔야 합니다, 성주님……"

카츠요리는 뒤도 돌아보지 않고 복도 너머로 사라졌다. 오다와라 부인은 망연자실하여 잠시 동안 방 한가운데 덩그렇게 놓여 있는 쟁반을 바라보고 있었다.

"전쟁…… 싸움…… 싸움……"

자기 곁에서 남편을 앗아간 전쟁의 정체를 아직도 확실히 알 수 없었다. 거기에 '죽음―' 이 있다는 것을 깨달았더라면 아마도 오다와라 부인은 몸부림치며 출전을 만류했을 것이다……

"어머님!"

아버지를 전송하고 돌아온 타로 노부카츠는 아직도 아까 그대로의 모습으로 웅크리고 있는 오다와라 부인을 보고 마치 그림으로 그린 듯한 아름다운 입술에 잔뜩 힘을 주어 불렀다.

"이번 전쟁에서 아버님은 살아 돌아오시지 못할지도 모릅니다."

"아니…… 그게 무슨 말이냐?"

"어머님의 오빠 우지마사 님이 도쿠가와 쪽으로 돌아섰습니다. 이 때문에 크게 균형이 무너졌다고 아녀자들까지도 수군거리고 있습니다. 그들 중에는 그것이 어머님 탓이라고…… 어머님도 신변을 조심하십시오."

"뭐, 오다와라의 오빠가……"

오다와라 부인은 넋 나간 사람처럼 말했다.

"뭣이! 그게 정말이냐, 타로?"

그리고 한참만에 소스라치게 놀랐다.

미카와의 고집

1

텐쇼 8년(1580) 봄부터 다시…… 아니, 세번째로 숙적인 타케다 가와 도쿠가와 가의 사투死鬪가 벌어졌다.

그동안 이에야스와 카츠요리는 모든 수단을 다 동원하여 자기편의 우세를 유지하고자 노력해왔다. 카츠요리는 계속 에치고의 우에스기 카게카츠와 연락을 취했고, 이에야스는 호죠 우지마사를 이즈伊豆와 스루가로 출병시키는 동시에 멀리 오슈奧州의 다테伊達 가문과도 연대를 모색하고 있었다.

1년여에 걸친 이 싸움에서 도쿠가와와 타케다 양가가 가장 힘을 기울여 공방전을 벌인 곳은 토토우미의 타카텐진 성이었다.

이에야스에게 타카텐진 성과 코야마 성小山城 및 사가라相良 성채가 타케다의 수중에 있다는 것은 토토우미의 안정을 도모하는 데 암적인 존재와 다름없는 불안요소였다. 더구나 그것을 일단 손에 넣었으면서도 텐쇼 2년(1574) 6월 17일에 카츠요리에게 다시 공략당하고 말았다. 이 성은 그 후 6년 동안 이에야스가 계속 탈환할 기회를 노리고 있는 타케다 군의 유일한 거점이었다.

타케다 군으로서도 이 성의 유지는 그 이상의 의미를 가지고 있었다. 이 성은 아버지인 신겐조차 빼앗지 못했는데 카츠요리가 자기 힘으로 손에 넣어 이에야스와 노부나가에게 자신의 무력을 과시했고, 또한 타케다 군의 사기를 진작시킨 거점이기도 했다. 만일 이 성을 빼앗기면 토토우미 일대를 이에야스에게 헌상하는 꼴이 되고 말 것이다. 그뿐 아니라, 당장 스루가에 대한 위협이 되기도 했다.

이에야스가 이 성 주위에 잇따라 성채와 요새를 구축하기 시작한 것은 텐쇼 8년 3월이었다. 그러나 그해 가을에도 포위만 한 채 아직 성을 함락시키지는 못했다. 텐쇼 2년 카츠요리가 강공을 폈을 때, 도쿠가와 군은 오다 노부나가의 원군이 늦게 도착한데다 성을 지키던 장수 오가사와라 나가타다小笠原長忠의 배반으로 함락당했다. 그런데 이번에는 성에서 농성하는 타케다 군이 카츠요리의 원병을 애타게 기다리는 형편이 되고 말았다.

전략적으로는 호죠 우지마사와 동맹을 맺은 도쿠가와 쪽이 우세했다. 이에야스는 주력을 동원해 공격할 수 있었으나, 카츠요리는 이즈와 스루가 및 호죠의 위협을 받아 양면작전이 불가피했다.

그런데—

이처럼 지상에서 사투가 반복되고 있는 타카텐진 성의 지하감옥에는 6년 전 전투 때 오직 혼자 타케다 군에게 항복하기를 거부하고 갇혀 있는 미카와 무사가 아직 무서운 투지를 불태우며 살아남아 있었다.

그 이름은 오코우치 겐자부로 마사치카大河內源三郎政局. 그는 6년 동안 여러 차례 바뀐 이 성의 장수로부터 수십 번, 수백 번이나 간곡하게 항복을 권유받았다. 그때마다 그는 자세를 바로 하고 똑같은 말을 반복했다.

"우리 주군 이에야스 님은 예사 대장이 아니다. 반드시 타카텐진 성을 되찾으러 오겠다고 말씀하셨다. 약속한 것은 틀림없이 이행하시는 분이니 항복 따위는 생각할 수도 없다."

항복을 권한 적장들 중에는 감탄하는 자도 있었으나 격분하는 자가 많아, 고문과 폭행이 예사였다.

지하감옥의 바닥은 돌로 되었는데, 때때로 물이 차기도 했다. 6년이란 세월 동안에 어느새 그의 양쪽 다리는 복사뼈까지 썩어들어 있었다. 그러나 그는 자신의 뜻을 전혀 굽히려 하지 않았다.

"아직 우리 주군은 오시지 않았는가?"

2

타카텐진 성은 높이 700척 가량인 타카텐진 산마루에 축성되어 있었다. 오늘날의 시즈오카켄静岡縣 카케가와시掛川市 남쪽에 해당하는 곳으로 바다까지는 약 10리. 산 전체가 험준한 봉우리로 둘러싸인 천연의 요새였다. 이미 그 무렵은 감옥에서도 초겨울 바람을 느낄 수 있는 계절이었다.

오코우치 겐자부로는 요즘 그 찬바람에 섞여 때때로 예사롭지 않은 함성이 들려오는 것 같아 견딜 수 없었다.

"내가 잘못 들은 것일까?"

성의 북쪽 구석에 지상에서 20척 정도 되는 돌층계 아래 만들어진 이 돌로 된 감옥에는 유일하게 외부와 통하는 높은 환기창이 있었다. 이 환기창을 통해 이따금 봄의 향기를 느끼기도 하고 멀리 매미소리를 듣기도 했다. 그리고 우박, 찬바람, 태풍 등 온갖 계절의 변화가 겐자부로를 찾아왔다.

손을 꼽아보면 종종 숫자의 혼란을 일으키는 경우도 있었지만, 어쨌든 추운 겨울을 벌써 여섯번째 맞이하려 하고 있었다. 머리는 자라는 대로 두었고, 옷은 그동안 세 번 지급받았으나 이미 그 형체도 남아 있지 않았다. 밖에서 들어온 사람이 본다면 아마도 사람인지 야수인지 구별할 수 없을 것이다.

옥졸은 하루에 한 번씩 작은 주먹밥 세 개와 물과 야채절임, 그리고 소금이 아니면 된장을 갖다주곤 했다. 겐자부로는 그것으로 충분했다. 미카와 무사의 고집은 이런 형편없는 식사에도 익숙해 있었다. 애당초부터 겐자부로는 항복 따위의 약한 소리는 하기 싫어했다. 싫어하는 일을 하지 않기 위해서는 그 대가를 치러야 했다.

'나는 아직 사치한 거야.'

지하감옥 생활에 대해 이렇게 생각하는 겐자부로였다.

"저 소리가 사람의 함성이라면 드디어 성주님이 성을 탈환하러 오셨을 것인데……"

아닌 게 아니라 요즘 이 성에는 많은 사람들이 모여들고 있는 것 같았다. 옥졸에게 물어보니 겐자부로가 이름을 아는 대장만 해도 분명히 다섯 사람 이상은 되었다.

오카베 탄바노카미岡部丹波守, 아이기 이치베에相木市兵衛, 미우라 우콘다유三浦右近太夫, 모리카와 비젠森川備前, 아사히나 야로쿠로朝比奈彌六郎, 오가사와라 히코사부로小笠原彦三郎, 쿠리타 히코베에栗田彦兵衛 등 모두 토토우미와 스루가 일대에 걸쳐 용맹을 떨치고 있는 장수들이었다. 어쩌면 이들은 이에야스의 공격을 받아 여기서 일전을 벌이려고 입성한 것인지도 모른다.

평소에는 한낮이 조금 지나 식사를 가져오는 옥졸이 오늘은 조금 늦었다.

'아, 해가 저무는구나.'

생각하고 있을 때에야 나타났다.

옥졸의 이름은 사쿠조作藏. 이미 50줄의 반을 지난, 이야기를 좋아하는 아시가루로서 식사를 가져올 때마다 반드시 몇 마디 말을 하고 돌아갔다.
사쿠조가 등불을 들고 감옥의 창살 가까이 왔다.
“자, 여기 식사를 가져왔소.”
그리고는 그대로 돌아가려 하여 겐자부로는 차디찬 돌바닥을 기어가 불렀다.
“여보게, 사쿠조.”
“왜요? 오늘은 나도 아주 바쁘단 말이오.”
“아무리 바빠도 낯익은 사람과는 잠시 말을 나눌 수 있지 않은가? 어때, 지금 이 성은 우리 주군의 공격을 받고 있지?”
사쿠조는 약간 당황하는 기색을 보이며 다시 돌아와 작은 소리로 말했다.
“당신이 그것을 어떻게 압니까?”
겐자부로는 천천히 고개를 끄덕였다.

3

“이런 데 있어도 내 눈은 다 꿰뚫어볼 수 있어. 음, 그렇다면 전쟁은 우리 주군의 승리로 돌아가겠군.”
“어림도 없는 소리요!”
옥졸은 당황하며 겐자부로의 말을 일단 부인하고 나서 더욱 목소리를 낮추었다.
“만일 이 성이 함락되면 말이오, 낯이 익은 이 늙은이를 구해주겠소, 죄수 양반?”

겐자부로는 가볍게 고개를 끄덕였다.

“암, 물론이지. 자네는 나의 좋은 친구였으니까.”

“그 말을 들으니 부끄럽군요. 나는 당신을 마음으로부터 따뜻이 대해주지 않았는지도 모르니까.”

“그렇지 않아, 친절했어. 오늘은 우리 주군의 부하가 이 성 아주 가까이까지 공격해온 것 같아. 그 대장의 이름을 알고 있나?”

“그것은 말할 수 없어요. 입을 열지 말라는 엄명이 떨어졌으니까.”

“알겠어, 그럼 묻지 않겠네. 자네가 가여워서 말일세.”

겐자부로는 스스로 완강하게 자신의 고집을 관철시키고 있었기 때문에 남에게도 무리한 요구는 하지 않았다. 고지식한 옥졸은 크게 안도의 숨을 내쉬었다.

“그렇게까지 말하니 잠자코 있을 수가 없군요. 나한테 들었다는 말은 절대로 하지 마세요. 오늘 이 부근에까지 공격해온 대장은 오쿠보 헤이스케라는 아주 창을 잘 쓰는 장수였소.”

“허어, 오쿠보의 헤이스케가 벌써 이런 전투를 할 수 있게 되다니, 으음.”

“이것은 극비에 속하는데, 오늘 이 감옥 위에서 오카베 타테와키岡部帶刀 님과 나쿠라 겐타로名倉源太郎 님이 심한 말다툼을 했어요.”

“아니, 무엇 때문에 말다툼을 한 거지?”

“누가 뭐라 해도 도쿠가와 군은 전쟁에 능숙하다. 이 부근의 벼도 보리도 모두 아시가루들에게 베게 하고 농부들에게는 그날그날 양식을 배급해주고 있다. 그러므로 타케다 쪽을 돕는 사람이 없다. 이래서는 전쟁에 이길 수 없으니 속히 이 성을 버리는 편이 좋다고 한 것은 나쿠라 님. 이에 대해 오카베 타테와키 님은, 이 성을 버리면 그야말로 사방팔방으로부터 추격을 받아 모두 죽게 된다. 틀림없이 총대장인 카츠요리 님이 원군을 거느리고 오실 것이므로 그때까지 성을 지키자고 했어요. 총대장님은 오다와라와 대진하고 있어서 오실 수 없다는 말로 맞서 크게 말다툼이 벌어졌지요."

오코우치 겐자부로는 저도 모르게 어둠 속에서 빙긋이 웃었다.

"그래? 그렇다면 머지않아 승부가 나겠군. 총대장 카츠요리는 지금 어디에 있나?"

"총대장은 이즈의……"

말하다 말고 사쿠조는 깜짝 놀라 자기 입을 손으로 꼬집었다.

"별것을 다 묻는 죄수로군. 그런 것을 내가 어떻게 말한단 말이오."

"응, 알겠네. 분명히 자네 말이 옳아. 그럼, 전쟁은 언제부터 시작되었지?"

"올 삼월부터죠. 이제는 전쟁이 지긋지긋해요. 어딘가 전쟁 없는 곳은 없을까요, 죄수 양반?"

"삼월이라…… 나는 그런 줄도 모르고 있었군. 삼월부터 싸운다는 것을 알았다면 나도 자세를 바로 하고 주군의 승리를 기원했을 텐데. 성주님! 아무리 몰랐다고는 하지만 용서해주십시오."

겐자부로가 짓무른 다리로 자세를 고치려 하고 있을 때 지하로 내려오는 입구에서 갑자기 왁자지껄 떠드는 소리가 들렸다.

4

사람의 발소리를 듣고 겐자부로보다 옥졸이 더 놀랐다. 그는 허둥지둥 밖으로 뛰어나가려다 때마침 들이닥친 사람들에 의해 다시 창살 쪽으로 밀려왔다.

"불을 밝혀라."

들어온 것은 4, 5명의 부하를 거느린 37, 8세쯤 된 대장이었다. 그 대장의 말에 부하는 가지고 온 촛대에 세 개의 촛불을 켰다.

“그대가 오코우치 겐자부로인가?”

겐자부로는 불구가 된 다리를 앞으로 뻗었다.

“그렇게 묻는 너는 누구냐?”

사람이 돌변한 듯 우렁찬 소리로 되물었다.

“으음, 과연 당당하게 나오는군. 나는 나쿠라 겐타로. 겐타로와 겐자부로…… 이름을 보니 우리는 형제 같군.”

“닥쳐라!”

겐자부로는 젖은 걸레와 같은 몸을 흔들면서 버럭 소리질렀다.

“이름은 비슷하지만 근성은 하늘과 땅처럼 차이가 있다. 너는 어떻게 하면 이 성에서 빠져나가 살아남을 수 있을까 생각하고 있겠지만, 나는 몇 십 년을 여기 갇혀 있다고 해도 허약한 소리는 하지 않는다. 그런 얼빠진 무사가 어째서 일부러 나를 찾아왔는지 대강은 짐작하고 있다. 쓸데없는 소리는 하지 말고 어서 돌아가라.”

너무나 심한 매도의 말을 듣고 나쿠라 겐타로는 창살에 이마를 가져다대었다.

“허어.”

그리고는 새삼스럽게 겐자부로를 들여다보았다.

“지금 그 말, 적이기는 하지만 과연 훌륭하다. 이에야스에게 들려주고 싶군.”

“다시 한 번 거절하겠다. 나는 네 말에는 대답하지 않겠다.”

“좋아, 싫거든 말하지 마라. 그러나 귀만은 막지 말고 듣도록 해. 사실은 네 예언처럼 도쿠가와 군이 이 성을 탈환하려고 왔기 때문에 외부와의 연락이 끊어진 지가 석 달이나 된다. 이 한마디로 너도 모든 사태를 알아챘을 것이다. 원군의 도착은 일단 도외시하고, 성을 베개 삼아 전사할 것인가 성을 내주고 후일의 결전에 대비할 것인가 양자 택일의 길만이 남았다. 이 때문에 의견이 양분되었다고 생각해도 좋다. 성을 내줄 수 없다고 주장하는 사람들은 성을 내주어도 반드시 어느 골짜기에서 몰살을 당할 것이므로 반대한다고 한다."

창살 안의 오코우치 겐자부로는 지그시 눈을 감고 얼어붙은 듯이 움직이지 않았다.

"긴말은 않겠다. 나는 겐자부로라는 명물이 이 성에 있다는 생각을 떠올렸어. 물론 이것은 도쿠가와 쪽에서는 알지 못하는 일. 벌써 오래전에 죽은 줄 알고 있을 테니까…… 모처럼 지금까지 무사의 고집을 관철해온 너이기도 하니 이번에 이에야스의 본진에 사자로 갈 수 없을까 하고…… 상의하려고 찾아왔다. 너는 이미 보행이 불편하다는 말을 들었다. 탈것을 준비할 생각이야. 본진에 가거든 성은 내놓을 테니 북쪽 골짜기 통로만은 열어주었으면 좋겠다는 말을 전해주기 바란다. 그렇게 되면 피아간에 일천 명 정도의 목숨은 구할 수 있다는 것이 내 생각이다."

"……"

"어떤가? 전사하기로 결심한 우리 군사가 미쳐 날뛰면 도쿠가와 쪽의 손해가 얼마나 될 것인지는 상상에 맡기겠다. 네가 공을 세우는 기회도 될 것이니 잘 생각해보도록……"

여기까지 말한 나쿠라 겐타로는 비로소 안에 있는 겐자부로가 코를 골며 자고 있다는 것을 깨달았다.

5

"으음, 듣고 싶지 않다는 것이로군. 과연 고집불통이야."

상대가 여전히 코를 고는 것을 보고 나쿠라 겐타로는 혀를 찼다.

"옥졸, 이 문을 열어라."

"예…… 예. 문을 열고 어떻게 하시렵니까?"

"어떻게 하건 너는 알 것 없어. 빨리 열지 못하겠느냐!"

옥졸 사쿠조는 길게 한숨을 쉬고 자물쇠에 열쇠를 꽂았다. 옥문이 열릴 때는 언제나 오코우치 겐자부로에게 가혹한 고문이 가해진다는 것을 알고 있었기 때문에 옥졸은 조심스럽게 말을 걸었다.

"이봐요, 죄수 양반. 어서 눈을 뜨시오."

나쿠라 겐타로가 문을 홱 열자 부하 두 사람이 눈을 부릅뜨고 먼저 안으로 들어갔다. 이어서 촛대를 든 부하 하나와 칼집에 손을 가져간 한 사람이 그 뒤를 따랐다.

"일으켜라!"

나쿠라가 턱으로 지시했다. 부하는 얼른 칼을 빼어들고 죄수의 얼굴에 바짝 갖다댔다.

"일어나!"

"시끄럽다."

"이 녀석은 괜히 자는 척하고 있습니다."

나쿠라는 부하의 말에 고개를 끄덕였다.

"대답하지 않겠다면 죽일 수밖에 없다. 모처럼 옛 주인이 성 근처에 왔는데 만나지 않고 죽어도 후회하지 않겠느냐?"

이 말에 오코우치 겐자부로는 귀찮다는 듯이 눈을 떴다.

"정말 성가시게 구는군. 나는 주군과 언제나 마음을 통하고 있다. 미카와 무사는 한번 말을 꺼냈으면 다시는 주워담지 않는다. 언제든지 죽여라. 죽는 것이 무서우면 육 년 동안이나 참을 수 있었겠느냐?"

"좋다, 죽이겠다!"

나쿠라는 몹시 자존심이 상했는지 버럭 소리를 질렀다.

"하지만 그냥은 죽이지 않아. 죽이기 전에 먼저 큰소리치는 미카와 무사의 인내심을 시험해보겠다. 여봐라, 저놈의 옷을 벗겨라."

"예."

부하는 칼날을 뒤로 돌려 옷 속으로 푹 찔러넣었다. 옷이 둘로 갈라져 밑으로 떨어지고, 더러워진 고목枯木을 연상시키는 겐자부로의 살이 드러났다.

"추울 것이다. 놈의 등에 촛농을 떨어뜨려라."

"예."

또 다른 부하가 촛대를 겐자부로의 머리 위로 쳐들고 기울였다.

촛농이 머리와 등에 뚝뚝 떨어졌으며, 떨어지면서 곧 굳었다. 겐자부로는 가늘게 눈을 뜨고 허공의 한 점을 응시한 채 꼼짝도 하지 않았다. 이미 몸이 마를 대로 말라 어쩌면 감각이 없어졌는지도 몰랐다.

"다시 한 번 묻겠다."

나쿠라의 말이 떨어지자 칼을 든 부하가 얼른 칼등으로 겐자부로의 턱을 쳐들었다.

"어떠냐, 사자로 가겠느냐 아니면 목숨을 버리겠느냐?"

"대답하지 않겠다. 나는 내 뜻대로 할 테니 너도 네 마음대로 해라."

그 말에 나쿠라 겐타로는 몸을 부르르 떨면서 소리질렀다.

"좋다. 놈의 손톱에 불을 붙여라!"

"예!"

이번에는 칼날이 겐자부로의 무릎에 놓인 손을 아래에서 위로 난폭하게 쳐들었다.

6

겐자부로의 손은 아무 저항도 없이 칼날에 얹힌 채 머리 높이까지 쳐들렸다. 그는 여전히 가늘게 뜬 눈으로 길게 자란 자기 손톱을 무심히 흘끗 내려다보았을 뿐이었다.

나쿠라 겐타로는 온몸을 꼿꼿이 하고 숨을 죽인 채 죄수의 길게 자란 더러운 손톱으로 다가가는 촛불을 노려보고 있었다.

지지직 하며 왼손 새끼손가락과 약지의 손톱이 타들어가고 주위에 구역질나는 냄새가 퍼졌다. 고문당하는 겐자부로의 입은 희미하게 열려 있었다. 이를 악무는 표정은 어디서도 찾아볼 수 없었다.

"그 다음!"

"예."

이번에는 전보다 더 잔인하게 불길이 다가왔다. 손가락까지 태울 것 같았다.

"어서 그 다음을!"

"예."

이윽고 왼손의 손톱이 모두 타고 촛대의 불은 오른손으로 옮겨갔다. 상대가 만일 뜨거움을 이기지 못해 칼날을 움켜쥐었더라면 그야말로 손가락은 우수수 낙엽처럼 떨어졌을 것이었다.

"지독한 녀석!"

오른손까지 탔는데도 여전히 입을 벌린 채 있는 겐자부로를 보고 나쿠라 겐타로는 몸을 떨면서 혀를 찼다.

"이제는 뜨거운 것도 추운 것도 모르게 된 모양이다. 됐다, 이런 송장 같은 녀석을 상대할 필요는 없다. 이미 놈은 죽은 거나 다름없어."

스스로 감옥의 문을 걷어차고 밖으로 나갔다. 이대로 고문을 계속하다 스스로를 제어하지 못하고 정말 죽이지 않을까 하는 두려움을 느꼈기 때문일 것이다. 그런 의미에서 오코우치 겐자부로는 아마 이 성으로서는 죽여서는 안 될 포로인 모양이었다.

나쿠라의 뒤를 이어 부하들이 사라진 뒤 사쿠조는 조심스럽게 겐자부로에게 촛대를 가까이 가져갔다.

"죄수 양반, 그냥 대답했어야 하는데 그랬어요. 너무 지나치게 저항하는군요."

"후……"

비로소 겐자부로는 빛 속에서 등을 구부리고 엎드렸다. 웃는 것도 아니고, 그렇다고 울고 있는 것도 아니었다.

살아 있는 몸으로 손톱과 손가락이 타들어갔는데 뜨겁지 않았을 리가 없다. 이러한 고통이 오히려 지금의 겐자부로로서는 유일한 삶의 보람이었고 생명을 지속시키는 묘약이었다. 아무 원한도 없고 싸울 상대마저 없는 감옥생활이었다면 그의 육체는 벌써 오래 전에 썩어 없어졌을지도 모른다.

"후후…… 나무南無°…… 고문의 귀신이란 말인가."

오코우치 겐자부로는 다시 이런 중얼거림과 함께 상반신을 희미하게 흔들었다.

"사쿠조, 염려하지 말게. 나는 이 고문으로 다시 한두 달은 더 살 수 있는 힘을 얻었어."

결코 허세가 아니었다. 불에 태워진 손톱 언저리에서 생명의 벌레가 활발히 움직이기 시작한 듯 온몸이 훈훈해지고 상쾌한 졸음이 따뜻하게 감싸왔다.

겐자부로는 사쿠조가 가져온 식사를 그대로 두고 마침내 크게 코를 골며 잠에 빠져들었다.

사쿠조는 얼른 안으로 들어가 자기 옷을 벗어 겐자부로의 어깨를 덮어주고 저도 모르게 합장을 했다.

"나무아미타불…… 나무아미……"

하나밖에 없는 환기창으로 초겨울의 메마른 바람소리가 윙 하고 귀를 울렸다.

7

그 이튿날부터 겐자부로에게는 큰 희망이 되살아났다.

자기 스스로 이에야스에게 사자로 갈 마음은 추호도 없었다. 그렇게 하면 마치 독촉하는 것과도 같았다. 틀림없이 오리라고 믿었던 이에야스가 그의 생명이 남아 있는 동안에 왔다는 것만으로도 크게 만족스러웠다. 그의 희망은 자기가 살아서 이에야스를 만나는 것이 아니라, 자기 존재를 다시 한 번 적에게 알리는 것이었다.

나쿠라 겐타로가 감옥으로 자기를 찾아오다니, 이미 승부는 난 것이나 마찬가지였다. 그것은 또한 자기를 사자로 보내지 않고는 전멸을 면할 수 없다는 증거이기도 했다.

"적은 틀림없이 다시 나타난다. 이번에는 나쿠라가 아닌 다른 녀석이……"

겐자부로는 이처럼 계속 적장과 마지막 일전을 벌이게 되는 것이 여간 기쁘지 않았다.

"전투는 전쟁터에서만 하는 것이 아니다……"

자기 고집을 관철시켜 끝까지 굴복하지 않았다는 긍지는 싸우고 또 싸우고 다시 싸울수록 만족의 정도가 깊어졌다. 이것은 이치가 아니었다. 오코우치 겐자부로라는 한 인간이 유일하게 이 세상에 남길 수 있는 '생존의 흔적'이고 고집의 '시詩'였다. 인간의 약점을 모두 초월하지 않으면 안 된다. 사나이로서의 근성만을, 바위틈에 끼여 빛나는 수정처럼 추구해나가기만 하면 그것으로 족했다……

얼마 후 오카베 타테와키가 겐자부로를 찾아왔다.

그는 잘 차린 음식상을 부하에게 들리고 와서는 침이 마르도록 겐자부로의 무사도武士道를 칭찬했다.

"헛소리는 하지도 마라. 내가 이 음식과 칭찬의 말에 눈이 멀어 고집을 버릴 사나이로 보인다는 말이냐."

겐자부로는 이렇게 비웃으며 눈길도 주지 않고 잘 차려진 음식상을 옆으로 밀어놓았다.

그 순간 타테와키는 겐자부로의 흐트러진 머리를 한데 묶고 창자루에 꿰어 감옥 안을 끌고 다니게 했다. 탄력이 없어진 겐자부로의 머리카락이 피를 흘리면서 뽑혀나갔으나, 이것은 도리어 겐자부로를 만족시켰을 뿐이었다.

그 다음에 찾아온 것은 유이 카헤에油井嘉兵衛였다.

"이미 성안에는 식량이 거의 다 떨어졌다. 포로인 너에게까지는 식사가 배급되지 않을지도 모른다. 만일 오지 않게 되거든 무사답게 각오하라."

그는 들어오자마자 이렇게 말했다.

"식사말고 다른 것을 원한다면 나에게 말하라. 우리는 다 같은 무사이니 가능한 한 들어주고 싶다."

이때도 카헤에가 아무런 소득도 없이 돌아간 뒤 겐자부로는 유쾌하다는 듯 크게 웃었다.

"원 이런, 일단 각오한 사람과 그렇지 못한 자와는 이렇게도 차이가 나는 것일까."

이때부터 사쿠조가 가져오는 주먹밥은 점점 더 작아졌고, 마침내 두 개가 한 개로 줄었다.

환기창으로 화약냄새가 흘러들기도 하고 화살 나는 소리가 들리기 시작할 무렵, 텐쇼 8년이 저물고 이듬해 봄이 되어 있었다.

"뜻밖에 오래 버티는군. 이 성도 또 내 몸도……"

겐자부로는 바깥 세상은 이미 3월이 되어 있을 것이라 생각하며 그날도 사쿠조가 나타나기를 기다렸다. 그러나 날이 저물도록 사쿠조는 끝내 모습을 보이지 않았다.

8

날이 밝은 모양이었다. 환기창을 통해 어렴풋이 느낄 수 있었다. 아침이 되면 어디선지 모르게 향기로운 공기가 환기창을 통해 희미하게 흘러들어왔다.

만일 오코우치 겐자부로가 다리만 성했다면 발돋움하고 서서 마음껏 싱그러운 공기를 들이마실 수도 있었을 것이다. 지금은 다리만이 아니라 손도 뜻대로 움직이지 않았고 시력 역시 현저하게 떨어져 있었다. 그런데도 귀와 후각만은 이 비정상적인 생활에 익숙해져 이상할 정도로 발달해 있었다.

"아, 저것은 꾀꼬리 울음소리로군……"

어제부터 갑자기 조용해진 성안. 꾀꼬리가 울기 시작했다는 것은 격렬한 전투의 종식을 의미하는 것일까……?

"틀림없이 꾀꼬리가 울고 있어. 사쿠조도 오지 않는 것을 보면 성병城兵들이 모두 도망친 것은 아닐까……?"

겐자부로는 자신의 온몸을 지탱해주던 살아 있는 힘이 작은 거품으로 화해 하나하나 사라지는 듯한 허탈감을 느꼈다.

'그래도 좋다……'

무서운 투혼이 만족했기 때문인지, 겐자부로는 별로 공복감을 느끼지는 않았다. 온몸이 나른하게 풀리면서 졸음이 오기 시작한 것은 정오쯤이었다.

문득 깨닫고 보니 이번에는 환기창을 통해 북소리임이 틀림없는 소리가 분명하게 들려왔다.

"정말 이상하다……?"

겐자부로는 일어나 앉아 온몸의 신경을 귀에 집중시켰다.

공격하는 군사가 성에 들어온 듯한 소리는 들리지 않았다. 그렇지만 북소리가 나는 것만은 틀림없었다. 그가 지닌 약간의 지식에 따르면 이것은 코와카幸若의 북소리인 듯했다.

"성주님은 하마마츠로 옮기신 후 정월에는 즐겨 춤을 구경하셨다고 했는데, 어쩌면 이미 입성하신 것이 아닐까?"

'입성하셨다면……'

갑자기 겐자부로의 가슴이 동요하기 시작했다.

입성하셨더라도 여기에 이런 감옥이 있다는 것을 당장에는 아시지 못할 터.

'이 겐자부로는 모처럼 성주님을 맞이하고도 만나뵙지 못한 채 죽게 되지나 않을까……'

지금까지 맑고 잔잔하기만 하던 마음이 갑자기 크게 흔들리고 탁해지면서 삶에 대한 집착이 생생하게 고개를 들었다.

오코우치 겐자부로는 마지막 힘을 다해 창살을 붙들고 몸을 일으켜 세웠다. 다시는 일어설 수 없을 줄 알았던 다리 끝에서 예리한 통증이 온몸에 퍼졌다.

"으악!"

겐자부로는 있는 힘을 다해 크게 외쳤다. 순간 지금까지 들리던 북소리가 사라지고 주위는 전보다 더욱 조용한 정적으로 돌아와, 무어라 말할 수 없는 슬픔이 가슴 가득히 치밀어올랐다. 그와 함께 겐자부로는 비틀거리며 창살 밑으로 무너져내렸다. 이미 일어설 힘도 소리지를 힘도 없었다.

잠시 후 창살 너머의 갱도坑道 주위를 살피는 듯한 작은 불빛이 동그랗게 떠올랐다. 겐자부로는 그것을 깨닫지 못했다.

"여보세요…… 여보세요…… 죄수 양반. 어찌 된 일입니까? 이 사쿠조가 생명을 걸고 손에 넣은 주먹밥. 자아, 어서 잡수세요. 여보세요, 죄수 양반……"

9

겐자부로는 옥졸의 목소리를 꿈결에 듣고 있었다. 몹시 혼란스럽고 일찍이 경험하지 못한 수마睡魔에 온몸이 사로잡혀 있었다. 아마도 그것은 생명력의 고갈을 알리는 졸음임이 틀림없었다.

"정신 차리세요, 죄수 양반."

겐자부로가 가늘게 눈을 뜨고 멀어져가는 의식을 약간 되찾았을 때, 사쿠조는 창살 안으로 들어와 그의 몸을 흔들고는 훌쩍훌쩍 울면서 중얼거리고 있었다.

"이 사쿠조는 말입니다, 교활한 사나이였어요. 처음에는 만일 성이 떨어지면 당신의 도움을 받으려고, 그래서 친절을 가장했어요…… 하지만 지금은 그렇지 않아요. 나는 당신에게 정말로 감복했어요. 그야말로 진정한…… 무사 중의 무사…… 이런 분을 죽게 하면 신불神佛의 벌을 받을 것 같아서…… 죄수 양반, 발각되면 목이 잘릴 각오를 하고 대장의 진중에 숨어들어가 훔쳐온 주먹밥이에요. 이런 것을 먹지 못하고 죽으면…… 이 사쿠조의 마음이 어떻겠어요? 제발 정신 차리세요, 죄수 양반."

대나무통을 허리춤에서 꺼내 약간 고개를 든 겐자부로의 입에 부어넣었다. 물은 반 이상이 쏟아져 바싹 마른 몸으로 흘렀으나, 이때 비로소 겐자부로는 자기가 사쿠조에게 안겨 있다는 것을 깨달았다.

"오, 사쿠조로군……"

"죄수 양반, 정신이 좀 들었나요? 이미 이 성에는 쌀이 한 톨도 없이 바닥났어요…… 약간 남아 있던 것이 오늘로 끝났어요. 나는 대장 쿠리타 교부栗田刑部 님의 진중에 숨어들어가 겨우 이것 하나만 훔쳐왔어요."

"뭐, 훔쳤다고…… 그 주먹밥을?"

"훔치기는 했지만 나는 도둑이 아니에요. 아니, 도둑으로 몰려 목이 잘려도 상관없어요. 죄수 양반은 미카와의 고집, 미카와 무사의 고집이라고 이 늙은이의 귀에 못이 박히도록 들었어요. 처음에 나는 그 말을 귀담아 듣지 않았어요. 지금은 겨우 그 의미를 알게 되었지요…… 이런 훌륭한 죄수 양반을 굶어죽게 한다면 토토우미에 사람이 없었다는 말이 됩니다. 나는 그것이 분합니다. 나는 농부 출신이지만, 목숨을 걸고라도 토토우미에 죄수 양반의 마음을 알아주는 사람이 있었다는 말을 듣고 싶어요. 목이 잘려도 좋아요. 자, 어서 드세요."

그 말을 듣는 동안 겐자부로는 줄줄 흐르는 눈물을 멈출 수 없었다.

"그렇구나, 사쿠조 그대는 이 겐자부로에게 토토우미 사람의 고집을 내보이는구나."

"예, 나를 도둑이라 하지 말고 어서 이것을 드세요…… 죄수 양반."

"고맙네. 그럼 먹겠네. 그러나 먹기 전에 한 가지 알고 싶은 것이 있어. 아까 어디서 북을 친 사람이 있던 것 같은데."

"아, 그것 말이군요. 내일은 드디어 적군의 총공세, 아군도 모두 공격해나가기로 결정했어요. 도쿠가와 님의 본진에 있는 코와카 산다유幸若三太夫 님의 노래를 이 성의 대장 쿠리타 교부 님이 청하신 거예요. 그래서……"

"뭐, 우리 성주님의 본진에 있는 코와카 산다유의 노래를……?"

"예. 그래서 성안에 있던 사람들이 모두 울었어요…… 도쿠가와 님은 흔쾌히 그 청을 수락하여 성벽 옆에 무대를 만들고, 산다유는 「타카다치高館」°를 고운 목소리로 노래했어요. 적도 아군도 모두 숨소리 하나 내지 않고 귀를 기울여 얼마 동안 이 부근에서는 아무 소리도 나지 않았어요."

"그렇구나, 그 북소리는…… 성주님이 적을 위해 노래를 허락하셨던 것이로구나."

갑자기 겐자부로는 사쿠조가 손에 든 주먹밥에 절을 했다. 그리고 그것을 빨갛게 부어오른 손으로 집어 허겁지겁 먹기 시작했다.

10

아직 타카텐진 성이 함락된 것은 아니었다. 하지만 농성하고 있던 군졸들은 이미 타케다 카츠요리의 원군이 오지 않을 것이라 판단하고 마음을 정한 모양이었다.

카츠요리는 어느 전선에서 진군을 저지당하고 있는 것일까?

오코우치 겐자부로는 사쿠조의 손에서 주먹밥을 받아먹고 대나무 통에 남아 있던 물을 깨끗이 비웠다. 그리고 나서 다시 한 번 오늘 부른 노래에 대해 자세히 물어보았다.

"지금 성안 사람들의 목숨은 내일을 기약할 수 없게 되었소. 바라건대 다유의 노래를 한 곡 들을 수 있다면 이 세상의 마지막 추억으로 삼겠소."

성안의 망루에서 이런 글을 화살에 묶어 쏘았고, 얼마 지나지 않아 본진에서 다유 자신이 나타나 이에야스의 허락이 내렸다는 뜻을 전해 왔다고 했다.

양군의 공격은 일단 중단되고, 깊은 정적이 산성을 감싼 것은 그 때문이었다.

이윽고 성의 대장 쿠리타 교부는 일족인 카쿠쥬마루鶴壽丸, 히코베에 등을 데리고 망루에 올라 다유의 「타카다치」에 귀를 기울였고, 이때 성병들은 약속이라도 한 듯이 눈물을 흘렸다고 한다.

노래가 끝나자 성안에서 검붉은 색깔의 진바오리陣羽織°를 입은 말탄 무사 한 사람이 나타나 다유에게 선물을 주었다. 선물은 사타케다이호라는 종이 열 첩과 두꺼운 옷감 한 벌, 그리고 와키자시 한 벌이었다.

"다유가 공손히 그것을 받자 진바오리를 입은 무사는, 이제는 미련 없이 전사할 수 있게 되었다, 이에야스 님에게 고맙다는 말씀을 전하라면서 물러갔다고 합니다."

사쿠조의 말을 들은 겐자부로는 자기도 모르게 입을 일그러뜨리고 중얼거렸다.

"진바오리를 입은 무사의 가증스러운 소행. 그 자의 이름은?"

사쿠조는 그 무사의 이름을 알지 못했다.

"그래? 아니, 이름을 물은 내가 미련했는지도 모르겠군."

이름도 모른다…… 아니 그보다는 죽음에 직면하면 어느 누구의 가슴에서도 솟아나게 마련인 애달프고도 맑은 시詩의 가락. 갑자기 겐자부로는 새로 기력이 치솟는 것을 깨달았다.

사쿠조는 이제 감옥에서 나가려 하지 않았다.

아직도 피아간에 「타카다치」의 감동이 기분 나쁠 정도로 조용히 꼬리를 물며 남아 있었다.

이윽고 겐자부로는 끄덕끄덕 졸기 시작했다.

다시 꿈에서 깨었을 때는 산이 대번에 무너질 듯한 소음으로 주위가 가득 차 있었다. 날이 밝기를 기다리지 않고 성병들이 문을 열고 공격해나가고, 밖에서도 총공격이 시작되었던 모양이다. 징소리를 뚫고 총포소리, 화살소리, 말울음소리, 비명, 함성 등 조그마한 환기창이 끊임없이 바깥의 아수라장을 그대로 전해주었다.

오코우치 겐자부로는 얼른 불구가 된 다리의 무릎을 가지런히 하고 자세를 가다듬었다. 무엇 때문에 인간과 인간이 이처럼 비참하게 시체를 쌓아가야만 하는지 그로서는 알 수 없었다. 다만 알고 있는 것은 이와 같은 현실을 없앨 수 있는 힘은 지상 어디에도 존재하지 않는다는 엄연한 하나의 사실뿐.

겐자부로는 더러워진 턱 밑에 두 손을 모으고 이에야스의 승리를 조용히 기원했다.

미친 듯한 소음은 그날 아침에서 정오 무렵까지 계속되었고, 그동안 옥졸 사쿠조는 창살가에 앉아 열심히 염불을 외고 있었다.

11

그날의 전투가 얼마나 치열했는가 하는 것은 나중에 알게 되었는데, 이때의 수장首帳에는 도쿠가와 군 장수들이 죽인 이름있는 무사의 머리수가 다음과 같이 기록되어 있다.

오스가 고로자에몬大須賀五郎左衛門 177
스즈키 키사부로鈴木喜三郎, 스즈키 엣츄노카미鈴木越中守 138
오쿠보 시치로에몬(타다요) 64
사카이 사에몬노죠(타다츠구) 42
사카키바라 코헤이타 야스마사 41
이시카와 호키노카미石川伯耆守 40
이시카와 나가토노카미石川長門守 26
혼다 헤이하치로 타다카츠 22
혼다 히코지로本多彦次郎 21
토리이 히코에몬鳥居彦右衛門 19
혼다 사쿠자에몬 18
—이하 생략—

총수가 688명에 달하므로 병졸들까지 합치면, 주위 골짜기에는 머리가 없는 시체로 메워졌다고 해도 좋을 정도였다.

성주 쿠리타 교부는 물론 오카베 타테와키, 오카베 탄바, 미우라 우콘다유, 유이 카헤에, 나쿠라 겐타로, 오가사와라 히코사부로, 모리카와 비젠, 하라미이시 이즈미노카미孕石和泉守, 아사히나 야로쿠로, 마츠오 와카사노카미松尾若狹守도 모두 죽었다.

이리하여 전후前後 7년간에 걸친 타카텐진 성의 쟁탈전은 다시 도쿠가와 군이 승리를 거둠으로써 종말을 고했다. 아니, 타카텐진 성의 승리는 결코 이 국지전에서의 승리만이 아니라 타케다 카츠요리의 운명에 결정적인 영향을 끼쳤다.

주위가 다시 정적을 되찾았을 때 옥졸 사쿠조는 조심스럽게 갱도를 기어나갔다. 겐자부로는 여전히 턱 밑에 두 손을 모아 합장한 채 앉아 있었다.

이윽고 대여섯 명의 발소리가 시끄럽게 떠드는 소리와 함께 갱도 쪽으로 다가왔다.

"햇수로 칠 년째나 되는 포로인데 아직 살아 있다는군."

"그게 누구지?"

"빨리 안내해. 이거 너무 어둡군, 어서 불을 밝혀라."

이 소리에 겐자부로는 눈을 떴다. 그는 다가오는 사람들이 아군이라는 것은 너무 잘 알고 있었다.

"자, 여기입니다. 이 창살 안에."

사쿠조는 자기가 적의 옥졸이었다는 사실을 잊기라도 한 듯 들뜬 목소리로 말하고 있었다.

창살 앞에 그림자가 나타났다. 그는 얼른 안으로 들어왔다.

"당신은 누구시오?"

겐자부로의 얼굴을 들여다보았다.

"으음, 참혹한 모습이로군. 머리와 얼굴을 구별하지 못하겠어. 정신

차리시오, 무사히 대장님이 입성하셨소. 곧 당신에 대한 것을 보고 드리려 하니 이름을 말하시오. 누구시오?"

"오코우치 겐자부로 마사치카요……"

겐자부로는 이렇게 대답한 뒤, 자기 이름을 듣고 상대가 크게 놀란다는 것만은 알았으나 그대로 정신을 잃고 말았다. 다시 정신이 들었을 때는 걸상에 앉은 이에야스 앞에 옮겨져 있었다.

아직 해가 지지 않아 성안은 밝았다. 그러나 겐자부로에게는 너무 눈이 부셔서 주위가 보이지 않았다.

"성주님은 어디 계시오? 이 오코우치 겐자부로, 어서 성주님의 모습을 뵙고 싶소."

겐자부로는 정신이 들자마자 이에야스를 향해 빨리 이에야스를 만나게 해달라고 졸랐다.

낙화유정落花有情

1

타카텐진 성이 함락될 무렵, 카츠요리는 미시마三島로 출격해온 호죠 우지마사의 군사 약 3만과 대치하여 공격도 후퇴도 할 수 없는 상태에서 애를 태우고 있었다.

카츠요리 자신은 이때도 자진하여 호죠 군과 결전을 벌이려 했다. 그러나 사촌동생인 노부토요信豊와 나가사카 쵸칸의 간언이라기보다는 심한 반대에 부딪쳐, 누마즈沼津에 코사카 겐고로高坂源五郎를 주둔시켜 코코쿠 사興國寺와 토쿠라戶倉 등의 방비를 명하고 일단 병력을 철수했다.

이 무렵부터 스루가에 있던 아나야마 뉴도 바이세츠穴山入道梅雪도 계속 간언했다.

"지금은 일단 싸울 뜻을 거두고 군사를 양성할 때……"

그 결과 타카텐진 성이 함락되고, 텐쇼 9년(1581)은 마침내 카츠요리의 생애에서 나가시노의 패전에 이어 두번째로 크게 패배를 맛보는 해가 되고 말았다.

카츠요리에게 그들이야말로 나의 적이라고 할 증오의 대상이 오다, 도쿠가와, 호죠 셋으로 늘어나고, 이들이 세 방면에서 쉴새없이 그의 영지를 잠식해들어왔다. 카츠요리는 이 세 방면의 전투에서 모두 멋지게 싸우려 했다. 아니, 그보다 이들 적과는 이미 타협할 수 없는 격렬한 증오가 그를 사로잡았다고 하는 편이 옳을지도 모른다.

그것은 전략상의 문제라기보다 오히려 카츠요리 자신의 감정의 문제였다. 이러한 사태에서 장수들에 대한 그의 출병 요구는 당연히 가혹해질 수밖에 없었다. 그리고 이것이 이중, 삼중으로 백성들 삶의 피폐를 부채질했다.

이렇게 노심초사하던 텐쇼 9년이 저물고 텐쇼 10년의 봄을 코후에서 맞이한 카츠요리는 다시 투지를 불태우고 있었다. 겨울 동안 군사들을 충분히 쉬게 한 뒤 맞는 봄, 에치고의 우에스기 카게카츠와 손을 잡고 이시야마石山(오사카大坂) 혼간 사本願寺 무리를 움직인다면, 충분히 자신의 증오를 삼면의 적에게 쏟아부을 수 있다는 계산이었다.

이러한 계산은 적에게도 있었다. 적이 두려워하는 것은 천연의 요새인 코슈에 틀어박혀 유유히 백성들을 살찌게 하여 만전을 기하는 카츠요리였다. 신라 사부로 이래 이 땅에서 타케다 가문이 면면히 이어온 것은, 그들이 중앙의 패자覇者가 되려 하지 않고 서서히 실력을 쌓으면서 대지에 튼튼히 뿌리를 내리고 있었기 때문이다. 그러므로 어떻게 해서든지 카츠요리를 멀리 유인해내려는 것이 적의 계획이었는데도 초조해진 그로서는 사태를 정확히 판단할 수 없었다.

이러한 상황에서 카츠요리가 키소木曾의 후쿠시마 성福島城에 있는 키소 사마노카미 요시마사木曾左馬頭義昌가 오다 쪽에 가담했다는 소식을 듣게 된 것은 텐쇼 10년 2월 초였다.

"오다에게 사마노카미가 밀사를 보낸 것이 확실합니다."

사방으로 내보냈던 첩자들로부터 불쾌한 보고를 받았을 때였다. 카츠요리는 어쩔 수 없이 적의 술책에 말려들고 말았다. 어쩌면 이미 그 시기가 도래했던 것인지도 모른다.

"뭣이, 사마노카미가 이 타케다를 배신했어……?"

그는 이마에 핏대를 세웠다.

"좋아, 봄이 되면 뒤가 시끄러워진다. 지금 당장 때려부수겠다."

츠츠지가사키의 자기 거실에서 근신近臣들을 모아놓고 카츠요리는 이렇게 선언했다.

키소 요시마사는 미나모토 요시나카源義仲의 14대 후손으로 카츠요리와는 처남 매부 사이였다.

2

다 같은 겐지源氏°의 후예이고 매제이기도 한 키소 요시마사가 노부나가와 손을 잡았는데도 자기가 그를 처단하지 못한다면 그 영향은 매우 심대하다고 카츠요리는 생각했다.

카츠요리는 즉시 출병명령을 내렸다. 반쯤 감정에 지배당한 이 체면유지를 위한 출격이 그를 더욱 위기에 몰아넣을 원인이 되리라고는 미처 생각하지 못했다.

그때 이미 후쿠시마 성의 키소 요시마사는 노부나가에게 인질을 보내고, 카츠요리가 분개할 것을 계산에 넣고 계속 사자를 노부나가에게 파견하고 있었다.

배신한 이유는 말할 나위도 없이 카츠요리가 강요하는 빈번한 군역軍役에 있었다. 단 1년도 백성들이 편안히 지낼 틈을 주지 않고 춘하추동 할 것 없이 계속 싸움만 한다면 아무리 전국戰國이라고는 하나 자멸할 수밖에 없었다. 이렇게 판단하고 살아남기 위한 싸움에서 살아남기 위한 항복으로 방향을 바꾼 요시마사였다.

이것은 요시마사만의 문제가 아니었다. 요시마사를 처단하기 위해 출병한다는 말을 듣고 스루가에 있던 아나야마 뉴도 바이세츠도 비탄에 빠져 한탄했다.

"이제 타케다 가문도 망하는구나……"

그러한 그 역시 살아남기 위해 이에야스 쪽에 가담할 생각을 하고 있었다.

후쿠시마 성에서 다시 급사가 노부나가에게 달려갔다. 즉시 원군을 보내달라는 사자였으나, 이것은 동시에 노부나가가 은근히 기다리고 있던 절호의 기회이기도 했다.

"알겠다, 우리와 손을 잡은 이상 그대로 방치할 수 없다. 이 노부나가가 직접 원군을 거느리고 갈 테니 염려하지 말라고 전하라."

노부나가는 사자를 돌려보내고 즉시 히다飛驒의 카나모리 나가치카金森長近와 하마마츠의 이에야스에게 급사를 보냈다. 노부나가 자신은 시나노에서 출동하고 카나모리 나가치카는 히다에서, 그리고 이에야스는 스루가에서 출병하여 카츠요리를 삼면에서 일제히 공격하자는 것이었다.

노부나가로부터 온 급사를 맞은 이에야스는 스루가의 아나야마 바이세츠에게 사람을 보냈다.

"이미 타케다 가문의 장래는 결정된 것과 다름없으니 이 이에야스에게 항복하라."

카츠요리가 자신의 하찮은 체면에 구애되어 키소 골짜기로 출격하겠다고 선언한 한마디 말이 어느덧 중부 일본 전체에 큰 파문을 일으키고 있었다.

본거지인 코후 성에서조차 도망치는 병졸들이 속출하는데도 누구 하나 이것을 카츠요리에게 보고하지 않았다. 카츠요리는 여러 장수들이 자기 명령을 어김없이 실행하고 있는 줄 믿고, 자신이 직접 하타모토旗本° 1,000여 명을 거느리고 코후 성을 출발했다.

산봉우리는 모두 하얗게 눈으로 덮여 있고 아침 저녁의 추위는 겨울과 같았다. 코슈에서 신슈信州에 이르렀을 때 제일 먼저 들어온 보고는, 노부나가의 대거 출격, 이어 아나야마 바이세츠의 이에야스에 대한 항복, 그리고 히다로부터 카나모리 나가치카의 침입이었다.

카츠요리는 비로소 아연실색했다. 그는 그제야 겨우 자기가 이미 '싸움에 미친 사나이' 라는 것을 깨달았다.

"아나야마까지 나를 배신했다는 말이지. 도리 없다, 군사를 되돌려라. 어서 철수하여 성을 굳게 지켜라."

서서히 매화가 피기 시작한 이다飯田 근처까지 와서 결국 그는 급히 말머리를 돌렸다.

3

스루가에서 도쿠가와 군을 철저히 막아줄 것으로 믿었던 아나야마 바이세츠가 적으로 돌아섰다는 것은 바로 타케다 가문의 초석이 무너진 일이었다. 아니, 키소 요시마사가 노부나가와 손을 잡은 것도, 호죠 우지마사가 도쿠가와와 동맹한 것도 모두 그 징조였으나 카츠요리는 지금까지 전혀 깨닫지 못하고 있었다……

이미 전의戰意를 상실한 타케다의 장수들. 그러한 상황을 정확하게 꿰뚫어본 노부나가와 이에야스는 노도와 같은 공격을 감행했다.

코슈의 츠츠지가사키 성은 그들을 맞아 싸울 수 있는 구조의 성이 아니었다. 성이라기보다는, 적이 감히 접근하지 못할 것이라고 선조들이 자신감을 가지고 설계한 거성居城에 지나지 않았다.

출전하자마자 이러한 성으로 황급히 되돌아온 카츠요리, 오다와라 부인은 눈이 휘둥그레졌다.

"어머, 이렇게 일찍 전쟁이 끝날 줄은…… 곧 이리로 성주님이 오실 테니 빨리 머리를 올려다오. 그리고 방에 향을 피워라."

오다와라 부인은 아직 남편이 놓인 위치가 얼마나 위험한지 모르고 있었다. 정오가 되기 전부터 내리기 시작한 부드러운 봄비소리를 즐기면서 거울을 세워놓고 빨간 연지를 입술에 칠했다.

"다시는 전쟁이 없었으면 좋겠는데."

머리를 매만지는 시녀에게 미소를 지어 보였다. 시녀 이카와伊川가 거울 속에서 고개를 끄덕였다. 오다와라 부인만이 아니라 코후 성의 여자들 거의 모두가 공격당한 경험 없이 살아왔다. 전쟁이란 언제나 먼 곳에서 벌어지는 것, 그리고 싸우면 반드시 이기고 돌아오는 줄로만 믿고 있었다.

화장이 끝나고 실내에 향기가 풍기기 시작했다. 오다와라 부인은 거문고를 가져오게 하고 술상을 준비시켰다.

"이젠 언제 오셔도 좋아. 그런데 왜 이렇게 늦으실까."

자신이 사랑하고 또 사랑을 받고 있다고 믿는 젊은 부인은 남편이 늦게 나타나는 것이 미웠다.

"또 어느 가신이 쓸데없는 말을 하고 있을 테지. 이렇게 기다리고 있는 사람의 심정도 모르고."

기다리다 지친 오다와라 부인이 거문고 앞에 앉아 음을 조절하고 있을 때였다. 아무 예고도 없이 타로 노부카츠가 새파랗게 질린 표정으로 급하게 복도를 건너왔다.

"어머님! 아버님 말씀을 전하러 왔습니다."

"아버님의…… 무슨 말씀인데?"

"내일 아침 일찍 이 성을 떠나 신푸 성新府城으로 옮길 수 있게 준비하시라고."

"뭐……?"

오다와라 부인은 비로소 거문고에서 손을 떼고 노부카츠를 쳐다보았다.

"신푸 성이…… 벌써 완성되었다는 말인가?"

"아직 완성되지는 않았습니다. 겨우 벽에 초벌칠만 했다는 말을 들었습니다마는, 적이 물밀듯이 진군해와서 여기서는 위험하기 때문에 신푸 성에서 방어하기로 군사회의에서 결정이 났습니다. 곧 떠날 수 있도록 준비해주십시오."

"적……적이라니, 그 적에게 패했다는 말이냐?"

고개를 갸웃하고 묻는 오다와라 부인의 표정은 아직도 천진스럽기만 한 열일고여덟 살 소녀의 얼굴이었다.

4

타로 노부카츠는 전쟁에 패했느냐는 질문에 혀를 찼으나, 곧 생각을 바꾼 듯 분노를 억제했다.

"어머님은 아무것도 모르시지요. 아직 패하지는 않았으나 이 성에서는 적을 막을 수 없습니다."

"그렇게 많은 군사가 쳐들어와?"

"예. 도쿠가와, 오다, 카나모리의 군사를 합하면 아마 오만은 될 것입니다."

이렇게 말하고 몹시 안타깝다는 듯 덧붙였다.

"여기에 오다와라 군까지 합세하면 육만이 될지 칠만이 될지……"

"그럼, 성주님은 오늘 밤 여기에는 오시지 못하겠네."

오다와라 부인으로서는 5만이니 6만이니 하는 숫자가 단지 많다는 것밖에는 아무런 실감도 나지 않는 모양이었다.

"아마 그럴 것입니다. 무기와 탄약을 옮기기 위한 지시를 서둘러야 합니다."

부인은 침묵했다. 그 얼굴에 실망의 기색이 역력히 떠오르고, 앉아 있는 자세에서 힘이 빠졌다. 그것은 장난감을 빼앗긴 어린 소녀의 모습을 연상케 했다.

"그럼, 로죠들을 불러 서둘러 준비하십시오."

타로 노부카츠는 더 이상 어머니는 상대할 수 없다는 듯이 정중히 절하고 사라져갔다.

시녀들도 그제서야 불안한 표정이 되어 오다와라 부인의 얼굴을 쳐다보았다. 부인은 잠시 멍하니 거문고에 눈길을 떨어뜨리고 있다가, 퉁하고 하얀 손으로 거문고 줄을 퉁기기 시작했다.

이미 성 안팎에서는 큰 소동이 일어나고 있었다. 그런 가운데 조용한 봄비소리와 거문고소리가 왠지 모르게 인생과는 격리된 듯한 쓸쓸함을 자아내고 있었다.

시녀가 세 사람의 로죠를 불러왔다. 그들 로죠는 이 성의 내전에 있는 여자들의 중신격이었는데, 잔뜩 양미간을 모으고 오다와라 부인의 양쪽과 뒤에 앉았다.

오다와라 부인은 여전히 거문고를 타는 것도 아니고 안 타는 것도 아닌 자세로 계속 줄을 만지작거리고 있었다.

"저어, 마님."

오른쪽의 로죠가 견디다 못해 입을 열었다.

"내일 아침 일찍 신푸 성으로 옮긴다고 들었습니다마는, 준비를 하셔야……"

"아, 좋도록 해."

"그럼, 저희들이 준비를 시켜도 되겠습니까?"

"응, 그래."

세 사람은 서로 눈짓을 하고 일어났다. 내전에서 부리고 있는 여자만 해도 230명에서 240명은 되었다. 이들이 하룻밤 사이에 옮겨갈 준비를 해야 했다.

내전이 바빠지기 시작했다.

놀랍게도 5만인지 6만인지 모를 군사가 이 성으로 공격해온다. 그 많은 군사가 밀어닥치면 어떻게 될 것인가? 전혀 상상도 못하는 여자들이었다. 여자들은 주사위와 화투, 먹다 남은 과자까지도 아깝다는 듯 모두 챙겼다. 마침내 짐은 산더미같이 되었다.

오다와라 부인의 방에서는 여전히 거문고소리가 멎지 않았다. 해가 지고 나서 거문고소리가 그쳤는가 싶더니 이번에는 종이와 붓을 갖다 놓고 오다와라 부인은 봄비가 내리는 정원을 망연히 바라보고 있었다.

5

신푸 성은 아나야마 바이세츠의 진언에 따라 코후의 서쪽, 니라사키 韮崎의 험준한 곳에 건설되고 있었다.

"선군先君은 영매하시고 또한 인자하셔서 온 영지를 그대로 성으로 삼아 별로 성을 쌓지 않으셨으나, 현재의 주군 카츠요리 공은 아버님에 비해 무략武略이 뒤떨어질 뿐 아니라 노부나가, 이에야스, 우지마사를 모두 적으로 삼게 되었다. 이렇게 된 이상 요새지를 택하여 성을 쌓을 수밖에 없다."

제일 먼저 이 말을 꺼냈던 아나야마 뉴도는 이미 도쿠가와에게 항복했다. 그리고 지금 세 방면에서 공격해오는 적에 에워싸여 서둘러 하는 이사였다.

이렇게 해서 옮겨간 신푸 성 또한 전혀 믿을 만한 것이 되지 못했다. 일부러 택한 천연의 요새이기는 했으나 수많은 건축자재를 운반해올리기 위해 탄탄한 길이 만들어져 있었다. 더구나 망루도 성벽도 아직 완성되지 않았을 뿐 아니라 총은커녕 활조차도 성을 지키기에는 크게 부족했다.

오다와라 부인의 행렬은 성벽 앞에서 정지하라는 명령을 받고 그만 당황했다. 많은 일꾼들에게 운반시킨 짐을 내려놓을 곳이 없었다.

먼저 출발했던 카츠요리가 보낸 츠치야 마사츠구의 동생 츠치야 마사츠네土屋昌恒가 와서 말했다.

"이 성에 들어가시는 것은 잠시 보류하십시오."

그때야 부인은 비로소 엄한 표정을 지었다.

"이 성에 들어가지 말라니, 그럼 이대로 코후로 돌아가라는 말이냐?"

"그런 것이 아니라……"

마사츠네는 당황하여 고개를 숙였다.

"지금 어디에 자리잡을 것인가 상의중이어서."

"뭣이, 어디로 가야 할지 상의중이라니?"

오다와라 부인은 자기 뒤에 길게 이어져 있는 여자들의 행렬을 돌아보았다. 모두 여기에 도착하면 츠츠지가사키에서와 똑같은 생활이 기다리고 있을 것이라 믿고 따라왔다.

"그럼, 이제는 코후로 돌아갈 수 없다는 말인가……?"

"당분간은 그럴 것입니다…… 그러나 곧 이와토노 성岩殿城의 오야마다 효에노죠 노부시게小山田兵衛尉信茂 님이 영접할 사람을 보내올 것이니까……"

이와토노 성은 츠루고리都留郡에 있는 오야마다 노부시게의 거성이었다.

"알았어, 그렇다면 기다릴 수밖에 없지."

오다와라 부인은 마사츠네를 보내고 시녀를 불러 가마에서 내렸다.

어디선가 꾀꼬리가 계속 울고 있었다. 비라도 내리면 크게 낭패할 이동이었으나, 다행히도 오늘은 맑게 개어 사방의 산줄기를 환히 바라볼 수 있었다.

"그런가…… 이제 도망다니는 신세가 되었다는 말인가."

"예, 무어라 말씀하셨습니까?"

손을 부축해준 시녀에게 오다와라 부인은 다시 한 번 부드러운 소리로 말했다.

"진작 말을 들어 알고는 있었어, 싸움에 지면 이렇게 도망다녀야 한다는 것을."

"예? 그러면…… 정말로……"

"정말인 것 같아."

오다와라 부인은 남의 일인 것처럼 말하고 점점 붉은 빛을 띠어가는 서쪽 하늘을 바라보며 눈을 가늘게 떴다.

"차라리 잘된 일인지도 몰라. 지고 나면 다시는 전쟁이 없을 것. 전쟁이 없으면 여자는 남편 곁에 있게 될 테니……"

다시 가까이에 있는 들매화꽃 그늘에서 꾀꼬리의 맑은 울음소리가 들려왔다.

6

"부인, 여기 있었소?"

카츠요리가 새 성문 밖으로 나왔을 때는 주위가 서서히 어두워지기 시작할 무렵이었다.

"여봐라, 횃불을 밝혀라. 불을 아낄 것 없다."

카츠요리는 자기 말을 끌고 뒤따르고 있는 시동에게 퉁명스런 어조로 말했다.

"부인, 이제는 걱정할 것 없소. 오야마다 노부시게가 마중할 사람을 보내왔소."

약간 상기된 모습으로 아내 앞에서 걸음을 멈추었다.

오다와라 부인은 갓 피어오르기 시작한 저녁안개 속에 도자기처럼 무표정하게 서서 당장에는 입을 열려 하지 않았다.

"걱정했을 거요. 결코 무리가 아니오. 츠츠지가사키 성에서는 싸울 수 없고, 크게 믿고 찾아온 이 성은 아직 완성이 덜 되었소. 공사를 책임진 녀석들이 나를 속여, 보고와는 달리 그 절반도 공사가 진행되지 않았던 거요."

카츠요리는 공사지연의 원인이 민생피폐에 있다는 것을 아는지 모르는지.

"좌우간 서둘러야 하오. 여자들은 걸음에 익숙지 못해 고생스럽겠지만 곧 이와토노로 출발합시다. 부인, 염려하지 않아도 좋소. 도중에 불을 밝히고 행렬 앞뒤를 엄중하게 경호할 것이오. 그리고 적은 밤눈이 어둡소."

"성주님!"

카츠요리가 잠시 입을 다무는 동안, 갑자기 오다와라 부인이 날카로운 소리로 말했다.

"저는 이 성에 남고 싶어요."

"아니, 이 성에 남는다고…… 하하하…… 그건 말도 안 되는 소리. 이 성에 남았다가 적이 나타나면 어떻게 하겠소?"

"그때는 깨끗이 자결하겠어요. 성주님! 성주님도 이 성에서 전사하실 각오를 해주세요."

지금까지의 오다와라 부인에게서는 찾아볼 수 없었던 심각한 표정이고 또한 목소리였다.

"부탁입니다. 저는 사랑하는 성주님이 성을 잃고 방황하시는 모습을…… 차마 이 눈으로는 볼 수 없습니다."

"하하하……"

카츠요리는 그 말을 웃어넘겼다. 아니, 웃어넘기려 했으나 웃을 수도 없는 불안한 응어리가 가슴에 남아 견딜 수 없었다.

"그대는 무장의 고집을 모르는 모양이군. 무장이란 설령 패하는 전쟁인 줄 알면서도 싸울 때까지 깨끗이 싸워야 하는 것이오."

오다와라 부인은 무섭게 고개를 가로저었다.

"저는 싫습니다."

"정말 귀에 거슬리는 말을 하는군."

"혹시 전쟁에 패하시는 성주님의 모습을 보고 제가…… 만일 성주님을 싫어하게 되면 어떻게 하시겠어요? 그래서…… 이 성에 남으려고 합니다."

"부인!"

카츠요리는 예리한 칼로 가슴이 찔린 듯한 기분이 들어 저도 모르게 거친 소리로 말했다.

"이제 와서 그게 무슨 소리요! 이와토노 성은 그대의 친정인 사가미相模와 가까운 거리에 있소. 이 카츠요리에게 만약의 경우가 생겨도 그대만은 무사히 사가미로 보내고 싶어서 그러는 거요. 다시 그런 말을 하면 용서하지 않겠소. 어서 가마를 타시오."

오다와라 부인은 계속 카츠요리를 바라보고만 있었다. 왠지 앞길에 예측할 수 없는 비극이 기다리고 있다—이런 생각이 들어 참을 수 없을 정도로 마음이 떨렸다.

7

오다와라 부인의 예감은 적중했다. 오야마다 노부시게가 보낸 것은 군사가 아니라 사자였다는 것을 나중에 알았다.

카츠요리가 츠츠지가사키 성을 나와 신푸로 향했을 때.

"어쨌든 일단 성에 들어가십시오."

이렇게 말하면서 카츠요리를 뒤쫓아온 두 사람이 있었다. 한 사람은 오야마다 노부시게, 나머지 한 사람은 죠슈上州의 누마타沼田 성주 사나다 키헤에 마사유키眞田喜兵衛昌幸였다.

카츠요리는 자기 뒤를 따르고 있는 연약한 여자들의 행렬이 없었다면, 아버지 신겐의 근시 6인방 중에서도 가장 신임이 두터웠던 사나다 마사유키에게로 갔을 것이었다. 그러나 걸음에 익숙지 못한 행렬을 거느리고 가기에는 죠슈의 누마타가 너무 멀었다. 그래서 할 수 없이 사가미와 가까운 사루하시猿橋에서 약 20정 가량 북쪽에 있는 오야마다 노부시게의 이와토노 성으로 결정했다.

카츠요리로부터 꾸중을 들은 오다와라 부인은 잠시 말을 잊은 채 그대로 서 있었다.

"분부시라면 따를 수밖에 없는 일……"

그러더니 힘없이 말하고 가마에 올라 눈을 감고 말았다.

사가미와 가까운 이와토노 성을 택한 것은 만약의 경우 부인의 생명을 구하기 위해……라는 카츠요리의 말이 오다와라 부인에게는 뜻밖이었다. 카츠요리와 헤어져 자기 혼자 살아남는다……

현재의 오다와라 부인으로서는 그런 것은 생각할 수도 없는 일이었다. 무언가 자기가 모르는 싸늘한 바람이 불어닥치고 있었다. 그러나 제아무리 강한 바람이 불어온다고 해도 남편과 같이 있는 한 즐거운 바람으로만 느껴졌다.

'두 사람이 떨어지지만 않는다면……'

카츠요리는 오야마다 노부시게의 이와토노 성에 도착하여 그녀를 사가미에 보내겠다고 하면 기뻐할 것이라 생각하는 모양이었다.

'신이시여, 제발 이 행렬이 이와토노에 도착하지 않기를……'

그날 밤은 아주 맑았다. 서리가 내린 밤의 어둠 속에 횃불이 길게 이어지고, 행렬도 거의 멈추지 않았다.

날이 밝았다. 지난 밤과는 달리 태양은 짙은 구름에 가려 있고, 이 고장의 명물인 북풍이 코후 분지에 종횡으로 휘몰아치고 있었다. 행렬은 때때로 숲속과 바위 그늘에서 지친 듯이 걸음을 멈추곤 했다.

"아, 저기 츠츠지가사키의 성곽이 보입니다."

"어째서 저 성에는 들어가지 않는 것일까?"

"이미 적의 수중에 들어간 모양입니다."

"아니, 아직 적은 오지 않고, 모반자가 적에게 넘기기 위해 성을 지키고 있다고 해요."

오다와라 부인은 가마 주위에서 이런 대화가 오가는 것을 냉정하게 들어넘기고 있었다.

'우리 성주님은 너무 싸움만 하셨어……'

신불이 이쯤에서 전쟁은 끝내고 마님과 푹 쉬라……고 하는데도 우리 성주님은 아직 깨닫지 못하고 있다……

그날 저녁 일행은 예전에 반도야마坂東山라 불리던 사사고笹子 고개의 기슭에 도착했다. 이미 여자 중에서도 남자 중에서도 낙오자가 생겼으나 오다와라 부인은 그런 사실을 알지 못했다.

일행이 코마카이駒飼의 에린 사惠林寺에 도착하여 여자들의 숙박을 부탁할 무렵에는 빗방울이 뚝뚝 떨어지고 있었다. 그 무렵의 비는 일단 내리기 시작하면 반드시 진눈깨비나 눈으로 변했다. 숙박을 부탁하러 갔던 츠치야 마사츠구의 동생 마사츠네가 돌아와서 말했다.

"금녀禁女의 절이므로 숙박이 불가능하다고 합니다."

"뭣이, 숙박을 거절했어?"

선두에 있던 카츠요리는 화를 내며 직접 말을 절 안으로 몰았다.

8

카츠요리는 말에서 내리지도 않고 본당과 부엌 사이에 있는 현관 앞에 버티고 서서 고함지르듯이 말했다.

"에린 사의 주지에게 묻겠다. 지금 숙소제공을 부탁한 것이 타케다 카츠요리인 줄 알고도 거절했느냐, 모르고 거절했느냐?"

이미 날이 저물어 절의 경내에 두서너 명 승려의 모습이 보이기는 했으나 얼굴을 분간하기는 어려웠다.

"잘 알면서도 거절했습니다."

"뭐, 카츠요리인 줄 알면서도 거절했어? 네가 주지냐?"

"주지 스님은 부재중이시고, 우리는 이 절을 지키는 자들입니다."

"주지가 없기 때문에 숙소를 제공할 수 없다는 말이냐?"

"아니, 여자를 숙박시킬 수 없다고 했습니다. 만일 강요하신다면 우리는 불법佛法을 지키기 위해 대항하겠습니다."

"음, 너희들은 무장을 했구나."

카츠요리는 등골이 오싹해졌다. 하루 이틀 방황하는 사이에 무언지 모를 힘에 의해 오랫동안 이 지방을 다스려온 자신의 위력이 물거품처럼 스러지려 하는 두려운 변전을 깨달았다.

"그래, 불법을 지키기 위해서는 대항도 불사하겠다는 말이냐? 이 카츠요리가 어디 한번 대항해보라고 군사를 풀어 난입시켜도 그 용기를 잃지 않겠다는 말이냐?"

"황송하지만 한마디 더 말씀 드리겠습니다. 만일 카츠요리 님과 여인네들의 숙박을 허용한다면, 야습을 받아 여러분들은 물론이거니와 이 절도 흔적 없이 소멸될 것입니다."

"뭣이! 그냥 넘겨버릴 수 없는 소릴 하는군. 그렇다면 우리보다 먼저 이 절에 와서 숙박시키지 말라고 명한 자가 있었겠구나?"

현관에서 들리던 말소리가 잠시 그쳤다가 결심한 듯 말을 이었다.

"그 반대입니다."

그리고는 분명하게 설명했다.

"반드시 이 부근을 방황하다가 찾아올 것이므로 그때는 숙박케 하라고 했습니다. 저희는 그렇게 되면 야습해와서 성주님을 비롯하여 하타모토들을 몰살시킬 계획이란 것을 알고 숙박을 거절했습니다."

"그렇게 명한 것이 적이더냐? 오다의 선봉 타키가와 카즈마스瀧川一益의 계략이냐?"

"아닙니다. 이렇게 된 이상 숨기지 않고 말하겠습니다. 고개 너머에 있는 이와토노의 성주 오야마다 효에노죠 노부시게 님입니다."

카츠요리는 그 말을 듣고 묵묵히 말머리를 돌릴 수밖에 없었다.

'믿을 수 없는 일이다! 우리가 믿고 찾아가려 하는 오야마다 노부시게가 우리를 이 절에 묵게 하고 공격할 계획이라니, 아닐 거야……'

거듭 물어 확인할 용기는 없었다.

절을 나서자 빗발은 점점 더 굵어지고, 바람도 지금부터 찾아가려는 반도야마 쪽에서 더욱 무섭게 불어오고 있었다. 이대로 가면 피로에 지친 여자들 중에서 동사자가 나올 것 같았다.

"어떻게 되었습니까?"

걱정스럽다는 듯이 묻는 타로 노부카츠에게 말했다.

"이 부근에는 다른 절도 있을 것이다. 참, 토도로키轟 마을의 만푸쿠사万福寺로 가자. 모두 서둘러라."

카츠요리는 뒤떨어져 따라오는 오다와라 부인 쪽으로 다가갔다.

경솔하게 츠츠지가사키를 나왔다가 찾아갈 성을 잃게 된 것이 거짓말 같았다. 얼마 전까지만 해도 카이, 시나노, 스루가, 토토우미, 미카와 등 다섯 지방을 영유하고 있던 카츠요리가 아내와 더불어 방황하게 되다니……

갑자기 서글퍼지고 공복감이 심하게 느껴졌다.

9

오다와라 부인은 카츠요리가 옆에 왔는데도 눈길을 돌린 채 잠자코 있었다. 어디서 구했는지 가마 위에 농부가 쓰는 도롱이가 덮여 있었다. 가마의 창이 열려 있었는데, 저녁 어스름 속에 떠오른 부인의 옆모습은 노한 것처럼도 보이고 전혀 무감각하게 경직되어 있는 것처럼도 보였다.

"곧 토도로키 마을의 절에 도착하게 될 거요."

카츠요리는 이 말만 하고 얼른 가마 곁을 떠나 행렬 앞으로 갔다.

오야마다 노부시게마저 자기를 배반했다는 것이 도저히 믿어지지 않았다. 역시 타키가와 카즈마스의 부하가 그렇게 말하라고 승려를 위협한 것이라 생각하고 싶었다.

말을 재촉하여 토도로키 마을에 도착했을 때는 갑옷도 머리도 흠뻑 젖어 있었다. 이미 횃불도 동이 나서 선두에 선 츠치야 마사츠구 형제가 손에 들고 있는 것뿐이었다.

만푸쿠 사의 등불을 발견하고 마사츠구가 먼저 절의 경내로 들어갔다. 그동안 카츠요리는 말을 세우고 삼나무 고목 밑에 소리 없이 모여드는 사람들의 수를 세어보았다. 츠츠지가사키에서 데리고 나왔을 때 군사는 1,000, 여자들은 240명 정도였는데 지금은 모두 합해도 400명이 채 되지 않는 것 같았다.

"성주님, 만푸쿠 사 주지가 숙박을 쾌히 승낙했습니다."

"그래? 고마운 일이로구나."

일행 중에서 카츠요리 부부와 타로 노부카츠, 그리고 츠치야 마사츠구 형제의 아내와 아이들만이 객실로 안내되고 나머지는 본당, 회랑, 부엌 등에서 비를 피하게 되었다. 이것만으로도 일행의 얼굴에는 말로 할 수 없는 안도감이 떠올랐다.

즉시 부엌에서 각자가 분담하여 식사준비를 했다. 아직 수송대에는 3일분 정도의 쌀과 소금이 있었는데, 그것이 떨어지기 전에 어떤 방법을 강구하지 않으면 안 되었다. 5개 지방의 태수가 지금은 한낱 유랑민에 지나지 않았다.

형식뿐인 식사가 끝난 것은 이미 밤이 깊어서였다. 객실 안에 둘러친 병풍 앞으로 들어온 오다와라 부인은 비로소 카츠요리를 쳐다보면서 미소를 떠올렸다.

"부인, 오야마다 노부시게는 틀림없이 우리를 맞이하러 올 것이오. 오늘 밤은 푹 자도록 해요."

"예."

오다와라 부인은 순순히 고개를 끄덕이면서 웃었다.

"맞이하러 오지 않아도 괜찮아요."

그날 밤은 모두 죽은 듯이 잠을 잤다.

날이 밝은 뒤 곧 사자를 고개 너머로 보냈다. 그러나 그 사자는 이틀이 지나고 사흘이 지나도 돌아오지 않았다.

나흘 째 되는 날 오다 군 선봉이 드디어 코후에 입성했다는 소식이 있었다. 이렇게 된 이상 이 절에는 더 머물러 있을 수 없었다. 어쨌든 이와토노를 향해 떠나기로 했다.

그동안에도 한 사람 사라지고 두 사람 사라져, 만푸쿠 사를 떠날 무렵에는 남자와 여자를 합해 300명도 채 되지 않았다. 240명이던 여자들도 어느 틈에 70명 정도로 줄어들어, 남은 여자들은 모두 일행과 떨어질 수 없는 사랑하는 관계를 가진 사람들뿐이었다.

이 무렵부터 오다와라 부인의 표정이 유난히 밝아지기 시작했다. 인생의 고통이라고는 전혀 모르는 소녀의 얼굴…… 그런 얼굴로 오다와라 부인이 만푸쿠 사를 나왔을 때는 이미 가마도 없는 도보였다.

10

이리 쫓기고 저리 쫓기며 방황하는 동안 일행에게 봄이 빠른 걸음으로 다가왔다.

일행이 만푸쿠 사를 나왔을 때였다. 건너편 산기슭에서부터 마을 일대에 걸쳐 세 겹을 이룬 산벚나무의 물결이 펼쳐졌고, 채 7, 8정도 가기 전에 온몸을 녹일 듯한 햇살이 일행을 감싸안았다. 새들이 지저귀는 소리와 옷소매에 와닿는 가벼운 봄바람, 그리고 천지의 모든 것이 거짓말처럼 따사롭기만 했다.

"이대로 계속 걷고 싶어요."

이미 사사고 고개를 오르고 있었다. 카츠요리가 몹시 걸음이 느려진 오다와라 부인 곁으로 말을 몰아왔을 때 그녀는 마치 소풍을 나온 듯한 달콤한 소리로 말했다.

"저는 이 고개보다 산기슭으로 난 평탄한 길을 걷는 게 좋아요."

이 말에 대해 카츠요리는 엄하게 꾸짖었다.

"이와토노 성은 그쪽에 있지 않소. 피곤하면 말을 타도록 해요."

오다와라 부인은 못 들은 듯이 그 자리에 쭈그리고 앉아 길가에 자라는 작은 제비꽃을 꺾어들었다.

"벌써 이렇게 꽃들이 피었군요. 이런 꽃이 더 많이 있는 곳으로 갔으면……"

"그대는 오야마다 노부시게가 마중오지 않을 것이라 생각하는 모양이군."

"글쎄요……"

오다와라 부인은 그의 말을 부정도 긍정도 하지 않았다.

"다만 고갯길이 너무 험해서."

입속으로 중얼거리며 그대로 철없는 아이처럼 웅크리고 앉아 제비꽃을 찾고 있었다.

카츠요리는 참을 수 없는 심정으로 다시 말을 몰아 행렬 앞으로 갔다. 지금까지는 세상 모르고 아무런 부자유 없이 살아온 열아홉 살의 아내…… 이렇게 생각해왔던 그녀가 지금은 자신보다 훨씬 더 침착한 어른으로 보였다.

어쩌면 이미 죽을 때가 가까워졌다는 것을 예리하게 깨닫고, 카츠요리의 마음을 어지럽히지 않으려 하고 있는지도 몰랐다.

"성주님! 역시 이 길로는 더 이상 나갈 수가 없습니다. 급히 되돌아가야 하겠습니다."

선발대로 내보냈던 츠치야 소조土屋惣藏가 카츠요리 앞으로 달려온 것은 이럭저럭 고개를 반쯤 올라갔을 때였다.

"뭐, 더 나갈 수 없다니, 벌써 적이 앞질러 왔다는 말이냐?"

"황송합니다마는 저 나무 사이의 깃발을 보십시오. 고개 위에서 우리를 북쪽 골짜기에 몰아넣으려고…… 저것은 틀림없이 오야마다의 부하……"

"그렇다면 역시 소문은……"

위를 쳐다보았을 때였다.

"와아."

고갯마루의 풀숲에서 함성이 일어나고, 이어 10여 개의 화살이 날아왔다.

"으음!"

비로소 카츠요리는 마지막이 왔다는 것을 깨달았다.

"이대로 여자들을 데리고 올라가면 적의 먹이가 될 뿐. 마사츠구, 소조, 급히 길을…… 마님과 여자들을 데리고……"

"그러시면, 성주님은?"

"마지막이 왔다. 오야마다 놈을 갈가리 찢어죽이고 나도 죽겠다."

이때 뒤에서도 나가사카 쵸칸이 위급을 알리기 위해 올라오고 있는 중이었다.

"성주님! 오다 노부타다織田信忠가 선봉에 서서 우리를 쫓아 이 언덕으로 육박해오고 있습니다. 한시바삐 깃발을 내리고 피신하십시오."

카츠요리는 저도 모르게 말에서 내려 하늘을 쳐다보았다.

11

카츠요리는 연거푸 고개 위아래로부터 보고를 받고 한 순간 결단을 내리지 못했다. 맹장 중의 맹장이라 일컬어지던 그, 너무도 심한 운명의 급전急轉에 부딪쳐 마치 전쟁을 모르는 시골아이처럼 망연히 사사고 고개에 못박혀버렸다.

앞길에는 오야마다의 군사, 아래에서는 노부타다가 선봉인 타키가와 카즈마스의 군사와 함께 몰려온다고 한다. 이를 벗어나기 위해서는 오른쪽이나 왼쪽의 초원으로 숨어드는 수밖에 없었다.

이토록 사태가 긴박한 줄 알았다면 토도로키 마을에서 나오지 말았어야 했다. 하다못해 만푸쿠 사 부근에서 모두에게 최후가 왔다는 것을 고하고 스스로도 자결했어야만 했다.

아직 이별의 술잔도 나누지 못했다. 아무도 각오가 되어 있지 않을 터. 카츠요리 같은 대장도 걷잡을 수 없을 정도로 마음이 흔들리는데, 여기서 산산이 흩어져버리면 여자들은 도대체 어떻게 될 것인가. 카츠요리의 적자 타로 노부카츠만 해도 아직 열일곱 살의 소년에 지나지 않았다.

"그렇다, 우선은 여기서 벗어나고 보자. 왼쪽으로 들어서라. 왼쪽 조릿대숲으로 피할 수 있는 데까지는 피해보아야 한다."

이미 그것은 군대도 아니고 오기로 뭉친 집단도 아니었다. 아무런 힘도 갖지 못한 한 떼의 난민難民이었다.

여자들은 서로 손을 잡고 이미 말라버린 조릿대숲으로 숨어들고, 그 가운데 아내를 가진 남자들만이 뒤에 남았다. 카츠요리도 타로 노부카츠도, 츠치야 마사츠구도 소조도, 나가사카 쵸칸도 모두 여자들을 피신시키기 위해 눈을 반짝이며 서 있는 번견番犬에 지나지 않았다.

그날도 이튿날도 밤낮없이 헤매다가 이틀 후 참담한 모습으로 일행이 도착한 곳은 텐모쿠잔天目山 남쪽 기슭이었다.

히가시야마東山 나시고리梨郡에 있는 이 텐모쿠잔은 전에는 토쿠사야마木賊山라고 불렀다. 교카이 혼죠業海本淨 선사禪師가 원元나라 천목산天目山에서 수도하고 돌아와 여기에 임제종臨濟宗의 세이운 사棲雲寺를 건립하고 산 이름을 텐모쿠잔으로 고쳤다.

이 토쿠사야마 남쪽에 있는 타노田野 마을의 초원에 이르렀을 때는 남자가 겨우 41명, 여자는 50명에 지나지 않았다. 이때 걸음을 멈추게 된 것도 실은 츠치야 마사츠구의 다섯 살 된 아들이 더 이상 걷지 못하고 풀에 주저앉았기 때문이었다.

"정말 착하지. 자, 조금만 더 힘을 내어 걷도록 하자."

풀 위에 주저앉아 떼를 쓰는 아이를 달래는 마사츠구의 아내를 보고 카츠요리는 험악한 표정으로 걸음을 멈추고 소리질렀다.

"누가 좀 업어주어라."

그러나 이미 걷기에 지친 여자들은 아무도 자진하여 아이를 업으려 하지 않았다.

"누가 이 아이를……"

다시 카츠요리가 신경질적으로 소리질렀을 때였다.

"잠시 여기서 휴식을 취하면……"

이렇게 말한 것은 지금까지 눈길이 마주치면 미소를 띠기만 할 뿐 거의 말을 하지 않던 오다와라 부인이었다.

"그대도 지쳤소?"

"예. 저도 신푸 성에서 죽고 싶었습니다."

오다와라 부인은 카츠요리가 깜짝 놀랄 만큼 분명한 소리로 대답하고 웃으면서 마사츠구의 아들을 옆에 앉혔다.

"이 꽃을 주마. 아주 착한 아이로구나."

그날도 하늘은 활짝 개어 녹아들 듯한 햇살이 내리쬐고 있었다.

멸망의 노래

1

오다와라 부인이 아이와 함께 주저앉은 뒤 카츠요리는 성난 눈으로 일동을 노려보았다.

누군가를 꾸짖고 싶으나 꾸짖을 힘마저 상실한 한 인간의 처참한 모습…… 이것을 누구보다도 분명하게 깨달은 것은 아이의 아버지 츠치야 마사츠구였다.

틀림없이 카츠요리는 오다와라 부인도 마사츠구의 아들도 꾸짖고 싶었을 터. 하지만 꾸짖고 나서 어떤 사태가 벌어질지 그것을 두려워하고 있었다.

'성주님은 이런 분이 아니셨는데……'

무리한 일인 줄 알면서도 끝까지 자기 고집대로 밀고 나가던 카츠요리가 지금은 아내에게도 근신에게도 짜증을 부리지 못하고 눈치를 살피고 있다. 아니, 어쩌면 이 세상이 모두 자기에게 반역의 손톱을 갈고 있는 것처럼 보이는지도 몰랐다.

'이대로 있어서는 도저히 안 되겠다!'

이렇게 생각한 마사츠구는 곧바로 마님 옆에 주저앉아 있는 아들에게 달려갔다.

"코시로小四郎, 너도 무사의 아들이지?"

다섯 살짜리 아이는 깜짝 놀란 듯이 아버지를 쳐다보고 나서 마님이 준 제비꽃을 보았다.

"그렇지, 무사의 아들이지?"

"예."

"그 말을 듣고 아비도 안심했다. 그런데 코시로, 너는 아직 어려서 걸음이 느리기 때문에 우리와 같이는 저승에 가지 못해. 너는 한 걸음 앞서 떠나라."

"……"

"알겠느냐? 먼저 저승에 가서 성주님이 오실 때를 기다리고 있거라. 자, 서쪽을 향해 염불하여라."

말하는 것과 동시에 번개처럼 와키자시를 뽑아들고, 깜짝 놀라 울지도 못하고 있는 자기 아들의 가슴을 단숨에 푹 찔렀다.

"아……"

오다와라 부인도 아이 어머니도 가까이 있던 여자들도, 그리고 조금 떨어진 곳에 힘없이 서 있던 카츠요리도 모두 숨을 죽였다.

"나무아미타불!"

마사츠구는 외치듯이 말하고 다시 한 번 찔렀다. 이미 아무 소리도 나지 않았다. 어린아이의 작은 손이 허공에서 심한 경련을 일으키다가 꼭 쥐어지고는 그대로 움직이지 않았다.

"성주님!"

마사츠구는 자기 아들의 주검을 앞에 놓고 말했다.

"때가…… 때가…… 왔습니다."

카츠요리는 비틀거리다가 풀 위에 주저앉았다.

"와아……"

순간 아이 어머니가 소리내어 통곡했다. 그제서야 다른 여자들도 모두 생각이 미친 듯 얼굴을 가렸다.

여전히 봄 햇살은 포근하게 내리쬐고 있었다. 그러나 그 햇살은 모두를 무언가 이룰 수 없는 백일몽 속에 내던지는 듯한 느낌을 주었다.

"아버님! 이제는 각오하셔야 합니다."

타로 노부카츠가 잠시 후 입을 열었을 때, 카츠요리는 그저 망연히 토쿠사야마의 정상 언저리를 쳐다보고만 있었다.

오다와라 부인은 어느 틈에 풀 위에 자세를 바로 하고 앉아 필묵통을 꺼내놓고 손에 종이 한 장을 들고 있었다. 이런 것을 가져왔으리라고는 아무도 생각지 못했는데, 부인은 하얀 이마에 정면으로 햇빛을 받으면서 눈부신 듯 눈을 가늘게 뜨고 능숙하게 붓을 움직였다.

다 쓰고 나서 그것으로 어린아이의 시체를 덮고 그 어머니를 손짓으로 불렀다.

모두가 사라져야 할 만춘晩春이어늘
나무 끝의 꽃이 먼저 지는 이 아픔이여

입 속으로 읊고 나서 마사츠구의 아내, 아이의 어머니는 다시 입술을 깨물고 오열했다.

2

사람들 사이에서 이상한 동요가 일어났다. 이미 죽을 수밖에는 다른 길이 없던 이 방황하는 한 떼의 사람들이 오다와라 부인의 노래를 통해 비로소 분명하게 자기들의 운명을 깨달은 데서 오는 낭패스러운 마음이요 움직임이었다. 이 동요도 곧 가라앉고, 이번에는 전보다 더 공허하고 맑게 갠 창공과도 같은 정적이 찾아왔다.

한참 동안 흐느껴 울던 마사츠구의 아내가 고개를 들고 그녀 역시 종이를 꺼내 붓을 움직이기 시작했다. 아마도 오다와라 부인의 노래에 답하는 글을 쓰려는 듯.

궁지에 몰린 양떼에게 이처럼 죽음을 장식하려는 마음이 깃들여 있을 줄이야……

마사츠구의 아내는 공손히 그 종이를 오다와라 부인에게 내밀었다. 오다와라 부인은 투명한 백랍 같은 얼굴로 받아들고 천천히 소리내어 읊어내려갔다.

"……보람없구나, 꽃망울 먼저 가고 공허한 나뭇가지에 잎은 남았어도…… 보람없구나, 꽃망울의……"

반복해서 읊는 그 소리는 더 이상 막다른 곳까지 쫓겨온 비참한 인간의 목소리가 아니었다. 굳이 말한다면 슬픔 그 자체의 소리라고나 할까. 인간에게도 대지에도 하늘에도 초목에도 스며들 것 같은 소리였다.

그 소리가 그쳤을 때 카츠요리는 퉁겨나듯 벌떡 일어났다. 그는 성큼성큼 오다와라 부인 곁으로 걸어와 말했다.

"그대는 돌아가고 싶은 생각이 없소?"

"어디로…… 말씀입니까?"

"사가미의 그대 친정으로."

"저는 타케다 카츠요리의 아내입니다."

오다와라 부인은 노래하는 듯한 소리로 말했다.

"행복했습니다. 저는……"

"그것은…… 그 말은 진심이 아닐 거요!"

카츠요리는 다급한 소리로 말했다.

"고향이 그립지 않은 사람이 어디 있겠소. 육친을 사랑하지 않는 사람이 어디 있겠소!"

오다와라 부인은 순순히 고개를 끄덕였다. 그것은 그립기도 하고 사랑하기도 한다는 의미인 듯. 고개를 끄덕이고 나서 다시 말했다.

"하지만 남편 곁에 있는 행복은 그런 것들을 초월합니다."

갑자기 카츠요리는 고개를 돌렸다.

이 부근에서도 꾀꼬리의 울음소리가 골짜기에서 골짜기로, 숲에서 숲으로 메아리쳐갔다.

"타로!"

카츠요리는 몸을 떨면서 아들의 이름을 큰 소리로 불렀다.

"이 카츠요리는 서른일곱 해를 내 뜻대로 살아왔다."

"아버님! 이미 최후의 시간이……"

"잠자코 들어라. 나는 지금 죽어도 아무런 후회도 없다. 그러나 너와 네 어머니는……"

"아버님!"

"가엾어…… 정말 가엾어. 더구나 너는 아직 젊고, 할아버님의 유언대로 타케다 가문의 주인도 되기 전에 이렇게 사라져야 하다니……"

"아버님!"

타로가 날카로운 소리로 제지했다.

"이 타로에 대한 걱정은 하지 마십시오. 해바라기는 하루 아침뿐인 목숨이지만 그 짧은 동안에 마음껏 피어납니다."

이렇게 말하고 타로 노부카츠 역시 갑자기 엄숙한 표정이 되어 노래를 읊어나갔다.

일찍 지는 꽃이라 아쉬워 마라
언젠가는 폭풍 몰아치는 봄의 황혼이 오게 마련이거늘

3

타로의 노래는, 오다와라 부인의 동정녀와도 같은 일편단심이 드디어 카츠요리 부자에게 무엇을 해야 할 것인가 하는 이성과 여유를 되찾게 해주었다는 증거였다.

카츠요리는 자기 아들의 노래를 말없이 들었다.

"잘 알겠다, 타로."

그리고는 목소리를 낮추어 말했다.

"그래, 이것이 나이 어린 너나 네 어머니의 각오임을 알았으니 아무 미련도 없다…… 부인!"

다시 카츠요리는 젊은 아내를 돌아보았다.

"그대도 이곳을 자결할 장소로 정한 모양이군."

"예. 기꺼이 같이 가겠어요."

"그래, 그 말을 듣고…… 아니, 저세상에서는 그대가 싫어하는 전쟁은 그만두고 화목하게 지내도록 하겠소."

"예, 결심하셔서…… 기쁘게 생각합니다."

"마사츠구, 아내의 카이샤쿠는 자네에게 부탁하겠네. 아내는 이미 『법화경法華經』을 펼쳐놓고 있어. 신푸 성을 나올 때부터 마음을 비운 아내는…… 오늘이 올 것을 알고 있었던 것일세……"

아닌 게 아니라 그녀 앞에는 따로 두 개의 두루마리가 놓여 있고 손에는 염주와 경전이 들려 있었다.

두 개의 두루마리에는 다음과 같이 씌어 있었다.

돌아가는 기러기야 부탁하노니, 이 한마디를
입에 물고 가서 사가미에 떨어뜨려주렴
못다 피고 아쉽게 사라지는 꽃의

색을 머금고 있는 나뭇가지의 꾀꼬리

카츠요리의 말을 빌릴 것도 없이, 오다와라 부인의 마음은 때때로 고향으로 날아가곤 했다. 그러나 그곳으로 돌아가겠다는 생각은 하지 않았다.

이세상에서 만난 남편에 대한 한결같은 사랑을 누구에게도, 어떤 경우에도 흐트러지게 하고 싶지 않았다. 아니, 어떻게 하면 흐트러짐이 없는 세계로 남편을 데려갈 것인가 하는 것이 신푸를 떠날 때부터 품은 희망의 전부였다. 전쟁도, 정략도, 음모도, 의리도 없는 세계. 그곳으로 마음껏 날아가려는 자기 마음을 자랑스럽게 오빠들한테 알려주고 싶은 향수鄕愁였다.

'오빠들이 얼마나 나를 애석하게 여길 것인가……'

이러한 마음은 그러나 슬픔만이 아니라 아련한 승리감마저 동반하고 있었다.

"그럼, 분부에 따라 제가……"

츠치야 마사츠구가 칼을 들고 오다와라 부인 뒤로 돌아갔을 때.

"제가 길을 안내하겠습니다."

느닷없이 마사츠구 뒤에서 젊은 여자가 말했다. 오다와라 부인의 시녀인 오후지お藤였다. 오후지는 단검을 가슴에 찌르고는 있는 힘을 다해 노래를 읊었다.

"……필 때는…… 아무도 돌보지 않는 꽃이었건만…… 질 때는 함께 가는 봄날의 황혼."

일단 경전을 놓고 단검을 빼낸 오다와라 부인은 다시 경전을 집어들고 오후지를 향해 펼쳤다.

"너까지도…… 길동무가 되어주는구나."

"마님……"

"고맙다. 부디 저세상에서는 편히, 알겠지."

이렇게 말하고 나서 마사츠구에게 부탁했다.

"그럼."

그리고는 단검을 뽑았다.

카츠요리는 선 채로, 침착하기만 한 오다와라 부인의 모습을 찢어질 듯 눈을 크게 뜨고 조용히 바라보고 있었다……

시녀 오후지가 풀 위에 푹 쓰러졌다.

4

오다와라 부인의 눈동자가 오후지의 주검에서 천천히 남편한테로 옮겨갔다. 여전히 비장감이라고는 전혀 찾아볼 수 없는 티없이 맑은 눈동자였다. 하지만 그 눈동자는 자기를 따라 곧 자결하게 될 남편의 마음을 믿고 있었다.

단검의 칼날에서 번쩍 햇빛이 빛났다.

이미 해는 봄날의 황혼을 알리듯이 기울고, 고원의 하늘은 붉은 빛으로 엷게 물들고 있었다.

오다와라 부인은 언뜻 입가에 미소를 띠고, 다시 한 번 츠치야 마사츠구에게 재촉했다.

"그럼……"

마사츠구는 뒤로 돌아가 칼을 높이 쳐들었다가 저도 모르게 비틀거렸다.

마지막 때가 왔다는 것을 알고 스스로 자기 아들을 찌른 마사츠구였다. 그러나 조용히 앉아 고개를 내민 마님, 그 어디에도 칼을 댈 틈이 없는 성상聖像으로 보였다. 섣불리 내려치면 칼이 소리를 내고 부러질 것 같았다.

'이럴 수는 없다!'

다시 칼을 쳐들었으나…… 마사츠구는 칼을 든 채 그 자리에 엉덩방아를 찧고 말았다.

"마사츠구, 어떻게 된 일인가요?"

대답 대신 마사츠구는 통곡하기 시작했다. 그 자신도 어떻게 된 일인지 몰랐다. 팔이 저리고 다리가 후들거렸다.

"때를 놓치면 안 돼요. 어서……"

오다와라 부인이 다시 맑은 소리로 재촉했다.

"성주님! 이……이……이 마사츠구는 도저히 마님의 목을 칠 수 없습니다."

"아니, 칠 수 없다고요……?"

이렇게 말한 것은 망연히 서 있는 카츠요리가 아니라 여전히 같은 어조로 말하는 오다와라 부인이었다.

"그럼…… 내가 스스로 하겠어요."

"아……"

카츠요리는 비틀거렸다. 또다시 번쩍 하고 단검이 햇빛을 반사했다. 그 순간 칼끝을 입에 문 오다와라 부인의 몸이 던져지듯 풀 위에 고꾸라졌다.

카츠요리는 정신없이 쓰러진 아내 옆에 무릎을 꿇었다. 그러나 곧 안아일으키지 못한 채 그 손이 공허하게 아내의 어깨 언저리에서 떨고만 있었다.

"으, 으, 으……"

희미한 신음소리와 함께 주위의 풀이 순식간에 붉게 물들었다. 이윽고 카츠요리는 고개를 돌린 채 아내의 어깨에 손을 얹었다.

"부인!"

카츠요리는 크게 한번 부르짖었다. 그리고 얼른 갑옷의 소매로 피로 범벅이 된 오다와라 부인의 얼굴을 가렸다.

"장렬한 최후…… 무장도 따르지 못할……"

"……"

"이 카츠요리도 곧 뒤따르겠소!"

이때 오다와라 부인은 벌써 남편의 팔에 축 늘어진 채 숨져 있었다.

"와악……"

여자들의 울음소리가 일제히 터져나왔다.

카츠요리는 아내의 시체를 안은 채 다시 일어날 생각도 하지 못하고 망연해 있었다.

"앗, 적이 온 모양이군."

벌떡 일어나 서쪽을 향해 달려간 것은 아키야마 키이노카미秋山紀伊守와 오하라 시모우사노카미小原下總守였다. 과연 해가 떨어지기 직전에 한층 더 밝아진 석양 너머로 징소리와 북소리가 요란하게 들려오고 있었다.

여기저기서 오다와라 부인을 따르려는 여자들이 자결하기 시작한 것은 그 무렵부터였다.

5

드디어 고원의 해가 떨어졌다.

약간 떨어진 풀숲의 커다란 백목련 한 그루에 꽃이 만발해 있었다. 그 꽃의 활짝 핀 모습이 선명하게 눈에 띄는 것은 이미 주위가 어두워져 있었기 때문이다.

카츠요리 주변에는 아무도 남아 있지 않았다. 츠치야 형제도 적이 가까이 왔다고 하면서 달려가고, 나가사카 쵸칸과 타로 노부카츠는 이미 오른쪽 풀숲에서 자결했다. 여자들도 살아 있는 사람은 하나도 없었다. 여기저기 주검으로 변하여 허무한 인생을 마감한 후였다.

"성주님 곁으로는 적을 접근시키지 않겠습니다. 그동안에 조금이라도 빨리……"

츠치야 형제가 이런 말을 남기고 달려간 것 같았으나 그 기억도 가물가물했다.

지금 카츠요리의 뇌리에 남아 있는 것은 신라 사부로 이래 20여 대代에 걸쳐 면면히 이어져온 세이와 겐지淸和源氏라는 명문이 이곳에서 이렇게 소멸해버린다는 엄연한 사실이었다.

'어째서……'

갑자기 온몸의 피가 얼어붙었다.

'내가 그렇게까지 못난 자식이었을까……'

이런 생각이 들기도 하고, 이미 운명적으로 약속된 일인 것처럼 생각되기도 했다.

요시이에義家, 요시미츠義光 형제 때부터 계속 칼에 피를 묻히고 싸워온 집안이었다. 그 칼에 묻은 피의 저주가 더 이상 버틸 수 없는 업보가 되어 이런 결과를 낳게 한 것인지도 모른다……

그중에서 오로지 오다와라 부인만이 유일하게 순수했다는 것은 무엇을 뜻할까. 죽이는 자는 죽임을 당한다고 하는데, 오다와라 부인은 남을 죽이지 않았는데도 죽었기 때문일까.

"부인!"

카츠요리는 이미 싸늘하게 굳어 있는 아내의 몸을 비로소 가만히 풀위에 내려놓았다. 다시 한 번 주위를 둘러보고 저도 모르게 깜짝 놀라 가슴을 눌렀다.

여기저기 주위에 흩어져 있는 여자들의 시체 가운데서 너울너울 허공으로 떠오르는 혼백을 보았다. 아니, 그것은 혼백이 아니라 완전히 어두워진 고원에 달이 떠올라 흰 속옷을 희미하게 비추었기 때문일 테지만, 카츠요리에게는 그것이 혼백으로 보였다.

그 혼백 하나가 조용히 카츠요리 앞에 와서 멈추었다.

"기억하고 있겠지, 나를?"

"앗, 너……너…… 너는 오후로구나."

카츠요리는 자신도 모르게 칼을 잡았다.

"너는 오후임이 틀림없어. 호라이 사鳳來寺 진중에서 처형당한 오쿠다이라의 인질, 오후임이 틀림없어."

"흐흐……"

오후의 망령은 웃으면서 오다와라 부인의 시체를 가리켰다.

죽어서 원혼이 되겠다고 십자가에 매달려 맹세했던 오후. 언젠가는 반드시 카츠요리가 가장 사랑하는 자에게 저주를 내릴 것이라고 했던 오후……

"얏!"

카츠요리는 칼을 뽑아 옆으로 후려치고 노려보았다. 그렇지만 그곳에 이미 혼백은 없었다.

"성주님!"

뒤에서 부르는 소리가 들렸다. 온몸에 상처를 입고 칼을 지팡이 삼아 비틀거리며 돌아온 츠치야 마사츠구였다.

6

"오오, 마사츠구…… 아키야마 키이는?"

카츠요리가 눈앞에 칼을 지팡이 삼아 서 있는 상대가 유령이 아니란 것을 확인할 때까지는 잠시 시간이 걸렸다. 달빛은 심하게 상처입은 츠치야 마사츠구의 모습을 창백하게 드러내고 있었다.

"마사츠구, 정신 차리게. 아키야마 키이는 어떻게 되었어……?"

"전사……"

"오하라 시모우사는?"

"전사……"

"동생 마사츠네는?"

"전사……"

간신히 똑같은 대답을 반복하고 나서, 마사츠구는 더 이상 견딜 수 없는 듯 두서너 발짝 걷다가 달빛 아래 주저앉았다.

"이 마사츠구…… 처자 곁에서 죽으려고 혼자 돌아왔습니다. 성주님, 어……어……어서 최후를…… 사방이 모두 적입니다."

"알고 있다."

카츠요리는 퉁기듯이 대답하고 자기도 모르게 부르르 떨고 있었다. 이미 자기도 죽었다는 착각에 사로잡혔던 망연함에서 갑자기 아직 살아 있다는 것을 깨달은 데서 오는 공포였다.

'모두 유령이 되었는데 나만이 살아 있다……'

이 사실을 깨닫게 한 것은 처자 곁에서 죽으려고 비틀거리며 돌아온 마사츠구……

"마사츠구……"

또다시 불렀을 때 그 목소리는 소름끼칠 정도로 음산했다.

"그 몸으로 이 카츠요리의 카이샤쿠를 할 수 있겠느냐?"

하지 못할 것이다, 할 수 있을 리가 없다는 생각과 함께, 이대로 어딘가로 피신하여 재기를 도모하는 것이 가문에 대한 의무가 아닌가 하는 마음이 들었다.

"카이샤쿠……"

반쯤 달빛에 녹아든 어조로 마사츠구는 중얼거렸다.

"분부…… 분부시라면 카이샤쿠, 하겠습니다마는, 벌써 이 손발이 마음대로……"

"움직이지 않는다는 말이냐? 무리가 아니야…… 마사츠구, 그대는 지쳐 있어."

"아니…… 분부시라면 성주님, 카이샤쿠를…… 그것이 저의 의무이니까……"

마사츠구는 진정으로 그렇게 생각하는 듯 기어오듯이 카츠요리에게 다가왔다.

"자, 지세이辭世°를…… 모두…… 모두 지세이를 남겼습니다."

"오오, 지세이를……"

카츠요리는 당황하여 저도 모르게 뒤로 물러났다.

죽어야만 한다고 단정하는 마사츠구가 문득 미워졌다. 이어 자기 자신에 대한 심한 혐오감을 느꼈다. 지칠 대로 지친 주종간에 다시 얼마 동안 시간이 흘렀다.

"어서, 지세이를."

"오, 알겠네…… 몽롱한 달은 어슴푸레 구름 속에 숨고…… 밝아오는 곳은 저 멀리 서쪽 산 언저리……"

"서쪽이란 정토淨土…… 감사합니다. 이 마사츠구도 뒤를 이어…… 지세이를 남기겠습니다."

"오, 그대의 지세이, 마음에 새기겠네."

"예. 님의……"

마사츠구는 기듯이 다가가 카츠요리의 얼굴을 다정한 눈길로 엿보듯 슬쩍 보았다.

"님의 곁을 떠나지 않는 저 달이어늘, 솟는 곳도 지는 곳도 다 같은 그 산 언저리……"

이렇게 읊고는 다시 칼을 의지해 비틀거리며 일어섰다.

7

카츠요리는 마사츠구의 지세이를 듣는 동안 세번째로 결심했다.

죽음을 앞두고 자꾸 바뀌는 자신의 마음이 두려웠다. 불확실하고 믿을 수 없는 것으로 생각되었다. 돌이켜보면 이 동요는 사방으로 도망쳐 다니는 동안 몇 번이나 주체할 수 없다고 느꼈던 감정이었다.

이곳에 오는 도중 지겐 사慈眼寺를 지나면서였다.

'죽어야겠다.'

결심하고, 그 절의 주지에게 사람을 보내 코야산에 전해달라고 하며 유품을 맡겼다.

자기와 오다와라 부인 및 타로 노부카츠의 초상화 한 폭, 아버지 신겐이 늘 몸에 지니고 있던 칼 한 자루, 이즈나 본존飯縄本尊, 『대양법도서對揚法度書』(신겐이 자필로 쓴 것), 비샤몬毘沙門(신겐의 갑옷을 수호하는 부처) 하나, 작은 와키자시 하나, 다이세이시 보살大勢至菩薩 그림 한 폭(오노 미치카제小野道風가 그린 카츠요리를 수호하는 부처), 『관음품觀音品』 한 권, 삼존아미타三尊阿彌陀 그림 한 폭, 불사리佛舍利° 하나…… 황금 열 냥과 함께 이 모두를 코야산에 전해달라고 부탁했을 때, 이제는 어디서 죽건 후회하지 않을 결심이었다. 그런데 이런 생각에 동요하고 저런 생각으로 두려워했다.

이제야 카츠요리는 동요와 두려움으로부터 벗어나기 위해서는 '죽음' 외에는 달리 길이 없다는 사실을 겨우 납득했다. 오다와라 부인은 저세상에서의 부부애를 믿었기 때문에 깨끗하게 죽고, 수많은 가신들은 주군을 위해 순사殉死해야 하다고 믿었기 때문에 깨끗했다.

바로 지금도 츠치야 마사츠구는 깊은 상처를 입었으면서도 카츠요리의 자결을 확인하고 나서 죽으려고 칼을 의지하고 일어나 있었다.

"성주님, 아직…… 아직…… 저는 손발이 움직입니다. 나무하치만南無八幡 신령님! 이 츠치야 마사츠구가 마지막 임무를 무사히 마칠 수 있도록 해주십시오."

카츠요리는 그 소리를 씹는 듯한 표정으로 들으며 곁에 있는 가죽으로 된 깔개를 끌어당겼다.

"마사츠구, 자신 있느냐!"

자신의 마음이 동요할 것을 두려워하여 꾸짖듯이 소리질렀다.

"내일이면 적의 손에 들어갈 내 목, 잘못 베어 웃음거리가 되면 안 돼."

그리고는 깔개 위에 앉았다.

"잘…… 잘 알고 있습니다."

마사츠구는 비틀거리고 일어나 카츠요리의 등뒤로 돌아갔다.

달은 희미한 달무리를 쓰고 주위를 뿌옇게 비추고 있었다.

"마사츠구, 다시 한 번 지세이를…… 지세이를 읊고 나거든 카이샤쿠를 하라…… 몽롱한 달은 어슴푸레 구름 속에 숨고, 밝아오는 곳은 저 멀리 서쪽 산 언저리."

카츠요리는 단검으로 자기 배를 깊이 찔렀다. 그런데도 아직 어딘가에서 생명이 살길을 찾아 꿈틀거리고 있었다……

"분부대로 하겠습니다."

아주 멀리에서처럼 마사츠구의 목소리가 들렸다.

"님의 곁을 떠나지 않는 저 달이거늘, 솟는 곳도 지는 곳도 다 같은 저 산 언저리. 얏!"

마사츠구는 남아 있는 힘을 전부 모아 칼을 한 번 휘두르고 그 자리에 푹 고꾸라졌다.

그런 뒤 거기 반쯤 목이 잘려 쓰러진 카츠요리의 주검을 손으로 더듬어 확인하고 비로소 큰 소리로 자기 아들의 이름을 불렀다.

"코시로! 이 아비도 네 뒤를 따르겠다."

이미 자세를 바로 하고 고쳐 앉을 힘도 없었다. 쓰러진 채 칼끝을 입에 물고 몸을 대지에 내던졌다. 그것으로 이 고원에는 살아 움직이는 사람의 그림자는 전혀 보이지 않았다……

8

카츠요리 부자의 목은 그 이튿날 오다 군의 대장 타키가와 카즈마스의 부하에게 발견되어 즉시 코후에 있는 노부타다에게 보내졌다. 노부타다는 다시 그것을 아버지 노부나가에게 보내 확인하도록 했다.

이것으로 타케다 가문은 멸망했다. 그러나 노부나가는 타케다 일족 소탕의 손길을 늦추지 않았다. 이에야스에게 항복한 아나야마 뉴도 바이세츠 부자가 겨우 살아남았을 뿐 그 외의 사람들은 거의 찾아내어 죽였다고 해도 좋을 정도였다.

스루가의 에지리 성江尻城에 있던 아나야마 바이세츠 후하쿠穴山梅雪不白는 타케다 가문의 일족으로 그 어머니는 신겐의 누나였으나 이에야스에게 항복했기 때문에 살아남았다. 타케다 노부토요와 그 아들 지로次郎는 시모소네 타쿠미下曾根內匠의 계략에 말려들어 코모로小諸에서 목이 잘리고, 신겐과 둘로 쪼갠 오이처럼 닮았던 쇼요켄 노부카네逍遙軒信廉는 코후의 타테이시立石에서 살해되었다.

아토베 오이노스케 카츠스케跡部大炊助勝資, 스와 엣츄노카미 요리토요諏訪越中守賴豊, 이마후쿠 치쿠젠노카미 마사히로今福筑前守昌弘 등 세 사람은 스와에서 목숨을 잃고, 카츠요리를 사사고 고개에서 몰아낸 오야마다 효에 노부시게는 오야마다 하치자에몬 마사토키小山田八左衛門昌時, 노부시게의 사위인 타케다 사에몬노다이부 노부미츠武田左衛門太夫信光, 카츠라야마 쥬로 노부사다葛山十郎信貞, 코스게 고로베에 모토나리小菅五郎兵衛元成 등과 같이 코후의 젠코 사善光寺에서 참수당했다.

이치죠 우에몬노다유 노부타츠一條右衛門太夫信龍는 이치카와市川의 우에노上野에서 이에야스의 공격을 받아 살해당하고, 야마가타 겐시로 마사키요山縣源四郎昌清, 아사히나 스루가노카미 노부오키朝比奈駿河守信置와 그의 아들 노부요시信良, 이마후쿠 탄바今福丹波, 이마후쿠 젠쥬로今福善十郎, 타미네田峰의 스가누마 교부쇼유 사다나오菅沼刑部少輔定直, 스가누마 이즈노카미 미츠나오菅沼伊豆守滿直 등은 이에야스의 공격을 받아 각각 죽었다. 이리하여 광대한 타케다의 영지는 모두 오다와 도쿠가와 양가의 손에 들어갔다.

노부나가가 카츠요리 부자의 목을 점검한 것은 일족의 토벌을 대강 끝낸 뒤로, 3월 13일 이와무라岩村에서 네바根羽로 이동하고 이튿날 다시 히라타니平谷를 지나 나미아이浪合에 진을 쳤을 때였다. 일단 노부타다에게 전해졌던 것을 타키가와 카즈마스가 노부나가의 진지로 가져왔다.

이미 주위 산들은 파릇파릇한 새잎으로 뒤덮이고, 갑옷 속에 흠뻑 땀이 배는 더위가 시작되고 있었다.

"뭣이, 카즈마스가 카츠요리 부자의 목을 가져왔어? 그래, 어디 좀 보자. 향을 피워라."

노부나가는 장막 안에 호피를 깔게 하고 갑옷을 입은 채 그 위에 앉아 카즈마스가 가져온 상자를 보고 가볍게 웃었다.

목은 소중하게 다루어진 듯 자결한 지 20일이 지났으나, 아직 별로 부패되지 않았다. 카즈마스는 두 사람의 목을 공손히 노부나가 쪽으로 돌려놓고 자기는 멀리 뒤로 물러났다.

"카츠요리……"

노부나가는 눈을 가늘게 뜨고 잠시 바라보더니 중얼거리듯 말했다.

"너는 운이 나빴던 거야……"

옆에 대령하고 있던 모리 란마루森蘭丸가 눈이 빨갛게 되어 고개를 돌렸다. 노부나가는 물론 인생의 무상함만을 말하는 것은 아니었으나 어린 모리 란마루에게는 그렇게 들린 모양이었다.

"일본에서 손꼽히는 무사였으나 결국 나에게 목을 건넸어. 인생이란 그런 것이야."

그리고는 천천히 타로 노부카츠의 목으로 눈길을 돌리고 감개무량한 듯이 말했다.

"너도 드디어 어머니 곁으로 갔구나."

노부카츠의 어머니는 미노의 나에기 성苗木城 성주 토야마 큐베에 토모타다遠山久兵衛友忠의 딸이고 노부나가의 조카이기도 했다. 그녀를 노부나가는 자기 양녀로 삼아 신겐이 살아 있을 때 카츠요리에게 출가시켰는데, 노부카츠를 낳고 얼마 지나지 않아 죽었다.

"이 노부나가를 원망하지 말라고 네 어머니에게 일러라. 너의 아버지도 할아버지도 이 노부나가의 운명을 꿰뚫어보지 못한 어리석은 면이 있었다."

어느 틈에 노부나가의 말은 토해내는 듯한 어조로 변해 있었다.

9

"네 어머니를 시집보낼 무렵에는……"

노부나가는 다시 타로 노부카츠의 목을 향해 말했다.

"이 노부나가에게는 아직 힘이 없었다. 네 할아버지 신겐의 비위를 건드리지 않으려고 여간 마음을 쓰지 않았어…… 마침내 때는 나와 카츠요리의 위치를 바꾸어놓았지. 이 사실을 잘못 읽은 카츠요리는 결국 카이 겐지甲斐源氏라는 명문을 이처럼 멸망시키기에 이른 것이다……"

노부나가는 나직하게 웃었다.

노부나가에게서는 좀처럼 찾아보기 어려운 일이었다. 불필요한 말이나 푸념, 감개 따위는 전혀 입밖에 낸 일이 없는 그가 이런 말을 하는 것을 보고 옆에 있던 시동들까지도 서로 얼굴을 마주보았다.

"나는 이제부터 서둘러 아즈치로 돌아가, 이번에는 츄고쿠中國를 정벌하겠다. 저세상에서 어머니를 만나거든, 오랜 싸움이었지만 이제 천하통일이 눈앞에 왔다고 전해라."

그리고는 군선軍扇을 펴서 카즈마스를 불렀다.

"이 목을 이다에 걸어놓았다가 노부토요의 목과 함께 쿄토로 옮겨라. 참, 사자로는 하세가와 소닌長谷川宗仁을 보내는 것이 좋겠다. 쿄토에서 목을 내걸 곳은 이치죠모도리一條戻り 다리 근처로 정하도록 해라."

"알겠습니다."

카즈마스는 공손하게 대답하고 머리를 숙였다.

노부나가는 일박하고 이튿날 즉시 스와에서 이다를 향해 출발했다. 그리고 뒤따라오는 이에야스와 대면한 것은 우에스와上諏訪의 홋케 사法華寺 경내에서였다.

이에야스는 타케다 일족 중에서 유일하게 살아남은 아나야마 바이세츠를 데리고 왔다.

노부나가는 두 사람을 막사 안으로 불러들였다.

"하마마츠 님, 이번에는 수고가 많았소. 덕분에 이 노부나가는 마침내 츄고쿠 평정에 전력을 기울일 수 있게 됐소."

극진한 말로 칭찬하면서도 이에야스가 데리고 들어온 바이세츠에게는 눈길도 보내지 않았다. 이에야스가 바이세츠에 대한 말을 꺼내려 했을 때였다.

"키소 요시마사가 왔다고 하던데, 이리 들라고 해라."

노부나가는 근시에게 명했다.

요시마사가 안내를 받고 들어왔을 때 이에야스는 노부나가의 하타모토와 같은 자세로 왼쪽에 앉아 있지 않으면 안 되었다. 키소 요시마사는 막사 안에 이에야스와 바이세츠가 있는 것을 보고는 준마駿馬 두 필을 진상하겠다는 말조차도 매우 조심하지 않을 수 없었다.

"그래요? 정말 고맙소. 그럼, 키소 님에게도 선물을."

이 말에 하세가와 소닌은 미리 준비했던 칼과 황금 100냥을 요시마사에게 건넸다.

실은 아나야마 바이세츠도 말을 좋아하는 노부나가에게 밤색 말 한 필을 바치겠다고 하여 이에야스가 일부러 데려왔다.

키소 요시마사가 물러간 뒤 이에야스는 바이세츠의 그러한 뜻을 노부나가에게 전했다.

"아, 그렇소?"

노부나가는 가볍게 고개를 끄덕였을 뿐 흘끗 바이세츠를 일별하고 얼른 화제를 바꾸었다.

"하마마츠 님의 가신 중에 나가사카 치야리쿠로長坂血鑓九郎란 장수가 있다고요?"

"그렇습니다. 치야리쿠로는 조상 때부터 가신으로 있었는데 창을 잘 씁니다."

"그가 밤낮없이 칠 일 동안이나 마주앉아 타케다 쪽 대장을 설득하여 항복을 받았다는 말을 들었는데, 그 치야리쿠로를 여기 데려왔소?"

항복한 대장이 바로 아나야마 바이세츠라는 것을 알고 빗대어 말한 통렬한 비아냥이었다.

10

이에야스는 흘끗 바이세츠를 돌아보았다. 바이세츠는 잔뜩 고개를 숙이고 쥐구멍이라도 있으면 숨고 싶은 심정인 것 같았다.

"그 치야리쿠로라는 사람을 데려왔다면 만나고 싶군요. 그의 공으로 하마마츠 님은 그 후의 싸움을 수월하게 치렀다는 말을 들었소. 밤낮없이 칠 일 동안이나 무슨 말로 설득했는지 물어보고 싶소. 상도 내릴 것이니 이리 불러주지 않겠소?"

이에야스는 가슴이 섬뜩했다.

"실은 치야리쿠로가 아직 이곳에는 도착하지 않았습니다."

나직하게 대답했다. 물론 거짓말이었다.

적어도 바이세츠는 타케다 가의 대표적인 무장으로 널리 알려졌던 대장, 그의 어머니는 신겐의 누나이고 아내는 신겐의 딸이었다. 그러한 사실을 잘 알고 있을 노부나가가 치야리쿠로를 일부러 이 자리에 불러 이야기를 듣겠다고 한다. 그것은 바이세츠의 항복을 노부나가가 달가워하지 않는다는 증거였다.

'어째서일까……?'

생각할 수 있는 이유는 하나밖에 없었다.

노부나가는 타케다 가문을 멸망시켰다. 타케다의 멸망과 함께 앞으로 이에야스가 타케다의 유신遺臣과 손을 잡고 뿌리내리게 될 것을 경계하고 있는 것이다.

'전에는 칭찬할 것은 칭찬하고 꾸짖을 것은 엄하게 꾸짖은 노부나가

였는데……'

"그래요? 아직 도착하지 않았다니 유감이군요."

노부나가는 자못 애석하다는 듯 혀를 차더니 허리에 차고 있던 작은 칼을 끌러 이에야스 앞에 놓았다.

"그에게 이 노부나가가 크게 감탄하더라고 전하고 이것을 주시오. 하마마츠 님의 가신이라면 나의 가신이나 다름없으니까."

"고맙습니다."

이에야스는 가볍게 절을 했다. 그리고 요즘과 같은 노부나가의 변모는 역시 '천하인天下人'으로서의 자부심이 그렇게 만든 것이 아닌가 생각했다.

"하마마츠 님의 가신이라면 나의 가신이나 다름없다……"

노부나가의 지금 이 말은 미카와의 친척이라 부르던 때와는 느낌이 좀 달랐다. 자기는 천하를 호령하는 사람, 이에야스는 그 가신, 그리고 치야리쿠로는 다시 가신 밑의 가신이라는 의미를 은연중에 풍기는 것으로 받아들여졌다.

"하마마츠 님, 그 치야리쿠로에게 설득당해 생명을 건지게 된 것은 누구였소?"

"……"

"코후에서 노부타다에게 얼핏 이야기는 들었으나 잊어버렸소. 틀림없이 그 자는 하마마츠 님에게 감사하고 있을 거요."

"황송합니다마는."

참다못해 바이세츠가 입을 열었다.

"나가사카 치야리쿠로의 설득으로 살아남아 수치를 감수하게 된 것은 바로 이 아나야마 바이세츠 뉴도 후하쿠입니다."

"허어!"

노부나가는 짐짓 놀라는 체했다.

"그대였군, 바로 그 사람이."

바이세츠는 고개를 떨구었다. 무릎에 놓인 두 손이 마구 떨리고 눈물이 한 방울 뚝 떨어졌다.

이에야스는 흘끗 그를 돌아보고 부드러운 어조로 말했다.

"진중에 마츠오松尾의 오가사와라 님이 오실 것이니 저희는 이만 실례하겠습니다."

11

이에야스는 노부나가의 진지에서 나와 아나야마 바이세츠가 물러나올 때를 묵묵히 기다렸다.

진지 앞에는 오가사와라 카몬노다이부小笠原掃部大夫가 노부나가에게 진상할 말이 아나야마 바이세츠가 끌고 온 말과 나란히 삼나무 밑에 매여 있었다. 바이세츠는 맨 나중에 말을 헌납하겠다고 전했기 때문에 한발 늦었다.

"보았겠지, 노부나가 님의 위세를."

이에야스는 감정을 억제한 침착한 목소리로, 두 필의 준마 옆에 수없이 매여 있는 짐 실은 말들을 가리켰다. 그것은 호죠 우지마사가 하야마 다이젠노다이부 모로하루端山大膳大夫師治를 사자로 삼아 고가와江川의 명주銘酒 '시라토리白鳥'와 말의 사료로 쌀 1,000섬을 싣고 온 말들이었다.

노부나가는 이런 선물 따위는 거들떠보지도 않았을 터. 그보다도 이번 전쟁에 스루가에 약간의 병력밖에 출동시키지 않은 우지마사에게 몹시 불쾌한 감정을 품고 있는 것 같았다.

이전에는 조그마한 호의라도 기꺼이 받아들이곤 하던 노부나가가 지금은 그 반대의 모습을 보이고 있다. 이것도 '천하인' 임을 자부하기 때문일까. 그런 위치에서 보면 모든 호의는 당연하고, 어떠한 독촉 또한 직책상 당연하게 된다.

이런 버릇은 마지막 쇼군인 아시카가 요시아키足利義昭에게도 없지 않았다. 요시아키는 이미 아무런 실력도 갖지 못했을 때조차 자기가 명령자인 줄 착각하고 사사건건 실패를 거듭했다. 아니, 요시아키만이 아니라 카츠요리의 착각도 그러한 점에 있었다고 할 수 있다.

이에야스는 그것을 깊이 가슴에 새기기 위해 근시가 말을 끌어왔는데도 잠시 동안 주위에 있는 숱한 선물들을 둘러보며 꼼짝도 하지 않았다. 아나야마 바이세츠도 그 옆에 서서 노부나가와 이에야스의 인물됨을 마음속으로 비교하고 있었다.

"바이세츠."

이에야스가 말했다.

"일부러 우리의 길을 안내해주어 고맙네."

"아닙니다, 아무런 도움도 드리지 못했습니다."

"카츠요리 부자와 노부토요의 목을 쿄토로 보내 효수梟首할 모양이더군."

"오다 가문으로서는 숙적이니까요."

"선대인 신겐 공에게 여러 가지 많은 것을 배웠어. 신겐 공이 없었다면 오늘날의 내가 있을 수 없었을 거야."

"깊은 감회의 말씀을 듣게 되는군요."

"이 이에야스는 훗날 노부나가 공의 허락을 받아 텐모쿠잔 밑에 타케다 부자를 위해 절을 세워 그 영혼을 달래줄 생각일세."

바이세츠는 흘끗 이에야스를 돌아보고 무슨 말인가를 하려다 그만두었다.

'적어도 노부나가와는 다르게 세상을 살려고 하는 이에야스.'

그 점을 잘 알고 있었다. 그러나 지금 이 자리에서 그런 말을 하면 아부하는 것 같아서였다.

"무장의 삶이란 가련한 것일세. 자, 그만 돌아가세."

이에야스는 짐짓 바이세츠를 의식하지 않는 것처럼 말하고 근시를 불러 천천히 말에 올랐다.

바이세츠도 그 뒤를 따랐다.

여기저기서 나타나는 짐 실은 말이 불어나, 이미 노부나가의 진지와 홋케 사 부근은 사람과 말과 물건으로 발 디딜 틈이 없을 정도였다.

이에야스는 바이세츠를 재촉하여 그 선물더미 사이로 말을 몰았다.

이간離間

1

노부나가가 아즈치로 개선한 것은 텐쇼 10년(1582) 4월 21일이었다.

이때의 호화로운 행렬은 코슈와 신슈 사람들은 말할 것도 없고, 스루가, 토토우미, 미카와, 오와리에서도 그것을 본 사람들을 몹시 놀라게 했다.

노부나가는 일부러 키가 여섯 척 두 치나 되는 흑인을 아즈치에서 코후로 불러다 옆에 거느리고 있었으며, 시동과 장수의 말을 돌보는 자들은 모두 고향으로 돌려보내고 그 대신 활과 총포대만으로 행렬을 갖추어놓았다. 흑인은 지난해 2월 23일, 선교사 윌리어니가 바친 스물예닐곱 살 가량의 인도인인 듯한 젊은이로 노부나가는 그를 야스케彌助라 부르고 있었다.

"온몸이 소처럼 검은 이 사나이는 기량이 뛰어나고 더구나 힘이 장사여서 열 사람을 당하며……"

흑인에 대한 이러한 기록이 있는 것으로 보아, 활과 총포대와 더불어 이 흑인이 당시 사람들을 얼마나 놀라게 했는지 상상할 수 있다.

이번 전쟁의 공으로 스루가 지방을 포상받게 된 이에야스는 이들 행렬을 위해 자기 영지 안의 네거리마다 찻집, 외양간, 변소 등을 짓고 많은 음식을 준비하여 그들을 맞이하고 또 전송했다. 이 때문에 일부러 쿄토와 지방 각지에 사람을 보내 특산품을 모아들였다.

이에야스로서는 과감한 비용의 지출이었으며, 동시에 마음속 깊이 숨겨둔 경계심의 표현이기도 했다.

하마마츠를 떠나 이마기레今切 나루를 건널 때 이용한 배의 아름다운 장식, 그리고 다이텐류가와大天龍川에 부교浮橋를 가설하여 건너게 한 것 역시 노부나가의 마음을 흡족하게 한 듯했다. 그뿐 아니라 이에야스는 오히라가와大平川와 무츠타가와むつ田川, 야하기가와矢矧川 등에도 모두 새로 다리를 놓았다.

아즈치 성에 돌아온 노부나가는 곧 화려하기 이를 데 없는 3층의 자기 거실로 올라갔다.

"어쨌든 이에야스를 한번 아즈치에 초대해야겠어."

그리고는 지금은 코레토 휴가노카미惟任日向守가 된 아케치 미츠히데明智光秀를 불러 말했다.

"타케다는 멸망했지만 호죠가 이 노부나가를 깔보고 약간의 군사를 우키시마가하라浮島ヶ原에 출병시켰다가 곧 돌아갔어. 이에야스에게 호죠를 막도록 하고, 우리는 그동안 중단했던 츄고쿠와 큐슈九州 평정을 다시 시작할 생각일세."

이미 초여름이었다. 노부나가는 벌써 홑옷을 입고 있었으나 미츠히데는 반질반질한 이마에 땀을 흘리면서도 단정히 의복을 갖추어 입고 있었다.

"초대한다고 곧 오실까요, 이에야스 님이?"

"이 노부나가를 경계하고 있다는 말인가, 대머리?"

"원래 조심성이 많은 하마마츠 님이기 때문에."

"하하하, 염려할 것 없네."

노부나가는 호탕하게 웃고, 눈 밑에 펼쳐진 웅대한 비와琵琶 호수의 전망을 바라보며 눈을 가늘게 떴다.

"사실은 이에야스도 처음에는 나를 경계하는 것 같았어. 약속대로 스루가 전체를 주겠다고 했더니, 스루가는 원래 이마가와 우지자네今川氏眞의 옛 영지이니 전체는 모르지만 일부라도 우지자네에게 돌려주면 좋겠다고…… 마음에도 없는 말을 하더군."

"허어, 도쿠가와 님이 그런 말씀을 하셨습니까?"

"그런 말을 하기에 나는 대번에 거절했어. 내 앞에서 기꺼이 공차기를 하던 우지자네, 그런 자에게 주면 혼란만 일어날 것이니 모두 하마마츠 님에게 주겠소…… 내 말에 금세 경계심을 풀더군. 초대하면 두 말없이 올 테니 걱정 말게."

노부나가는 다시 즐겁다는 듯이 웃었다.

2

미츠히데는 흘끗 노부나가를 쳐다보았다.

"그렇게 도쿠가와 님을 가볍게 보시면……"

그리고는 말을 하다 말고 입을 다물었다. 미츠히데가 보기에도 요즘의 노부나가는 대쪽 같던 예전의 노부나가가 아니었다.

젊은 날의 노부나가는 동생인 노부유키를 받들려고 모반을 꾀한 시바타 카츠이에柴田勝家까지 깨끗하게 용서했다. 가신을 소중히 여기고 유능한 인재를 등용하려고 한 점에서는 아마 일본에서 첫째가는 인물이었을 것이다.

그러나 이에야스의 맏아들 노부야스의 할복을 지시할 무렵부터 노부나가의 태도는 누구의 눈에도 띌 정도로 변했다. 적에게 엄격한 데 비해 자기편에게는 관대했던 노부나가가 어느 틈에 적과 자기편 모두에게 똑같이 엄격해졌다.

이타미 성伊丹城에서 배신한 아라키 무라시게荒木村重의 가족을 가혹하게 처단한 것은 그렇다고 하더라도, 이시야마 혼간 사 공격 때 시일을 낭비했다는 이유로 사쿠마 노부모리佐久間信盛에게 문책하는 서신을 보내 가차없이 추방하고 금년 정월에 결국 쿠마노熊野에서 죽였다. 그리고 하야시 사도노카미林佐渡守와 안도 이가노카미安藤伊賀守 부자도 추방했다.

현재 하시바 히데요시羽柴秀吉는 츄고쿠 공략에 심혈을 기울이고 있다. 그런데 노부나가는 역시 히데요시에게도 때때로 심한 불만을 터뜨리고는 했다.

미츠히데는 이러한 변화를 노부나가의 냉혹한 성격 때문이 아닌가 생각했다. 그러는 한편, 숙원인 천하의 평정을 눈앞에 두고 시야를 넓혀나가다 보니 도리어 자기가 키운 부하들이 거추장스럽게 여겨지는 것은 아닐까 하는 의심도 갖게 되었다.

아닌 게 아니라 요즘 노부나가의 주변에는 여러 계급의 온갖 사람들이 다 모여들고 있었다. 이러한 내로라 하는 인물들에 비하면 오와리 시대부터 고락을 같이한 가신 따위는 때를 벗지 못한 별로 탐탁지 않은 사람들일지도 몰랐다.

고개를 갸웃거리며 잠자코 있는 미츠히데의 모습을 흘끗 쳐다본 노부나가는 갑자기 사방침을 탁 쳤다.

"대머리, 왜 그래? 그대는 내가 이에야스를 부르겠다고 한 것이 불만인가?"

"아니, 그런 것은 아니고……"

"그럼, 이에야스가 내게 반감이라도 품고 있다는 건가?"

"황송하지만……"

미츠히데는 신중한 태도로 노부나가를 쳐다보았다.

"지금 주군의 위광威光에 감히 반감을 나타낼 수 있는 자가 막료 중에 있을 리 없습니다. 기꺼이 오시기는 할 것이지만……"

"오기는 하겠지만, 어떻다는 말인가?"

"주군께서 이에야스의 비위를 맞추셨다……고 다른 가신들이 생각한다면……"

"와하하하……"

노부나가는 눈을 크게 뜬 채 다시 웃었다.

"대머리, 혹시 이에야스를 질투하는 것은 아닌가?"

"당치도 않은 말씀이십니다."

"그래? 그렇다면 더더구나 초청할 필요가 있지. 이 노부나가는 전공을 세운 자에게는 틀림없이 크게 상을 내릴 거야. 그렇지 않은가? 이번 타케다의 멸망에 가장 힘을 기울인 것은 이에야스. 그 이에야스를 초대하여 향응을 베푸는 데 무슨 주저가 있겠나. 만일 이에야스가 참석하기를 주저한다면, 지금까지는 친척으로 대했지만 앞으로는 신하로 대하겠다는 줄 알고 그럴 테지. 그런 것쯤은 이 노부나가도 잘 알고 있네. 그러니 다른 걱정은 말고 그대가 직접 접대를 맡도록. 이에야스의 기우를 날려버릴 정도로 호화롭게 계획을 세워 깜짝 놀라게 만드는 거야. 알겠지?"

이렇게 강력하게 말하는 이상 미츠히데로서는 더 이상 거역할 수 없었다.

"기대에 어긋나지 않도록 만전을 기하겠습니다."

"아, 그래. 저쪽도 우리가 개선하는 도중에 자주 우리를 놀라게 한 접대를 했으니, 거기에 뒤지면 안 돼."

노부나가는 다시 채찍을 휘두르는 듯한 소리로 말했다.

3

미츠히데는 노부나가의 거실을 나와 산 아래 즐비해 있는 수많은 집들을 내려다보며 탄식했다. 이에야스에 대한 이번 향응이 얼른 보기에는 어렵지 않은 것 같으나 깊이 생각해야 할 문제를 내포하고 있었다.

노부나가는 오늘 오랜만에 '친척'이라는 말을 썼다. 그러나 바로 그 다음에 '깜짝 놀라게 만들겠다'고도 했다. 그것은 이에야스 자신에게는 친척이라 믿게 하고, 천하의 제후諸侯에게는 이에야스가 스루가의 영지를 하사받은 답례로 신하의 예를 올리러 아즈치에 오는 것으로 믿게끔 하지 않으면 안 된다. 노부나가의 지시는 이에야스의 체면을 세워주면서도 노부나가 자신의 위세를 천하에 과시하도록 하라는 명령이나 다름없었다.

'접대를 하려면 먼저 숙소부터 정해야 할 텐데……'

무엇보다도 미츠히데가 설계한 아즈치 성 그 자체가 지나치게 화려했다. 이에 비해 숙소가 초라하면 이에야스에게 실례될 우려가 있었다. 그 비용과 규모만 생각해도 미츠히데의 어깨가 무거워졌다.

우선 여름철의 향응은 식탁을 차리는 데만도 다른 때에 비해 더 많은 어려움이 따른다. 고기와 생선은 변하기 쉽고, 시원함에 무게를 두면 덤벼드는 모기떼를 막아내기가 어렵다. 그렇다고 모기를 피하려 하면 시원함이 없어진다.

"그러나……"

미츠히데는 자기가 설계한 7층 누각에 눈부신 햇빛이 쏟아지는 모습을 쳐다보면서 혼자 말했다.

"중요한 역할, 이 미츠히데가 아니면 하지 못한다는 것이겠지."

성을 나서는데 산기슭에까지 뻗은 길 양쪽에서 요란하게 매미가 울고 있었다. 나무 사이로 바라보이는 호수는 은가루를 뿌려놓은 듯이 희게 빛나고, 언덕 여기저기에 세워진 성들이 산 그 자체를 거대한 성채로 보이게 했다.

'이 성을 보면 도쿠가와 님도 깜짝 놀랄 것이다.'

임무의 중대성이 이윽고 미츠히데의 마음속에서 하나의 긍지로 변했다. 일본에서 이 정도의 성을 설계할 수 있는 사람은 어디에도 없다. 그런 성을 설계한 미츠히데이기에 이에야스의 숙소 또한 손님을 놀라게 하는 것이 아니어서는 안 된다.

어쨌든 지금은 츄고쿠 정벌에 나서서 모리毛利, 킷카와吉川, 코바야카와小早川 세 방면의 군사들과 대치하고 있는 하시바 히데요시로부터 원군을 보내라고 재촉하는 사자가 계속 오고 있었다. 그러므로 노부나가도 이에야스에 대한 향응이 끝나면 직접 출전하지 않을 수 없었다. 따라서 이 접대는 하루속히 끝내지 않으면 안 된다……

'지금부터 바로 준비를 시작하여 5월 중순에는……'

미츠히데는 산을 내려오면서 일정과 숙소에 대한 생각을 했다.

"그렇다, 숙소로는 다이호인大寶院이 좋을지 모른다. 어디 한번 그쪽을 살펴보자."

다이호인에 호화롭기 짝이 없는 전각을 임시로 세우고, 그곳에서 아즈치로 가게 하여 노부나가와 접견토록 한다. 그러면 양쪽 모두 체면이 설 것이다.

미츠히데는 산에서 내려와 곧바로 다이호인으로 향했다.

4

다이호인의 푸른 숲은 한여름의 햇빛을 차단하고 지면 가득히 이끼를 깔아놓고 있었다. 미츠히데는 그 안에 이에야스를 위해 지을 임시

전각을 눈으로 설계해보았다.

무엇을 만든다는 것은 즐거운 일이었다. 그리고 자신에게 냉담하게 대하는 것으로 느껴지던 노부나가가, 이 공사를 맡길 사람은 자신밖에 없다고 믿어 의심치 않는다는 것도 기쁜 일이었다.

재목은 키슈紀州와 키소에서 운반해오고, 기둥에는 아즈치 성에 못지 않을 정도로 장식과 세공을 하고 싶었다.

'전각 난간에는 단청을 하고, 돌은 어디서 가져올까……'

다이호인의 숲을 나오기까지 미츠히데의 복안은 거의 확실하게 윤곽이 잡혀 있었다. 다시 한 번 노부나가를 찾아가 말했다.

"장소는 다이호인으로 정할까 합니다."

"그래, 차질이 없도록 알아서 하게."

츄고쿠에서 온 사자를 접견하고 있던 노부나가는 시원하게 한마디로 허락했다.

미츠히데는 즉시 가신들을 사방으로 보내고, 동시에 이에야스에게도 사자를 보냈다.

카이에서 돌아오는 도중에 이에야스가 노부나가에게 성의를 다해 토카이도東海道를 구경시켜주었으므로, 이번에는 그 답례로 아즈치와 그 주변 및 오사카를 돌아보게 하겠다는 것이 그 구실이었다.

이에야스로부터 정중한 회답이 왔다.

"분부에 따라 오월 십오일 아즈치에 도착하여, 이번의 은상恩賞에 대한 치하를 드리려 합니다."

모든 일은 순조롭게 진행되었다.

다이호인의 본전에서 서남쪽으로 호화로운 전각이 세워지고, 그곳에 미츠히데의 체면이 걸린 진귀한 가구와 집기가 운반되어왔다. 기둥과 문은 모두 부조浮彫로 장식하고 금은으로 된 징을 박은 그 호화로움은, 그곳에 마치 아즈치 성의 방 하나를 옮겨다놓은 것 같았다.

미츠히데가 마음속으로 자부심을 느끼면서 노부나가에게 점검을 부탁한 것은 5월 12일, 거의 침식을 잃고 매달려 20여 일 만에 이에야스의 숙소는 완성되었다.

"음, 자못 호화롭군 그래."

그날 노부나가는 란마루를 데리고 미츠히데의 안내에 따라 산문山門을 지나 경내로 들어섰다.

"미츠히데, 그런데 이상한 냄새가 나는군. 저것은 뭔가?"

경내로 들어서자마자 노부나가는 코를 벌름거렸다.

"예, 준비해놓은 생선이 약간 상했기 때문에……"

"으음, 절에 생선 썩은 냄새가 풍기면 곤란해. 말끔히 치우도록."

"예."

그러면서 신축한 숙소건물 안으로 들어섰다.

"미츠히데!"

갑자기 노부나가의 얼굴빛이 변했다.

"이건 도대체 누구를 묵게 하려는 숙소란 말이냐?"

"어디 마음에 드시지 않는 점이라도?"

노부나가는 이 말에는 대답도 하지 않았다.

"볼 것도 없다. 란마루, 돌아가자."

한 발 들여놓았던 숙소건물에서 돌아서며 노부나가는 거친 걸음으로 절의 경내로 나가버렸다.

5

"주군! 잠시 기다려주십시오."

미츠히데는 당황하며 그 뒤를 따라갔다. 노부나가의 거실과 마찬가지로 카노 에이토쿠狩野永德에게 그리게 한 벽면의 구도가 마음에 안 들었는지도 모른다. 여기 그려진 벽화는 아즈치 성 3층의 화조도花鳥圖와 비슷했다.

"주군! 마음에 드시지 않는 점이 있으면 제발 이 자리에서 지적해주십시오."

노부나가는 돌아보지 않았다. 흰 이마에 솟아오른 힘줄이 꿈틀거리며 얼룩얼룩 비치는 햇빛 사이를 뚫고 달리듯이 절을 향해 걸어갔다.

노부나가는 츄고쿠의 일에 열중하고 있었기 때문에 사소한 지시는 전혀 내리지 않았다. 그런데 완성된 모습이 그의 예상에 크게 어긋난 듯했다.

"주군!"

미츠히데는 집요하게 뒤쫓아가 산문 옆에 이르렀을 때 노부나가의 옷소매를 붙들었다. 지금 잘못을 빌지 않으면 나중에 더욱 감정의 골이 깊어진다는 깨달음. 남의 눈을 두려워하고 있을 때가 아니었다.

노부나가를 따라오던 자도 이곳의 경비를 담당하고 있던 자도 모두 깜짝 놀라 그 자리에 손을 짚고 머리를 조아렸다.

"미츠히데, 끈덕지구나!"

옷소매를 잡힌 노부나가는 베어버리기라도 할 듯이 말하고 걸음을 멈췄다.

"여기서는 말할 수 없다. 성으로 오너라."

노부나가가 홱 소매를 뿌리치는 순간 두 사람 사이로 칼을 든 란마루가 끼여들었다.

미츠히데는 그 자리에서 보기 흉하게도 무릎을 꿇었다.

그 모습에 사람들은 모두 숨을 죽였다. 그저 그런 시동이나 근시가 아니었다. 노히메濃姬 마님의 사촌오빠로 지금은 오다 가문에서도 중신 중의 중신, 탄바丹波와 오미 두 곳에 54만 석의 영지를 가진 카메야마龜山 성주 코레토 휴가노카미 미츠히데惟任日向守光秀가 땅에 무릎을 꿇고 있었다. 물론 노부나가는 그동안에 사라지고 없었다.

분노가 치밀었지만 그 자리에서는 불만을 터뜨리지 못하고 미츠히데에게 성으로 오라고 한 것은 노부나가로서는 그의 체면을 지켜주기 위해서였다. 그러나 미츠히데는 그렇게 받아들이지 않았다.

'왜 이렇게 성미가 급할까……'

이러한 생각에 이어 노부나가의 히에이잔 방화와 나가시마長島, 호쿠리쿠北陸에서의 잔인한 전투를 연상하지 않을 수 없었다.

'노기가 발동하면 무슨 일을 저지를지 모른다……'

이때 아케치 사마노스케明智左馬助가 달려와 미츠히데를 부축해 일으켰다. 이미 누구한테 이야기를 들은 듯, 사마노스케의 표정은 미츠히데 이상으로 창백했다.

"자, 객실에 가서 좀 쉬십시오."

사마노스케가 옷에 묻은 흙을 털어주면서 말했으나 미츠히데는 천천히 고개를 가로저었다.

"아니, 이대로는 있을 수 없어. 곧 찾아뵙고 어디가 마음에 들지 않는지 여쭈어야겠네."

"그럼, 곧 가마를 준비하겠습니다."

"아니, 말을 타고 가겠어. 서두르지 않으면 더욱 심기가 불편해지실지 몰라."

미츠히데가 노부나가의 뒤를 쫓아 산문 쪽으로 가려 하자 사마노스케는 비로소 주위의 아시가루들을 돌아보고 꾸짖었다.

"너희들은 뭘 보고 있느냐?"

시오텐 타지마노카미四王天但馬守와 나미카와 카몬竝河掃部이 깜짝 놀라 대기실에서 뛰어나와 얼른 말을 끌어왔다.

"무엇이 못마땅하신지 도무지 알 수가 없네. 내가 돌아올 때까지 조용히 있게."

미츠히데는 역시 이성을 잃지는 않았다.

6

노부나가와 미츠히데의 성격은 양지와 음지처럼 차이가 있었다. 아니, 좀더 극단적이어서 대낮과 한밤중처럼 차이가 있다고 해도 좋을지 모른다. 그 차이가 지금까지는 교묘하게 상대방에게 좋은 영향을 끼치는 조화의 기틀이 되었다.

"대머리, 대머리—"

입으로는 이렇듯 상스러운 말로 부르면서도, 노부야스는 미츠히데의 축성築城과 포술砲術뿐 아니라 고사故事에 밝은 학문과 예의바른 사교술을 높이 평가하여 중용하고 있었다. 노부나가에게는 열화와 같은 야성을 마구 드러내어 관철시키려는 버릇이 있고, 이와 달리 미츠히데는 필요 이상으로 신중함을 나타내는 버릇이 있어 때로는 그것이 오만하게 보이기까지 했다.

성안에 들어간 미츠히데는 깍듯이 모리 란마루 나가야스森蘭丸長康를 통해 곧 뵙고 싶다는 뜻을 노부나가에게 전했다.

노부나가는 그때 벌써 기후에서 달려온 셋째아들 칸베 노부타카神戶信孝를 앞에 놓고 코레즈미 고로자에몬 나가히데惟住五郎左衛門長秀(니와 고로자에몬丹羽五郎左衛門)와 함께 츄고쿠, 시코쿠에 대한 원병파견 의논을 하고 있었다.

"뭐, 미츠히데가 왔어? 이리 들여보내라."

노부나가의 표정에서는 이미 아까와 같은 분노의 그림자는 찾아볼 수 없었다. 대나무를 쪼개는 것 같고 소나기와도 같은 노부나가의 분노는 순간적으로 왔다가 순간적으로 사라졌다. 그러나 미츠히데는 아직 노부나가가 크게 분노하고 있을 경우를 생각하여, 여전히 지나칠 정도로 신중한 태도로 거실로 들어갔다.

"아까는 뜻하지 않게 화를 내시게 해 송구스럽습니다."

"오오, 대머리. 어째서 내가 화를 냈는지 이제 알겠나?"

"황송합니다마는……"

미츠히데는 공손히 머리를 조아리고 노부나가를 쳐다보았다.

"이 미츠히데는 워낙 어리석은 자여서…… 여기 오는 동안 여러 가지로 생각해보았습니다마는 왜 꾸중을 들었는지 알지 못하겠습니다."

"뭐, 대머리가 어리석다고…… 어리석은 자가 어떻게 나를 섬길 수 있단 말인가? 그런 입에 발린 소리는 하는 게 아니야. 그대 얼굴은 전혀 어리석다고 느끼는 표정이 아니야."

"황송합니다. 제발 불만이신 점을 말씀해주십시오."

"으음."

노부나가의 눈에 다시 분노가 끓어올랐다.

"그대는 이 노부나가의 말을 어떻게 들었단 말이냐? 이에야스를 소홀함이 없이 대하라고 했으나, 거기에는 한도가 있다는 것을 깨닫지 못했느냐?"

"예, 마음껏 위광을 과시하라는 줄로……"

"멍청이 같은 것! 분수에 넘치는 대접은 상대에 대한 아첨이 되어 오히려 이쪽의 위광을 손상케 하는 거야. 그 기둥과 벽화는 그렇다 해도 가구와 집기는 이 세상에 둘도 없는 거야. 미츠히데, 이에야스를 그렇게 접대했다가 만일 천황이나 상황上皇, 또는 칙사나 원사院使를 맞이하게 될 땐 어떻게 접대하겠다는 거냐? 근황勤皇의 뜻을 잊지 않고 있는 이 노부나가의 마음을 생각하지 못한 지나친 준비, 그 때문에 노한 것이다. 알겠는가, 이 멍청한 녀석아?"

"예."

미츠히데는 공손히 대답하고 머리를 조아렸다가 다시 엄숙하게 고개를 들었다.

"황송합니다마는 한 말씀 드리겠습니다."

7

"뭣이, 아직도 할말이 남았느냐?"

노부나가는 일단 아들 쪽으로 향하려던 눈으로 다시 미츠히데를 노려보았다.

"황송하오나 칸토關東의 손님(이에야스)을 놀라게 하기에는 아직 부족하다고 생각합니다."

"닥쳐!"

"예."

"이것 봐, 이 노부나가는 근황의 뜻을 망각하고도 충성이라 할 수 있느냐고 했어. 좋아, 그런 소리를 한다면 이 임무를 코레즈미 고로자에몬에게 맡기겠다. 고로자에몬, 그대가 맡도록 해. 그리고 미츠히데는 어서 사카모토 성坂本城으로 돌아가 군사들을 쉬게 하라."

"예."

미츠히데는 다시 한 번 대답했다.

"황송합니다마는……"

그리고 되풀이해 같은 방식으로 말을 이었다.

"이번의 츄고쿠, 시코쿠 정벌에는 상당한 시일이 소요될 것 같은데……"

"그게 어떻다는 말이냐?"

"그러므로 칸토의 손님을 극진히 접대하여 여기저기 여행하도록 하면서 되도록 이곳에 오래 체재하도록 함이……"

"뭐, 그럼 이에야스에게 반심이 있다고 그대는 말하는 건가?"

"반심이 있다고는 생각지 않으나 츄고쿠에서의 전투가 오래 되면 호죠와 우에스기가 유혹의 손길을 뻗치게 될지도 모릅니다."

"물러가라!"

노부나가는 일갈했다.

"그대에게는 이 노부나가의 눈이 그렇게도 어수룩하게 보인단 말이냐? 이번에 이에야스를 접대하는 것은 어디까지나 은상에 대해 인사하러 오는 자를 대접하는 데 지나지 않아. 스루가의 영지를 은상으로 받고 기뻐서 인사하러 오는 자에게 천황이 오신 것처럼 대우해도 된단 말이냐, 멍청한 것. 그러면서도 천하를 바로잡을 수 있다고 생각하느냔 말이다. 물러가라. 물러가서 쉬어. 지금 네 대머리는 광기가 들렸어."

참을성 많은 미츠히데도 이 말에는 그만 얼굴빛이 변했다. 두 사람이 너무나 대조적이어서 누군가가 킥 하고 웃은 것도 미츠히데의 신경을 크게 자극했다.

어쨌든 벼락치듯 무섭게 계속 독설을 퍼붓는 노부나가와, 아무리 꾸짖어도 '황송합니다마는……'을 되풀이하며 자기 주장을 굽히지 않는 미츠히데의 성격은 분명히 양쪽 모두 정상이 아니었다.

"황송합니다마는……"

또다시 미츠히데가 말했다.

"이대로 사카모토에 돌아가 쉬라는 분부십니다마는, 지금까지 전력을 다해 수행한 이번 역할, 손님이 도착하실 때도 임박했으니……"

노부나가의 신경질이 드디어 폭발했다.

"란마루! 미츠히데를…… 대머리를 때려서 내쫓아라!"

"무……무엇이라 말씀하셨습니까?"

"그토록 말했는데도 자기 잘못을 깨닫지 못하고 얼굴빛까지 바꾸며 대들고 있다. 이 노부나가를 깔보려는 마음이 있는 증거이니 더 이상 용서할 수 없다! 란마루, 어서 때려라."

"예."

란마루는 대답하고 주위를 돌아보았다. 미츠히데가 끈질기게 물고 늘어지는 데에 불쾌감을 느끼고 있었기 때문에 노부타카도 고로자에몬도 말리려 하지 않았다. 물론 다른 시동이나 근시들은 말할 수 있는 입장이 되지 못했다.

"란마루, 왜 가만히 있느냐?"

"예. 분부 받들겠습니다. 죄송합니다!"

시동이면서도 노슈濃州의 이와무라에 5만 석 영지를 가지고 있는 란마루는 철로 된 쥘부채의 사북으로 미츠히데의 에보시烏帽子°를 날려 버렸다.

8

물론 란마루는 노부나가의 말대로 미츠히데의 대머리를 때리지는 않았다. 때리는 것처럼 하여 에보시만 날려버린 뒤 그 자리에 머리를 조아리는 분별력이 란마루에게는 있었다.

에보시가 날아가고, 말끝마다 노부나가에게 대머리라 불리고 있는 모근毛根까지 없어진 미츠히데의 대머리가 그대로 드러났다.

순간 미츠히데는 누가 킬킬 웃었다는 느낌이 들었다.

이처럼 분한 일도 없다. 에치젠의 아사쿠라朝倉 집안에서 아시카가 요시아키를 데리고 와서 섬기게 된 이후 문자 그대로 견마지로犬馬之勞를 다한 미츠히데였다. 그런 미츠히데가 나이도 노부나가보다 위인데 여러 사람 앞에서 수치를 당했다……

성질이 급하다는 것은 알고 있으나, 오늘 일은 상식을 크게 벗어나 있었다. 우다이진으로 승진하여 사귀는 계층이 다양해 종래의 가신에게는 촌스럽고 부족한 감을 느낄 뿐인 듯— 자연스럽게 떠오른 이런 생각과 함께 도쿠가와 노부야스德川信康의 자결과 사쿠마 노부모리, 아라키 무라시게, 하야시 사도노카미 등에 대한 가차없는 처벌이 전혀 다른 각도에서 생각되며 머릿속에 뜨거운 기운이 솟구쳐올랐다.

'이것은 단순히 성급하기 때문만은 아니다.'

일단 분개하게 만들어 녹봉을 압수하고 추방하려는 속셈이 있는 것은 아닐까— 이런 생각이 들자 미츠히데는 저도 모르게 눈물이 쏟아질 것 같았다.

좌중은 쥐 죽은 듯이 조용하고, 노부나가도 잠시 동안 입을 열지 않았다.

'지금 분개하면 안 된다. 분개하면 상대의 함정에 빠지는 것과 마찬가지……'

미츠히데는 일부러 대머리를 깊이 숙였다.

"거역해서 죄송합니다. 즉시 말씀대로 하겠습니다."

떨리는 목소리로 말하고 조용히 에보시를 집어들고 물러났다. 저도 모르게 에보시를 꽉 움켜쥔 채 비틀거린 것은 2층으로 통하는 계단을 반쯤 내려왔을 때였다. 눈물 때문에 발 밑이 보이지 않아 그대로 미끄러져 우당탕 소리를 내며 2층까지 굴러떨어졌다.

"휴가노카미 님, 어떻게 되신 일입니까?"

뒤를 따라온 듯, 지금은 코레즈미로 불리는 니와 고로자에몬 나가히데가 달려와서 부축해 일으켰다.

"잠시 현기증이 나서."

"원 저런, 조심하십시오."

나가히데는 이렇게 말한 뒤 미츠히데의 귀에 입을 가까이 대고 속삭였다.

"일시적인 진노일 뿐입니다. 나중에 제가 말씀 드리겠습니다. 접대하는 일을 계속 맡아주십시오."

"고맙군. 아무쪼록 잘 부탁하겠네."

미츠히데는 정중하게 고개를 숙였다.

"이제 괜찮으니 어서 주군에게 돌아가게."

"누가 부축하지 않아도 정말 괜찮겠습니까?"

"괜찮아."

현관으로 나가 달려오는 가신을 보면서 미츠히데는 엉뚱한 생각을 하고 있었다.

'혹시 나가히데도 한몫 거들고 있는 것은 아닐까……?'

지금까지 생각지도 않았던 의혹의 구름이 뭉게뭉게 피어올랐다.

나가히데는 계속 접대하는 일을 맡으라고 하고는, 뒤에 노부나가에게 주군의 명령을 무시했다고 고해바치려는 것은 아닐까. 그렇다면 이번 일은 할복이나 추방 등 그 어느 쪽의 구실도 될 수 있을 것 같았다.

"나가히데도 수상하다……"

미츠히데는 하인이 가지런히 놓아주는 짚신을 신고 자기 집으로 돌아가 틀어박힐 생각을 하면서 비로소 눈썹을 치켜올렸다.

9

반질반질하게 닦아놓은 계단에서 미끄러져 허리를 다쳤기 때문에 말은 탈 수 없었다. 미츠히데는 자칫하면 절름거릴 것 같은 흉한 모습을 숨기려고 필요 이상으로 가슴을 떡 펴고 천천히 산을 걸어내려갔다.

내려가는 동안 몇 번이나 길 양쪽의 녹음이 흐려져 보이고 길이 뿌옇게 보였는지.

처음에는 고로자에몬이 노부나가의 뜻을 받들어 자기한테 올가미를 씌우려는 것이 아닌가 생각했다. 어느 틈에 일련의 생각들은 확신으로 바뀌어갔다.

'고로자에몬만이 아니야. 그래, 란마루까지도 이 미츠히데를 모함하고 있다……'

미츠히데가 공들여 준비한 뒤의 접대 역할이라면 누구라도 할 수 있다. 니와 고로자에몬 나가히데는 자기들이 접대 역할을 맡아 츄고쿠, 시코쿠로의 출전을 면하려는 속셈임이 분명하고, 란마루는 현재 미츠히데의 영지에 속해 있는 오미의 우사야마 성宇佐山城이 탐나 은밀히 기회를 노리고 있음이 틀림없다……

이제 와서 생각해보니, 란마루가 열심히 노부나가에게 조른다는 말을 차 심부름 하는 아이한테 들은 일이 있었다. 우사야마 성은 란마루의 아버지 모리 산자에몬 요시나리森三左衛門可成가 소유하고 있다가 그곳에서 전사한 인연이 있는 성이었다.

'그렇구나, 측근들이 모두 적이었구나……'

보통 때의 미츠히데라면 분노 뒤에 하는 이런 생각이 얼마나 경솔한 것인지를 모를 리 없었다. 그러나 오늘의 분노는 너무 컸고, 오늘 일은 너무 억울했다.

산기슭에 있는 자기 집으로 돌아온 미츠히데는 곧 사람을 보내 다이호인에 있는 중신들을 불러들였다.

아케치 사마노스케를 비롯하여 아케치 지자에몬明智治左衛門, 아케치 사에몬明智左衛門, 아케치 쥬로자에몬明智十郎左衛門, 츠마키 카즈에노카미妻木主計頭, 후지타 덴고로藤田傳五郎, 시오텐 타지마노카미 등이 거의 같은 시각에 미츠히데의 거실에 모였다.

"성주님, 주군의 심기가 어떠했습니까?"

모두 모였는데도 여전히 창백한 표정으로 눈을 감고 있는 미츠히데, 사마노스케가 답답하다는 듯이 물었다.

"우다이진 님이 또 어려운 문제를 제기하신 것은 아닙니까?"

미츠히데는 대답하는 것도 아니고 대답하지 않는 것도 아닌 태도로 중얼거리듯 말했다.

"우리 힘으로 할 수 있는 도쿠가와 님의 영접 준비는 이미 끝났지?"

"그렇습니다."

"그런데 지금 우리를 대신하여 접대 역할을 맡고 시코쿠, 츄고쿠로의 출전을 면하려는 자가 있다면 그 자는 어떤 책략을 꾸밀 것이라 생각하나?"

"예? 그런 자가 있다는 말씀입니까? 만일에 있다면 결코 용서할 수 없습니다."

울부짖듯 말하고 몸을 앞으로 내민 것은 강직하기로 소문난 시오텐타지마노카미였다.

"아무래도 그런 자가 있는 것 같아. 우리가 이번에 쓴 비용은 이미 츄고쿠 출전의 비용을 초과했으면 했지 모자라지는 않을 것……"

"물론입니다. 출전 대신 분부를 받은 접대 역할, 이제부터 쿄토, 오사카, 사카이堺 등으로 손님을 안내하는 것이 우리가 할 일입니다."

"그런데도……"

미츠히데는 다시 눈을 감은 채 말했다.

"나는 그 일을 하지 못하게 되고, 게다가 여러 사람 앞에서 에보시가 날아가도록 매를 맞았어."

"뭐……뭐……뭐라고 말씀하셨습니까?"

이번에는 폐부를 찌를 듯이 내지르는 사마노스케의 격앙된 목소리였다.

10

"역시 나는 모함을 당하고 있는 것 같아."

미츠히데는 더욱 가라앉은 어조로 말했다. 그리고는 땀으로 젖어 있는 힘줄이 불거져오른 이마를 닦았다.

"그들은 나에게서 접대하는 역할을 빼앗고 그 대신 출전시킬 생각임이 틀림없어. 그런데 내가 분하게 여기는 것은 그들의 말을 우다이진 님이 그대로 믿고 허락하셨다는 점이야."

"성주님!"

미츠히데의 처남 츠마키 카즈에노카미가 그의 말을 가로막았다.

"그래서, 성주님은 순순히 출전을 승낙하셨다는 말씀입니까?"

미츠히데는 이 말에 대해서는 대답을 하지 않았다.

"모함하는 자의 말을 믿는다는 것은 우다이진 님의 마음이 이미 우리한테서 떠난 것을 의미한다고 판단할 수밖에 없어."

격앙됐던 사람들은 미츠히데의 이 말에 다시 조용해졌다.

'우다이진 님의 마음이 이미 우리한테서 떠났다……'

이 말은 도대체 무엇을 의미하는 것일까?

미츠히데는 일동을 둘러보고는 다시 침통한 표정으로 천천히 눈을 감았다.

"매미소리가 요란하군. 바람은 좀 불고 있으나, 더위를 몰아오는 남풍이야."

자기 마음에 여유가 있는지 시험해보려는 듯 중얼거렸다. 그리고는 말을 이었다.

"우사야마 성을 탐내는 자도 역시 우다이진 님 곁에서 책동을 거듭하고 있어. 알겠나, 이런 여러 가지 일이 원인이 되어 우다이진 님의 마음이 점점 우리를 떠나고 있어…… 그래서 결국 이 미츠히데를 사지死

地에 몰아넣으려는 마음이 드셨다면 다음에는 어떻게 나올지, 그대들도 잘 생각해주기 바라네."

"……"

"알겠나, 나는 접대역에서 물러나게 됐네. 다음에는 출전령이 내릴 거야. 그래도 나는 꾹 참고 분노를 겉으로 드러내지 않겠네. 분노를 드러내면 주군을 무시한 놈이라고 당장 추방을 당하거나 할복을 명령받게 돼. 이 미츠히데는 절대로 노하지 않겠어…… 그러면 상대는 이번에는 영지를 바꾸라고 할 테지."

"영지를 바꾸다니…… 그게 사실입니까?"

그러나 혼자 마음속으로 바둑돌을 놓듯이 계산하고 있는 미츠히데가 분명하게 대답할 리 없었다.

"아마도 오미를 몰수당하고 생각지도 않았던 벽지를 공격하여 뺏으라는 명령이 내릴 것일세."

"성주님! 그런데도 노하시지 않는다는 말씀입니까?"

이번에는 후지타 덴고로가 나섰다.

미츠히데는 이 말에도 대답하지 않았다.

"알겠나, 내가 말한 이런 순서로 점점 압박해들어올 것인가 아닌가를 보면 우다이진 님의 마음을 읽을 수 있네. 모두 마음에 깊이 새겨 잊지 말도록 하게. 그러나 표면화된 건 아니니 참아야 해. 참는 것만이 우리들을 지킬 수 있어. 그래서 우다이진 님의 마음이 녹을 날만을 묵묵히 기다릴 수밖에 없네."

이처럼 혼자 두는 바둑이 미츠히데의 버릇이었다. 그리고 전에 노부나가를 위해 둔 이 바둑은 거의 실패한 일이 없었다.

이러한 사실을 잘 알고 있는 만큼 좌중에서는 갑자기 나직한 울음소리가 터져나왔다.

이때 미츠히데의 장남 쥬베에 미츠요시十兵衛光慶가 급하게 들어와 밝은 목소리로 말했다.

"아버님, 우다이진 님으로부터 사자 아오야마 요소青山與總 님이 오셨습니다."

11

미츠히데의 장남 미츠요시는 아직 열네 살이었다.

어딘지 모르게 나약해 보이는 면은 있으나 명랑한 느낌을 주는 미소년으로 모든 사람으로부터 격의 없는 사랑을 받고 있었다. 그 티 없이 맑은 웃음을 띤 얼굴은 때가 때인 만큼 좌중의 불안을 더욱 깊게 했다.

"사자가…… 벌써 왔다는 말이냐?"

"예. 아버님은 오늘 본성 계단에서 떨어지셨다면서요?"

"사자가 그런 말을 하더냐?"

"다치신 데가 없는지 걱정도 하시고 웃기도 하셨습니다. 본성의 계단이 잘 닦여 있기는 하지만 아버님 머리처럼 매끄럽지는 않다고 하시면서."

"이 무엄한 놈!"

미츠히데는 엄한 소리로 꾸짖었다.

"희롱하는 말은 사나이가 입에 올릴 것이 못 된다고 그토록 가르쳤는데도 잊었느냐?"

미츠요시는 그래도 웃는 얼굴빛을 바꾸지 않았다.

"사자가 그렇게 말했기 때문에 그대로 전했을 뿐입니다."

이렇게 대답하고 얼른 옆방으로 물러갔다.

"벌써 왔다는 말이로군……"

미츠히데는 다시 한 번 침통하게 한숨을 쉬고 일동을 돌아보았다.

"전광석화 같은 것이 우다이진 님의 작전. 알겠나, 이미 내 마음은 정해져 있네. 아무리 어려운 분부가 내리더라도 절대로 경거망동해서는 안 돼."

미츠히데는 천천히 일어나 카타기누肩衣°의 옷깃을 바로 하고 객실로 향했다.

객실에서는 노부나가의 사자 아오야마 요소가 싱글벙글 웃으면서 부채질을 하고 있었다.

"휴가노카미 님, 오늘 고생하셨다면서요?"

미츠히데는 씁쓸한 표정으로 아랫자리에 앉아 인사했다.

"이 무더위에 사자도 수고가 많으십니다."

상대는 그 인사에 가볍게 고개를 끄덕였다.

"원, 무슨 말씀을. 아무튼 이 아즈치에는 때때로 뜻하지 않은 벼락이 떨어지곤 하지요."

"그런데, 사자께서 오신 용무는?"

"벼락을 거두셨습니다."

"아니, 벼락을 거두시다니?"

"코레즈미 고로자에몬 님과 모리 란마루 님의 노력으로 천둥 번개가 사라지고 활짝 갠 날씨가 되었습니다. 지금에 와서 접대역을 바꾼 사실이 이미 오카자키까지 오신 손님에게 알려지면 그쪽에서도 심기가 편치 않으실 것이므로 그대로 계속 그 일을 맡으시라는 우다이진 님의 말씀이 있었습니다."

"아니, 주군께서 그대로 일을 계속하라고…… 으음."

미츠히데는 저도 모르게 신음하고 다다미에 머리를 조아렸다.

"분부대로 거행하겠다고 전해주시오."

목소리도 태도도 여전히 정중했으나, 미츠히데의 마음속에는 더욱 의혹이 크게 번져나가고 있었다. 두 사람의 충돌이 극단적인 성격의 차

이에 의한 것임을 판단할 수 없게 된 미츠히데에게 고로자에몬과 란마루의 노력으로 노부나가가 대변에 응어리를 푼다…… 이런 일은 있을 수 없었다.

'또 무슨 계략을 꾸미고 있다.'

물론 가슴 깊이 묻어두고 절대로 내색은 하지 않았으나, 혼자 바둑을 두는 그 버릇은 다시 미츠히데의 마음속에 있는 바둑판 위에 흑백의 돌을 불어나게 했다.

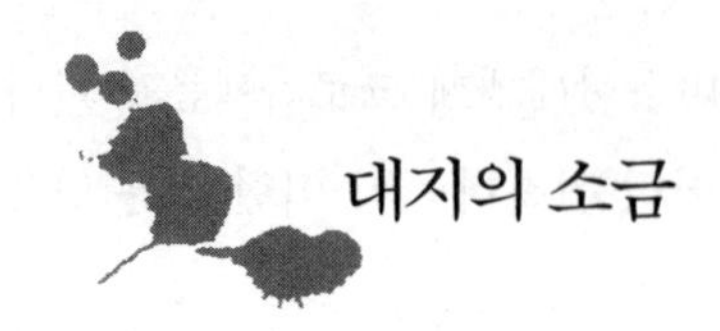

대지의 소금

1

오카자키 성에서는 오랜만에 한가해진 이에야스를 맞이하여 상하가 모두 기쁨에 젖어 있었다. 이마가와 가문의 성주 대리가 버린 이 성을 이에야스가 차지했을 때는, 미카와의 4분의 1도 제대로 다스리지 못하는 마츠다이라 가문으로서는 최악의 시대였다. 그런데 지금은 미카와, 토토우미, 스루가의 세 곳을 완전히 장악하여 이마가와 요시모토를 능가하는 당당한 다이묘가 되었다.

이에야스 자신의 감회도 새로웠지만, 아즈치 방문 길을 수행하기 위해 이곳에 모인 중신과 하타모토들도 보는 것, 듣는 것, 생각하는 것, 만나는 것이 모두 뜨거운 눈물을 자아내는 추억의 대상이었다.

이번 여행의 수행원은 사카이 사에몬노죠 타다츠구, 이시카와 호키노카미 카즈마사, 토리이 히코에몬 모토타다鳥居彦右衛門元忠, 혼다 헤이하치로 타다카츠, 사카키바라 코헤이타 야스마사를 비롯하여 아마노 야스카게天野康景, 코리키 키요나가高力清長, 오쿠보 타다스케大久保忠佐, 오쿠보 타다치카, 이시카와 야스미치石川康通, 아베 젠쿠로阿

部善九郎, 혼다 햐쿠스케本多百助, 스가누마 테이조菅沼定藏, 와타나베 한조渡邊半藏, 마키노 야스나리牧野康成, 핫토리 한조 이하 다이묘급 28명.

이들 인원 외에 측근 시동인 토리이 마츠마루鳥居松丸, 이이 만치요 이하 12명 외에 이에야스에게 항복한 타케다 일족의 명문 아나야마 뉴도 바이세츠를 7일 동안 밤낮없이 설득한 나가사카 치야리쿠로 일행도 동행했다.

오카자키 성 안팎은 모여든 사람과 말들로 터질 정도였다. 그러나 요소요소의 성에는 어김없이 수비하는 장수가 있어 어떤 사태가 발생해도 신속히 대비할 수 있는 만반의 준비가 갖추어져 있었다.

이에야스는 5월 10일 오카자키에 도착하여 그 길로 다이쥬 사大樹寺에 참배하고, 이어서 성안의 셋째 성으로 생모인 오다이를 방문했다. 이제 쉰다섯 살이 된 오다이는 자기를 찾아온 이에야스를 보고는 훨씬 아랫자리로 물러나 승전을 축하했다.

"드디어 세 지방의 태수가 되셨군요. 축하해요."

이렇게 말하는 어머니의 눈에는 어느 틈에 눈물이 고여 있었다.

아마도 이번에 스루가를 얻게 된 데 가장 큰 감회를 느낀 것은 이 어머니였을 것이다.

어머니는 이 성이 가장 가난했던 시절에 이곳으로 시집와서 이곳에서 이에야스를 낳았다. 그리고 이에야스가 세 살 되던 해에는 이마가와 가문의 보복이 두려워 이혼을 당하고 카리야刈谷의 미즈노水野 가문으로 쫓겨났다.

그때의 슬픔이 오다이의 가슴에서 떠날 리가 없었다.

이에야스는 그것을 잘 알고 있었으므로 일부러 가벼운 마음으로 마루 근처에 앉았다.

"만치요, 너희들은 다시 부를 때까지 밖에서 시원한 바람이라도 쐬도록 해라."

그리고는 자기를 따라온 시동 미우라 오카메三浦於かめ와 이이 만치요를 물러가게 했다.

"어머님, 어디 불편하신 데는 없습니까?"

단둘이 남게 되었을 때 이에야스는 점점 백발이 늘어나기 시작한 어머니의 모습에 눈길을 보냈다.

"아니, 괜찮아요. 단지 성주의 모습을 보니 나도 모르게 케요인華陽院 할머님 생각이 나서 그만……"

이에야스는 잠자코 고개를 끄덕였다.

케요인은 오다이의 생모였으며, 또한 이에야스의 할아버지 키요야스의 아내이기도 했다. 그리고 그 할머니는 이마가와 가문의 인질이 된 타케치요竹千代 시절의 이에야스를 따라 멀리 슨푸까지 갔던 유일한 혈육이었다.

2

"그렇습니다. 오늘의 이에야스가 있게 된 것은 할머님의 은혜가 아닐 수 없습니다…… 어떻습니까, 이 이에야스의 어딘가에 할머님의 모습이 남아 있나요?"

이에야스의 질문에 오다이는 조용히 미소를 떠올리고 말했다.

"송구스러운 말이지만, 얼굴 모습보다는 성격을 많이 닮았다고 생각해요."

"그럴 것입니다. 할머님은 전국에서 제일가는 미인이셨다고 하더군요. 돌아가실 때도 쉰이 넘은 분이셨지만 더할 나위 없이 청초한 여승이셨어요. 제가 열네 살 때였는데……"

이에야스가 옛날을 회상하는 기분에 젖어드는데, 오다이는 무릎걸음으로 한 걸음 다가앉아 아들에게 부채질을 해주었다. 이에야스는 굳이 이를 사양하려 하지 않았다.

"어머님, 제 모습은 어느 분을 가장 많이 닮았을까요?"

"케요인 님의 말씀으로는 마츠다이라 집안의 할아버님 키요야스 님과 미즈노 집안의 할아버님 타다마사忠政 님을 가장 많이 닮았다고 하시더군요."

"음, 모두 세상을 떠나신 분들이군요. 그런데 성격은 역시 어머님을 닮았다고 생각합니다."

"원, 무슨 그런 말을……"

"아니, 고마운 일입니다. 어머님은 이 이에야스를 임신하여 낳으실 때까지 목욕재계하고 난세를 진정시킬 아들을 낳게 해달라고 기도하셨다고 하더군요."

"그……그……그런 말을 누가 하던가요?"

"케요인 님이……"

이에야스는 익살맞게 어머니를 보고 웃었다.

"그런 탓인지 이번 전투에서도 저는 우다이진 님처럼 타케다의 잔당을 단호하게 처단할 수 없었습니다."

"성주."

"예, 어머님. 말씀하시는 동안 손을 쉬십시오. 어머님의 부채질이 민망스럽습니다."

"알았어요. 하지만 조금만 더 하고 그만두겠어요."

오다이는 자못 흐뭇한 표정으로 고개를 끄덕였다.

"그런데, 우다이진 님과는 절대로 다투지 마세요."

"허어."

이에야스는 다시 한 번 어머니와 눈길을 마주쳤다.

"어머님은 제가 다툴 것으로 보이십니까?"

오다이는 이 질문에 직접 대답하지는 않았다.

"오다 우다이진 님은 틀림없이 성주더러 츄고쿠로 출전하라고 하실 거예요."

"글쎄요, 어쩌면 그럴지도 모르겠습니다."

"그것을 알고 있다면 이쪽에서 자진하여 출전하겠다고 제의하면 어떨까 하고…… 이 늙은이는 여러 모로 생각해보았어요."

"으음, 이쪽에서 먼저……"

이에야스는 심각한 얼굴로 대답했다.

'어머니란 참으로 좋구나.'

마음이 찡하게 울려왔다. 어머니의 말을 들을 것도 없이 이에야스도 자기가 먼저 그 말을 노부나가에게 할까 생각했었는데, 이런 의견을 말해온 사람이 가신 중에 과연 있었단 말인가.

'사랑은 역시 언제나 위대한 전략이 되기도 하는 모양이다.'

"과연 그렇게 하는 것이 좋을지도 모르겠습니다."

이에야스는 다시 한 번 어린아이처럼 크게 고개를 끄덕이고 어머니를 바라보았다.

3

오다이는 문득 부채질하던 손을 멈췄다. 그리고 전보다 격의 없이 걱정스러운 빛을 드러내었다.

"이번에 성주가 아즈치로 간다는 말을 듣고 왜 그런지 나는 마음이 두근거리는군요."

목소리가 나직해지며 호소하는 어조로 변했다.

"이 늙은이가 새삼 말할 것도 없겠지만, 오다 우다이진 님은 예전의 오다 님이 아니에요."

"예, 그렇습니다."

"지난번에 이 오카자키에서 묵으신 적이 있어요. 그때 우다이진 님으로부터 토운인騰雲院(노부야스)의 딸들을 데려오라는 분부가 있을 줄 알고 나는 은근히 기다렸어요."

"노부야스의 딸들을?"

"그래요. 우다이진 님에게도 소중한 손녀, 예전의 우다이진 님이라면 그 성격으로 미루어 반드시 만나 가겠다는 말씀을 하실 거라고…… 하지만 아무 말도 없이 그냥 떠나고 마셨어요."

이에야스는 잠자코 두서너 번 고개를 끄덕였다.

"바쁘시기 때문에 그만 잊으셨겠지요."

"그렇지 않아요."

오다이가 가로막았다.

"잊으실 우다이진 님이 아닙니다. 알고 있으면서도 만나지 않는 분으로 변했어요."

"음, 저는 미처 깨닫지 못했습니다."

"이 늙은이가 걱정하는 것은, 마음먹은 것을 그대로 행동에 옮기시는 그 우다이진 님이 어째서 그렇게 변했을까……? 어쩌면 천하를 위해서는 사사로운 감정 따위는 죽여야 한다고 생각하신 것은 아닐까 하고……"

이에야스는 가슴이 섬뜩하여 다시 어머니를 바라보았다.

자기가 노부나가에게 느끼고 있는 불안을 어머니는 다른 관점에서 느끼고 있는 듯했다.

"어머님, 그래서…… 그래서 우다이진 님과 다투지 말라고 하셨습니까?"

"그래요, 아니……"

오다이는 반쯤 고개를 끄덕이다가 얼른 가만히 가로저으면서 뚫어지게 아들을 바라보았다. 어떤 일이든지 어느 한 면만을 보지 않고 항상 안팎과 좌우를 깊이 생각하는 어머니의 성격은 확실히 이에야스와 매우 흡사했다.

"이 늙은이는 성주를 무분별하게 다툴 사람으로는 보지 않아요. 그러나 지금의 우다이진 님은 일단 입을 열면 비록 그것이 잘못된 것임을 깨달아도 결코 뒤로 물러서지 않는 분으로 변했어요. 이 점을 명심하고 미리미리 조심하기를 바라겠어요."

"고맙습니다."

이에야스는 저도 모르게 어머니의 손을 꼭 잡고 그대로 자기 이마에 갖다대었다.

"이제 확실하게 마음을 정했습니다. 어머님, 참으로 좋은 선물을 받았습니다."

"내 마음을 알겠나요?"

"잘 알았습니다! 어머님 말씀이 모두 옳습니다."

이것은 아무 가식 없는 이에야스의 진심이기도 했다.

이에야스가 망설이고 불안해하던 것은, 아즈치에서 노부나가가 츄고쿠 정벌을 위해 얼마나 병력을 동원하라고 요구할 것인가 하는 그 한 가지였다. 물론 이에야스 쪽에서 먼저 우리도 출전하겠다는 말을 할 생각이었지만, 한 사람의 병사도 내보내고 싶지 않은 것이 솔직한 이에야스의 심정이었다.

이에야스로서는 지금은 타케다의 옛 영지를 공고하게 다져놓아 동쪽의 불안을 해소시키는 것이 우선적인 과제였다. 그러나 노부나가가 일단 출병하라고 하면 거절은 생각할 수도 없는 일이었다. 어머니는 그러한 이에야스의 불안과 망설임에 하나의 창문을 열어주었다.

4

“성주.”

오다이는 다시 천천히 부채질을 하면서 말을 이었다.

“츄고쿠 방면의 대장은 하시바 치쿠젠노카미羽柴筑前守(히데요시)라는 말을 들었는데요?”

“그렇습니다. 그 기량이 우다이진 님의 눈에 들어 반슈播州의 히메지姬路에서 오십육만 석의 영지를 가진 성주로 출세한 히데요시가 총대장입니다.”

“이렇게 하면 어떨까요? 그 치쿠젠노카미에게 성주가 자진해서 사자를 보내면.”

이에야스는 자기 어머니이기는 하지만 두려운 생각이 들었다. 이에야스가 생각하고 있던 것과 완전히 일치했다. 노부나가의 명령을 따돌리는 길은 그 방법밖에 없었다.

아즈치에 도착하면, 노부나가는 우선 이에야스의 노고를 치하하고 반드시 극진하게 대접할 것이다. 그리고 꼼짝하지 못할 기회를 노렸다가 츄고쿠로의 출병을 종용할 것이 분명하고, 그렇게 되면 이미 때는 늦다. 그러므로 이에야스는 노부나가를 접견하자마자 선수를 칠 생각이었다.

“우리도 츄고쿠로 출병할 수 있도록 허락해주십시오.”

그리고는 즉시 히데요시에게 사자를 파견할 것이었다.

히데요시는 웬만큼 고전하지 않는 이상, 아마도 그럴 필요가 없다고 할 터. 이에야스가 출전하여 승리를 거둔다면 히데요시 자신의 공로가 반으로 줄어들기 때문이다.

어머니는 이러한 기색을 미리 알아차리고 군사적인 이해타산까지 이미 계산해놓고 있었던 것일까……

“그 점에 대해서는 걱정하지 마십시오.”

이에야스는 일부러 담담하게 웃어 보였다.

“어머님 말씀을 듣고 이미 좋은 생각이 떠올랐습니다.”

“그렇다면 다행한 일, 절대로 방심하면 안 됩니다.”

“그런데, 어머님. 어머님이 남자로 태어나셨더라면 저로서는 감당할 수 없는 적이 되었을지도 모르겠습니다.”

이에야스는 웃으면서 어머니의 손을 잡고 더 이상 부채질을 하지 못하게 했다.

‘남자는 생각지도 못할 깊은 생각……’

말과는 반대로, 어머니의 한결같은 마음에서 우러나오는 생각은 명장 이상이로구나 하고 새삼스럽게 사랑의 불가사의함을 맛보게 되는 이에야스였다.

“그럼, 저는 우다이진 님이 거들떠보지도 않고 떠난 손녀들을 만나 보겠습니다. 어머님도 더위에 부디 몸조심하십시오.”

“예. 성주도 건강하기를.”

자리에서 일어서는 이에야스를 따라 오다이도 몸을 일으켜 현관까지 배웅 나왔다.

“마츠마루, 만치요……”

이에야스는 현관에 서서 큰 소리로 시동들을 불렀다. 그리고 스스로도 우습게 느껴졌는지 웃는 얼굴로 말했다.

“어머님 곁에 오니 나도 모르게 타케치요 시대로 되돌아온 느낌입니다. 하마마츠에서는 무척 무뚝뚝한 대장인데도.”

이때 오다이는 벌써 그 자리에 무릎을 꿇고 히사마츠 사도노카미久松佐渡守의 아내로서 태수太守를 대하는 엄한 태도로 임하고 있었다. 만치요와 마츠마루가 건너편 소나무 그늘에서 부리나케 달려와 그들 역시 무릎을 꿇고 넙죽 엎드렸다.

5

이에야스는 부복하고 있는 어머니에게 다시 한 번 목례를 하고 밖으로 나왔다.

오랜만에 어머니를 만났기 때문인 듯. 전에는 하치만 성八幡城이라 불렸고, 또 세상을 떠난 아버지 히로타다廣忠가 타케치요의 성이라 불렀다고 전하는 본성에 이르기까지의 흙냄새, 풀 향기, 울창한 수목 모두 그의 마음을 새로운 추억에 휩싸이게 했다.

스물네 살에 세상을 떠난 아버지 히로타다는 단아한 젊은이로 그의 기억에 남아 있었다.

"타케치요, 할미가 여기 있다."

할머니인 케요인은 지금도 저쪽 골짜기에서 보랏빛 두건 밑으로 자애로운 눈을 빛내면서 염주를 들고 나올 것만 같았다.

본성의 망루를 덮어씌울 듯한 오래된 소나무에서는 손수 심었다고 하는 할아버지 키요야스의 손길을 느낄 수 있었으며, 사카타니酒谷 부근에 즐비하게 자라고 있는 벚나무에서는 아직도 오아이와 오만의 모습이 아른거리는 것처럼 여겨졌다.

'그러고 보면 세나도 가엾은 여자였어……'

그 세나가 낳은 사부로 노부야스三郎信康의 생애는 더더구나 애처로웠다.

"……사부로."

어느 틈에 이에야스는 벚나무 밑에 와서 걸음을 멈추고 눈을 가늘게 떴다.

이 자리에 서서 성의 보수공사를 핑계 삼아 무장의 마음가짐을 설명해주던 무렵의 노부야스가 눈에 선하게 떠올랐다. 둥글고 귀여운 눈, 오기가 있어 보이는 입술. 그때는 아직 어린 대나무와도 같은 싱싱한 느낌을 주는 열서너 살에 불과한 노부야스였다.

"……네가 남기고 떠난 두 손녀를 지금 만나러 가는 길이다."

이이 만치요와 토리이 마츠마루 뒤에는 어느새 열네댓 명의 근시가 따라오고 있었다. 그들도 이에야스의 감회를 짐작할 수 있는 듯, 이에야스가 걸음을 멈추자 그대로 나무 그늘에 한쪽 무릎을 꿇은 채 숨을 죽이고 있었다.

"……네 어머니 츠키야마에게 말하여라. 이에야스가 이마가와 요시모토의 옛 영지만은 모두 탈환했다고…… 그리고 오래지 않아 네 어머니가 그토록 집념을 버리지 못했던 슨푸 성으로 옮겨 살게 될 것이라고……"

이에야스는 어느 틈에 노부야스의 환영幻影이 슨푸 시대의 인질인 자기 모습으로 변하는 것을 의식했다.

"미카와의 고아."

그 무렵의 이에야스는 사람을 만날 때마다 으레 고아라고 조롱당하곤 했다.

그렇게 좋아하는 매 한 마리도 갖지 못하고 때까치를 길들여 그것으로 참새를 잡았다. 그리고 그 때까치 때문에 신경질을 부리다가 지금 옆에 있는 마츠마루의 아버지 토리이 히코에몬 모토타다를 마루에서 밀어 떨어뜨리고 몹시 때려준 적이 있었다.

"마츠마루……"

이에야스는 감개무량한 듯 그의 아들에게 말했다.

"예."

"너의 아버지 히코에몬은 나보다 세 살 위로 내가 열 살일 때 열세 살이었어."

"예……"

"어느 날 나는 나보다 나이도 위인 모토타다를 때리고 나의 할머니셨던 케요인에게 꾸중들었던 일이 생각나는구나…… 그 무렵의 나는 너의 할아버지 타다요시忠吉의 도움으로 겨우 슨푸에 살아 있을 수 있었지……"

마츠마루는 무엇 때문에 이런 말을 하는 것일까 하는 표정으로 이에야스를 쳐다보고 있었다.

이에야스는 갑자기 크게 소리내어 웃었다. 눈에는 희미하게 눈물을 비치면서……

6

"핫핫하…… 내가 왜 이런 생각을 하는지 모르겠군. 아니, 역시 너의 할아버지 타다요시가 생각났기 때문일 것이다. 아주 훌륭한 노인이었지. 내가 꾸중을 받고 있을 때 나타나, 그 노인만은 나를 칭찬했어. 화가 났을 때 가신을 벌하지 못하는 자는 대장의 그릇이 못 된다, 모토타다를 때린 것은 잘한 일이다, 아주 훌륭하다고 칭찬했어…… 알겠느냐, 마츠마루? 그 후부터 이 이에야스는 가신에게 화가 날 때마다 가만히 주위를 돌아보며 반성하는 버릇이 생겼다…… 칭찬하면서 타이르는 훌륭한 노인이었어!"

이에야스는 다시 밝게 웃었다.

"그런 노인의 아들이었던 만큼 모토타다도 나를 능가하는 강한 사람이 됐지."

"무, 무어라 말씀하셨습니까?"

"너도 이제 어른이 되었으니 말해주고 싶구나. 지난번 코슈를 공격할 때의 일이다."

"예."

"나에게 바바 미노노카미馬場美濃守의 딸이 어떤 곳에 숨어 있다고 보고해온 자가 있었어. 그 여자는 이 부근에서 소문난 미인이니 불러다가 진중에서 시중을 들게 하면 어떻겠느냐고 구명救命을 호소하는 것이었지."

이에야스가 여기까지 말했을 때 이이 만치요가 킬킬 웃다가 얼른 당황하며 헛기침을 했다.

"만치요, 너는 알고 있었구나?"

"아닙니다, 전혀 모릅니다."

"하하하…… 모르는 녀석이 앞질러 웃는단 말이냐? 그래서 말이다, 마츠마루, 나는 히코에몬에게 그 여자를 보호해주라고 했어."

"예……"

"그런데 군무에 바빠 얼마 동안 그 일을 까맣게 잊고 있었지. 알겠느냐, 신경은 쓰고 있으면서도 잊어버리게 되는 일이 인간에게는 흔히 있게 마련이지. 그러나 원래 신경을 썼던 일이라 틈만 나면 생각이 떠오르곤 했지. 그래서 틈이 좀 나서 그 여자를 데려오라고 했더니, 그 여자는……"

이에야스는 즐겁다는 듯이 눈을 가늘게 뜨고 말을 이었다.

"그 여자라면 이미 히코에몬 님이 진중으로 데려갔기 때문에 여기 있지 않다는 것이었어. 모토타다 녀석, 보호해준다는 핑계로 품안에 넣고 말았지 뭐냐, 하하하하."

마츠마루는 몸이 꼿꼿해져 고개를 숙인 채 귀까지 빨갛게 되었다.

"하하하……"

이에야스는 다시 웃었다.

"알겠느냐, 이것을 단순한 색정色情 이야기로만 받아들여서는 안 된다. 다른 사람의 소행이었다면 나는 분명 화를 냈을 것이란 말을 하려는 게야. 그때 문득 떠오른 것은 너의 할아버지 타다요시의 말이었어.

화가 났을 때는 가신에게 벌을…… 아니, 정말 우스운 일이야. 내가 보호하라는 말을 했으니, 도리 없이 쓴웃음을 짓고, 모토타다 녀석, 정말 날쌘 놈…… 하며 너의 할아버지 생각을 하고 화를 꾹 참았지. 그런데, 만치요."

"예."

"너는 왜 웃지 않느냐? 웃어라, 어서 웃어."

이에야스는 말하면서 걷기 시작했다.

"나는 말이다, 이 성의 흙을 입에 넣으면 짠맛이 날 것이라고 생각한다. 가신과 주군이 대대로 내려오면서 슬퍼도 울고 기뻐도 울면서 흘린 눈물이 스며들어 있을 테니까…… 알겠느냐, 나는 이 대지의 소금을 깊이 맛보고 나서 아즈치로 떠날 생각이다……"

7

이에야스는 노부나가가 마음의 규모를 원심遠心 쪽으로 넓혀나갈수록 자신은 구심求心 쪽으로 돌려야 한다고 생각했다. 밖으로 향하려는 마음과 안으로 향하려는 마음은 절대로 충돌할 우려가 없다. 그러나 만일 같은 방향을 지향한다면 반드시 불행한 충돌이 일어날 터. 노부나가가 어떻게 하면 천하를 평정할 수 있을까 하고 고심하고 있을 때, 이에야스는 자기가 태어난 땅에 배어 있는 눈물을 되씹고 있다……

이에야스는 그날 두 손녀를 안아보고, 이튿날에는 여러 사원의 묘지에 잠들어 있는 자기와 인연 있는 사람들의 공양을 명했다. 그러고 보니 그가 명복을 빌어주어야 할 불행한 영혼은 무수히 많았다. 츠키야마를 비롯하여 노부야스, 히로타다, 키요야스, 케요인, 혼다의 미망인, 세키구치 교부, 타다요시, 아야메……

5월 12일, 이에야스의 행렬은 서쪽을 향해 출발했다. 그때 오카자키의 모든 사원은 독경소리로 넘치고 있었다.

바로 얼마 전에 노부나가가 흑인 시종과 총포대를 거느리고 지나가면서 사람들의 눈이 휘둥그레지게 한 그 가도를, 이에야스는 평범한 행렬을 이루고 아나야마 바이세츠와 같이 오와리에 이어 미노를 거쳐 오미 가도로 접어들었다.

노부나가의 명을 받은 듯 연도에 위치한 다이묘들은 직접 마중 나오는 등 정성을 다해 접대했다. 그리고 일행이 지나는 길은 특별히 타카노 토조高野藤藏, 나가사카 스케쥬로長坂助十郎, 야마구치 타로베에山口太郎兵衛 등 세 사람이 명을 받아 도로보수의 임무를 맡기도 했다.

이에야스는 그들에게 정중하게 치하하며 길을 갔다. 그 옛날 스루가, 토토우미, 미카와 등 세 고장의 태수였던 이마가와 요시모토가 자신을 고쇼御所°라 부르게 하면서 이마에 눈썹을 그리고 이에 물을 들여 위세를 부리던 것과는 달리 이에야스는 너무도 소박하고 겸손했다.

14일 이에야스 일행은 반바番場에 도착하여 일박했다. 그곳에서는 코레즈미(니와) 고로자에몬 나가히데가 일부러 임시전각을 세우고 이에야스를 맞이했다.

고로자에몬과 미츠히데, 그리고 노부나가 사이에 자신의 접대문제로 껄끄러운 마찰이 있다는 것을 알 리 없는 이에야스였다. 그러나 그는 임시전각에서 하룻밤 묵게 된 것을 알았을 때.

"이에야스의 가신이 오만해졌다는 말을 듣지 않도록 주의하라. 모든 일에 겸손해야 한다."

근신들에게 엄명을 내리고, 다시 이를 아시가루에 이르기까지 철저히 주지시키도록 했다. 이때의 접대에서도 물론 말단에 이르기까지 술이 나왔으나 이에야스의 지시가 있었기 때문에 노랫소리 하나 들리지 않았다.

이튿날인 15일—다섯 점 반(오전 9시)에 반바를 떠나 그날 여덟 점 반(오후 3시)에 일행은 드디어 아즈치의 다이호인에 도착했다.

접대를 맡은 미츠히데는 일부러 현관까지 나와 이에야스를 맞이했다. 그는 가마에서 내린 이에야스를 보고 동요하는 빛을 보였다. 현재 노부나가를 제외하고는 일본에서 가장 많은 영지를 소유한 이에야스보다 자신의 복장이 비교도 되지 않을 만큼 화려했다.

"먼 길에 무사히 도착하신 것을 이 코레토 휴가노카미 미츠히데가 진심으로 축하 드립니다."

"영지를 내려주신 데 대해 치하 드리러 온 것뿐인데 도중에 극진한 대접을 받아 오히려 송구스럽습니다. 휴가노카미 님께서 우다이진 님께 잘 말씀 드려주십시오."

이에야스는 똑바로 미츠히데의 얼굴을 바라보면서, 마치 작은 시골의 다이묘와도 같은 태도로 정중하게 인사했다.

8

일행은 미츠히데의 안내로 문제가 된 전각에 도착했다. 이에야스는 신기한 듯 기둥을 만져보고 천장을 쳐다보는가 하면 벽화에 감탄을 금치 못했다.

"휴가노카미 님, 너무 과분합니다. 소임이라고는 하나, 그 노고가 얼마나 많으셨는지 알고도 남음이 있습니다."

이렇게 말하면서 마음속으로는 더욱 경계심을 굳게 했다. 미츠히데는 이러한 이에야스의 태도를 전혀 다른 감회로 받아들였다.

'내가 고심한 것을 정말 기뻐하고 있구나……'

더구나 노부나가에게 심하게 매도당한 뒤여서 그만 저도 모르게 이에야스와 노부나가의 인품을 비교하게 되었고, 이것이 문득 감상으로 이어졌다.

"그 말씀을 듣고 이 휴가노카미는…… 오직…… 오직…… 감격할 뿐입니다."

미츠히데는 마치 동지를 얻은 듯한 기분이 들어 저절로 눈시울이 붉어졌다.

이에야스는 그 모습에 흠칫 놀랐으나 얼른 난간으로 눈길을 옮겼다.

"이처럼 놀라운 공사를 할 수 있는 장인匠人이 우리 영내에는 없습니다. 과연 우다이진 님의 역량, 찾아오는 사람을 거절하지 않는 호쾌한 성격 때문이라 생각합니다."

"그렇습니다."

미츠히데는 겨우 눈물을 억제했다.

"영내에 관문을 두시지 않는 주군의 덕망, 지금은 아즈치가 사카이에 버금갈 정도로 번창합니다."

"그럴 테지요. 나 같은 사람으로서는 도저히 할 수 없는 일. 이 이에야스는 감탄한 나머지 넋을 잃고 둘러보았습니다. 이러는 모습이 하나의 재미가 될지도 모르겠군요. 우다이진 님께 그대로 전해주십시오."

"마음에 드신다니, 이 미츠히데도 면목이 섰습니다."

이처럼 두 사람이 각각 감회에 젖어 있는 동안, 객실에는 이에야스가 노부나가에게 주려고 가져온 진상품이 잇따라 운반되어왔다. 그 자신의 옷차림은 고작 2, 30만 석의 다이묘로 보일 정도로 소박한 이에야스. 무엇을 가져왔을까 하는 것도 미츠히데에게는 하나의 관심사였다.

진상품을 접수하는 것도 미츠히데의 역할, 그 목록을 보고할 때 반드시 노부나가가 한마디 할 것 같은 생각이 들었다.

"이 노부나가를 은근히 멸시하고 있어. 그대들의 노력이 부족했기 때문이야."

만일에 너무 적으면 이렇게 소리지를 것이고, 너무 과하면……

'아니, 그렇게 과하지는 않을 것이다……'

미츠히데는 생각했다.

이에야스의 옷차림, 가신들의 소박함. 혹시 이에야스는 천성적으로 인색하게 태어났는지도 모른다.

"선물을 모두 옮겼습니다. 살펴보시지요."

사카이 타다츠구가 알려왔을 때는 이미 날이 저물어 있었다. 이에야스는 고개를 끄덕이고 일어섰다.

"그럼 휴가노카미 님, 겨우 성의를 나타내는 것일 뿐인 이 이에야스의 선물을 받으시고 우다이진 님께 잘 말씀 드려주십시오."

이에야스의 뒤를 따라 미츠히데도 일어섰다. 그리고 객실로 들어가 보고 그만 미츠히데는 자기 눈을 의심했다. 행렬의 짐은 거의 모두 선물이었다.

이시카와 호키노카미가 두 사람이 자리에 앉기를 기다렸다가 목록을 읽었다.

"첫째 황금 삼천 냥, 둘째 말의 갑옷 삼백 벌…… 셋째……"

미츠히데는 저도 모르게 온몸을 경직시키고 숨을 죽였다.

높아지는 수위水位

1

말의 갑옷 300벌만 해도 이미 상상을 초월한 것, 황금 3,000냥은 감히 생각지도 못했던 액수였다.

토토우미와 미카와를 영유하고 있다고는 하지만 지금까지는 잠시도 쉴 사이 없이 전쟁을 계속했고, 아직 스루가로부터는 아무런 수입도 없을 것이며, 노부나가의 토카이도 유람을 위해 막대한 비용을 지출한 직후였다.

'이에야스는 정말로 노부나가를 두려워하는가 보다.'

의복과 음식을 절약하면서 준비했을 것을 알고 있었기 때문에, 미츠히데는 이에야스가 불쌍한 생각이 들어 그 순진해 보이는 통통한 몸을 다시 보지 않을 수 없었다.

이시카와 호키노카미가 목록을 다 읽고 난 뒤 이에야스는 그 통통한 몸을 구부리고 다시 절했다.

"마음뿐인 선물, 부끄럽게 생각합니다마는, 우다이진 님께 잘 말씀드려주십시오."

"정성을 다하신 선물, 곧 보고 드리겠습니다. 그동안 목욕이라도 하시고 휴식을 취하십시오."

평소의 미츠히데였다면 이 선물을 보고 이에야스가 노부나가를 두려워한다고는 생각지 않았을 것이다. 두려워서가 아니라 노부나가의 마음을 치밀하게 분석한 끝에 경계하는 태도라고 깨달았을 것이며, 자기도 이에야스의 이러한 태도에서 교훈을 받았을 것이다. 그런 의미에서 아직 미츠히데는 이에야스보다 노부나가를 높이 평가하고 있었다.

미츠히데가 자리에서 일어나려 했을 때 이에야스는 생각났다는 듯이 그를 불러 세웠다.

"휴가노카미 님, 사실은 우리도 일단 돌아갔다가 츄고쿠 정벌에 나설 생각입니다. 출전하기에 앞서 그곳 전황戰況을 알아보기 위해 토리이 히코에몬을 하시바 님의 진중에 파견했으니 이에 대해서도 말씀 드려주십시오."

"잘 알겠습니다."

미츠히데는 대답하면서 문득 쓴웃음을 지었다. 노부나가를 너무 두려워하는 이에야스를 보고, 처음의 동지를 얻었다는 생각이 크게 빗나간 기분이었다.

미츠히데가 성에 돌아왔을 때 노부나가에게는 다시 츄고쿠로부터 히데요시의 사자가 와 있었다.

빗츄備中의 타카마츠 성高松城을 포위하고 그 지형을 이용하여 아시모리가와足守川와 타카노가와高野川의 물을 막아놓고 성주 시미즈 쵸자에몬 무네하루清水長左衛門宗治에게 항복을 권하고 있는데, 모리 테루모토毛利輝元, 킷카와 모토하루吉川元春, 코바야카와 타카카게小早川隆景가 보낸 3만의 원군이 도착하여 히데요시는 그들을 맞아 싸우고 있다, 지금 상태로는 공격도 후퇴도 할 수 없다……

"우리도 시급히 원병을 보내주십시오."

히데요시로부터 온 사자의 말이었다.

미츠히데가 왔다는 전갈에 노부나가는 히데요시의 사자를 잠시 옆방으로 물러가 있게 했다.

"미츠히데, 동쪽에서 온 손님은 무사히 도착했을 테지. 볼일이 생겨서 오늘이나 내일에는 만날 수 없을지도 모른다. 만사에 소홀함이 없이 환대하도록."

"예, 알겠습니다."

미츠히데는 공손하게 머리를 숙이고, 자기 역시 노부나가 앞에서 필요 이상으로 비굴해졌다는 생각이 들어 문득 자기 자신이 싫어졌다.

"도쿠가와 님의 진상품, 마음뿐인 것에 지나지 않는다면서 잘 말씀드려달라고 했습니다. 그것은 이미 성안으로 옮겨놓았습니다."

"그래?"

노부나가는 가볍게 고개를 끄덕이고 옆에 있는 세키안夕菴을 돌아보았다.

"자네가 목록을 읽어보게."

세키안은 미츠히데에게서 공손히 목록을 받아들고 읽기 시작했다.

"뭣이, 말의 갑옷 삼백 벌에 황금이 삼천 냥?"

무슨 생각을 했는지 노부나가는 갑자기 엄한 표정을 지었다가 곧 고개를 젖히고 크게 웃었다.

2

"기마무사의 말에게 입힐 갑옷 삼백 벌이라니, 어디 그것을 좀 보아야겠다."

노부나가는 웃음을 그치고 다시 엄한 표정으로 돌아와 말을 이었다.

"란마루, 따라오너라. 미츠히데, 안내하게."

"예."

"세키안, 그대도 후학後學을 위해 보아두는 것이 좋아. 동쪽의 손님이 어떤 갑옷을 가져왔는지."

노부나가는 어느 틈에 성큼성큼 앞장서서 거실을 나갔다. 이 7층 건물의 무기고는 돌로 쌓은 1층에 있었다.

주위는 이미 어두워져 있었다. 란마루는 노부나가를 뒤따라가면서 시동들에게 명했다.

"불을 준비해."

그리고는 달리듯이 계단을 내려갔다.

노부나가가 진상품 앞에 서자 미츠히데가 직접 그중의 하나를 집어 앞에 놓았다.

시동들이 사방에서 등불을 비추자, 검은 실로 가운데에 미늘을 달고 옻을 덧칠한 갑옷이 중량감을 더하면서 희미하게 빛났다.

"란마루, 들어보아라."

"예."

란마루는 그것을 들고 노부나가를 쳐다보면서 좌우로 흔들었다. 건조한 미늘과 가죽소리가 돌로 쌓은 무기고 안에서 맑은 소리를 내며 메아리쳤다.

"무게는?"

"아주 적당합니다."

"미츠히데!"

"예."

"이에야스의 속셈을 알겠느냐?"

"무슨 말씀이신지……"

"기둥에 조각을 한다거나 다도茶道를 위해 거액을 소모하는 우리를 빈정대는 의미도 있겠으나, 동쪽의 방비는 빈틈없다는 뜻의 선물이라 생각한다. 그런데 다른 말은 하지 않더냐?"

"말씀을 듣고 생각났습니다. 도쿠가와 님도 이번 여행이 끝나면 곧 츄고쿠로 출전할 생각이어서 미리 하시바의 진중으로 전황을 살피기 위해 중신을 파견했다고 했습니다."

"뭣이!"

노부나가의 눈이 인광을 발하면서 미츠히데를 노려보았다.

"대머리!"

"예."

"어째서 먼저 그 말부터 하지 않았나? 그 머리가 벗겨진 것은 장식이란 말이냐, 멍청이 같은 것!"

"예?"

"과연 이에야스는 빈틈이 없어. 내가 말을 꺼내기 전에 먼저 선수를 친 거야. 그런 말을 한 것도 무리가 아니지…… 음, 원숭이한테까지 사람을 보내 전황을 살피게 했다는 말이지. 이번 전투에는 원숭이가 대장, 그 밑에 들어가도 불만을 갖지 않겠다는 마음가짐. 가증스런 녀석이야, 이에야스는……"

이렇게 말하더니 노부나가는 갑자기 미츠히데의 반짝거리는 이마를 손가락으로 냅다 찔렀다. 미츠히데는 비틀거리며 방금 란마루가 내려놓은 갑옷 위에 흉측하게 엉덩방아를 찧었다. 지난번 계단에서 미끄러졌을 때 다친 왼발이 아직 자유롭지 못했다.

"지지리도 못난 녀석!"

노부나가가 소리쳤다.

"그런 꼬락서니로는…… 도저히 상대가 되지 못해. 이에야스는 그대를 무척이나 비웃고 있을 것이다."

"황송합니다."

미츠히데는 얼른 그 자리에 일어나 앉아, 자신의 비굴한 모습에 또다시 혐오감을 느꼈다.

3

"아직 손가락 하나로 쓰러질 나이는 아닐 거야. 대관절 그대 뱃속에는 무엇이 들어 있단 말이냐. 보아라, 시동들까지도 웃음을 참고 있지 않느냐. 이 쓸개 빠진 녀석."

노부나가는 탕탕 발을 굴렀다.

"알겠느냐, 네 놈이 이에야스에게 웃음거리가 되면 내가 웃음거리가 되는 것이나 마찬가지야."

미츠히데는 아무 말도 못하고 입을 꾹 다문 채 고개를 떨구고 있었다. 그 모습이 더욱 노부나가의 비위를 건드렸다.

"네 놈에게 접대를 맡긴 것은 역시 실수였던 것 같아. 그렇다고 이제와서 바꿀 수도 없는 노릇이고…… 네 놈 체면을 세워줄 수밖에 없겠군. 이 황금 삼천 냥 중에서 일천 냥을 즉시 가져다 이에야스에게 돌려주어라."

"예? 그럼, 이 진상품을……"

"아직도 모르겠느냐? 네 놈의 체면을 살려주려고 그러는 거야, 이 멍청한 놈아!"

노부나가는 거친 걸음으로 바깥으로 나가다 말고 혀를 차면서 돌아보았다.

"알고 있을 테지, 돌려주면서 할 말은?"

"황송합니다마는, 그렇게 하면 도쿠가와 님에게 너무 실례가 되지 않을까 합니다."

“정말로 천치로구나, 너는.”

노부나가는 안타깝다는 듯 다시 발로 마루를 찼다.

“체면을 세워주려고 하는데도 모르겠다는 말이냐. 말의 갑옷만은 고맙게 받겠다. 다만 도쿠가와 님은 앞으로 쿄토에 들어가게 되면 여러 가지 비용이 소요될 것이므로 황금에 대해서는 이천 냥만 받고 나머지 일천 냥은 그 비용에 충당하라…… 이렇게 이야기하라는 말이다. 알겠느냐, 이에야스도 네 놈도 모두 나의 부하야. 나를 가볍게 보면 용서하지 않겠다.”

미츠히데는 머리를 조아린 채 노부나가가 멀어지는 발소리를 마음속으로 듣고 있었다.

일부러 운반해들인 황금 중에서 1천 냥을 되돌려주라고 한다…… 노부나가의 생각으로는 3,000냥은 지나친 진상이라는 비아냥과 함께 자신의 위력을 과시할 셈이었을 것이다. 그러나 미츠히데도 결코 어린아이는 아니었다. 54만 석의 영지에, 쉰 살이 넘은 미츠히데.

“주군의 분부에 따라……”

이렇게 말하면서 일단 받아놓았던 황금을 도로 가져가는 것은 너무 비참하다. 체면이 서기는커녕 몸 둘 바를 모르게 될 것이다.

노부나가가 미츠히데에게 돌려주도록 한 것은 충분히 위세를 과시하고, 자기의 선심이라고 말하게 하려는 속셈임이 분명하다. 그러나 그러한 태도는 사람에 따라 다르다. 미츠히데는 그런 뻔뻔스러운 성격을 가지고 태어나지 못했다……

‘하지만 그토록 엄하게 말하는 이상 어쩔 도리가 없다……’

미츠히데는 시동이 창고를 지키는 무사에게 주고 간 등불 밑에서 잠시 허탈한 심정으로 앉아 있다가 마침내 고개를 쳐들었다.

“황금 일천 냥을 다이호인으로 옮겨라.”

이렇게 명하고 가만히 일어났다. 만일 이에야스가 순순히 받아들이지 않는다면 할복하는 도리밖에 없다.

'비참한 일이야, 남을 섬긴다는 것은……'

가만히 옷에 묻은 먼지를 털면서 미츠히데는 저도 모르게 눈시울을 붉혔다. 이에야스의 조용한 말과 태도 속에는 쉽게 움직일 수 없는 한 줄기 고집이 묵직하게 도사리고 있는 듯한 생각을 떨치기 어려워 미츠히데의 마음은 무거웠다.

'만일에 받아들이지 않는다면……'

미츠히데는 입속으로 중얼거리고 고개를 돌려 눈물을 닦았다.

4

미츠히데가 서둘러 다이호인에 돌아왔을 때는 이미 객실에 상이 차려져 있었고, 그가 돌아오기만을 기다리고 있었다.

미츠히데는 세밀하게 요리와 등불을 점검했다. 그러면서도 마음속으로는 오로지 이에야스에게 어떻게 말할 것인가만을 생각했다. 처음부터 주눅이 들어 입을 연다면 받지 않겠다고 했을 때의 입장이 난처하고, 고답적인 태도를 유지하기에는 미츠히데의 성격이 너무 소심했다. 이대로 식사시간을 넘겨버리면 더더구나 실례가 될 것이다.

미츠히데는 용기를 내어 새로 지은 숙소의 회랑回廊을 건너갔다.

"오, 휴가노카미 님이 오셨군요……"

여전히 환하게 웃는 얼굴로 맞이하는 이에야스를 가로막듯이 하며 미츠히데가 입을 열었다.

"주군의 말씀을 도쿠가와 님에게 그대로 전하겠습니다."

"그렇습니까? 다행히 옷도 갖추어 입고 있으니 이 자리에서 듣겠습니다."

"성의를 다한 말의 갑옷, 때마침 소용에 닿을 것이므로 고맙게 받아들이겠소. 다만 황금에 대해서는……"

미츠히데는 여기까지 말하고 얼른 이마의 땀을 닦으면서 양쪽에 죽 늘어앉은 이에야스의 시종, 가신들을 슬쩍 훔쳐보았다.

"황금에 대해서는…… 무어라 하시던가요?"

"삼천 냥 중에서 이천 냥은 정성을 생각하여 받도록 하겠으나, 나머지 일천 냥은 앞으로 필요한 비용에 충당하시도록 반납하라는 분부셨습니다."

"허어."

이에야스는 뜻밖이라는 듯 고개를 갸웃했다.

"여행의 경비는 이 이에야스가 따로 준비한 것이 있으니 염려하지 마시라고 거듭 전해주시기 바랍니다."

"그러나 이것은 주군의 뜻……"

이번에는 이에야스가 가볍게 미츠히데의 말을 가로막았다.

"우다이진 님의 뜻은 나도 잘 알고 있습니다. 여러 방면에서 지출이 있었을 테니 그리 넉넉하지 못하리라 염려하시고 그런 말씀을 하신 줄 압니다. 그러나 걱정하실 것 없습니다. 우리 가문 모두가 근검절약하며 생활해온 것은 만일의 경우에 도움이 되기 위해서였습니다. 이번 우다이진 님의 츄고쿠 출병은 일본의 통일을 이루느냐 이루지 못하느냐를 가름하는 중요한 전투. 나는 만민이 한결같이 갈망하는 평화의 초석이 이번 전투로 결정된다고 봅니다. 이와 같은 천재일우의 기회에 작으나마 도움을 드리는 것이 이에야스의 기쁨, 이것을 마다하신다면 도리어 송구할 뿐이니 부디 받으시도록 거듭 말씀 드려주십시오."

"으음."

미츠히데는 대답할 말을 찾지 못하고 깊이 한숨을 쉬었다. 그가 가장 두려워하는, 부드러우면서도 이치에 닿는 대답이었다. 이 얼마나 논리

정연한 이에야스의 말인가. 이처럼 확실한 말에는 더 이상 할말이 없었다. 그렇다고 이대로 다시 노부나가 앞에 나가는 것은 생각조차 할 수 없는 미츠히데였다.

"도쿠가와 님께 긴히 부탁 드릴 말씀이 있습니다……"

미츠히데는 다시 잿빛으로 변한 이마의 땀을 떨리는 손으로 닦으면서 말했다.

"아니, 나에게 부탁이라니요……?"

"예, 이 미츠히데가 목숨을 걸고 드리는 부탁…… 제발 들어주시기 바랍니다."

이렇게 말하고 미츠히데는 그 자리에 두 손을 짚고 뚫어져라 다다미를 내려다보았다.

5

이에야스는 미츠히데의 예사롭지 않은 태도에 고개를 갸웃했다. 같이 배석했던 근시도 중신도 모두 서로 얼굴을 마주보며 의아해하는 눈길을 교환하고 있었다.

"말씀하십시오, 휴가노카미 님, 이 이에야스가 할 수 있는 일이라면 힘이 되어드리겠습니다."

"실은……"

미츠히데는 여전히 다다미에 손을 짚은 채 말을 이어나갔다.

"도쿠가와 님도 이미 잘 아시다시피 저의 주군은 매우 성격이 과격하신 분……"

"허어."

"일단 말씀하신 것은 절대로 다시 거두시지 않는 분…… 이 미츠히데도 이미 성안으로 반입해온 황금이므로 받아두시라고 거듭 말씀 드렸습니다."

"그래서요……"

"그것이 도리어 주군의 심기를 건드린 결과가 되어, 도쿠가와 님의 뜻을 생각하면 할수록 더구나 받을 수 없다, 일천 냥만은 여행의 경비에 충당하도록 즉시 되돌려드리도록 하라는 엄명이 내렸습니다."

"허어, 엄명을 내리셨다는 말씀이군요."

이에야스는 비로소 옆에 있는 혼다 헤이하치로와 사카이 타다츠구에게로 눈길을 옮겼다.

"엄명이시라면 휴가노카미 님의 입장도 생각하지 않을 수 없겠군."

물론 두 사람 모두 이에야스의 말에는 대답하지 않았다.

이에야스는 문득 두 눈을 감았다.

"휴가노카미 님."

"예."

"알겠습니다. 그럼, 본의는 아니지만 그 일천 냥을 이에야스가 다시 받기로 하지요."

"승낙해주시겠습니까?"

"도리가 없지 않습니까. 그대들도 모두 같은 생각이겠지?"

갑자기 미츠히데는 고개를 떨군 채 가만히 어깨를 떨기 시작했다. 울지 않으려 하면서도 운다는 것을 잘 알 수 있었다.

잠시 후 미츠히데는 일동에게 저녁 식사가 늦어졌다는 것을 사과하고 이에야스와 중신들을 객실로 안내했다.

아나야마 바이세츠도 동석하고 다이묘급 이상인 사람들도 모두 자리를 같이한 가운데 상이 네 차례나 나왔다.

이렇게 15일 저녁은 무사히 지나고 16일이 되었다. 그러나 노부나가는 아직 이에야스를 만나겠다는 말은 하지 않았다. 성안에서 군사회의가 계속되고 있는 모양이었다. 당연히 다이호인으로 이에야스를 찾아 올 줄 알았던 중신들의 얼굴도 보이지 않았다. 그 대신 미츠히데의 환대는 극진하기 이를 데 없었다.

16일 저녁 무렵이 되어서야 겨우 노부나가의 사자가 찾아왔다. 18일 소켄 사總見寺에서 이에야스를 위해 위로의 잔치를 베풀 것이므로 그때까지 천천히 다이호인에서 휴식하라는 것이 사자의 말이었다.

그 사자가 돌아간 뒤 얼마 되지 않아 미츠히데의 모습이 다이호인에서 사라지고 호리 큐타로堀久太郎가 나타나 인사를 했다.

"지금부터 휴가노카미 님을 대신하여 제가 접대를 맡게 되었습니다. 잘 부탁 드립니다."

이에야스는 이때에도 약간 고개를 갸웃거렸을 뿐 자세한 사정은 묻지 않았다.

이튿날 아침 눈을 떴을 때 다이호인 안팎만이 아니라 아즈치 전체가 생선 썩는 냄새로 코를 들 수 없을 정도가 되어 있었다. 미츠히데가 지금까지 사들인 생선을 누가 모두 강과 도랑에 내다버렸다.

6

16일 저녁 무렵, 이에야스의 접대에 골몰해 있는 미츠히데에게 노부나가로부터 지시가 내렸다. 지금의 일에서 손을 떼고 즉시 빗츄에 가서 하시바 치쿠젠노카미 히데요시의 후군이 되라는 것이었다.

미츠히데는 그 통고를 다이호인에서 츠마키 카즈에노카미로부터 들었다.

'드디어 올 것이 왔구나……'

잠시 동안 휴게실에서 숨을 죽이고 움직이지 않았다. 아니, 움직이지 않았다기보다 움직일 수 없었다고 하는 편이 정확했다.

일단 좋지 않은 감정을 품게 되면 끝까지 집요하게 물고 늘어져 함정에 빠뜨리지 않고는 견디지 못하는 노부나가, 진작부터 미츠히데는 그 파도가 머지않아 몰려올 것을 마음 어딘가에서 두려워하며 기다리고 있었다……

'역시 내 눈은 정확했어……'

노부나가는 결코 분노를 그대로 잊어버린 것이 아니었다. 이에야스가 와 있기 때문에 일단 미츠히데에게 접대를 맡기고는 은밀히 기회를 노리고 있었다……

'이제 어떤 방법으로 대응해나갈 것인가……?'

미츠히데는 이에야스에게 인사도 하지 않고 그대로 자기 집으로 돌아왔다. 집에서는 사마노스케를 비롯하여 지자에몬, 쥬로자에몬, 덴고로, 타지마노카미 등이 통고문의 사본을 둘러싸듯이 하고 앉아 고민의 침묵 속에 빠져 있었다.

"결국 출전하게 된 모양일세."

미츠히데는 일동의 감정을 자극하지 않으려고 부드럽게 말하면서 상좌에 앉았다.

"성주님! 이것을 좀 보십시오. 이 통고문의 사본을…… 지나치게 우리 가문을 짓밟고 있습니다."

시오텐 타지마노카미가 통고문의 사본을 미츠히데의 무릎 앞으로 밀어놓으면서 으드득 이를 갈았다.

"타지마노카미, 그러면 못써."

미츠히데는 조용히 타이르고 그 사본을 촛불 앞으로 가져갔다.

—이번에 빗츄의 후방을 공고히 하기 위해 나도 가까운 시일 안에 출발한다. 다음의 각 장수들은 한발 먼저 현지에 도착하여 하시바

치쿠젠노카미의 지시에 따르도록 하라.

이케다 카츠사부로池田勝三郎
이케다 산자에몬池田三左衛門
호리 큐타로
코레토 휴가노카미
호소카와 교부 다이스케細川刑部大輔
나카가와 세베에中川瀬兵衛
타카야마 우콘高山右近
아베 니에몬安部仁右衛門
시오카와 호키노카미鹽川伯耆守

노부나가 수결手決

미츠히데는 조용히 읽어보고 나서 타이르듯 물었다.

"시오텐, 이 통고문에 대해 그렇게 분개할 것은 없지 않은가?"

"성주님!"

이번에는 후지타 덴고로가 나섰다.

"성주님은 아케치 문중의 대장이십니다. 우리 아케치 가문을 받드는 자는 쿄고쿠京極, 쿠츠키朽木말고도 오미, 탄바에 무수히 많습니다. 노부나가 공 휘하에서 우리 가문보다 상위는 에치젠의 키타노쇼北の庄에 칠십오만 석을 가진 시바타 슈리노스케 카츠이에柴田修理亮勝家밖에 없습니다. 이런 명문인 우리를 하찮은 다이묘에 지나지 않는 이케다나 호리 밑에 놓고 또한 한낱 졸개 출신에 불과한 히데요시의 지휘를 받으라니 분노하지 않을 수 있겠습니까?"

"글쎄, 기다리라니까."

미츠히데는 창백한 얼굴로 상대를 제지했다.

7

"전쟁이란 말일세, 가문이나 신분만으로 이길 수 있는 것이 아니야. 현재 하시바 치쿠젠노카미는 타카마츠 성을 수공水攻하여 점령 직전에 있는 것 같아. 그렇다면 그곳에서는 하시바를 내세워 그의 뜻대로 싸우도록 하는 것이 도리라고 생각하지 않나?"

미츠히데도 실은 자기가 가신들보다 더 분개하고 있다는 것을 느끼고 있었다. 그러면서 이마에 흐르는 땀을 그대로 두고 계속 설득했다.

"이케다나 호리보다 밑에 이름이 씌어 있다고 해서 분노한들 무슨 소용이 있겠나. 세상에는 주군이 주군답지 않더라도 가신은 가신다워야 한다는 말이 있지 않은가. 그대들은 각자 자기 고장으로 돌아가 분부대로 시행하여 전쟁터에서 공을 세움으로써 우리 가문의 존재를 과시하도록 하게."

"그럼, 이유도 없이 접대역을 면직당했는데도 분하시지 않다는 말씀입니까?"

"그것과 이것은 별개 문제야. 우다이진은 우리 주군이시지 않는가?"

"뿐만 아니라……"

덴고로는 다시 무릎걸음으로 한 걸음 앞으로 나왔다.

"여러 사람 앞에서 란마루에게 수치를 당하신 것을…… 성주님이…… 성주님이 그 때문에 발을 저시게 된 것을 우리가 모르고 있는 줄 아십니까?"

미츠히데는 섬뜩했으나 곧 웃음을 떠올렸다.

"그것은 착각일세. 발을 다친 것은 내가 실수해서 계단을 잘못 디뎠기 때문이야. 사자를 너무 오래 기다리게 할 수는 없어. 객실로 돌아가 통고문에 도장을 찍기로 하세."

미츠히데가 자리에서 일어나자 사마노스케가 잔뜩 입술을 깨물고 그 뒤를 따랐다.

객실에는 사자로 온 아오야마 요소가 벌써부터 기다리고 있었다.

“기다리게 해서 미안합니다.”

미츠히데는 요소의 날카로운 눈길을 피하듯이 눈을 내려뜨고 앉아 산보三方° 위에 놓인 통고문을 펼치고 도장을 찍었다.

“통고문의 취지는 잘 알았으니 다음 말씀을 듣고 싶군요.”

“휴가노카미 님, 이번 접대역에 노고가 많았다고 주군께서는 자주 가신들에게 말씀하시고 계십니다. 교체한 것은 부득이한 사정 때문이니 곧 영지로 돌아가 준비하도록 하십시오.”

미츠히데는 이때 비로소 자신이 얼마나 격분해 있는가를 깨달았다. 아오야마 요소의 말이 호의에서 나왔다고 생각하면서도 동정하는 상대의 그 말이 도리어 분노를 자극했다.

“그것은 주군의 말씀이오, 아니면 그대의 말이오?”

“무슨 말씀을 하십니까, 주군께서 하신 말씀을 들은 것은 물론 이 요소입니다마는.”

“쓸데없는 말, 삼가시오. 갑작스런 역할 교체로 나는 바쁘게 됐소.”

아오야마 요소는 얼굴빛이 바뀌더니 통고문을 가만히 품속에 넣고 자리에서 일어섰다.

“그럼, 실례하겠소.”

사마노스케가 그를 배웅했다. 미츠히데는 그대로 앉아 눈앞에서 흔들리는 불빛을 가만히 바라보고 있었다. 일족과 가신들을 위해 어떤 굴욕이라도 참으려고 결심했다. 그런데도 온몸의 피가 들끓으며 역류하는 것이 생생하게 느껴졌다.

‘무엇 때문에……?’

미츠히데는 노부나가의 마음을 자기 나름으로 해석하고 스스로 괴로워하고 있었다.

이때 또다시 불길한 소식이 전해졌다. 하인들이 접대역의 교체에 격분하여 남아 있는 요리와 생선, 고기는 말할 것도 없고 조리대까지 모두 다이호인의 도랑에 던져넣었다는 소식이었다.

8

"뭐라구, 남은 요리를 모두 도랑에?"

눈을 치뜨고 달려온 나미카와 코하치로並河小八郎로부터 보고를 받은 미츠히데는 눈앞이 캄캄해졌다.

'이건 아니다!'

주군인 자기가 아무리 참는다 해도 이젠 절망이었다. 이런 무더위에 남아 있는 밥과 반찬을, 날생선 날고기를 도랑에 던져넣었다면 내일 오후에는 아즈치 전체가 온통 썩은 냄새로 뒤덮일 것이다.

이에야스에게 실례가 되는 것은 물론이요, 우다이진 노부나가의 머리에 분뇨를 끼얹는 것과 다름없는 일이었다. 그 성질 급한 노부나가는 말을 타고 달려와 단숨에 미츠히데의 목을 날려버릴 것이 분명하다.

'그렇구나, 그런 짓을……'

지금이 낮이라면 무슨 핑계를 대든 치울 방법이 없지 않겠으나, 밤에 귀빈의 숙소에 일꾼들을 들여보낸다는 것은 생각지도 못할 일이었다.

'미츠히데의 운명이 이런 데서 무너지기 시작하다니……'

미츠히데는 불을 하나만 남기고 모두 끈 뒤 거실의 문을 열어놓으면 혹시 누군가가 숨어들어와 자기를 찔러버리지 않을까 하는 생각까지도 했다. 그 소식을 듣고 중신들 가운데 반은 현장으로 달려갔으나, 묘안이 있을 리 없다.

이때 사자로 아오야마 요소가 또다시 나타났다. 미츠히데의 얼굴에는 이제 전혀 핏기를 찾아볼 수 없었다.

지금 미츠히데가 택할 길은 하나밖에 없었다. 노부나가와 이에야스에게 자신의 부주의함을 사죄하기 위해 자결하고, 아들 쥬베에 미츠요시에게 가문만은 잇게 하는 것. 그러나 노부나가에게 밉게 보이기 시작한 미츠히데의 아들이고 보면……

아오야마 요소는 미츠히데가 들어가자 환하게 웃는 얼굴로 입을 열었다.

"기뻐해주십시오, 휴가노카미 님. 이번에 이즈모出雲, 이와미石見 등 두 곳을 하사하신다는 말씀이 있었습니다."

그리고는 사령장을 내놓았다.

"예? 지금 무어라 하셨소, 아오야마 님?"

"이즈모, 이와미 두 곳을 더하여 산인도山陰道 지방을 모두 휴가노카미 님에게 내리신다고 하셨습니다."

"고마우신 은혜……"

미츠히데는 똑바로 사자를 바라보고, 정중히 고개를 숙였다.

순간 아들 쥬베에에게 가문을 물려주려던 희망도 사라졌다고 생각했다. 두 고장을 하사받는 것은 고마운 일이었으나, 그런 뒤 옛 영지인 탄바와 오미를 빼앗을 생각일 것이라는, 미츠히데 나름의 계산이었다.

"아시겠습니까, 주군께서는 이번에 휴가노카미 님의 임무를 교체하게 된 것을 유난히 마음 아파하고 계십니다. 곧 영지로 돌아가셔서 출전 준비를 서둘러 주십시오."

"잘 알겠소."

아오야마 요소가 일어서자 이번에는 미츠히데가 직접 현관까지 배웅했다.

사자의 뒷모습이 집 밖으로 사라지는 순간 미츠히데는 크게 어깨를 떨면서 주위를 둘러보았다. 내일 오후 썩은 냄새로 뒤덮일 아즈치 거리. 아무래도 더 이상 이곳에는 머물 수 없다. 그런 자기가 아들에 대한 상속이 절망적이라는 것을 알고, 또 노부나가에게 미움받는다는 것을 알면서도 계속 살아 있으려면 그 선택의 폭은 점점 좁아진다……

'모반……'

다시 한 번 미츠히데는 주위를 가만히 둘러보았다.

전날 밤의 향연

1

아즈치 성 3층에 있는 노부나가의 거실에는 호수를 건너오는 바람이 쉬지 않고 서쪽에서 동쪽으로 불고 있었다. 그래도 몸에서는 계속 땀이 흐르고 있었다.

노부나가는 홑옷의 가슴을 풀어헤치고 하세가와 치쿠마루長谷川竹丸가 펼쳐놓은 타카마츠 성의 배치도를 들여다보면서 때때로 직접 붉은 줄을 그려넣고 있었다. 그 곁에는 모리 란마루, 보마루坊丸, 리키마루力丸 삼형제 외에 오가와 나루헤이小川愛平, 타카하시 토라마츠高橋虎松, 카나모리 요시토金森義人 등의 시동이 대령해 있고, 그 뒤에 일부러 불러낸 츠다 겐쥬로津田源十郎, 카토 효고노카미賀藤兵庫頭, 노노키 마타에몬野野木又右衛門, 야마오카 츠시마노카미山岡對馬守 등의 장년壯年들도 가끔 이마의 땀을 닦으면서 앉아 있었다.

"알겠지, 내가 없는 동안 절대로 방심하면 안 돼."

노부나가는 무언가 다른 생각을 하고 있었는지 혼잣말처럼 중얼거렸다.

"본성에는 츠다, 카토, 노노키, 토야마, 요기世木, 이치하시市橋, 쿠시다櫛田가 머물면서 지키도록. 또 둘째성은 가모蒲生, 키무라木村, 운린인雲林院, 나루미鳴海, 소후에祖父江, 사쿠마 요로쿠로佐久間與六郎, 그리고 후쿠다福田, 치후쿠千福, 마루모丸毛, 마츠모토松本, 마에바前波, 야마오카山岡 등이 굳게 지켜 소홀함이 없도록 하라."

"예."

모두 입을 모아 대답했다. 노부나가는 대답소리도 반은 귀에 들어오지 않는 듯—

"아오야마 요소는 아직 돌아오지 않았느냐?"

란마루에게 물었다. 란마루는 얼른 일어나 거실 밖으로 나갔다가 잠시 후 급히 돌아왔다.

"방금 돌아와 땀이 밴 옷을 갈아입고 계십니다."

"뭐, 옷을 갈아입고 있어? 예의를 차릴 줄 아는군."

앞에 놓인 배치도를 둘둘 말아 리키마루를 시켜 선반에 올려놓도록 했을 때, 아오야마가 들어왔다.

"아오야마 요소, 지금 돌아왔습니다."

"수고가 많았다. 그래, 미츠히데는 사카모토 성으로 돌아갔느냐?"

"예. 오늘 아침 일찍 일족을 데리고 출발했습니다."

"알겠다. 대머리 녀석도 영지 두 군데를 더 주었으니 이젠 마음이 풀렸을 테지…… 신경이 너무 예민해서 다루기가 힘들어……"

말하다 말고 노부나가는 갑자기 코를 벌름거렸다.

"아오야마, 그대가 들어오자 이상한 냄새가 나는 것 같아."

그리고는 자기 홑옷의 냄새를 맡아보기도 하고 고개를 가로젓기도 했다.

"묘한 냄새야, 생선이 썩는 것 같은."

"황송합니다마는……"

요소도 이맛살을 찌푸렸다.

"하도 이상한 냄새가 나서 옷을 갈아입고 왔습니다마는, 아직 몸에 배어 있는 것 같습니다."

"무슨 냄새일까, 이것은?"

"예. 휴가노카미의 부하들이 먹다 남은 음식을 여기저기 버리고 가서 호리 님과 상의하여 그것을 치우고 도쿠가와 님의 숙소를 호리 님의 집으로 옮기도록 했습니다."

"뭣이, 대머리의 부하들이 남은 음식을 도랑에 버렸다는 말이냐?"

"그 때문에 다이호인 부근은 썩은 냄새가 가득하여……"

요소가 겁먹은 소리로 여기까지 말했을 때였다.

"와하하하……"

노부나가가 반라의 몸을 흔들며 웃었다.

"대머리 녀석, 정말 어처구니가 없어. 너무 기쁜 나머지 이 더위도 잊어버리고 떠났군. 그러나저러나 이 지독한 냄새…… 이에야스도 이 냄새에는 손을 들었을 거야."

벼락이 떨어질 줄 알고 잔뜩 겁을 먹고 있던 아오야마 요소는 저도 모르게 안도의 숨을 내쉬고 이마의 땀을 닦았다.

2

"이런 일이 다른 때 생겼다면 용서할 수 없지. 좌우간 그 때문에 거리에서는 코도 들고 다지지 못할 정도로 악취가 풍기겠군."

"예…… 예."

"어쨌든 좋아. 서둘러 출전준비를 하다보니 접대가 소홀해졌어. 그 점에 대해서는 내가 이에야스에게 사과하겠다. 그래, 숙소를 곧 큐타로의 집으로 옮겼다는 말이지?"

노부나가는 무슨 생각을 했는지 뜻밖에도 전혀 화를 내지 않았다.

"오늘 하루뿐이니 소홀함이 없도록 하게. 내일 소켄 사에서 접견할 것이니…… 참, 그대가 다시 한 번 이에야스를 찾아가 미츠히데의 실수를 사과하게. 워낙 나사가 빠진 자라서 출전하게 됐다는 것을 알고 그런 실수를…… 하고 말하면 이에야스도 웃어넘기고 말 테지."

"예."

"즉시 다녀오게."

"예…… 예."

"어째서 바로 일어나지 않는 건가, 아직 할말이 남았는가?"

"예, 실은 휴가노카미 님이……"

"대머리가 어쨌다는 말이냐?"

"휴가노카미 님 자신의 생각은 어떤지 모르나 가신들은 이번의 직무 교체를 매우 불만스럽게 여기고……"

"하하하, 알고 있네. 그들은 모두 여자들처럼 속이 좁아. 그러니 처음에는 중상이니 좌천이니 또는 질투니 하고 망상을 했을 테지. 그것을 잘 알고 있어서 전쟁이 끝나면 두 곳의 영지를 주겠다고 한 거야. 지금쯤은 아마 불만을 풀고 어떻게 하면 공을 세울까 하고 머리를 싸매고 있을걸. 걱정할 것 없다."

"과연 그럴까요?"

"그럴까요라니, 어젯밤 그 말을 자네가 전했을 때 대머리는 일부러 현관까지 나와 배웅했다고 하지 않았느냐?"

"예, 그것이 좀 마음에 걸립니다."

"뭐가…… 뭐가 마음에 걸린다는 말이냐?"

"일부러 배웅까지 하고 나서 남은 음식을 모두 도랑에 버렸다는 점이 납득되지 않습니다."

"요소!"

"예."

"그대가 다시 한 번 다이호인에 가서 승려들에게 물어보도록 해. 아마 그것은 그대가 사자로 가기 전의 일이었을 게야. 대머리가 화를 잘 낸다는 것은 널리 알려진 일. 그만 화가 나서 부하들에게 경솔한 짓을 못하도록 타이르는 것도 잊고 다이호인을 떠났을 것이다."

"그렇겠군요……"

"대머리가 다이호인을 나왔다, 그리고 직무가 바뀌었다는 것을 알게 된다, 주군을 생각하는 어리석은 자들이 그것이 충성인 줄 알고 남은 음식을 모두 내다버린다…… 어쩌면 대머리는 그런 줄도 모르고 그대로 번들거리는 머리를 흔들며 사카모토 성으로 출발했는지도 모르지."

그 말을 듣고 보니 아오야마 요소도 정말 그럴지 모른다는 생각이 들었다.

"조사해보고 만일에 음식을 버린 것이 영지를 주고 난 후의 일이었으면 다시 나에게 알리게. 그렇지 않다면 염려할 것 없어. 큐타로에게 말해 내일 일에 실수가 없도록 거듭 주의하도록 일러라. 고로자에몬과 조고로藏五郎(하세가와 치쿠마루), 쿠로에몬九郎右衛門(스가야菅谷)에게는 내가 충분히 말해놓겠다."

"잘 알겠습니다."

노부나가가 이렇게까지 분명하게 말하지 않았다면, 요소는 두 번이고 세 번이고 미츠히데의 마음을 분석해보았을 것이다.

아오야마 요소가 다이호인에 가서 알아본 결과, 노부나가의 말대로 남은 음식을 버린 것은 두 영지를 주겠다고 하기 전의 일이었으며, 그 때문에 경거망동한 부하들이 호되게 꾸중을 당했다는 것도 알았다. 요소는 안심하고 악취 때문에 서둘러 호리의 집으로 옮긴 이에야스를 찾아갔다.

3

이에야스는 요즘에 와서 부쩍 살이 찐 몸을 더위와 악취로 인해 주체하지 못하고 있었다. 물론 옷을 벗거나 아무렇게나 드러눕는 이에야스가 아니어서, 다이호인과는 비교도 안 되는 소박한 서원풍인 방에서 자세를 바로 하고 앉아 부채질을 하고 있었다.

"타다츠구, 오늘은 우다이진 님이 산에서 내려오시지 않았으면 좋겠네."

"어째서입니까?"

사카이 타다츠구 역시 아침부터 수없이 피워올리는 침향沈香의 연기에 진절머리가 났다. 그의 코 주위에는 거무스레하게 그을음이 고리를 그리고 있었다.

"우다이진 님이 산 위에 있기 때문에 무사한 거야. 만일 거리로 나오시기라도 한다면 아케치 님이……"

"아, 그 말씀이로군요. 명심해야 할 일입니다. 설마 나중에 이런 일이 생길 줄 알고 버린 것은 아닐 테지만……"

이에야스는 흘끗 눈가에 웃음을 떠올리고 혼다 헤이하치로와 오쿠보 타다치카를 돌아보았다.

"아케치 님은 하시바 님의 지휘 아래 일하는 것을 달갑지 않게 여길지도 모르니."

그 말이 모두에게 당장에는 이해되지 않는 모양이었다. 이에야스도 그 이상 이 일에 대해서는 말하지 않았다.

다만 서남풍이 불어올 때마다 시원하기보다는 코를 막아야 하는 악취 때문에 서로 얼굴을 마주보며 쓴웃음을 짓고 있을 뿐이었다. 이때 아오야마 요소가 찾아와서 노부나가의 말을 전했다.

"허어, 그렇다면 우다이진 님도 알고 계신다는 말씀이오?"

이에야스는 악취에 대해 알고 있으면서도 노부나가가 화를 내지 않았다는 것을 이상하게 생각했다.

'빗츄의 전투에 여간 신경을 쓰고 있지 않는 모양이다.'

사실 타키가와 카즈마스는 칸토의 우마야바시廐橋에 머물러 있고, 시바타 카츠이에와 삿사 나리마사佐佐成政는 엣츄에서 우오즈 성魚津城을 포위하고 싸우는 중이었다.

노부타카는 아와阿波를 건너려고 사카이를 떠났으며, 노부오信雄는 이세伊勢에 머물러 있어야 했다. 그러므로 그 많은 병력으로도 부족한 듯한 감이 없지 않았다.

'그렇다면 꾹 참아야 하는 것이 아닐까……'

문제의 악취가 겨우 아즈치 거리에서 사라지게 된 것은 노부나가가 직접 이에야스를 위해 위로의 연회를 열게 된 18일 아침이었다.

그날 아침 이에야스는 다이묘급의 가신 20여 명과 아나야마 바이세츠를 대동하고 소켄 사로 향했다.

일행이 도착했을 때는 이미 노부나가가 와서 기다리고 있었다.

"오오 도쿠가와 님, 잘 오셨소. 자, 오늘은 이 노부나가가 직접 환대하리다."

그리고는 얼굴에 환한 미소를 떠올리며 손을 잡아 좌석으로 안내하고 직접 이에야스 앞에 상을 놓았다.

노부나가가 이렇게 한 일은 일찍이 없었다. 그런 만큼 당사자인 이에야스는 물론 접대를 맡은 니와 고로자에몬, 호리 큐타로, 하세가와 치쿠마루 등은 도리어 잔뜩 긴장했다. 다만 도쿠가와의 가신들이 자기 주군을 더욱 존경하며 마음으로부터 감격한 것은 말할 나위도 없다.

요리는 당시로서는 최고 사치를 다해 다섯 상이나 나왔다.

이윽고 연회가 끝났을 때 노부나가는 일동을 직접 안내하여 아즈치 성을 구경시켰다.

산꼭대기에 세워진 7층의 호화찬란한 성의 웅장함은 그들 모두의 간담을 서늘하게 만들었다. 구경이 끝나자 이번에는 3층에 있는 넓은 방에서 도쿠가와의 가신들에게 직접 옷을 두 벌씩 선사했다. 한 벌은 집에서 기다리는 아내에게 주는 선물이라는 얄미울 정도로 세심한 배려를 했다.

4

거창한 향연은 이튿날인 19일에도 계속되었다.

그날도 장소는 소켄 사였는데 전날에 못지않은 화려한 식탁이었고, 주연이 끝나자 이번에는 코와카 하치로쿠로 다유幸若八郎九郎大夫의 노가쿠能樂°를 감상했다.

마침 이때 쿄토에서 코노에 사키히사近衛前久가 와 있어서 노부나가와 이에야스는 사키히사와 나란히 정면의 상석에 앉았다. 그런데 코노에 사키히사는 번번이 노부나가의 기색을 살피는 것처럼 보여, 이에야스는 일부러 시골뜨기를 가장하여 되도록 노부나가의 신경을 건드리지 않으려 했다.

그래도 노부나가는 때때로 이런 말을 하기도 했다.

"언젠가는 둘이서 이렇게 태평한 날을 즐길 때가 올 것이라 생각했는데 드디어 그날이 왔군."

그리고 이렇게 내뱉기도 했다.

"내 앞이라서 다른 때보다 배우가 굳어져 있군."

코와카 다유의 춤이 무척 노부나가의 마음에 들었던 모양이다. 「타이숏칸大織冠」°의 두번째 춤마당인 덴카田歌가 끝나자 노부나가는 이에야스에게 물었다.

"어떻습니까, 하마마츠 님?"

"아주 놀랍습니다. 황홀하여 그만 넋을 잃을 뻔했습니다."

이에야스는 대답했다.

"좋아, 다유를 이리 불러라. 상을 내리겠다."

노부나가는 곧 세 사람 앞에 코와카 다유를 불렀다.

"정말 훌륭했다. 이 자리에서 상을 주겠다."

그리고는 황금 열 냥을 주고 호탕하게 웃었다.

그 다음에는 탄바의 사루가쿠猿樂° 명인 우메와카 다유梅若大夫가 「하고로모羽衣」°를 추기 시작했다. 그런데 노부나가의 눈썹이 바르르 떨렸다.

우메와카 다유는 예전부터 노부나가의 신경질에 대해 미츠히데에게 필요 이상으로 많은 이야기를 듣고 있었다. 그런데 무대에 서고 보니 노부나가가 정면에서 쏘는 듯한 날카로운 눈으로 자기를 노려보고 있었다. 순간 춤사위가 어색해지고, 당황하다 보니 그만 다음 차례를 잊어버렸다. 그런 일이 몇 번 되풀이되었다.

겨우 춤이 끝났을 때.

"자꾸 잊어버리다니 어찌 그럴 수가 있느냐…… 우메와카를 불러라!"

노랫소리보다 몇 배 더 큰 소리가 주위를 진동시켰다.

이에야스는 문득 노부나가가 우메와카를 베어버리지 않을까 하는 생각이 들었다.

'이 경사스런 자리에서 사원을 피로 물들여서야……'

이런 생각이 들어 일부러 감탄하는 듯이 신음해 보였다.

"참으로 놀랍습니다! 과연 소문이 거짓이 아니군요."

그 말은 노부나가의 어깨를 꿈틀 떨리게 하고 이어서 거친 숨소리를 잠재우게 만들었다.

창백해진 우메와카 다유는 란마루에게 끌려 앞으로 나왔으나 노부나가를 쳐다볼 기력조차 없어 보였다. 거미처럼 납작 엎드려 부들부들 떨고 있었다.

"우메와카! 너에게도 상을 내리겠다. 자, 여기 있다."

전과 마찬가지로 황금 열 냥을 내던지듯 앞에 놓고 노부나가는 다시 코와카 다유를 큰 소리로 불렀다.

"다시 한 번 춤을 추어라."

이에야스는 안도의 숨을 내쉬었다. 노부나가의 노한 목소리를 듣고 코노에 사키히사까지도 부들부들 떨고 있었다.

'이 목소리는 이미 우다이진의 것이 아니다……'

이에야스는 생각했다.

"하마마츠 님은 유난히 노가쿠를 즐기는 것 같군요. 저런 우메와카조차 칭찬하니 말이오."

"그렇습니다. 그 정도의 재주도 우리로서는 좀처럼 접하기가 힘드니까요."

"그래요? 그렇다면 춤을 보여드린 보람이 있었군요. 자, 다시 한 번 코와카의 것을 보시도록 하시오."

노부나가는 겨우 기분이 풀린 것 같았다. 그래도 아직 떨면서 무대를 내려가는 우메와카를 노려보는 눈은 매와 같았다.

5

이에야스를 위한 대대적인 향연은 20일까지 사흘 동안이나 계속되었다.

사실은 병력이 부족해 코후에 있는 장남 노부타다를 불러들여 츄고쿠에 출전시킬 계획이어서 그 도착을 기다리기 위해서이기도 했다. 그러나 노부나가 자신은 왠지 이에야스와 헤어지기 싫은 감정도 있었던 모양이다.

사흘째인 20일에는 장소를 코운 사高雲寺로 옮겼다. 그곳에서 노부나가는 반쯤 장난삼아 이에야스의 상을 직접 가져왔다.

"그런데 하마마츠, 둘이서 이처럼 마음을 터놓고 만날 날이 다시 있겠소, 없겠소?"

이에야스는 이때 상대의 정겨워하는 마음에 말려들어 섣불리 웃어서는 안 된다고 자신을 채찍질했다.

"당치도 않은 말씀을 듣게 되는군요. 이미 천하는 거의 평정되었습니다. 다음에는 부디 쿄토에서 잔치를 베풀어주십시오. 이 이에야스도 결코 수고를 아끼지 않겠습니다."

"아니, 이거 한 방 얻어맞았군요."

노부나가는 손수 술병을 들고 송구스러워하는 이에야스의 잔에 억지로 술을 따랐다.

"빗츄의 일만 없다면 이 노부나가가 직접 쿄토와 나라奈良, 사카이 등지로 같이 구경갈 생각이었으나 코후에서 노부타다가 왔으니 쿄토까지는 노부타다를 딸려 보내지요."

"고맙기 이를 데 없습니다."

"쿄토에는 내일 출발하시지요. 미츠히데로부터 이야기를 들었는데, 출전에 대한 일은 구경을 끝내고 돌아가서 해도 늦지 않아요. 오사카, 나라, 사카이, 그 밖의 곳은 하세가와 치쿠마루, 쿠나이쿄 호인宮內卿法印(마츠이 유칸松井友閑) 등에게 안내하도록 하여 절대로 불편이 없도록 하겠소. 그러면 오늘은 잠시 이별하는 날, 이 노부나가도 취할 테니 하마마츠 님도 취해보시오."

그날의 요리도 훗날 '아즈치 식단'이라 불리게 된, 당시로서는 전대미문의 호화로운 것으로 다섯 상이나 되었다.

이날의 접대에서는 양가의 가신들도 완전히 마음을 트고 저녁 때까지 연회가 이어졌다. 그리고 각자 '장기 자랑' 까지 하며 전에 없이 흥겨운 분위기였다.

연회가 끝난 것은 저녁 여섯 점(오후 6시)이 되기 전이었다. 노부나가는 이에야스를 직접 코운 사 현관까지 배웅 나왔다.

"반딧불을 구경하면서 천천히 걸어가는 것도 흥취가 있을 것이오. 이 노부나가의 성에는 하마마츠 님에게 위해를 가할 자는 절대로 없을 테니까."

밝은 소리로 웃으며 말했고, 사실 악취가 사라진 거리 여기저기에서 반딧불이 유유히 날아다니고 있었다.

이에야스는 정중하게 절하고 현관을 나와 다시 한 번 뒤돌아보았다. 아직도 노부나가가 서 있는 것만 같아 돌아다보지 않을 수 없었다. 돌아다보고 눈길이 마주치자 두 사람은 동시에 미소지었다.

"그로부터 삼십오 년이 지났구려. 지금 그것을 손꼽아보고 있던 중이오."

"예, 참으로 긴 세월이었습니다……"

이에야스는 다시 한 번 고개를 숙였다.

그로부터……란 두 사람이 처음 만난, 이에야스가 여섯 살 때의 일을 말하는 것이었다.

'삼십오 년, 그동안 이 사람과 용케도 마찰을 일으키지 않고 지내왔구나……'

두 사람이 동맹한 지도 벌써 21년이나 되었다.

"그럼, 건강한 몸으로 여행하시기를……"

"안녕히 계십시오."

이것이 이 세상에서 두 사람이 마지막으로 나눈 대화.

이에야스는 천천히 절을 나서고, 노부나가도 성으로 돌아갈 준비를 하라고 큰 소리로 명하고 있었다.

이에야스는 마흔한 살.

노부나가는 여덟 살 위인 마흔아홉.

텐쇼 10년(1582) 5월 20일의 밤이었다.

6

미츠히데를 맞이한 오미의 사카모토 성에서는 거의 철야하다시피 중신들이 회의를 계속하고 있었다.

성주 대리인 아케치 미츠카도 뉴도 쵸칸사이明智光廉入道長閑齋를 비롯하여 오쿠다 쿠나이 카즈우지奧田宮內一氏, 미야케 시키부 히데토모三宅式部秀朝, 야마모토 츠시마노카미 카즈히사山本對馬守和久, 스와 히다노카미 모리나오諏訪飛驒守盛直, 사이토 쿠라노스케 토시미츠齋藤內藏介利三, 이세 요사부로 사다나카伊勢與三郎貞中, 무라코시 산쥬로 카게노리村越三十郎景則 등이 새로 모였다. 그리고 아즈치에서의 사건을 알고 있는 사람들이 가담하여 노부나가의 속셈을 타진했다.

아케치 사마노스케, 시오텐 타지마노카미, 나미카와 카몬 등은 입을 모아 노부나가가 드디어 우리 가문을 궤멸시킬 결심임이 틀림없다고 증언했다.

"이즈모, 이와미 두 영지를 주겠다고는 하지만, 그것은 아직 적의 수중에 있는 것. 그곳에 출전하여 공격하고 있는 동안에 탄바와 오미의 옛 영지를 회수당한다면 부모와 처자가 기거할 곳마저 없어지게 될 것입니다. 오도 가도 못하는 입장이 되어, 사쿠마 노부모리나 하야시 사도노카미의 경우와 마찬가지로 아케치 가문을 멸망시키려는 계획임이 틀림없습니다."

이때 가장 이상한 사실은 아무도 오미와 탄바의 옛 영지를 빼앗겠다고는 하지 않았는데도—이즈모와 이와미 두 영지를 주겠다고는 했으나—그것이 이미 결정된 것인 양 논의되고 있다는 점이었다.

미츠히데는 그날 밤 거의 한마디도 하지 않았다. 날이 밝았다. 하루 종일 마음이 조마조마하여 침착할 수 없었다. 말로 형용할 수 없는 악취를 퍼뜨리게 한 책임을 추궁하기 위해 누군가가 아즈치에서 달려올 것만 같은 생각이 들어 견딜 수 없었다. 그러나 문책하는 사자는 끝내 오지 않았다.

20일 밤이 되어서야 비로소 미츠히데는 다시 중신들을 모았다.

"이제 우리 가문은 존망의 갈림길이라는 위기에 처했소."

무겁게 입을 열고 뚝뚝 눈물을 떨구었다.

"……내 말을 잘 들으시오. 가만히 앉아 자멸할 때를 기다리기보다 먼저 행동하면 제압할 수 있다는 옛말처럼, 우리가 먼저 군사를 일으키는 것밖에는 다른 방법이 없다고 생각하오. 이에 대해 그대들의 생각을 알고 싶소."

그때는 이미 모두 마음이 정해져 있었기 때문에 한 사람도 반대할 자가 있을 리 없었다.

"그렇다면 사마노스케, 지자에몬, 시오텐 타지마, 나미카와 카몬 이하 여러 장수들은 즉시 탄바의 카메야마 성으로 돌아가 아라키 야마시로노카미荒木山城守, 오키 고로효에隱岐五郞兵衛 등에게 이 뜻을 설명하고 오는 그믐날에 이즈모, 이와미 영지를 인수하러 간다고 하면서 모든 군사를 카메야마에 집결시켜놓으시오."

"그럼, 성주님은……?"

"나는 한발 늦게 사카모토를 떠나 돌아오는 길에 아타고야마愛宕山에서 참배하고 카메야마로 가겠소. 나의 뜻에 동의한다면 만사에 차질이 없도록 하시오."

이미 모반할 결심은 움직일 수 없는 기정사실이 되었다.

사카모토의 군사는 24일 우선 선발대를 탄바로 출발시켰다. 미츠히데는 그 이튿날 나머지 3,000여 군사를 거느리고 시라카와白河 너머에 있는 사가嵯峨의 샤카도釋迦堂 앞 가도로 나와, 그곳에서 군사를 오쿠다 쿠나이와 무라카미 이즈미村上和泉에게 인계하고 자신은 약간의 측근만 대동하고 아타고야마로 갔다. 표면적인 이유는 츄고쿠 출전의 승리를 기원하기 위한 것이었다. 그러나 사실은 서쪽에 있는 이토쿠인威德院의 암자로 코유보行祐房를 찾아가 100운韻의 렌가連歌°를 짓기 위해서였다.

'원하건 원하지 않건 노부나가와 천하를 다툴 수밖에 없다……'

이런 생각을 하는 순간 늙은 삼나무에 와닿는 햇빛과 이끼 낀 돌층계마저 미츠히데에게 무언가 중요한 말을 속삭이는 듯했다.

7

코유보는 렌가의 명인이었다. 그는 미츠히데가 찾아온다는 연락을 받고 쇼하紹巴 홋쿄法橋°, 쇼시츠昌叱 홋쿄, 신젠心前 홋쿄, 켄뇨兼如 법사, 죠겐보上元坊의 다이젠인 유겐大善院宥源 등 그 방면의 명인들을 불러들여 기다리고 있었다.

도중에 미츠히데는 신사에 참배했다. 그리고 오미쿠지御神籤°를 세 번이나 뽑았다. 그 모습에 코유보가 미소를 떠올렸다.

"휴가노카미 님답습니다. 하지만 세 번이나 뽑으시다니."

물론 미츠히데에게 들으라고 한 말은 아니었다. 그러나 이 모반자가 소심하고 신경질적이라는 것은 그 후에 이어지는 행동 하나하나에도 잘 나타났다.

그들은 이토쿠인에 모여 담담하게 세상 이야기를 나누며 노래를 짓기 위한 준비에 들어갔다.

서기는 미츠히데의 가신인 히가시 로쿠로베에東六郎兵衛가 맡기로 했다. 그는 와카와 렌가에도 솜씨가 있었으나 특히 필적이 뛰어난 사람이었다.

미츠히데가 먼저 첫 구절을 읊었다.

"때는 바야흐로 비내리는 오월이로다."

이어서 코유가 읊었다.

"물이 불어나는 정원의 여름 동산—"

쇼하는 왠지 깜짝 놀라는 것 같았다. 그러면서 입속으로 계속 미츠히데가 읊은 첫 구절을 반복하고 있었다.

"때는 바야흐로 비내리는 오월이로다…… 토키土岐(아케치)는 바야흐로 하늘이 내리는 오월이로다……"(일본어로 때는 토키時, 비와 하늘은 아메雨, 아메天)

문득 쇼하는 미츠히데의 태도가 다른 때와 다르다는 느낌이 들었다. 가끔 넋이 나간 듯 창밖의 바람소리에 귀를 기울이는가 하면 무의식적으로 부채를 폈다 접었다 하고 때로는 허공을 잔뜩 노려보기도 했다.

쇼하는 어릴 때부터 미츠히데를 잘 알고 있었다. 아니, 미츠히데보다 노부나가를 더 깊이 알고 있었는지도 모른다. 그런 만큼 두 사람이 같이 있는 자리에서는 언제나 무어라 말할 수 없는 어색한 분위기를 느끼고는 했다. 노부나가가 미츠히데를 다른 누구보다도 강하게 의식하고, 미츠히데는 그 이상으로 노부나가를 강하게 의식했다.

'두 사람 사이에 어떤 불행한 충돌이 생겨서는 안 되는데.'

이런 염려를 코유에게 말했다가 웃음을 산 일이 있었다.

"휴가노카미 님은 외곬이지만, 우다이진 님은 휴가노카미 따위는 염두에도 없을 것이오.”

“과연 그럴까요?”

그때는 이런 말로 끝내고 말았으나 오늘은 이상하게도 미츠히데의 그런 점이 마음에 걸렸다.

‘오미쿠지를 세 번이나 뽑고, 토키는 바야흐로 하늘이 내리는 오월……이라 하는가 하면……’

쇼하는 심중에 의아심을 그대로 간직한 채 코유의 시구.

“물이 불어나는 정원의 여름 동산―”

뒤를 받아 읊었다.

“꽃잎 떨어지는 연못의 물줄기를 막아.”

렌가는 계속해서 이어졌다.

이 모임에서 미츠히데가 읊은 것은 모두 열여섯 구절이었다.

끝날 무렵에 이르러 신젠 홋쿄가 읊었다.

“색깔도 향기도 취기를 돋우는 꽃나무 밑.”

미츠히데는 그 뒤를 이어 읊었다.

“고을마다 나날이 평화로워지는 때.”

그리고는 그 밑에 자기 아들 쥬베에 미츠요시의 이름을 적게 했다.

이 시구에서도 ‘때’ 라고 하여 ‘토키’ 를 암시했다.

‘아무래도 이상하다. 무언가를 생각하고 있는 것 같아……’

쇼하의 의문이 풀리지 않은 채 렌가는 끝났다. 그는 차를 마시고 나서 모두가 침소로 돌아갈 때까지 계속 미츠히데를 관찰했다.

8

잠자리에 들었는데 미츠히데는 갑자기 부엉이와 집비둘기의 울음소리가 귀에 거슬렸다.

'지금은 저것들이 우는 철이기는 하지만……'

이렇게 스스로를 납득시키려 했으나, 그 하나하나가 불길한 예감과 이어져 공연히 화가 치밀었다.

오늘 사가 들판의 샤카도 앞에서 얻은 정보에 따르면, 이에야스는 이미 상경하여 쿄토 구경을 끝내고 오사카를 향해 출발하고, 니와 고로자에몬과 호리 큐타로는 벌써 빗츄로 달려가고 노부나가도 29일에는 상경하여 혼노 사本能寺에 숙소를 정할 것이라고 했다. 거의 군사를 거느리지 않고 상경하는 노부나가.

'노부나가는 처치할 수 있을 것 같지만……'

그 뒤 곧바로 쿄토를 점령하여 천하에 포고를 내릴 것인지, 아니면 츄고쿠의 모리毛利와 손을 잡고 히데요시가 거느린 오다 군을 배후에서 먼저 공격할 것인지가 고민거리였다.

쿄토에서 천하에 포고를 내리고 있는 동안 히데요시와 모리가 연합하고 또 시바타, 삿사, 타키가와 등은 우에스기와 손을 잡고, 한편에서는 도쿠가와 군의 공격을 받게 될 것만 같은 생각이 들었다.

"제기랄!"

부엉이 울음소리에 짜증이 나서 저도 모르게 한마디 내뱉었을 때 옆방에서 자고 있던 쇼하가 말을 걸어왔다.

"휴가노카미 님, 왜 그러십니까? 악몽이라도 꾸셨습니까?"

미츠히데는 깜짝 놀라 온몸이 굳어졌다.

"내가 뭐라고 했나?"

"예, 매우 괴로워하시는 것 같았습니다."

"시간이 얼마나 됐을까, 홈통의 물소리가 조용해졌군."

미츠히데는 이렇게 말하고 슬쩍 덧붙였다.

"이번 출정에서 무사히 이기고 돌아오면 드디어 산인도가 내 손에 들어오게 돼. 내일 아침 일찍 시주를 하고, 다시 한 번 필승의 기원을 드리고 내려갈 생각이야. 자, 그대도 어서 자도록 해."

쇼하는 그 말에 입을 다물었다. 산인도가 내 손에 들어온다…… 그 때문에 긴장했다는 것을 알게 되었다.

이튿날 아침의 미츠히데는 뜻밖에도 명랑했다. 일어나자마자 신사에 참배하고는 황금 50냥과 돈 50관을 헌납하고 서쪽 암자에 50냥, 주인을 비롯한 렌가의 명인들에게는 각각 10냥씩, 그리고 아타고야마의 신사에 별도로 돈 200관을 기부했다.

"그럼, 개선한 뒤에 다시 만납시다."

미츠히데는 일동의 전송을 받으면서 유유히 산을 내려왔다.

산에서 내려온 뒤로 미츠히데는 신경질적이고 나약한 면은 보이지 않았다.

카메야마 성에 한발 앞서 돌아가게 했던 맏아들 쥬베에 미츠요시는, 아타고야마에서 렌가를 미츠요시의 이름으로 지었을 무렵부터 학질에 걸려 몹시 열이 나고 헛소리까지 하고 있었다. 그러나 그것에도 별로 신경 쓰지 않았다.

미츠요시는 표면적으로는 어디까지나 빗츄로 출전하는 것처럼 하고, 노부나가에 대한 습격은 1일 밤부터 2일 새벽에 감행하기로 하고 그 준비에 몰두했다.

준비를 끝낸 아케치의 군사 1만 1,000여 명이 '츄고쿠 출발 대열'을 갖추고 전군을 셋으로 나누어 카메야마 성에서 출발한 것은 1일 신시申時(오후 4시)였다.

제1대는 아케치 사마노스케 미츠하루를 대장으로 한 시오텐 타지마노카미, 무라카미 이즈미, 미야케 시키부, 츠마키 카즈에노카미 등의 군사 3,700.

제2대는 아케치 지자에몬 휘하의 후지타 덴고로, 나미카와 카몬, 이

세 요사부로, 마츠다 타로자에몬松田太郎左衛門 등의 군사 4,000천.

본진은 총대장 미츠히데의 지휘 아래 아케치 쥬로자에몬, 아라키 야마시로노카미, 아라키 토모노죠荒木友之丞, 스와 히다노카미, 사이토 쿠라노스케, 오쿠다 쿠나이, 미마키 산자에몬御牧三左衛門 이하 군사 3,200여 명.

대장을 제외하고는 모두 츄고쿠 출전인 줄 알고 떠나는 전열이었다.

혼노 사

1

노부나가가 모리 란마루 형제 등 근시 약 50명을 데리고 혼노 사에 들어간 것은 5월 29일 저녁 무렵이었다.

이미 일단의 여자들과 약 200명의 경호원들은 먼저 도착하여, 오후부터 내리기 시작한 비에 신경을 쓰면서 기다리고 있었다. 노부나가가 상경하면 언제나 공경公卿들이 야마시나山科까지 나와 마중했다. 그러나 그곳에서 오랫동안 형식적인 인사를 나누는 것을 노부나가는 아주 싫어했다.

'또 그 때문에 지체되고 비를 맞게 되는 것은 아닐까……?'

하루 먼저 혼노 사에 도착하여 이것저것 여자들을 지시하고 있던 노濃(노히메) 마님은 여간 마음이 쓰이지 않았다.

맏아들인 삼위중장三位中將 노부타다는 이미 이에야스를 안내하고 와서 묘카쿠 사妙覺寺에 머물러 있었다. 이에야스에게 하세가와 치쿠마루와 스기하라 시치로자에몬 이에츠구杉原七郎左衛門家次를 딸려 오사카에서 사카이로 떠나보내고 자신은 니죠 성二條城으로 옮기고 묘카쿠 사에는 동생인 겐자부로 카츠나가源三郎勝長(노부나가의 막내아들)를 대신 들여보냈다. 산시치로 노부타카三七郎信孝는 스미요시住吉로 출전하여 아와를 건너려 하고 있었다. 이로써 오다 형제는 아버지 노부나가가 상경하기를 기다렸다가 단숨에 츄고쿠를 공략하려는 태세를 갖춘 셈이었다.

그래서 쿄토에서는 가능한 한 허례허식을 피하고 속히 오다 부자의 출전을 진행하려 했다. 그러나 막상 쿄토에서 그렇게 하기란 결코 간단한 일이 아니었다. 무엇보다도 공경들이 노부나가를 두려워하여 정중하게 예의를 차리려 했다. 그들을 아무렇게나 대하고 나면 다음에는 더더욱 정중해졌다. 특히 이번에는 이에야스의 접대에 시일이 걸려 출전이 늦어지고 있었다.

노 마님이 일부러 여자들을 따라온 것은, 그 허례의 시간을 조금이라도 단축하려는 생각에서였다. 아니나다를까, 젖은 가마에서 내려 혼노사의 내전에 들어온 노부나가의 기분은 좋지 않아 보였다.

"무엇 때문에 그대까지 여기에 왔단 말인가?"

노 마님은 웃으면서 대답 대신 갈아입을 옷을 가져오라고 지시했다.

"세상 사람들은 그대를 괴물이라 부르고 있단 말이야."

"예. 종종 그런 험담을 듣곤 해요."

"여자란 말이지, 서른세 살이 지나면 뒷전에 들어앉아 여생이나 즐기고 있어야 해."

"예. 하지만 저는 아직 이십대로 보일걸요."

사실 노 마님은 나이보다 훨씬 젊어 보였기 때문에 옛날 일을 모르는 쿄토 사람들은 고작 서른 살 정도로밖에 보지 않았다. 그녀를 시녀의 우두머리쯤으로 생각하는 공경도 있었으나 노 마님은 그런 것에 전혀 개의치 않았다.

"쿠나이쿄 호인 님도 안 계시고, 초하룻날인 내일 인사를 하러 오겠다는 공경들의 이름은 여기 적어놓았어요."

"누구누구인가? 쿄토가 좋기는 하지만 그런 일이 귀찮아. 오늘도 많은 사람들이 야마시나까지 나왔더군."

"예. 코노에近衛 님 내외를 위시하여 쿠죠九條 님, 이치죠一條 님, 니죠二條 님, 쇼고인聖護院 님, 타카츠카사鷹司 님, 키쿠테이菊亭 님, 토쿠다이 사德大寺, 아스카이飛鳥井, 니와타庭田, 타츠지田辻, 칸로 사甘露寺, 사이온 사西園寺……"

노 마님이 손가락을 꼽아나가는데 노부나가는 참지 못하고 큰 소리로 중단시켰다.

"이제 그만! 오건 말건 내버려둬."

2

노부나가가 제지했는데도 노 마님은 상관하지 않았다. 다른 측근이나 시녀들은 노부나가가 일갈하면 언제나 입을 다물고 물러갔으므로 이 때문에 도리어 뒤처리가 늦어지고는 했다.

"귀찮으시더라도 아직 그 다음이……"

노 마님은 똑같은 어조로 손가락을 꼽으면서 계속 말했다.

"사이온 사 대사 다음이 산죠세이三條西, 코가久我, 타카쿠라高倉, 미나세水無瀨, 지묘인持明院, 니와타의 코몬黃門, 칸슈 사觀修寺의 코몬, 오기마치正親町, 나카야마中山, 카라스마루烏丸, 히로하시廣橋, 보죠坊城, 이츠츠지五辻, 타케우치竹內, 카잔인花山院, 마데노코지万里小路, 나카야마 중장中山中將, 레이제이冷泉, 니시노토인西洞院, 시죠四條, 온묘노카미陰陽頭……"

"알겠다니까……"

노부나가는 다시 일갈했다.

“쿄토의 공경들은 모두 들어 있군.”

“예.”

노 마님은 미소지었다.

“이미 장마철에 접어들었어요. 그래서 내일 접대에는 다과만 준비하라고 지시했어요.”

“그런 지시는 마음대로 내리는 게 아니야. 어쨌든 전쟁에는 전기戰機가 있다는 것도 모르는 양반들, 아부하는 것은 질색이야.”

“도중에 술을 내오라고 명하시지는 마십시오.”

“쓸데없는 간섭은 하지 말라고 했지 않아?”

“저녁에는 삼위중장(노부타다)과 겐자부로(막내아들)가 올 것입니다. 중장은 코후 이래 식사도 같이하지 못했다고 하니 부자가 한자리에 앉아 회포를 풀도록 하십시오.”

노부나가는 어이없다는 듯 혀를 찼다.

“괴물 같으니라구, 일일이 지시하려 드는군. 그렇다면 적당한 때에 아부꾼들이나 쫓아버리도록.”

“예, 충분할 정도로 환담이 끝났다고 생각되면 돌아가시도록 조처하겠어요.”

그날 밤 노부나가는 평소보다 일찍 잠자리에 들었다.

주룩주룩 내리는 빗소리가 깊은 해자로 둘러싸인 혼노 사의 숲을 감싸고, 모기장을 치는 여자들의 모습이 환상처럼 어렴풋이 아른거렸다.

노 마님은 노부나가가 잠들 때까지 옆에 앉아 남편의 모습을 지켜보고 있었다.

‘내가 나서지 않으면……’

이렇게 생각하면서도 지금은 남편과 자기 사이의 거리가 멀게 느껴졌다. 우다이진이라는 벼슬과 수많은 사람들의 추종이 두 사람의 거리를 벌려놓아, 결국은 서로를 보이지 않는 위치로까지 멀어지게 할 것만 같았다.

'옛 가신들도 틀림없이 이러한 점을 섭섭하게 생각할 것이다……'

노 마님은 자기를 노히메라 부르던 시절의 노부나가를 뇌리에 떠올리다가 마침내 자기도 잠에 빠져들었다.

날이 밝으면 드디어 6월 1일.

넉 점(오전 10시) 무렵부터 어제 예약해놓았던 공경들이 속속 객실에 모여들기 시작했다. 비는 여전히 오락가락하고 있었다.

노부나가는 걱정했던 것만큼 불쾌해하지는 않았다. 진상품은 모두 되돌려주었으나 시동에게 차를 끓이게 하고 교토의 여름 행사 등에 대해 재미있게 이야기를 나누고 있었다. 아마 저녁부터 다른 사람들을 물리고 부자끼리 술잔을 나누게 될 일이 흐뭇했기 때문일 것이다.

물론 노 마님은 그와 같은 공식적인 자리에는 거의 모습을 나타내지 않았다.

3

공경과 승려 등 수많은 방문객들이 돌아가기 시작한 것은 일곱 점(오후 4시) 무렵부터였다.

그들은 한결같이 노부나가를 호탕하다고 했으나, 실은 신경질적이고 의심 많은 대장으로 여기는 것 같았다. 그런 만큼 섣불리 먼저 돌아갈 수 없었다. 만일 그렇게 한다면 겉으로는 어떨지 모르나 뒷일이 두려웠다.

'저 녀석, 이 노부나가를 우습게 보고 있다.'

이렇게 지목당하면 틀림없이 어느 경우에든 보복을 받을 것 같았다.

그런 생각들 때문에 오늘 저녁에는 노부타다가 찾아와서 부자가 전투에 대해 상의할 것이라는 말이 전해지기까지 아무도 자리를 뜨려 하지 않았다.

적당한 시간이 되었을 때 란마루의 동생 보마루가 들어와 물었다.

"삼위중장님이 지금 건너와도 좋겠는지 여쭈어보라는 분부가 계셨습니다."

그때 비로소 사람들은 일어서기 시작했다. 물론 이것은 노 마님의 지시였으나 노부나가는 별로 불쾌한 기색을 보이지 않았다.

"그래, 이제 들어와도 좋다고 중장에게 전하여라."

노부나가는 모두에게 말했다.

"모리를 무찌른 뒤 다시 열병식이라도 보여드리지요."

이렇게 웃는 낯으로 돌려보냈다.

그때는 비가 개어 혼노 사의 숲 위로 푸른 하늘이 보이고 있었다.

노부나가는 일단 옷을 갈아입고 객실의 높은 회랑에 서서 두 아들의 도착을 기다렸다.

"이 회랑도 이미 낡았군. 힘껏 밟으면 꺼질 것 같아."

일부러 썩어가는 마루를 밟아보기도 하고 낡은 난간의 조각을 바라보기도 했다.

'역시 자식을 만나게 되어 기쁜 모양이다……'

노 마님은 쓸쓸한 기분이 들었다. 아들이 없는 여자는 남편밖에 기댈 곳이 없다. 그런데도 남편은 어느 틈에 아내의 손길이 닿지 않는 구름 위로 날아오르려 하고 있다……

"노……"

"예."

"오늘은 노부타다와 겐자부로의 부하에게도 술을 주도록."

"예."

"내일이면 이미 전쟁터에 나가 있을 몸, 오늘 밤만은 나도 느긋한 마음으로 술을 즐기고 싶군."

"저도 그런 자리에 끼고 싶군요."

"하하하, 좋아, 좋고 말고. 시동들에게도 오늘은 마음껏 마시라고 하구려."

"그렇지만……"

"왜, 불만이라도 있소?"

"여기는 성이 아닙니다. 부자와 우리 여자들까지는 괜찮다고 해도 시종들에게까지는……"

"안 된다는 말이로군, 와하하하……"

"옛날의 성주님이 아닙니다. 나중에 이런 일이 관행이 될지도 모릅니다."

노부나가는 자못 우습다는 듯이 노 마님을 바라보았다.

"하하하, 그대는 역시 여자로군. 만일 내 목숨을 노리는 자가 있더라도 시종이 취하고 취하지 않는 것에는 좌우되지 않소. 혼노 사는 요충지가 아니오. 그리고 지금 내 주변에는 아무런 병력도 없소. 걱정할 것 없소. 만취해서 정신을 잃을 정도로는 하지 못하게 할 테니."

'옛날과는 달라졌어!'

노 마님은 고개를 떨구고 입을 다물었다.

4

노부타다와 겐자부로 형제는 서로 상대의 도착시각을 계산하고 있었던 것처럼 들어왔다.

"오오, 왔구나. 기다리고 있었다."

노부타다의 모습을 발견한 노부나가가 반색을 하며 부채를 반쯤 펴 들고 손짓해 불렀을 때 겐자부로 일행도 중문을 들어섰다.

삼위중장 노부타다는 이미 스물여섯 살의 한창 나이였으나 겐자부로는 아직 관례를 올리지 않은 소년. 이 소년은 츠다 마타쥬로津田又十郎, 츠다 칸시치津田勘七, 오다 쿠로지로織田九郎次郎 등 휘하의 3,000여 군사를 묘카쿠 사에 모이도록 하고, 빗츄 공격에 첫 출전을 하기 위해 상기된 얼굴에 눈을 빛내고 있었다.

"음, 겐자부로도 왔구나. 좋아, 어서 들어오너라."

노부나가는 앞장서서 준비된 자리로 걸어갔다.

"여봐라, 손님이 도착했다. 불을 더 밝혀라, 불을……"

밖은 아직 완전히 어두워지지는 않았으나 객실은 이미 밤과 다름없었다.

시동들이 서둘러 촛대를 늘리고 이미 차려놓은 상을 가져왔다.

"중장(노부타다), 이에야스에게 공경들을 잘 소개했겠지?"

"예, 그렇습니다."

"이에야스는 시골뜨기라 묘카쿠 사에서도 여전히 딱딱하게 몸을 사리고 있었나?"

"예."

노부타다는 무엇을 떠올렸는지 쓴웃음을 지었다.

"도리어 도쿠가와 님께 민망스러웠습니다."

"민망스러웠다니……?"

"가만히 생각해보니 저는 중장, 도쿠가와 님은 소장이었습니다."

"으음, 하긴 그렇구나……"

"그래서 제가 대면시켰더니 공경들은 하나같이, 중장님의 수행원과 만나게 되어 영광이라고 하는 것이었어요. 제가 나의 수행원이 아니라 아버님의 귀한 손님이라고 했지만 끝까지 수행원으로 취급하는 것이 아니겠습니까."
"와하하하……"
노부나가는 배를 끌어안고 웃었다.
"그렇구나, 그걸 미처 생각하지 못했구나. 공경들이 이에야스를 중장의 수행원으로, 아하하하…… 정말 우습구나."
이에야스에게는 미안한 일이었으나, 공경들의 아부로 두 사람의 신분에 확연하게 금이 그어지게 된 것이 노부나가를 왠지 들뜨게 했다.
술이 나오고, 코슈에서의 무용담이 화제에 올랐다. 빗츄에 있는 모리의 병력에 대한 일, 하시바 히데요시에 대한 일, 타카마츠 성에 대한 일에서부터 덴가쿠하자마田樂狹間에서 이마가와 요시모토를 쓰러뜨렸을 때의 무용담 등이 술자리를 흥겹게 했다.
"그때 나는 지금의 중장보다 한 살 위인 스물일곱이었어. 그렇지, 노……?"
"예. 놀라운 무공이었습니다."
"선 채로 밥을 물에 말아 삼켰지…… 세 공기를 먹었던가?"
"예. 세 공기를 숨도 쉬지 않고 드시고는……"
노 마님이 감개무량하다는 듯 말했다.
"부채를 이리 줘!"
노부나가는 이렇게 외치고 일어났다.
"겐자부로, 잘 기억해두어라. 사람의 일생, 진퇴가 전광석화와 같지 않으면 안 된다."
홀끗 막내를 무섭게 바라보고는 소매를 가지런히 모으면서 읊었다.

인생 50년
저세상의 먼길에 비한다면
한낱 꿈과 같은 것……

그가 좋아하는 「아츠모리敦盛」°를 노래한다는 것을 알고 노 마님은 이미 북을 준비해놓고 있었다. 맑은 북소리가 낭랑한 노부나가의 목소리와 함께 고찰古刹의 객실에 울려퍼졌다.

5

혼노 사에서 부자간의 오붓한 주연이 차차 흥겨워지기 시작한 여섯 점 반(오후 7시) 무렵이었다. 미츠히데의 군사는 호즈保津의 숙소에서 산을 빠져나와 사가 들판을 통해 키누가사야마衣笠山 기슭으로 나와 있었다.

그곳에 도착했을 때는 병졸들도 고개를 갸웃거리기 시작했다. 츄고쿠로 출전하는 것이라면 미쿠사三草를 지나야 할 텐데도 말머리를 동쪽으로 돌려 오이노야마老の山에서 야마자키山崎, 셋츠攝津를 경유한다고 했다. 오이노야마에 다다랐을 때 오른쪽으로 향하지 않고 왼쪽으로 내려갔다. 이렇게 되면 쿄토로 가게 된다.

"방향이 좀 다르지 않은가. 누가 상사나 대장에게 가서 물어보는 것이 좋겠어."

"정말 그래. 이대로 가면 밤에 쿄토에 도착하게 되겠어. 너무 길을 우회하는 것 같아."

이때 각각 상사로부터 새로운 지시가 내렸다.

"노부나가 공이 군사를 쿄토에서 사열하시겠다고 한다. 길을 우회하게 되지만 도리가 없다. 여기서 식사를 하고 무장을 단단히 하라."

행렬은 키누가사야마를 배경으로 하여 좌우로 넓게 산개散開하여 각자가 가져온 식량으로 배를 채우기 시작했다.

'노부나가 공이 사열한다……'

있을 법한 일이기 때문에 아무도 의심을 품는 자가 없었다.

그런데 이때 그 대군을 보고 고개를 갸웃거린 사람이 농부들말고 또 한 사람이 있었다. 쿄토의 행정관 대리 무라이 나가토노카미 하루나가村井長門守春長의 부하 요시즈미 코헤이타吉住小平太였다. 코헤이타는 카츠라가와桂川 부근의 논밭을 관리하고 있었는데 이 군사를 보고 가슴이 섬뜩했다.

'아케치의 군사가 쿄토에 들어가려 한다……'

그는 부근의 농가에서 말을 빌려타고 채찍을 가하여 넉 점(오후 10시) 무렵에 호리카와堀河 관저에 있는 나가토노카미를 찾아갔다.

"이상한 일이 생겼습니다. 아케치 휴가노카미의 군사가 시코쿠로 향하지 않고 쿄토로 향해 진군하는 것 같습니다. 혹시 반란을 꾀하려는 것이 아닐까요?"

무라이 나가토노카미는 거나하게 취해 술냄새를 풍기면서 웃었다.

"뚱딴지 같은 소리를 하는군. 지금 우리 주군에게 활을 당길 정도로 얼빠진 자가 있을 것 같으냐."

그는 지금까지 겐자부로를 경호하면서 혼노 사에서 노부나가가 추는 춤을 보고 돌아왔다.

"더구나 휴가노카미 님은 누구보다도 많은 은혜를 입고 있어. 만일에 그 군사가 쿄토로 향하고 있더라도 주군의 명령이 있었기 때문일 것이야."

일이 잘못될 때는 반드시 어떤 징조가 있게 마련인데, 이 한마디로 노부나가 부자의 운명은 결정되고 말았다.

한편—

"적은 혼노 사에 있다!"

미츠히데는 쿠츠카케沓掛에서 배를 채운 아케치 군에게 비로소 진실을 고했다.

"공격하지 않으면 공격당할 것이니 부득이 우다이진 님의 목을 베고 내일부터 천하를 호령하기로 했다. 모두 말발굽의 징을 뽑아버리고 보병들은 새 짚신을 신어라. 총포대는 화승火繩을 한 자 다섯 치로 잘라 그 끝에 불을 당기고 다섯 개씩 끄트머리를 밑으로 향하게 하라."

"알겠으면 일거에 카츠라가와를 건너라. 적은 혼노 사와 니죠 성에 있다. 오늘부터 천하는 이 휴가노카미의 것이 된다. 용감하게 싸우다 전사한 자는 그 아들에게, 아들이 없는 자는 연고자를 찾아내어 반드시 뒤를 잇게 할 것이니 크게 공을 세우도록 하라."

사마노스케의 3,700 군사는 혼노 사를, 지자에몬의 4,000여 군사는 니죠 성과 묘카쿠 사를, 미츠히데의 본진 3,000여 군사는 산죠 호리카와三條堀河를 공격하기로 하고 전군은 드디어 쿄토를 공격하는 성난 파도로 변했다.

6

미츠히데는 선두에서 말을 달리면서도 아직 자기가 무엇을 하고 있는지 확실히 파악하지 못한 듯한 심경이었다.

젊었을 때는 천하를 과연 누가 손에 넣을 것인지 논의해본 적도 있었다. 노히메의 아버지 사이토 도산 뉴도齋藤道三入道의 영향을 받아, 천하를 노리는 자신을 은밀히 상상해보기도 했다. 그러나 도산 뉴도의 참담한 최후를 보고, 아사이淺井와 아사쿠라의 멸망에서부터 쇼군將軍 요시아키의 말로, 타케다 신겐武田信玄과 우에스기 켄신의 죽음 등을 목격하는 동안 어느 틈에 그 야망은 그의 뇌리에서 사라지고 말았다.

'천하인天下人'이란 결코 힘만으로 얻을 수 있는 칭호가 아니었다. 눈에 보이지 않는 운명의 실이 어딘가에서 강력하게 지배하고 있었다.

그 실의 존재를 알지 못하고 무턱대고 일을 저지르는 것은 남이 볼 때 스스로 멸망의 구렁텅이로 들어가는 어리석은 짓으로 보인다. 최근에는 타케다 카츠요리, 멀리는 이마가와 요시모토가 그 대표적인 예라 할 수 있었다.

'분수를 아는 것이 자손의 번창을 가져오는 기본이다.'

이렇게 생각하고 4남 3녀에게 각각 분수에 맞는 지위와 있을 곳을 마련해준 그야말로 소박한 아버지였다.

3녀 중에서 맏딸은 아마가사키尼ヶ崎의 성주 오다 시치베에노죠 노부즈미織田七兵衛尉信澄에게 출가시키고, 둘째딸은 탄고丹後의 태수 호소카와 후지타카細川藤孝의 맏아들 요이치로 타다오키與一郎忠興에게 시집보냈다. 세번째는 장남으로 열네 살인 쥬베에 미츠요시. 그는 학질을 앓고 있었기 때문에 카메야마 성에 두고 왔으나, 차남인 쥬지로十次郎, 3남인 쥬사부로十三郎, 그리고 3녀와 막내아들인 오토쥬마루乙壽丸에 이르기까지 은근히 '안락한 생애'를 우선적으로 생각해온 아버지였다. 이러한 그가 우연한 일 때문에 노부나가를 쓰러뜨리고 천하를 손에 넣지 않으면 안 되게 되었다.

'참으로 일이 공교롭게 되었다……'

때때로 이런 생각이 들 때면 자기 자신을 꾸짖었다.

"굳게 각오해야 한다, 미츠히데. 이번에 천하를 얻지 못하면 너는 한낱 모반자, 처자와 권속은 갈기갈기 찢겨 죽게 된다."

세 갈래로 나누어진 아케치 군이 쿄토에 들어갔을 때에는 이미 자정이 지나 있었다. 그러므로 정확히 말하면 6월 2일이었다.

군사들은 곳곳의 관문을 부수고 거리에 들어가서야 비로소 깃발을 내걸고 각자가 맡은 부서로 달려갔다.

노부나가의 숙소인 혼노 사를 급습하는 아케치 사마노스케 미츠하루의 군사는 몹시 긴장했다. 캄캄한 어둠 속에서 숲이 많은 혼노 사의 쥐엄나무 거목과 대나무숲을 목표로 공격하여 지면에 검게 빛나는 해자를 발견하고는 그 주위를 삼중으로 포위했다. 첫번째 포위망은 시오텐 타지마노카미의 군사, 두번째는 무라카미 이즈미노카미와 츠마키 카즈에노카미, 세번째는 미야케 시키부.

사마노스케 미츠하루는 포위가 완료되자 곧 전령을 미츠히데의 본진이 있는 산죠 호리카와에 보내 보고했다. 일을 서두르다가 뜻하지 않은 원군을 혼노 사에 보내지 못하도록 하기 위해서였다.

사마노스케의 전령이 도착했을 때는 이미 묘카쿠 사도 니죠 성도, 또 행정관 대리인 무라이 나가토노카미가 있는 호리카와의 집도 포위가 끝난 뒤였다. 그리고 그 외곽의 오츠大津, 야마시나, 우지宇治, 후시미伏見, 요도淀, 쿠라마鞍馬와 그 출입구에도 2, 3백 명의 복병을 배치하기로 했는데 그것도 이미 완료되어 있었다.

"됐다! 여름 밤은 일찍 밝는다. 일거에 공격하여 날이 밝을 때까지는 반드시 노부나가의 목을 베도록 하라."

전령은 즉시 사마노스케에게로 돌아왔다. 이미 축시丑時(오전 2시), 혼노 사의 내전은 이제 막 잠이 들었는지 후텁지근한 어둠 속에서 정적만이 감돌고 있었다.

사마노스케의 명령이 떨어졌다.

7

무엇 때문에 싸우는 것일까?

언제나 그렇듯이 병졸들 대부분은 이런 것을 알려고 하지 않는다. 살아남는다는 것은 싸워서 이기는 것……

이런 현실 속에서 끊임없이 칼과 창을 휘둘러온 거친 무사들은 난입하라는 명령이 내리자 비로소 함성을 지르며 앞을 다투어 벽을 향해 돌진했다.

"와아!"

정문에서는 힘이 장사인 시오텐 타지마노카미의 장남 마타베에又兵衛가 60관은 될 듯한 댓돌을 던져 문을 부수었다.

약 1만 평쯤 되는 혼노 사 경내는 아직 을씨년스러울 정도로 고요했다. 쥐엄나무의 푸른 잎사귀 냄새가 주위에 가득하고 나뭇가지 사이로 반짝거리는 별이 보였다.

"와아!"

다시 병졸들이 칼과 창을 번뜩이며 함성을 질렀다. 너무 조용하다는 것과 숲속의 어둠이 한순간 그들의 진격을 가로막았다.

내전의 모기장 안에서 노부나가는 문득 이상하게도 썰렁한 공기의 움직임을 깨닫고 벌떡 일어났다. 노부타다와 겐자부로를 돌려보낸 뒤 아홉 점(오후 12시) 무렵까지 시녀들을 상대로 기분 좋게 잔을 거듭하여 얼큰히 취해 있던 노부나가였다.

"게 누구 없느냐!"

노부나가는 일어나기가 바쁘게 옆방을 향해 소리질렀다.

"하인배들이 술에 취해 다투고 있는 모양이다. 어서 진정시켜라."

덴가쿠하자마에서 이마가와 요시모토를 급습했을 때 요시모토는 그것을 가신들의 다툼인 줄로 착각했었는데, 오늘 밤의 노부나가도 마찬가지였다.

"예."

옆방에서 모리 란마루, 오가와 나루헤이, 이가와 미야마츠飯川宮松 세 사람이 일어나는 기척이 났다.

"잠깐!"

노부나가가 다시 소리쳤다.

“다투는 소리가 아니야, 저 소리를 들어보아라…… 아, 많은 군사들이 절에 난입하고 있다.”

노부나가는 모기장에서 뛰어나와 언월도偃月刀를 움켜쥐고 온몸의 신경을 귀에 집중시켰다.

“어느 놈의 소행인지 본때를 보여주겠다. 란마루!”

“예.”

란마루는 한 손에 칼, 다른 손에 촛대를 들고 마루로 달려나갔다. 적지 않은 수의 인마人馬임에는 틀림없으나 주위가 어두워서 아직 확실하게는 알 수 없었다.

“웬 놈이냐? 주군께서 여기 계신다. 소란을 피우다니 무엄하다!”

이렇게 꾸짖는 동안에도 중문 너머와 회랑 주위로 물밀듯이 사람들이 몰려오는 기척을 느낄 수 있었다.

“웬 놈이냐!”

란마루는 다시 한 번 크게 외치고 명했다.

“미야마츠, 나루헤이, 나가서 보고 오너라.”

대답과 함께 이가와 미야마츠가 중문 담장으로 가서 다람쥐처럼 소나무 위로 기어올라갔다.

“아, 깃발이 보입니다. 물색 바탕에 도라지꽃 무늬!”

“뭣이, 도라지꽃 무늬? 그렇다면……”

란마루가 노부나가의 침소로 돌아가려 했을 때.

“음, 미츠히데로구나.”

새하얀 명주 홑옷을 걸친 노부나가는 이미 마루에 나와 서 있었다.

노부나가는 손에 들었던 언월도를 놓고 세 사람이 당겨야 쏠 수 있는 강궁强弓을 집어들고 바깥의 어둠 속을 무섭게 노려보고 있었다. 화살통을 메고 뒤따라온 사람이 시동인지 시녀인지도 잘 알 수 없었다.

“휴가노카미의 모반임이 틀림없습니다. 여기 계시면 위험합니다. 어서 덧문 뒤로……"

란마루가 노부나가의 몸을 뒤로 밀려고 했을 때.

"이놈, 대머리 놈이……"

노부나가는 활시위를 힘껏 당겨 첫 화살을 어둠 속으로 날려보냈다.

이와 때를 같이하여 중문이 우지끈 부서지면서 적의 그림자가 캄캄한 정원에 점점이 떠올랐다.

8

"사방에 괴한들이 나타났습니다!"

"모반입니다."

갑자기 절의 경내는 벌집을 쑤셔놓은 듯한 소란으로 바뀌었다.

절 안의 인원은 야경이나 방화防火 당번인 아시가루를 포함하여 고작 300명에 불과한 소수였다. 그러나 노부나가가 특별히 선발하여 데려온 자들인 만큼 잠에서 깨어난 그들의 행동은 여간 민첩하지 않았다. 얼른 미닫이를 열고 달려나오는 자, 적의 화살에 대비하여 다다미를 쌓아올리는 자, 아시가루들을 지휘하며 정원으로 뛰어나오는 자, 노부나가의 주위를 에워싸는 자……

아무도 이런 위기를 예상하지 못했을 텐데도 순식간에 물샐 틈 없는 방어자세를 취하고 있었다. 노부나가는 숨돌릴 겨를도 없이 네 개의 화살을 잇따라 날려보냈다.

그때마다 중문을 통해 정원으로 숨어들어온 검은 그림자가 하나씩 허공을 휘어잡으며 사라져갔다. 밀려들어오던 적병의 움직임이 일단 주춤했다.

"어서 덧문 안으로 들어가십시오."

"알겠다."

노부나가는 이때 비로소 떠나갈 듯한 소리로 명령을 내렸다.

"코레토 미츠히데가 모반했으니 도리가 없다. 이렇게 된 이상 본때를 보여주고 자결하자!"

"예."

주위에서 많은 사람이 대답했으나 노부나가는 이미 그 소리를 듣고 있지 않았다.

란마루의 권고에 따라 법당의 덧문 안으로 들어가, 그곳에서 접근해 오는 자를 해치울 자세를 취하고 주위를 돌아보았다. 이미 란마루는 아시가루들을 지휘하기 위해 달려가고 뒤에 대령하고 있는 것은 겨우 열네 살인 란마루의 막내동생 리키마루와 그 밖의 네다섯 명이었다.

노부나가는 그중 하나에 눈길을 고정시켰다.

"노, 그대였군."

"예."

"그대는 여자들을 데리고 어서 피신하도록."

그러나 노 마님은 대답하지 않았다. 처음부터 화살통을 들고 따라오고 있었는데 지금까지 깨닫지 못했던 것이다.

"노!"

"예."

"어서 여자들을 데리고 피신하라고 했는데 뭐 하고 있나!"

"그 일이라면 다른 사람에게 명하십시오."

이번에는 노부나가가 대답하지 않았다. 피신하라고 말했으나 그럴 여자가 아니라는 것을 알고 있었기 때문이다.

'미츠히데가 모반했다……'

노부나가는 다시 한 번 자기 자신에게 확인시키듯 입속으로 되풀이했다.

이상하게도 화는 나지 않고 왠지 익살스럽다는 생각에 웃음이 터져 나올 것 같았다. 그러면서도 조심성 많은 대머리가 생각에 생각을 거듭하다가 모반한 이상 이 계획에는 한치의 빈틈도 없을 것이라고, 그래서 도저히 벗어날 수 없다고 깨달았다.

'정말 우스운 일이야……'

이왕 웃음거리가 될 바에는 아까 낮에 공경들한테 좀더 선심을 썼더라면 좋았을 것을…… 선물을 되돌려보내기도 하고, 잔뜩 기대하고 왔을 텐데 이른바 우다이진의 호화로운 접대를 선보이지도 않았다니, 노부나가란 자도 인색한 사내야……

어느 틈에 적과 아군은 사찰의 경내에서 난투를 벌이고 있었다.

"탕, 탕, 탕—"

어디선가 총소리가 들렸다.

9

만일 이에야스가 상경하지 않았더라면 노부나가는 초하룻날 혼노사에서 공경들을 깜짝 놀라게 할 다과회를 베풀었을 것이다. 유명한 다기茶器도 수집해놓았고, 빗츄의 전투에 대해서도 그처럼 조급해할 필요가 없었다. 무엇보다도 다과회를 열려면 사카이에서 많은 다도의 명인들을 불러야 하고, 그들을 부르려면 현재 사카이에 있는 이에야스의 접대에 지장을 초래할 게 뻔했다. 아마도 지금쯤 이에야스는 소큐宗及나 유칸友閑 등과 더불어 사카이에서 즐겁게 다회茶會를 열고 있을 것이다.

'이것이 나의 최후가 될 모양이다……'

노부나가는 점점 더 가까워지는 칼싸움 소리를 듣고 있었다.

"노부나가도 우스운 녀석이야……"

그러면서 저도 모르게 입밖에 내어 중얼거렸다.

"예, 무어라 말씀하셨습니까?"

"아니, 아무것도 아니다."

여전히 다가오는 적을 쓰러뜨릴 자세를 취하고 있었으나, 머릿속에서는 대담할 만큼 조용히 자신의 생애를 반추하고 있는 노부나가였다.

오와리에서 제일가는 멍청이.

남이 오른쪽이라고 말하면 왼쪽이라 우기고, 희다고 하면 끝까지 검다고 주장한 고집쟁이.

덴가쿠하자마나 나가시노 전투는 고사하고라도 에이잔叡山, 호쿠리쿠, 나가시마, 타카노高野 등…… 승려도 양민도 가리지 않고 철저하게 죽인 대학살.

하늘을 찌를 듯한 7층의 아즈치 성과 눈이 휘둥그레질 정도의 난만사南蠻寺 건립.

6척이 넘는 흑인 시종을 거느리고 활보하기도 했으며, 대포를 실은 거대한 철선鐵船을 건조하여 일본뿐 아니라 포르투갈 인의 간담을 서늘하게 했던 노부나가.

전대미문인 아즈치와 쿄토의 거창한 열병식을 비롯하여 종종 개최하는 다회, 크리스천 문화의 수입에 이르기까지 언제나 세상을 놀라게 하고 사람들의 의표를 찌르지 않고는 만족하지 못하던 노부나가.

그 노부나가가 지금 '최후'에 이르러서도 다시 일본 전체를 깜짝 놀라게 만드는 형편이 되었다.

'대머리 녀석이 교묘하게 해냈어!'

쉴새없이 들려오는 적의 함성 속에서 장난꾸러기이자 말썽꾸러기, 곧 상투를 짚으로 묶고 다니던 시대의 야성野性이 마흔아홉 살 노부나가의 체내에서 도도한 소리를 내며 되살아났다. 그것은 '인생 50년'의 예감과 각오를 뛰어넘어 무섭게 죽음의 화살을 쏘아대는 투지.

"내가 상대해주겠다!"

얼마 떨어지지 않은 곳에서 찢어지는 듯한 소리가 들렸다.

시동 타카하시 토라마츠가 넉 자 가까이 되는 칼을 휘두르며 마루에 올라온 세 사람의 적을 향해 쏜살같이 달려갔다.

"윙—"

시위를 떠나는 소리와 함께 노부나가의 강궁에서 화살이 날아갔다.

"앗!"

이어서 두번째 화살, 세번째 화살이 잇따라 날아갔을 때.

"역적아, 이리 나오너라!"

이번에는 가장 어린 모리 리키마루가 노부나가 곁을 떠나 총알처럼 마루로 뛰어나갔다. 먼저 쳐들어간 오가와 나루헤이와 그 형인 보마루가 서로 등을 지고 서서 대여섯 명의 적에게 밀리고 있었던 것이다.

노부나가는 다시 계속해서 화살 세 개를 쏘았다.

두 명이 그 화살에 가슴이 뚫려 마루에서 굴러떨어지자 나머지 인원이 잽싸게 시야에서 사라졌다.

과연 활을 든 노부나가에게는 늙음이라는 것이 없었다. 그 눈, 그 손, 그 발이 모두 강력한 무기였다. 노히메는 그러한 노부나가에게 재빨리 화살을 건네주면서 지나칠 정도로 냉정하게 남편의 모습을 바라보고 있었다……

10

이미 300명쯤 되는 인원 중에서 200명 남짓은 쓰러뜨렸을 것이라고 노히메는 계산하고 있었다.

일찍 밝는 여름밤, 오래지 않아 동쪽부터 훤해지기 시작할 것이다. 비도 개고 좋은 날씨가 될 것이라고 노히메는 생각했다.

산죠의 호리카와에서 끌어들인 혼노 사 주위의 해자에는 수련水蓮이 군데군데 맑은 물 위에 떠 있었다. 그 사이로 아침 하늘의 불그레한 구름이 비친다면 얼마나 아름다울까 하는 생각을 문득 떠올리고 노히메는 왠지 승리감마저 느꼈다.

노히메의 혈육 가운데 그 생애를 끝까지 마친 사람은 하나도 없었다. 아버지인 도산도 어머니인 아케치 마님도 이복형제들도 모두 목과 허리가 잘려 전란戰亂의 제물이 되었다. 그중에서 오직 자기만이 다다미에서 조용한 죽음을 맞이하지 않을까 하는 생각 때문에 오히려 불안이 뒤따르고는 했다.

원래 자기도 노부나가의 목을 베기 위해 시집왔다. 그러던 것이 어느 틈에 남편을 걱정하는 평범한 아내가 되었으나 이윽고 그 아내의 자리에도 절망하게 되었다. 노부나가는 결코 아내의 것이 아니었다. 열 가지를 얻으면 백 가지를 원하고, 백 가지를 얻으면 천 가지를 바란다. 그칠 줄 모르는 사나이의 탐욕 앞에서 노히메는 두 사람 사이를 맺어주고 있는 가느다란 사랑의 실마저 끊기는 것이 아닌가 계속 두려워하고 있었다.

그것이 뜻하지 않은 미츠히데의 반역을 만나 완전히 양상이 바뀌고 말았다. 노히메는 이미 죽음을 결심하고 있는 노부나가의 마음을 잘 알고 있었다. 조심성 많은 장난꾸러기가 순간적인 방심 때문에 교묘하게 기습을 받아 다시 예전의 노부나가로 돌아왔다.

지금 다가오는 적을 향해 정신없이 화살을 쏘아대고 있는 노부나가는 이미 '천하인'이 아니었다. 죽음을 벗어날 수 없다는 것을 알면서도 계속 접근하는 자의 가슴을 쏠 수밖에 없는, 예전의 킷포시吉法師로 돌아와 있었다. 그 킷포시의 아내는 노히메 이외에는 있을 리 없었다.

'킷포시와 노히메의 몸으로 죽어갈 줄은 생각지 못했다……'

"탕, 탕—"

다시 정문 부근에서 총포소리가 나고 푸른 쥐엄나무 잎 향기에 화약 냄새가 섞였다.

이때 붉은 칠을 한 창에 피를 묻힌 란마루.

"이놈, 감히 어딜 덤비느냐!"

덧문 너머의 마루에 모습을 나타내더니 휙 돌아서서 누군가 하나를 찔러 쓰러뜨렸다.

그 뒤에서 들이닥치는 17, 8명의 그림자.

"나는 모리 리키마루다, 덤벼라."

리키마루의 어린 목소리가 힘차게 터져나가는 순간.

"앗!"

그 어린 목소리는 처절한 비명으로 변했다. 베려다가 도리어 죽임을 당한 것이다.

"동생의 복수! 모리 보마루가 여기 있다, 움직이지 마라."

"건방진 녀석, 야마모토 산에몬이 상대해주마."

"앗!"

이번에도 아군의 비명.

노히메는 덧문 안에서 정신없이 활시위를 당기고 있는 노부나가에게 화살을 건넸다. 노부나가는 이미 옛날의 악동으로 돌아가 자기가 지휘자라는 사실조차 잊어버리고 있는 것이 아닐까.

이미 적은 내전으로 육박해오고 있었다. 자결할 생각이라면 지금쯤 이 자리에서 물러나야 한다…… 이렇게 생각했을 때 란마루, 토라마츠, 요고로與五郎, 코하치로 등 네 명이 다시 아수라처럼 눈앞의 적을 몰아냈다.

이미 리키마루도, 보마루도, 나루헤이도, 마타이치로도 쓰러졌다.

"하세가와 소닌은 어디 있느냐?"
크게 숨을 쉬면서 노부나가가 외쳤다.
"기회는 이때다. 여자들을 데리고 피신해라. 서둘러야 한다, 소닌!"

11

"예."
노부나가의 말에 하세가와 소닌이 대답했을 때.
"와아!"
다시 내전 입구에서 함성이 울렸다.
"소닌, 너는 무사가 아니다. 여자들을 데리고 빨리 피신하라. 대머리는 여자들을 죽이지 않아."
이 말을 듣고 노히메는 깜짝 놀랐다. 이미 악동으로 돌아온 노부나가. 모든 것을 잊고 눈앞의 적과 상대하고 있는 줄 알았던 노부나가가, 사실은 정확하게 미츠히데의 성격까지 계산하고 있었다. 아니 이것은 계산이 아니라, 노부나가라는 하나의 거대한 짐승이 몸에 지니고 있는 전쟁터에서의 예리한 직감임이 틀림없다.
옆방에서 서로 몸을 마주대고 움츠리고 있던 14, 5명의 여자들은 그 말을 듣고 구르듯이 마루로 쏟아져나왔다.
"노 마님은……"
소닌이 말했으나 노히메는 들은 척도 하지 않고 손을 내저으면서 노부나가에게 화살을 건넸다.
"그럼, 실례하겠습니다."
소닌을 따라나선 여자들은 비명을 지르면서 정원에 내려섰다.
"아……"

노부나가가 외쳤다.

"활시위가 끊어졌어! 창을 이리 줘."

이미 노부나가 옆에는 한 사람의 시동도 남아 있지 않았다. 적이 밀려올 때마다 누군가가 달려나가 다시는 돌아오지 않았기 때문이다.

"예."

노히메는 얼른 대답하고 내전에 들어가 십자창을 들고 나와 노부나가에게 건넸다.

노부나가는 유유히 창을 꼬나들고 흘끗 노히메를 돌아보았다.

등나무 무늬의 옷을 입은 노히메는 연한 남빛 타마다스키玉襷°를 매고 시동과 같이 땀받이로 머리를 둘렀으며, 흰 자루가 달린 큰 칼을 옆구리에 끼고 있었다.

"노히메! 그대도 어서 피신하도록."

"그럴 수 없습니다."

"뭣이, 이 노부나가에게 수치를 줄 생각이야? 노부나가의 최후에 여자의 힘은 빌리지 않겠어."

"저는 이제 여자가 아닙니다. 그보다도 직접 싸우는 일은 이제 그만 두십시오."

"멍청이 같으니라구!"

무서운 소리로 꾸짖었으나, 이때 노부나가의 눈은 웃고 있었다.

"그대의 지시를 받아야 한단 말인가, 이 노부나가가?"

이때 네 개의 그림자가 허리를 낮추고 우르르 달려왔다.

"이놈!"

적의 모습을 보고는 뒤로 물러설 노부나가가 아니다. 번개처럼 덧문 밖으로 뛰어나와 아무 말도 없이 맨 앞에 있는 자를 꼬챙이 꿰듯 창으로 찔렀다.

"앗!"

비명과 함께 큰 소리로 외치는 두번째 그림자.

“오, 우다이진이 여기 있다! 여러분, 여기 우다이진이……”

그 그림자를 향해 노부나가의 창이 정확하게 뻗쳤다.

그때 그림자가 쓰러지는 맞은편에서 온몸이 피투성이가 된 젊은이가 달려왔다.

“직접 싸우시게 하여 정말 황송합니다. 자, 이제는 자결을.”

부르짖으면서 나머지 두 사람을 순식간에 창끝으로 물리쳤다. 이미 여기저기에 상처를 입고 있는 란마루였다.

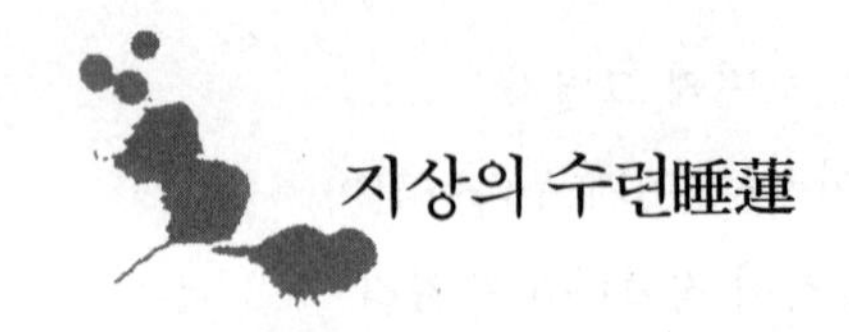

지상의 수련睡蓮

1

란마루의 출현으로 노부나가 앞에는 사람의 그림자 하나 보이지 않았다. 그렇다고 이쪽에 유리한 상황이 되는 그런 기적이 일어날 리는 없고, 열 겹 스무 겹으로 둘러싼 적의 포위망은 더욱 좁혀져 칼 부딪치는 소리가 이곳 내전의 처마 밑에서 들려오고 있었다.

노히메는 잔뜩 칼을 거머쥔 채, 란마루에게 어서 자결하라고 재촉받은 노부나가가 어떤 행동을 취할 것인지 숨죽여 지켜보고 있었다.

노부나가는 눈꼬리를 올리고 란마루가 사라져간 방향과 주위에 흩어져 있는 시체를 노려보며 호흡을 가다듬고 있었다. 공경들이나 다도茶道의 명인들, 크리스천 앞에 있을 때의 노부나가는 왠지 물에 떨어진 기름처럼 떠올라 보였으나, 지금 이렇게 피로 얼룩진 창을 꼬나들고 있는 노부나가는 무서운 고함소리와 함께 있어야 할 것이 있어야 할 장소에 서 있는 듯한 느낌이 들었다.

'노부나가는 역시 무장이었을까……?'

아니, 하고 노히메는 고개를 가로저었다.

난세를 이끌어갈 재능을 충분히 갖추고 태어난 노부나가. 바로 그러한 이유 때문에 오늘에 이르기까지 세상사람들을 깜짝 놀라게 하며 살아왔다.

그러나…… 하고 노히메는 생각했다.

난세의 영웅이 반드시 평화로운 시대의 영웅이 되는 것은 아닌 듯. 마치 노히메가 마구 폭력을 휘두르던 젊은 노부나가의 아내는 될 수 있었어도 우다이진의 아내가 될 수는 없었던 것처럼……

노히메는 크게 숨을 몰아쉬고 있는 노부나가의 가슴속에 어떤 감회가 소용돌이치고 있는지 알고 싶었다.

어떤 경우에도 약한 소리를 하지 않았던 노부나가.

인생은 50이라고 입버릇처럼 말하던 노부나가.

이러한 그가 49세에 절대절명의 죽음 앞에 놓여 있다. 너무 허세를 부리는 것도 슬픈 일이었으나, 이성을 잃고 허둥거린다면 더더구나 슬프다.

"우다이진 님!"

노히메는 노부나가를 불렀다. 그러나 곧—

"성주님!"

옛날처럼 친숙한 호칭으로 고쳐불렀다.

"재미있는 생애였어요, 저에게는."

"뭐라구?"

노부나가는 돌아보았다.

"그대는 나와 함께 죽을 생각인가?"

"성주님은 원통하시겠어요, 미츠히데와 같은……"

노히메의 짓궂은 질문이었다. 그 대답 여하에 따라서는 생애에 마지막으로.

"노부나가가 그런 사람이었습니까. 비로소 정체를 알게 되었어요."

크게 비웃어줄 생각이었다.

"혈육인 형제를 베고 사위를 죽게 만드는가 하면 가신들을 의심하여 쫓아버리더니 그 결과가 고작 이런 최후였군요."

이렇게 말한다면 혹시 노부나가는 손에 들었던 창으로 노히메를 찌를지도 몰랐다. 그러나 노히메 역시 미노美濃의 독사라는 소문이 자자했던 그 아버지의 딸. 찔린다면 웃으면서 죽어갈 생각이었다.

"성주님, 왜 대답이 없습니까, 원통하시지 않습니까?"

"멍청이 같은 것."

노부나가는 다시 가까워지는 칼소리에 귀를 기울이면서 토해내듯 말했다.

"생과 사는 똑같은 것, 잔소리 말고 물러가 있어."

다시 수많은 발소리가, 이번에는 여자들이 사라져간 정원 쪽에서 들려왔다.

2

침입자 앞에 토라마츠와 란마루, 요고로 등 세 명이 이쪽으로 등을 돌린 채 밀려오고 있었다.

조금 전에 같이 있던 오치아이 코하치로落合小八郎의 모습은 이제 보이지 않았다. 어딘가에서 싸우다 죽었을 것이다. 되밀려오는 세 사람 모두 온몸이 피투성이가 되고, 붉은 칠을 한 란마루의 창에서도 토라마츠의 칼에서도 검붉은 피가 뚝뚝 떨어지고 있었다.

"성주님!"

다시 란마루가 외쳤다.

"어서, 안으로!"

아직 살아 있는 시동들은 이제 노부나가가 자결할 '시간'을 벌려는 생각밖에는 하고 있지 않는 모양이었다. 세 사람 모두 노부나가가 아직 창을 꼬나들고 있는 것을 보자 미친 듯이 적을 향해 공세를 취했다.

노히메는 이러한 시동들의 분전과 이를 대하는 노부나가의 태도를 냉정한 눈으로 계속 지켜보고 있었다.

가장 상처가 심한 스스키다 요고로薄田與五郎가 역공을 당해 계단 밑까지 밀려왔다. 그를 공격하는 것은 창을 꼬나든 적군 둘. 계단 밑의 돌에 걸려 비틀거리며 쓰러지려는 순간 노부나가는 큰 소리를 지르며 계단을 향해 달려나갔다.

"얏!"

과연 어렸을 때부터 단련을 거듭해온 난세의 아들 노부나가. 번개같이 창이 두 번 번뜩이는가 싶더니, 그 순간 쫓아오던 적군 두 명은 모두 창을 허공에 날려버리고 맥없이 고꾸라졌다.

"요고로!"

이미 찔린 줄 알고 엉덩방아를 찧고 있던 스스키다 요고로.

"옛."

대답하며 일어났다. 그리고 거기 서 있는 노부나가의 모습에 튕기듯이 란마루와 토라마츠가 정원 밖으로 몰아내려 하는 적을 향해 뛰어들어갔다.

'이것으로 요고로도 마지막이로구나……'

노히메는 본능적으로 계단 옆에 있는 노부나가에게로 달려가 한쪽 무릎을 꿇고, 요고로의 뒷모습에서 싸늘한 죽음의 그림자를 느꼈다.

"으음."

노부나가는 한 발을 계단 밑에 내려놓고 다시 한 번 사나운 신음소리를 토해냈다.

그것은 다기茶器를 감상하거나 공차기를 바라보거나 하는 우다이진의 목소리가 아니었다. 피를 보고 흥분하는 맹수의 울부짖음이었다.

어느 틈에 야마다 야타로山田彌太郎와 오츠카 야사부로大塚彌三郎 두 사람이 모두 앞머리를 흐트러뜨리고 옆머리에 피를 흘리면서 달려와 그들 역시 적을 향해 무섭게 돌진했다.

적은 우르르 정원 밖으로 물러나기 시작했다.

노부나가는 여전히 적을 노려보는 자세로 버티고 있었다.

마루 가장자리에 매달려 있는 등불이, 이러한 노부나가와 타마다스키에 머리띠를 두르고 칼을 거머쥔 자기 모습을 희미하게 비추고 있다…… 이렇게 생각했을 때 노히메는 문득 가슴이 뜨거워지며 잊어가고 있던 남편에 대한 사랑이 솟아오르는 것을 느꼈다.

'우리는 부부였다……'

일단 전투에 임하면 문자 그대로 생사를 초월하여 싸우는 것밖에 염두에 없는 이 위대한 맹수를 끝내 누구의 손에도 넘기지 않았다……

"성주님! 이제는 준비하셔야지요."

노히메는 비로소 자기 목소리가 어떤 감정 때문에 떨리고 있음을 깨달았다.

3

노부나가는 아내의 목소리가 들리는지 들리지 않는지 여전히 정원 입구를 무섭게 노려보고 있었다.

노히메는 다시 한 번 말하려다 생각을 바꾼 듯 고개를 가로저었다.

싸움에 익숙한 이 맹수는 누가 말하지 않더라도 공격할 때는 공격하고 물러날 때는 물러나서 절대로 실수하지 않는다. 만일 물러날 여유가 없으면 여기서 그냥 선 채로 자결할지도 모른다. 그 용맹한 주군 밑에서 훈련받은 젊은 사자들, 이들 또한 얼마나 충성되고 용맹한가. 이미 모두가 땅에 엎드려 기어갈 정도로 깊은 상처를 입었으면서도 몇 십 배나 되는 적을 정원에서 몰아냈다.

"성주님!"

사람의 그림자가 사라진 정원에 비틀거리는 걸음으로 돌아온 그림자 하나가 있었다.

"란마루 님의 분부…… 조금이라도 빨리……"

그것은 가장 상처가 무거운 타카하시 토라마츠의 목소리였다.

"성주님!"

다시 비틀거리면서 한 걸음 앞으로 나왔다. 손에 든 칼이 휘어 있는 것이 노히메의 눈에 슬프게 비쳤다. 이때 그 그림자를 쫓아 미끄러지듯 중문으로 들어선 그림자 하나가 달려들었다.

"타카하시 토라마츠, 도망치지 마라!"

"웬 놈이냐!"

"아케치 군의 그 유명한 야마모토 산에몬이다. 자, 덤벼라!"

검은 실로 누빈 견고한 쿠사즈리草褶り° 소리를 내며 창을 들이댔다.

토라마츠는 휘어진 칼로 그 창끝을 후려쳤다.

두 사람은 동시에 풀 위에 엉덩방아를 찧었다.

"으음—"

노부나가는 다시 날아가는 새처럼 몸을 정원으로 날리려다 그대로 짤막한 신음소리와 함께 선 자리에서 움직이지 않았다.

엉덩방아를 찧은 자 중에서 하나는 일어났으나 하나는 더 이상 움직이지 않았다. 일어선 그림자는 야마모토 산에몬, 그대로 엎어져 있는 것은 타카하시 토라마츠였다.

노부나가는 토라마츠와의 거리를 재어보고 이미 늦었다고 판단했기 때문에 움직이지 않았던 것이 분명하다. 이런 계산은 소름끼칠 정도로 정확하게 이 맹수의 신경에 새겨져 있었다.

'나의 남편…… 전쟁에 익숙한 이 사나운 사자가……'

노히메는 죽을 때까지 싸울 결심인 노부나가의 할 일이 이미 끝났다는 것을 분명히 깨달았다.

그는 역시 우다이진도 아니고 천하를 손에 넣을 사람도 아니었다. 난마처럼 얽혀 손을 댈 수 없는 전국戰國에 하나의 길을 트기 위해 산을 깎고 나무를 베고 숲을 불태운 파괴자였다. 그 파괴자가 자기 피를 뿌려가며 파헤친 땅에서 열매를 수확할 자는 따로 있을 것이다.

'나는 그 파괴자의 아내였다.'

"성주님!"

노히메는 얼굴을 장밋빛으로 물들인 채 의연하게 남편을 쳐다보며 말했다.

"이제 이 팔에 피를 칠하겠어요."

"건방진 괴물 같으니라구."

노부나가가 꾸짖었으나 노히메는 일어나서 천천히 칼을 고쳐 잡았다. 다시 중문에 새로운 적이 쇄도해왔기 때문이다.

4

"우다이진은 어디 계시오!"

난입해들어온 적군 중 하나가 큰 소리로 외쳤다.

"아케치의 가신 미야케 마고쥬로三宅孫十郎, 우다이진 님의 목을 받으러 왔소! 우다이진은 어디 계시오?"

그 소리에 이어, 이 역시 상처를 입은 아군 하나가 느닷없이 칼을 던지고 소리치며 덤벼들었다.

"건방지다, 맞붙어 싸우자."

그가 누구인지 노히메는 알지 못했다. 사나운 투견鬪犬이 서로 물고 늘어지듯 무섭게 맞붙어 뒹구는 두 사람을 훌쩍 뛰어넘어 네 개의 그림자가 우르르 몰려왔다.

마루에 창을 짚고 버티고 있는 사람이 노부나가인 줄 알았던지 선두에 있던 산벚나무 껍질로 만든 갑옷을 입은 자가 곧바로 노히메 앞으로 달려왔다. 그리고 마루 밑에서 무어라 큰 소리를 질렀으나, 그 소리는 검은 가죽갑옷에 흰 실로 누빈 카타쿠사즈리肩草摺り°를 입은 늠름한 무사의 목소리에 눌려 알아들을 수 없었다.

두번째 무사가 울부짖는 듯한 목소리로 말했다.

"우다이진 노부나가 공인 줄 알고 있소. 나는 아케치 군의 야스다 사쿠베에安田作兵衛."

노히메는 이때 칼을 쳐들고 홱 정원으로 뛰어내렸다.

'지금이야말로 내가 죽을 때……'

이런 생각이 돌풍처럼 머리를 스치고 지나갔으나 그 다음에는 정신이 없었다.

산벚나무 껍질로 만든 갑옷을 입은 선두의 무사가 깜짝 놀라 뒤로 물러서는 것을 보고 허벅지를 공격하는 자세로 달려들어 밑에서부터 오른쪽으로 칼을 휘둘러 올렸다. 손에 들었던 창과 함께 투구가 튕겨나가고, 상대는 주위에 피를 뿌리며 비틀거렸다.

"건방진 계집!"

이어서 사쿠베에에게 달려들었다. 그는 창을 겨눈 채 두어 걸음 물러서며 이를 갈았다.

"비켜라, 여자에게는 볼일 없다. 어서 비키지 못하겠느냐!"

노히메는 흥 하고 코웃음을 치고 다시 한 걸음 앞으로 나섰다. 이렇게 하는 동안 노부나가는 충분히 안으로 피할 수 있을 것이다.

'이렇게 해야만 맹수의 아내……'

사쿠베에는 상대가 전혀 물러갈 생각을 않고 자기를 두려워하지도 않는다는 것을 알고는 카타쿠사즈리를 뒤로 젖히고 창을 겨누었다.

노히메는 다시 한 걸음 전진했다.

"얏!"

상대가 창을 찌르는 것과 노히메의 칼이 윙 소리를 내며 원을 그린 것은 동시의 일이었다. 탁 소리가 난 것은 칼끝이 쿠사즈리의 검은 가죽에 닿은 소리인 듯했다. 그러나 동시에 노히메도 비틀거렸다.

하복부로부터 옆구리에 걸쳐 달군 쇠로 찔린 듯한 뜨거운 감각을 느끼고, 다시 한 걸음 내딛으려 한 다리가 힘없이 꺾이면서 무릎을 꿇었다. 그래도 다시 일어서려고 했다. 칼을 휘두르려고 했다. 그러나 그것은 앞을 가로막은 녹색 벽에 가로막혀 움직이지 않았다. 노히메의 몸은 이미 그때 풀 위에 엎어져 있었다.

풀냄새가 물씬 코에 풍겼다. 겨우 고개만을 쳐들었을 때 정원의 잔디 전체가 푸른 수면水面으로 보였다. 그 수면 여기저기에 쓰러진 양쪽 군사의 시체가 수련睡蓮을 띄운 듯이 눈에 비쳤다.

5

노히메는 이상한 것을 보기라도 하듯 다시 한 번 지상에 핀 수련꽃을 바라보고 나서 노부나가 쪽으로 눈길을 돌렸다.

'이제는 제발 피신했으면……'

그러나 노부나가는 여전히 오만하게 한 발을 마루에 올려놓은 채 버티고 서 있었다. 더구나 그 핏발 선 눈은 자기를 향하고 있었다.

노히메는 그 눈과 시선이 마주쳤을 때 자기 생애가 불행하지 않았다는 생각을 하고, 또 자기를 쓰러뜨린 사쿠베에가 어째서 노부나가에게 덤비지 않았는지 의아하게 여겼다.

눈은 분명히 보이는데도 귀에는 들리는 것이 없었다.

"사쿠베에, 게 섰거라!"

어딘가 멀리서, 란마루의 고함소리가 들리는 것 같았다.

노히메는 있는 힘을 다해 고개를 들고 그 소리가 나는 쪽을 보았다. 아시가루 하나가 노히메로부터 오른쪽 난간에 서서 사쿠베에의 어깨를 부축하고 막 마루로 향하려 하고 있었다.

'아아, 성주님이 위험하다……'

사쿠베에는 창을 지팡이 삼아 훌쩍 마루로 뛰어올랐다.

"야스다 사쿠베에요, 그 목을 가지러 왔소!"

노부나가는 여전히 오만하게 창을 짚고 버티고 있었다. 흰 비단 홑옷에 하얀 띠를 매고 있는 모습이 완연하게 떠올라 불가사의한 숭고함을 지닌 살기殺氣의 상像을 그려내고 있었다.

미동微動도 하지 않는 노부나가 옆에서 느닷없이 그림자 하나가 달려나와 사쿠베에에게 창을 들이댔다.

"사쿠베에, 너는 이 란마루를 기억하고 있을 것이다."

달려나온 것은 역시 란마루였던 모양이다. 이 얼마나 지칠 줄 모르고 타오르는 란마루의 투지인가. 열여덟 살의 나이로 노부나가가 갖춘 것을 모두 받아들여 공포조차 모르는 초인超人으로 성장해 있었다.

"오, 란마루냐, 잘 알고 있다."

사쿠베에도 다시 창을 꼬나들고 자세를 취했다.

란마루가 먼저 무섭게 공격했다. 사쿠베에는 란마루의 공격을 가볍게 받아 좌우로 뿌리치고, 이어서 창이 뒤얽혔다. 그리고 이 창이 떨어졌을 때 상처를 입은 란마루가 털썩 마루에 주저앉았다.

그때까지 계속 노히메를 뚫어지게 바라보고 있던 노부나가가 홱 시선을 돌리고 그대로 안을 향해 걷기 시작한 것은 바로 그 순간이었다. 안으로 통하는 장지문이 불빛을 받아 하얗게 빛나고 있었다.

"우다이진, 발길을 되돌리시오!"

사쿠베에가 그 뒤를 쫓았다.

그러나 노부나가는 돌아보지도 않고 걸음을 멈추지도 않았다. 불빛이 환히 다다미에 쏟아지는가 싶더니 얼른 장지문이 도로 닫혔다.

사쿠베에가 그 장지문 옆으로 달려갔다.

"얏!"

그리고는 밖에서 창을 찔렀다. 이때 산발이 된 란마루가 다시 사쿠베에에게 달려들었다. 사쿠베에는 혀를 차고 란마루 쪽으로 돌아섰다.

"성주님!"

란마루가 다시 안을 향해 소리쳤다.

"적은 한 발짝도 들여놓지 않겠습니다. 마음놓으시고……"

"에잇!"

사쿠베에가 성급하게 창을 내질렀다. 란마루는 다시 무섭게 엉덩방아를 찧고 창자루로 사쿠베에의 정강이를 후려쳤다.

6

사쿠베에는 여간 초조하지 않았다. 란마루도 죽이고 싶었으나 그보다 먼저 노부나가를 죽여 어서 그 목을 베고 싶었다.

산죠에 있는 미츠히데의 본진으로부터는 혼노 사의 정문에 진을 치고 있는 아케치 사마노스케 앞으로 몇 번이나 전령이 달려왔다. 노부나가의 목을 아직 베지 못했느냐는 애타는 독촉이었다.

—만일 싸움이 낮까지 이어지면 승패가 역전될지 모른다. 쿄토 사

람들이 들고일어나기 전에 무슨 일이 있어도 노부나가의 목을 산죠 강변에 효수梟首하지 않으면 안 된다. 그러면 무력한 현실주의자인 공경들은 두말없이 미츠히데를 궁중으로 맞아들여 새로운 부장의 수령으로 받들고 관위官位를 내리도록 상주上奏할 것이 틀림없다. 그렇게 되지 않으면 자신은 주군을 살해한 한낱 역신逆臣에 불과하다.

미츠히데는 역신이 되어 백주의 하늘 아래 서게 될 것이 두려워 잇따라 사람을 보내고 있었다. 그래서 사마노스케 미츠하루는 야마모토 산에몬, 야스다 사쿠베에, 시오텐 타지마노카미 등 세 사람에게 엄명을 내렸다.

"날이 밝기 전에 반드시 목을 베어라."

사쿠베에는 마침내 완강한 저항선을 뚫고 공격해들어왔다. 그리고 자기 눈으로 분명히 노부나가의 모습을 확인했다.

란마루는 쓰러진 채 사쿠베에 쪽으로 몸을 굴려 또 한 번 상대의 정강이를 힘껏 후려쳤다. 사쿠베에는 짧게 신음하며 한 걸음 물러났다. 그 순간 란마루는 벌떡 몸을 일으켜 맹렬하게 대들었다.

이제 란마루에게는 더 이상 체력이 남아 있지 않을 것이라 생각했던 사쿠베에는 허를 찔려 좌우로 창끝을 피하면서 간신히 뒤로 물러났다.

란마루는 힘을 얻은 듯 더욱 무섭게 공격을 가했다. 드디어 사태가 역전되었다. 조금 전까지도 여유를 가지고 공세를 취하던 사쿠베에가 란마루에게 쫓겨 순식간에 난간까지 밀려왔다.

"얏!"

란마루의 필사적인 기합소리가 터져나왔다. 그와 동시에 후퇴해온 사쿠베에의 몸이 이상할 정도로 가볍게 허공에 떠오르는가 싶더니 다음 순간에는 정원으로 날았다.

"앗!"

쌍방이 모두 괴성을 질렀다. 하나는 헛찌른 란마루가 지른 소리였고, 또 하나는 정원으로 뛰어내리는 순간 돌로 쌓은 처마 밑의 도랑에 발이 빠져 벌렁 넘어진 사쿠베에의 당황하는 소리였다.

사쿠베에가 서둘러 일어나려 했을 때 난간에 한 발을 올려놓은 란마루의 창이 뻗쳐왔다. 결코 재빠른 동작은 아니었으나 상대가 일어서는 중이었기 때문에 쿠사즈리 틈으로 왼쪽 허벅지를 꿰뚫고 창끝이 그대로 돌에 꽂혔다. 순간 창을 버린 사쿠베에의 오른손이 허리에 찬 칼로 향했다.

"으음."

란마루가 나직하게 신음했다. 사쿠베에의 예리한 칼이 창자루와 난간 옆, 그리고 란마루의 오른발 무릎 언저리를 한꺼번에 후려쳤다.

"으……음…… 분하다……"

란마루의 몸이 크게 흔들리고 그는 창자루를 쥔 채 마루에 푹 쓰러졌다. 그것이 신호가 되기라도 한 듯 뒤의 장지문이 이상한 모습으로 환하게 밝아졌다.

7

누가 불을 지른 것임이 틀림없다. 불길이 서너 번 크게 미닫이에 비치고 이윽고 그 한가운데서 빨간 혓바닥이 날름 나왔다. 아니, 빨간 혓바닥이 나왔다고 생각하는 순간 검은 연기가 문틈에서도 천장에서도 마루에서도 자욱하게 새어나오고 있었다.

그것이 보인다는 것은 이미 주위가 허옇게 밝아오기 시작했다는 증거였다. 아마도 탁탁 튀는 소리도 났을 것이다. 그러나 그 소리는 이미 노히메의 귀에는 들리지 않았다. 다만 란마루와 사쿠베에가 혈투를 벌이고 있는 동안에 노부나가가 충분히 자결할 수 있었으리라는 것과, 목을 적에게 넘기지 않기 위해 불을 질렀다는 것만은 확실히 알았다.

란마루를 쓰러뜨린 사쿠베에는 황급히 일어나 무릎의 상처를 동여매고 그대로 연기 속으로 뛰어들려다가 멈칫했다. 어느새 장지문에 불이 옮겨붙고 그 너머는 이미 발을 들여놓을 수 없는 불바다가 되어 있었다. 그래도 사쿠베에는 연기를 피하고 불길을 뿌리치면서 몇 번이나 안으로 뛰어들려고 했다.

그 모습이 노히메에게는 몹시 익살스럽게 보였다. 어렸을 때 이나바야마 성稻葉山城 밑에서 본 꼭두각시 인형이 생각났다. 인간이란 모두 누군가의 조종을 받고 맹랑한 춤을 계속 추고 있는 인형이라는 생각도 들었다.

'그런데도 영원히 살아남아 춤을 추고 싶은 것은 어째서일까?'

노히메는 지금도 아직 죽고 싶지 않다고 생각하는 자신을 발견하고 갑자기 당황했다. 노부나가가 불길 속에서 통곡하고 있는 듯한 생각이 들었다.

"살고 싶다! 좀더 살고 싶다!"

"이 년만 더! 그러면 반드시 일본을 평정하고야 말겠다! 아니, 이 년이 무리라면 일 년이라도 좋다. 일 년이 무리라면 한 달이라도 좋다. 한 달만 지나면 나는 츄고쿠를 평정할 사나이다. 아니, 한 달이 무리라면 열흘, 닷새, 사흘, 아아……"

그것은 노부나가의 목소리가 아니라 노히메의 가슴속에서 울리는 소리였다. 그러나 노히메는 그 외침을 어디까지나 노부나가의 목소리라고 믿었다.

집안에서는 야스다 사쿠베에가 불길에 휘말려 그만 노부나가의 목에 대한 집착을 버린 모양이었다. 그는 익살스런 춤을 중단하고 붉은 악귀와 같은 표정으로 쓰러져 있는 란마루에게 다가갔다.

"란마루!"

그는 왼발로 시체를 걷어차려다 상처의 아픔에 못 이겨 얼굴을 찌푸렸다.

"너는 끝내 이 사쿠베에가 우다이진의 목을 자르지 못하게 만들었다. 훌륭하지만…… 가증스런 놈이야, 너는."

사쿠베에는 피묻은 칼을 입에 물고 란마루의 시체를 기둥 옆으로 끌고 가서 억지로 일으켜 세웠다. 노부나가의 목을 자르지 못한 한을 란마루의 목을 자르는 것으로 풀려는 생각인 듯.

청각을 상실한 노히메의 눈에 비치는 이 말없는 세계의 동작은 갖가지 음향 속에서 행해지는 살육과는 비교도 안 될 정도로 처참하고 비정했다.

'그렇다. 란마루는 겨우 열여덟 살에 슬픈 인생의 춤을 끝내고 가는 것이다……'

노히메는 입술을 깨물고 죽은 더벅머리의 목이 잘리는 것을 차마 보지 못하고 눈을 왼쪽으로 돌리려 했다. 그러나 곧 자기에게는 그런 힘마저 없다는 것을 깨달았다.

8

노히메는 상처입은 몸을 약간 왼쪽으로 틀고 지면에 엎어져 있었다. 그래서 흐르는 피가 상처로부터 완전히 대지로 빨려들어간 모양이었다. 그런데도 아직 눈만이 살아 있는 것은 어째서일까? 어쩌면 다시는 태어날 수 없는 이 현세를 끝까지 지켜보고 싶다는 집념이 그렇게 만들었는지도 모른다.

손에도 발에도 감각이 없었다. 노히메는 억지로 고개를 오른쪽으로 돌리고 일어나려다 쓰러졌다.

'성주님이 타서 죽는 것도 인간의 애처로운 춤도 모두 보았다. 그러니 목이 없는 란마루의 시체 같은 것은 보고 싶지 않다.'

노히메는 고개를 돌려 주위의 불빛이 새벽을 맞고 있다는 것을 비로소 깨달았다.

이미 머리 위의 별은 사라지고 없었다. 투명한 도자기의 표면과도 같은 하늘에 때때로 검은 연기가 남풍에 불려 흘러가는 것이 똑똑히 보였다. 노히메는 문득 화려한 아즈치 성의 7층 텐슈카쿠天守閣°를 떠올렸다. 지금 이 혼노 사를 불태운 업화業火가 그대로 아즈치로 흘러가서 그 화려한 텐슈카쿠를 단번에 휩싸버릴 것만 같은 생각이 자꾸 머릿속에 떠올랐다.

인간도, 그리고 인간이 만든 모든 것도 언젠가는 모두 '무無'로 돌아간다. 누가 조종하는지는 알 수 없으나, 이 모든 것은 불가사의한 광대의 실끝에 매달려 있다.

이미 란마루는 그 영리한 목을 사쿠베에에게 건넸을 터. 아니, 그의 목은 사쿠베에가 자른 것이 아니다. 얼마 안 있어 사쿠베에에게도 미츠히데에게도 똑같은 맛을 보여주려는 광대의 짓임이 틀림없다.

그 냉엄한 '사실'을 노히메는 이미 알고 있었다. 노부나가도 란마루도 숨이 끊어지는 순간에 깨달았을 것이 분명하다.

그런데 사쿠베에나 미츠히데, 또 그들을 둘러싼 많은 '살아 있는 사람들'은 아직 아무것도 모른다. 자신의 의지에 따라 움직이는 줄로만 알고 그 익살스런 춤을 추고 있을 것이다……

노히메는 문득 자신의 마음이 동요하고 있다는 것을 느꼈다.

"인생이란 이런 것이다."

노부야스를 잃고 비탄의 밑바닥에서 살고 있을 토쿠히메, 히데요시의 아내 네네寧寧, 그리고 지금은 에치젠의 키타노쇼에서 시바타 카츠이에의 아내가 되어 있는 이치히메市姬 등에게 말해주고 싶었다.

'그러기 위해서는 살아 있어야만 하는데……'

이런 생각을 했을 때, 정원에 쓰러져 점점이 흩어져 있는 시체가 다시 눈에 들어왔다. 차차 날이 밝아오고 있었다. 푸른 잔디가 수면에 떠오른 부평초처럼 보이고, 시체는 더욱 선명한 수련꽃으로 보였다.

갑자기 노히메는 가볍게 기침을 했다. 순식간에 번진 내전의 불이 마침내 여기까지 불길과 연기를 실어왔기 때문이다.

"맵다…… 눈이 쓰리다……"

노히메는 눈에 보이지 않는 누군가를 꾸짖듯이 말하고 그대로 목을 가만히 움직였다. 그리고 하얀 손으로 풀을 움켜쥐고는 더 이상 움직이지 않았다.

아직 절에는 살아 있는 이쪽 편이 있는 듯, 무서운 불길의 울부짖는 소리에 섞여 어디선가 칼 부딪치는 소리가 들렸다. 불길에 놀란 까마귀 7, 80마리가 머리 위에서 떼를 지어 시끄럽게 울면서 남쪽에서 북쪽으로 날아갔다.

—2부, 10권에서 계속

《 오다 가 계보 》

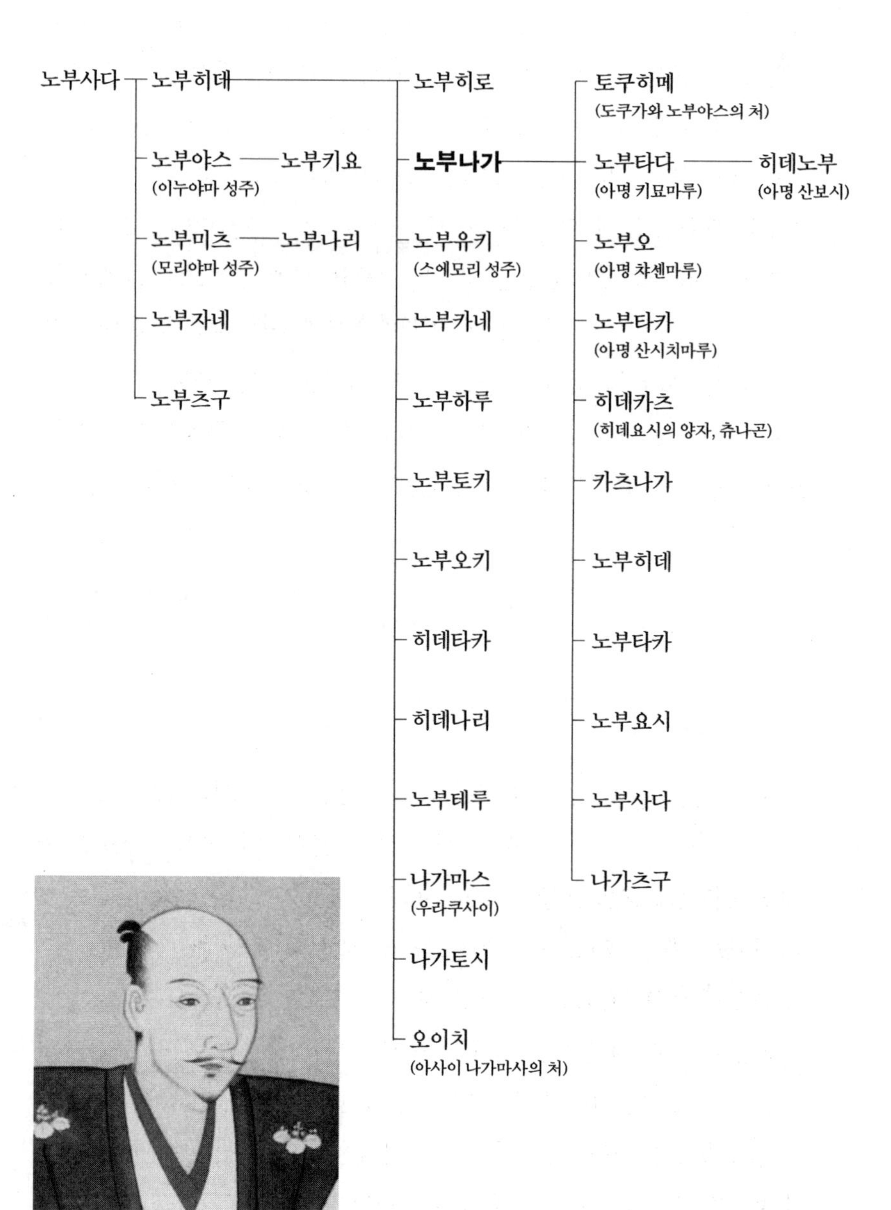

◈—오다 노부나가

《 센고쿠 전투 지도 》

◑ 승 패
⦶ 무승부

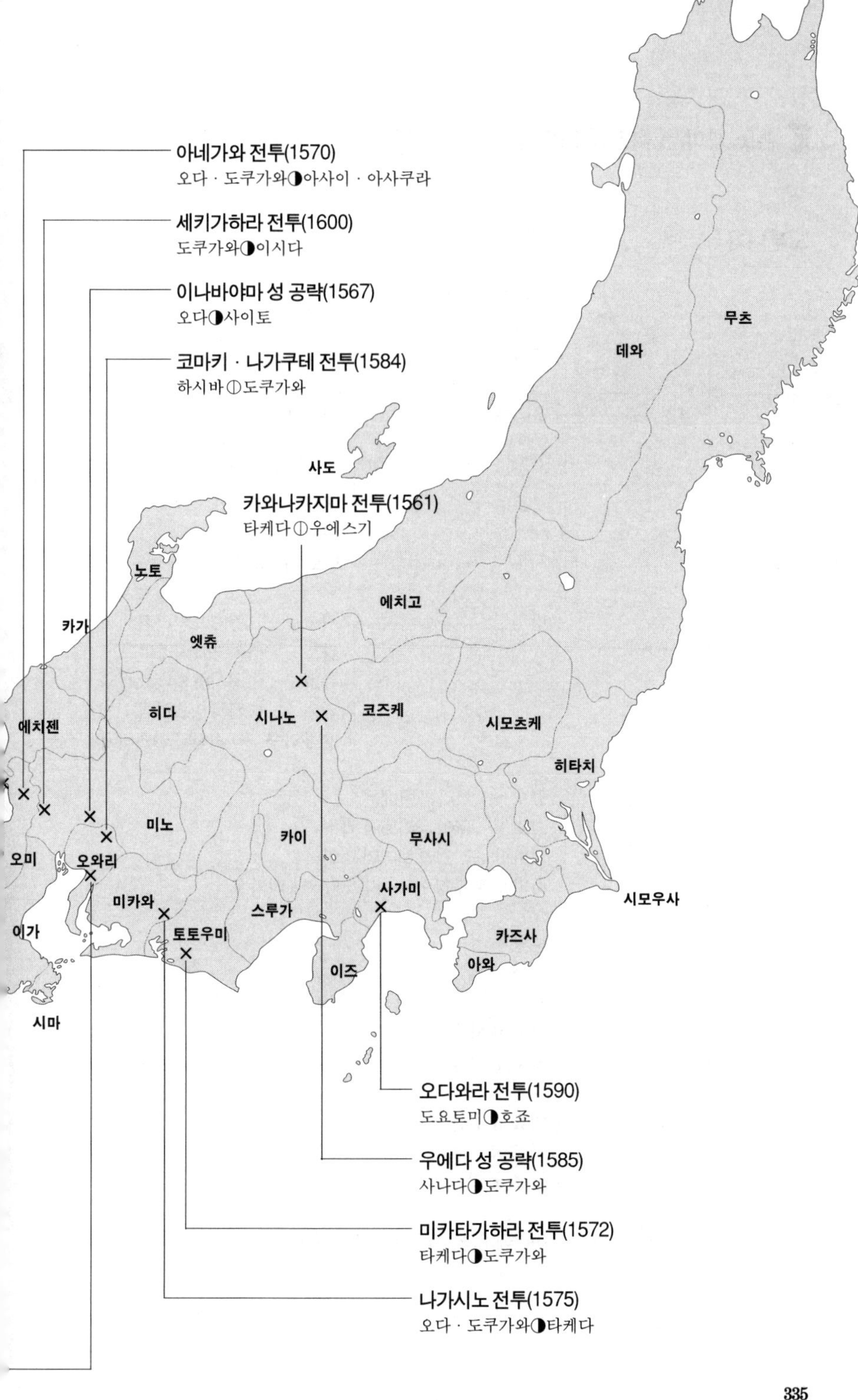
아네가와 전투(1570)
오다 · 도쿠가와◑아사이 · 아사쿠라
세키가하라 전투(1600)
도쿠가와◑이시다
이나바야마 성 공략(1567)
오다◑사이토
코마키 · 나가쿠테 전투(1584)
하시바⦶도쿠가와
카와나카지마 전투(1561)
타케다⦶우에스기
오다와라 전투(1590)
도요토미◑호죠
우에다 성 공략(1585)
사나다◑도쿠가와
미카타가하라 전투(1572)
타케다◑도쿠가와
나가시노 전투(1575)
오다 · 도쿠가와◑타케다
무츠
데와
사도
노토
에치고
카가
엣츄
히다
시나노
코즈케
시모츠케
에치젠
히타치
미노
카이
무사시
오미
오와리
미카와
사가미
시모우사
스루가
이가
토토우미
카즈사
이즈
아와
시마

《 혼노 사의 변 직전의 노부나가 가신단 》

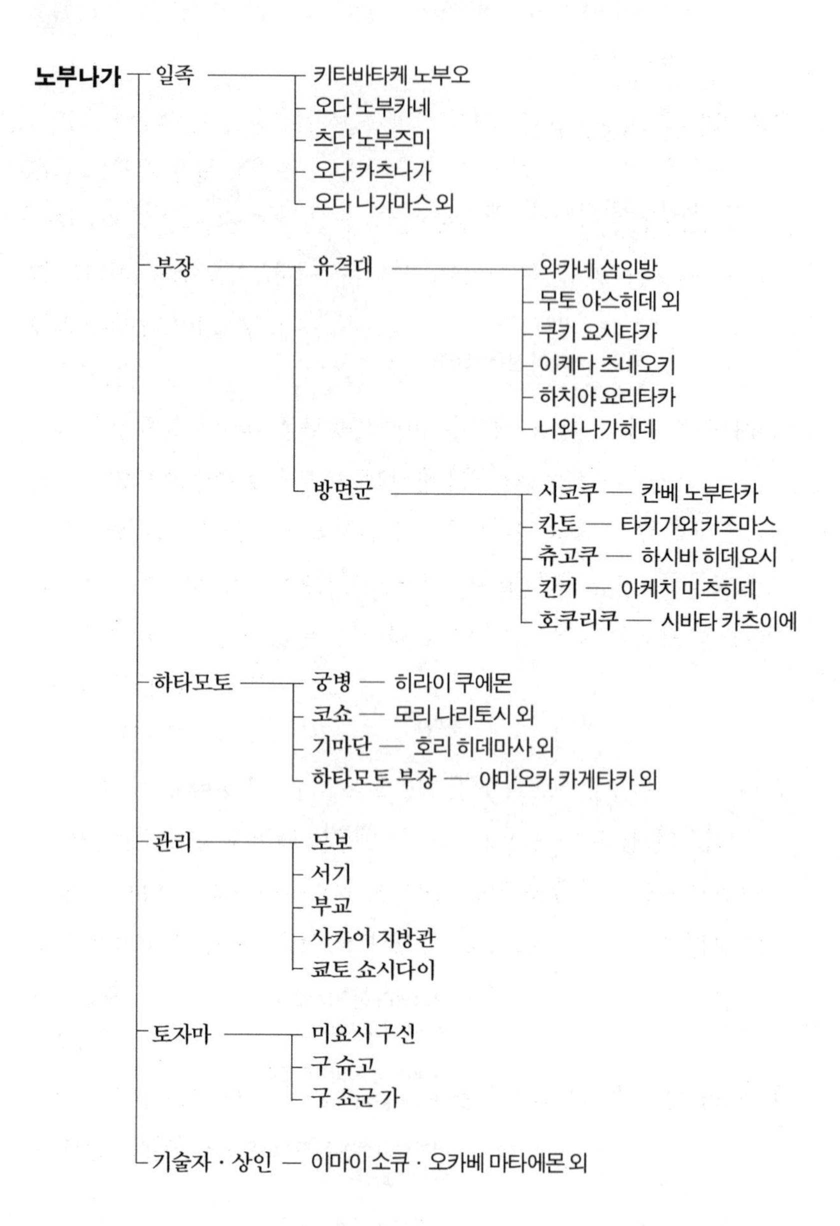

《 1부 주요 등장 인물 》

가모 우지사토蒲生氏郷 | 1556~1595 |

텐쇼 원년의 오미 나마즈에 전투를 비롯하여 오다니 성 공략, 이가 공략 등에서 활약한다. 혼노 사의 변 때는 아즈치 성에서 농성한다. 이후 히데요시에게 소속되어 코마키 · 나가쿠테 등의 전투에 참가한다.

노히메濃姬 | 추정 1535~? |

"미노의 살모사"로 불리며 인근의 여러 무장들에게 공포의 대상이 된 사이토 도산의 딸. 정실로 노부나가에게 시집온 것이 텐분 17년(1548)경으로, 전형적인 정략 결혼이었다. 도산은 시집가는 딸에게 "노부나가가 소문대로 '멍청이'라면 이 칼로 잠잘 때 목을 베어라"라고 하며 단도를 건넸다. 그러자 노히메는 "이 칼은 언젠가 아버님께 돌려질지도 모릅니다"라고 대답했다고 한다. 그 말을 들은 도산은 "역시 내 딸이다"라고 기뻐했다. 아무리 전시라고는 하지만 겨우 열 살 남짓한 소녀의 입에서 이런 대답이 나왔다는 건 놀랄 만한 일이다. 혼노 사의 변 때, 아케치 군을 맞아 사투를 벌이다 사망한다.

니시고리西郡 부인 | ?~1606 |

이에야스의 측실. 현재 알려져 있는 측실 중에서는 최초의 첩. 산슈 니시고리의 성주 우도노 나가타다의 딸로 이마가와 요시모토의 여동생이 조모. 오카자키 성 시절의 이에야스에게는 측실이 니시고리 부인뿐이었다. 니시고리노카타라고도 불리는데, 이름은 명확하지 않다. 이에야스가 스물네 살 때 차녀 스케히메를 출산한다.

니와 나가히데丹羽長秀 | 1535~1585 |

열다섯 살부터 노부나가를 모시며 오와리와 미노 전투 등에서 활약한다. 노부나가의 양녀를 아내로 맞이했고, 노부나가의 쿄토 입성 전에 이미 부대 지휘관급에 있었다. 쿄토 입성 후에는 쿄토에 주둔하며 정치에도 관여한다. 노부나가 사후에는 히데요시의 수하로 활약하지만, 병으로 괴로워하다가 자살한다.

도요토미 히데요시豊臣秀吉 | 1536~1598 |

오다 노부히데의 아시가루인 키노시타 야에몬의 장남으로 아명은 히요시마루. 이후 토키치로, 하시바 치쿠젠노카미 등으로도 불렸다. 처음에는 오다 노부나가의 하인으로 출발하여 겐키 원년에 부장의 지위에 올라 성을 하시바라 칭한다. 노부나가의 아사쿠라 · 아사이 전에서 활약하였고, 텐쇼 원년에는 오미의 아사이 가 멸망 후 그 영지를 받는다. 오다 노부나가의 명에 의해 츄고쿠 공략에 전력을 기울이다, 노부나가의 사망 소식을 듣고 혼노 사로 달려가 반란 세력을 진압한다.

도쿠가와 노부야스德川信康 | 1559~1579 |

도쿠가와 이에야스의 장남이며, 어머니는 츠키야마. 슨푸 성에서 태어났고, 아명은 타케치요. 오다 노부나가의 딸을 아내로 맞이하고, 겐키 원년(1570) 이에야스가 하마마츠 성으로 옮기자 오카자키의 성주가 되어, 마츠다이라 지로사부로 노부야스라 개명한다. 텐쇼 3년(1575) 타케다 카츠요리가 스루가에 진출하자 이에야스의 후위가 되어 공을 세운다. 그러나 1579년 노부나가로부터 타케다 가와 내통한다는 의심을 받고, 이에야스의 명에 의해 토토우미 후타마타 성에서 자살한다.

도쿠가와 이에야스德川家康 | 1542~1616 |

오카자키의 성주인 마츠다이라 히로타다의 장남으로 아명은 타케치요. 어머니는 미즈노 타다마사의 딸인 오다이. 후에 모토노부, 모토야스로 개명한다. 유년 시절을 오다 가와 이마가와 가에서 인질로 보내며, 오다 노부나가를 처음 알게 되고, 이마가와 요시모토의 조카딸(츠키야마)과 결혼한다. 마츠다이라 히로타다의 사망으로 마츠다이라 가를 상속받은 이에야스는 에이로쿠 3년에 오케하자마 전투에서 요시모토가 전사한 후 오카자키로 돌아와 오다 가와 동맹을 맺는다. 텐쇼 원년에 신겐이 죽자 노부나가와 함께 신겐의 아들인 카츠요리를 나가시노에서 격파하고(텐쇼 3년), 이어서 텐쇼 10년에는 노부나가와 연합하여 코슈로 들어가 카츠요리를 자살하게 만든다. 타케다 가와의 내통을 의심한 노부나가의 명에 의해 자신의 아들인 노부야스에게 자살을 명한다.

마에다 토시이에前田利家 | 1538~1599 |

소년 시절부터 노부나가를 모시지만, 노부나가의 혈육을 죽여 한때 떠돌이 무사가 된다. 그러나 친구의 군대를 빌려 참전하여, 무공을 인정받고 다시 등용된다. 이후 노부나가를 따라 각지를 돌아다니며 전투에 참가하였고, 아네가와 전투 등에서 무공을 세워 창槍의 명수로 알려지게 된다.

마츠나가 히사히데松長久秀 | 1510~1577 |

처음에는 미요시 나가요시를 섬겼지만, 후에 노부나가에게 항복하고, 야마토 지방의 지방관이 된다. 그러나 결국 노부나가에게 반기를 들어 노부나가의 공격을 받고 자살한다.

마츠다이라 히로타다松平廣忠 | 1526~1549 |

도쿠가와 이에야스의 아버지. 텐분 4년(1535) 아버지 키요야스가 횡사하고 나서 미카와, 이세, 토토우미 등을 전전하다가 1537년 이마가와 요시모토의 원조를 받아 미카와 오카자키 성으로 돌아온다. 1547년 오다 노부히데의 공격을 받았을 때 이마가와 요시모토에게 원군을 청하며 적자 타케치요(이에야스)를 인질로 슨푸에 보내지만 모략에 걸려 노부히데에게 타케치요를 빼앗긴다. 후에 요시모토의 지원을 받아 일단 미카와를 평정하지만, 근신인 이와마츠 하치야에게 살해된다.

모리 나가요시森長可 | 1558~1584 |

타케다 공략의 공을 인정받아 오다 노부나가로부터 시나노의 지배권을 받는다. 혼노 사의 변 이후 도요토미 히데요시의 수하가 된다.

모리 란마루森蘭丸 | 1565~1582 |

본명은 나가사다. 동생 보마루(나가타카), 리키마루(나가우지)와 함께 코쇼로서 노부나가를 섬긴다. 혼노 사의 변이 일어났을 때, 노부나가의 곁에서 아케치 군을 맞아 전투를 벌이다 장렬히 전사한다.

사나다 마사유키眞田昌幸 | 1545~1609 |

시나노 우에다 성주로 처음에는 타케다 신겐의 신하였다. 타케다 가 멸망 후에는 자립한 무장으로서 에치고의 우에스기, 오다와라의 호죠, 도쿠가와 이에야스 등과 동맹을 맺는다.

사이고西鄕 **부인** | 1562~1589 |

사이고 마사카츠의 손녀로 이름은 마사코. 사촌인 사이고 요시카츠의 후처였지만, 남편이 전사한 후 핫토리 마사나오의 집에 머물다 이에야스의 눈에 띄어 측실이 된다. 그 당시 나이는 열일곱 살이었다. 미인이고 서글서글한 성격으로 가신이나 시녀들에게도 인기가 좋았다고 한다. 오아이, 또는 오쵸라 불렸다.

사이토 도산齋藤道三 | 1494~1556 |

마츠나미 모토무네의 아들로 쿄토 니시노오카에서 태어났다. 노부히데의 아들 노부나가에게 딸(노히메)을 시집보내고, 코지 2년(1556) 장남인 요시타츠와 후계를 둘러싸고 전쟁을 하다가 나가라가와 전투에서 패해 죽는다.

사카이 타다츠구酒井忠次 | 1527~1596 |

이에야스가 슨푸에 인질로 가 있는 동안 함께 생활한 이에야스 가신단의 핵심 인물이다. 미카와 잇코 종도의 반란 진압과 동미카와 총괄 등에 진력하는 한편, 이에야스보다 열다섯 살 연상이었기 때문에 젊은 이에야스를 보좌하는 입장에 있었다. 혼노 사의 변이 일어났을 때 아케치 미츠히데와 싸울 것을 주장하는 이에야스를 진정시켜 피신하게 한다.

사카키바라 야스마사 榊原康政 | 1548~1606 |

도쿠가와 가의 가신으로, 열세 살때부터 이에야스를 섬긴다. 이에야스 자립 후 첫 사건인 미카와 잇코 종도의 반란을 진압하기 위해 출전한 것이 첫 출전. 코마키 · 나가쿠테 전투에서는 히데요시를 군주의 은혜도 모르는 대역무도한 악인이라는 탄핵의 격문을 띄워 부하들의 사기를 높였다는 일화가 유명하다.

사쿠마 모리마사佐久間盛政 | 1554~1583 |

시즈가타케에서 휴식을 취하자고 진언하여 시바타 카츠이에가 패배하는 원인을 제공한다. 시즈가타케 전투 후 히데요시가 수하로 삼으려 하지만, "살아 있으면 반드시 히데요시의 목을 노릴 것"이라고 거부하여 참수된다.

삿사 나리마사佐佐成政 | ?~1588 |

노부나가의 수하로 각지를 돌아다니며 전투를 한다. 텐쇼 3년(1575), 에치젠 잇코 종도의 반란 진압에 공을 세우고, 후에 호쿠리쿠 평정에서도 큰 활약을 한다. 혼노 사의 변 후 오다 노부오, 도쿠가와 이에야스와 결속하여 히데요시에게 대항한다.

시바타 카츠이에柴田勝家 | 1522~1583 |

오다 가를 대대로 섬겨온 가신이지만, 노부나가의 아버지인 노부히데가 죽자 노부나가의 동생 노부유키를 섬기며 노부나가 군과 전쟁을 벌인다. 후에 노부유키의 2차 모반을 노부나가에게 밀고하여 용서를 받고 가신으로 돌아온다.

아마노 야스카게天野康景 | 1537~1613 |

이에야스가 여섯 살 때 이마가와 요시모토의 인질로 가던 중, 토다 야스미츠에게 잡혀 오와리의 오다 노부히데에게 보내졌을 때 같이 따라갔던 시동 중 한 명이다. 이에야스를 따라 각종 전투에서 공을 세웠으나 융통성 없는 완고한 성격 때문에 예순다섯 살이 되어서야 코코쿠지 성이 그에게 주어졌을 정도로 출세가 늦었다.

아사이 나가마사淺井長政 | 1545~1573 |

아네가와 전투에서 오다 군을 무찌르기 위해 고군분투하지만, 오다의 우군인 도쿠가와 군의 분전인지, 아니면 아사이의 우군인 아사쿠라 군의 무력함인지, 결국 오다 · 도쿠가와 연합군이 이 전투에서는 승리를 거둔다. 3년 후 아카오 성에서 오다 군을 맞아 전투를 벌이다 스물아홉 살의 나이에 자살한다.

아사쿠라 요시카게朝倉義景 | 1533~1573 |

아시카가 요시아키를 에치젠 이치죠다니로 맞이하여 바쿠후 회복을 노리지만, 요시아키는 오다 노부나가에게 간다. 노부나가의 쿄토 입성 후 쿄토에서 떠날 것을 강요받지만 거부하고 노부나가와 대립한다. 노부나가가 에치젠을 공격하자 아사이 나가마사와 손을 잡고 노부나가를 협공한다. 같은 해 아네가와 전투에서 오다 · 도쿠가와 연합군에게 패하지만, 남오미로 진출한다. 일족의 배반으로 자살하며, 이로써 아사쿠라 가는 멸망한다.

아시카가 요시아키足利義昭 | 1537~1597 |

아시카가 요시하루의 차남으로 태어났다. 당시의 관습에 따라 절에 들어가 은거 생활을 하다가 형인 무로마치 바쿠후 제13대 쇼군 아시카가 요시테루가 살해되자 세상으로 나오게 된다. 아케치 미츠히데의 중개로 오다 노부나가를 만나 그의 도움으로 쿄토에 입성한다. 후에 노부나가와 사이가 나빠져, 타케다 신겐을 비롯하여, 모리, 아사쿠라, 아사이, 혼간 사 등의 반 노부나가 세력을 규합, 쿄토에서 거병하지만 패배하고 화의를 맺는다. 케이쵸 2년 오사카에서 사망한다.

아케치 미츠히데明智光秀 | 1528~1582 |

각지를 돌아다니며 병법을 익히고, 아사쿠라 요시카게를 섬겼다. 마흔 살 전후에 노부나가를 섬기며 쿄토 부교를 역임했다. 시바타 카츠이에, 니와 나가히데, 하시바 히데요시와 어깨를 나란히 하는 오다 가의 중신이지만, 결국 노부나가를 배신하고 혼노 사에서 주군 노부나가를 공격하여, 자살하게 만든다.

오다 노부나가織田信長 | 1534~1582 |

오다 노부히데의 장남으로 아명은 킷포시. 노부히데의 사망으로 열여덟 살에 오다 가를 상속받는다. 코지 원년에 키요스 성으로 옮기고, 에이로쿠 5년에 이에야스와 동맹을 맺는다. 자신의 딸인 토쿠히메를 이에야스의 장남인 노부야스에게 시집보내지만, 타케다 가와의 내통을 의심하여 텐쇼 7년에 이에야스로 하여금 노부야스를 자살하게 만든다. 에이로쿠 10년에는 천하포무라는 도장을 처음으로 사용하며, 천하를 경영하겠다는 뜻을 만천하에 공표한다. 그러나 가신인 아케치 미츠히데의 습격을 받고 천하통일을 이루지 못한 채 혼노 사에서 스스로 목숨을 끊는다.

오다 노부타다織田信忠 | 1557~1582 |
아명은 키묘마루. 오다 가의 적자로 열여섯 살 무렵부터 노부나가를 보좌하기 시작하여 마츠나가 히사히데의 토벌과 카이 평정, 혼간 사 공략 등에서 활약하였고, 특히 카이 평정에서는 타케다 카츠요리의 군대를 괴멸시키는 전공을 올렸다. 혼노 사의 변이 일어났을 때 노부타다는 분전하지만 아케치 미츠히데 군에 포위되어 스물여섯의 나이로 자살한다.

오다 노부히데織田信秀 | 1508~1551 |
오와리의 실권자로 오다 노부나가의 아버지. 1541년 미카와노카미에 임명되었고, 1544년에 미노의 사이토, 1548년에는 스루가의 이마가와와 전투를 벌이며 세상에 이름을 떨쳤다.

오다이於大 | 1528~1602 |
미즈노 타다마사의 딸로, 텐분 10년(1541)에 마츠다이라 히로타다와 결혼하여 이듬해 이에야스를 낳는다. 에이로쿠 3년(1560) 5월, 오다이에게 오다의 영토로 침공하는 길에 만나고 싶다는 아들 이에야스의 편지가 도착한다. 그 당시 오다이는 마츠다이라 가를 떠나 미즈노 가의 가신인 히사마츠 토시카츠와 재혼한 상태였다. 오다이는 아들로부터 편지를 받고 마음이 들뜨지만, 미즈노는 오다 쪽 부장이고, 남편의 성인 아구이 성은 오다의 영내에 있었다. 눈물로 사정하여 허락을 받아낸 후 아들과 대면한다.

오만お万 | 1547~1619 |
츠키야마에게 고용된 시녀로 이에야스의 측실이 될 때까지의 이력은 분명치 않다. 욕실에서 이에야스와 사랑을 나눈 후 임신하게 된다. 당시 스물일곱 살. 시녀의 임신에 츠키야마는 분노가 치밀어 어느 날 밤 오만을 알몸으로 묶어서 채찍질한 후 성안의 풀숲에 방치했다고 한다. 다행히 오만은 그날 밤 숙직인 혼다 시게츠구에게 발견되어 성밖에서 무사히 출산한다.

오쿠보 타다타카大久保忠教 | 1560~1639 |
통칭 히코자에몬. 이에야스의 가신으로, 열여섯 살부터 이에야스를 섬겼다. 형 타다요를 따라 출전하여 종종 공명을 세웠지만, 좀처럼 상을 받지 못했다. 고참 가신으로서 쇼군에게 종종 직언했기 때문에 '천하의 존의尊意 파수꾼'이라고도 불렸다.

우에스기 켄신上杉謙信 | 1530~1578 |

에치고의 슈고다이묘 집안 태생으로, 에이로쿠 4년(1561), 우에스기 노리마사에게서 칸토 지방관직과 우에스기 성을 받는다. 신겐과의 다섯 차례에 걸친 카와나카지마 전투는 유명하다. 신겐 사망 후에는 타케다 카츠요리와 화친하고, 엣츄를 평정하여 노토, 카가에도 진출했지만, 텐쇼 6년(1578)에 칸토 출진을 앞두고 급사했다.

이마가와 요시모토今川義元 | 1519~1560 |

이마가와 우지치카의 삼남. 신겐, 우지야스와 동맹을 맺고 미카와, 스루가, 토토우미 세 지방을 지배하며 토카이東海 지방에 큰 세력을 형성한다. 에이로쿠 3년(1560), 2만 5,000의 대군을 이끌고 쿄토 입성 도중에 오케하자마에서 휴식을 취하다 오다 노부나가의 기습을 받아 사망한다.

이시카와 카즈마사石川數正 | ?~1593 |

슨푸에 인질로 잡혀 있던 츠키야마, 타케치요, 카메히메를 우지자네와 담판을 벌여서 오카자키로 귀환시키는 공적을 세운다. 혼노 사의 변 후 히데요시가 천하의 주도권을 잡자 도쿠가와 가 대부분의 중신들은 히데요시에 항전하자는 의견이었으나 유독 카즈마사만이 히데요시와 화친해야 한다고 주장한다.

이케다 츠네오키池田恒興 | 1536~1584 |

노부나가의 통일 전 초기부터 각지를 돌아다니며 전투에 참가하여 오케하자마 전투 등에서 공명을 높인다. 혼노 사의 변 때는 히데요시 군에 합류하여 야마자키 전투에 참전한다. 키요스 회의에도 히데요시, 시바타 카츠이에, 니와 나가히데와 함께 참가한다.

츠키야마築山 | 1542~1579 |

이마가와 요시모토의 조카딸로, 외삼촌 요시모토에게 인질로 잡혀 있던 이에야스와 코지 3년(1557)에 결혼하여, 2년 후 에이로쿠 2년(1559) 3월에 노부야스를, 이듬해 3월에는 카메히메를 출산한다. 오케하자마 전투에서 요시모토가 전사하자, 이에야스는 오카자키 성에 돌아가 이마가와의 적, 오다 노부나가와 동맹을 맺는다. 이후 이에야스와 츠키야마의 관계는 소원해지기 시작한다. 타케다 카츠요리와 내통하여 도쿠가와 가를 멸망시키려 한다는 의심을 사서, 이에야스의 가신에게 살해된다.

쿠키 요시타카九鬼嘉隆 | 1542~1600 |

처음에는 이세의 키타바타케 가를 섬기지만, 쿄토 입성 중인 오다를 알현하고 오다의 수하가 된다. 혼노 사의 변 때에는 사카이 근처에 주둔하고 있었던 것 같은데, 그 동향은 알려지지 않았다. 그 후 히데요시를 섬기며 수군水軍의 장수로 활약한다.

타이겐 셋사이太原雪齋 | 1496~1555 |

텐분 15년(1546) 미카와로 침공하는 이마가와 가의 군사 지휘권을 행사하고, 텐분 18년(1549)에는 미카와 안죠 성을 수비하던 오다 노부히로를 포로로 잡아 전년에 빼앗겼던 마츠다이라 타케치요(도쿠가와 이에야스)와 인질 교환을 한다. 이에야스의 스승이기도 한 셋사이는 이에야스에게 유언을 남기고 세상을 떠난다.

타케나카 한베에竹中半兵衛 | 1544~1579 |

히데요시의 군사軍師로 특히 유명하다. 한베에가 없었다면 히데요시의 천하는 없었을 것이다. 츄고쿠 공략 때 쿠로다 죠스이와 함께 히데요시를 보좌하는데, 미키 성을 공략하다가 발병하여 진중에서 사망한다. 서른여섯 살의 젊은 나이로 죽은 그의 마지막 충고는 "노부나가 공은 변덕이 심하니 충분히 주의를 해야 한다"라는 것이었다.

타케다 신겐武田信玄 | 1521~1573 |

텐분 11년(1542)부터 시나노 침공을 개시하여, 무라카미 요시키요 등의 무장들을 격파하고 시나노 지방을 제압한다. 센고쿠 최강의 무장으로 공포의 대상이 되지만, 에치고의 우에스기 켄신과는 숙적 관계로, 시나노 카와나카지마에서 벌인 다섯 차례의 전투는 유명하다. 쿄토 입성 도중 진중에서 횡사한다.

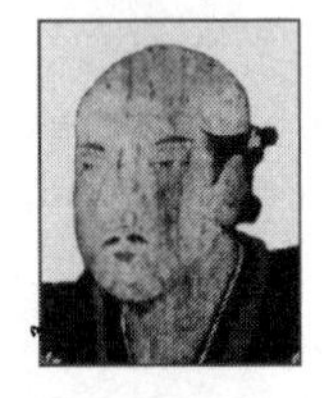

타케다 카츠요리武田勝頼 | 1546~1582 |

신겐의 아들로 신겐의 사후 영토 유지에 힘쓰지만, 텐쇼 3년(1575)에 미카와 나가시노에서 총포대를 조직한 오다 · 도쿠가와 연합군에 대패한다. 이후 타케다 가는 기울어지는데, 텐쇼 9년에는 키소가 배신하고 친족인 아나야마 노부키미에게도 버림을 받는다. 이듬해인 텐쇼 10년 키소와 아나야마의 안내로 침입한 오다 군에 의해 멸망한다.

타키가와 카즈마스瀧川一益 | 1525~1586 |

무공으로 하급 무사에서 출세한 오다의 가신으로 호방한 무장으로 알려져 있다. 전투 모습도 용맹하여, 선봉과 후미 가릴 것 없이 어느 곳을 맡겨도 안심이 된다는 격찬을 받는다. 혼노 사의 변 이후 호죠 가와의 전투에서 대패하여, 그 지위는 영락하게 된다. 히데요시와의 전투에서도 패해 삭발하고 에치젠 오노에 칩거한다.

토리이 모토타다鳥居元忠 | 1539~1600 |

열세 살 때, 슨푸에서 인질 생활을 하던 이에야스를 찾아가 시중을 든다. 그때 때까치의 사육 방법이 나쁘다고 이에야스에게 툇마루에서 걷어차인 일화는 유명하다. 그것을 본 노신들은 인질이긴 해도 역시 군주라고 이에야스를 칭찬했다고 한다. 그가 수비하던 후시미 성이 이시다 미츠나리의 대군에게 포위되었을 때는, 싸우는 것이야말로 장수의 참된 길이라며 신하의 자살 권유를 뿌리치고, 100분의 1에도 미치지 못하는 병력으로 맞서 싸우다 전사한다. 훗날 '미카와 무사의 귀감'이라는 칭송을 받는 충절의 무장이다.

토쿠히메德姬 | 1559~1636 |

오다 노부나가의 딸로, 아홉 살 때 이에야스의 장남 마츠다이라 노부야스와 결혼한다. 시어머니인 츠키야마와 사이가 나빠, 이에 대해 아버지인 노부나가에게 편지를 보냈는데, 그것이 원인이 되어 츠키야마는 살해되고, 남편인 노부야스는 자살하게 된다. 스물한 살에 미망인이 되지만 재혼하지 않고 쿄토에서 여생을 보낸다.

하치스카 마사카츠蜂須賀正勝 | 1526~1586 |

통칭 코로쿠, 히코에몬이라고도 한다. 오다 노부나가의 오케하자마 승리의 그늘에는 하치스카 코로쿠와 그 일당의 활약이 있었다고 한다. 또 도요토미 히데요시의 수하가 된 뒤에는 책략에서 재능을 발휘하여 히데요시의 사업을 도와준다. 모리 가와의 절충에 힘을 쏟은 것도 코로쿠이다.

호소카와 후지타카細川藤孝 | 1534~1610 |

통칭은 유사이幽齋. 이름 후지타카는 쇼군인 아시카가 요시후지(요시테루)에서 한 자를 딴 것이다. 아케치 미츠히데의 중개로 노부나가의 비호를 받고, 요시아키를 옹립한 노부나가의 쿄토 입성에 참여한다. 그 후, 아시카가 바쿠후 재건에 힘을 쏟는다. 노부나가와 요시아키가 대립하기 시작하자, 노부나가 측에 붙어 쿄토의 정세를 기후에 있는 노부나가에게 보고한다.

혼다 마사노부本多正信 | 1538~1616 |

유년 시절부터 이에야스를 섬기지만, 미카와 잇코 종도의 반란에서는 반란군 측에 가담하여 이에야스에게 저항한다. 화의 성립 후에는 카가로 내려가 있다가, 다시 이에야스의 신하로 복귀한다. 마사노부는 무인으로서의 능력은 떨어지지만 실무에는 뛰어나서, 이에야스의 두터운 신임을 받아 자신의 행정 능력과 지략을 유감없이 발휘한다.

혼다 시게츠구本多重次 | 1529~1596 |

혼다 사쿠자에몬 시게츠구는 일곱 살 때 키요야스(이에야스의 조부)를 섬긴 것에 이어, 히로타다, 이에야스 삼대에 걸쳐 출사한 가신이다. 이에야스의 자식을 임신했다는 이유로 츠키야마의 분노를 산 첩(오만)을 구출하여 무사히 출산하도록 돕기도 한다.

혼다 타다카츠本多忠勝 | 1548~1610 |

도쿠가와 가의 가신으로, "이에야스에게는 과분한 것이 두 개 있다. 중국의 갑옷과 혼다 헤이하치로(통칭)"라는 말을 들을 정도로 극찬을 받았다. 노부나가조차 "꽃과 열매를 겸비한 용사"라고 칭찬했을 정도다. 그는 미카와의 명물 사슴 뿔 투구를 썼는데, 적군들은 이것을 보기만 해도 혼비백산했다고 한다.

《 센고쿠 용어 사전 》

겐지源氏 | 미나모토源 성을 갖는 씨족의 총칭.

고쇼御所 | 대신이나 쇼군 등의 처소, 또는 그들의 높임말.

나무南無 | '돌아가 의지함'의 뜻으로, 부처 이름이나 경문經文 앞에 붙여서 절대적인 믿음을 나타내는 말.

노가쿠能樂 | 일본의 대표적인 가면 음악극.

다이묘大名 | 넓은 영지와 많은 부하를 둔 무사의 우두머리.

렌가連歌 | 일본 고전 시가의 한 양식. 보통 두 사람 이상이 단가의 윗구에 해당하는 5 · 7 · 5의 장구와 아랫구에 해당하는 7 · 7의 단구를 번갈아 읊어 나가는 형식. 대개 백구百句를 단위로 함.

로쟈老女 | 쇼군이나 영주의 부인을 섬기는 시녀의 우두머리.

불사리佛舍利 | 석가모니의 유골.

사루가쿠猿樂 | 일본의 중세 시대에 행해진 민중 예능. 익살스러운 동작이나 곡예를 주로 하였다. 차츰 연극화되어 노와 쿄겐으로 갈라짐.

산보三方 | 신불이나 귀인 앞에 음식 등을 받쳐 내놓는 굽 달린 소반.

솔도파率堵婆 | 죽은 사람을 공양하기 위해 경문 등을 적어 묘지에 세우는, 위쪽이 탑처럼 뾰족하고 갸름한 나무판자.

쇼군將軍 | 바쿠후 최고의 실권자.

아시가루足輕 | 평시에는 막일에 종사하고, 전시에는 병졸이 되는 최하급 무사.

아츠모리敦盛 | 무사가 인생의 무상을 깨닫고 불문에 들어간다는 설화에서 유래한 노가쿠의 하나.

에보시烏帽子 | 관례를 올린 남자가 쓰는 검은 모자.

오미쿠지御神籤 | 신사나 절에서 참배인이 길흉을 점쳐보는 제비.

와카和歌 | 일본 고유의 정형시. 5 · 7 · 5 · 7 · 7의 5구 31음으로 된 시.

와키자시脇差 | 일본도의 일종으로 큰 칼에 곁들여 허리에 차는 작은 칼.

지세이辭世 | 세상을 하직한다는 의미로 '죽음'을 이르는 말. 또는 죽을 때 남기는 말.

진바오리陣羽織 | 전쟁터에서 갑옷 위에 걸쳐 입는 소매 없는 겉옷.

카이샤쿠介錯 | 할복하는 사람의 뒤에 있다가 목을 치는 것. 또는 그 사람.

카타기누肩衣 | 어깨에서 등으로 걸쳐지는 무사의 소매 없는 예복.

카타쿠사즈리肩草摺り | 어깨에 걸치는 쿠사즈리.

쿠사즈리草摺り | 갑옷 허리에 늘어뜨려 대퇴부를 보호하는 것.

타마다스키玉襷 | 양어깨에서 양겨드랑이에 걸쳐 열십 자 모양으로 엇매어 옷소매를 걷어 매는 끈.

타이숏칸大織冠 | 음곡에 맞추어서 읽는 옛날이야기 중 하나.

타카다치高館 | 무사의 세계를 소재로 한 춤인 코와카마이의 곡명.

텐슈카쿠天守閣 | 성의 중심부 아성牙城에 3층 또는 5층으로 높게 쌓은 망루.

하고로모羽衣 | 노能의 하나. 어부가 하고로모를 찾아내어 천인天人에게 돌려준 것에 보답하여 천인이 춤을 추었다는 전설에서 유래한 것.

하타모토旗本 | (진중에서) 대장이 있는 본영. 또는 그곳을 지키는 무사.

홋쿄法橋 | 의사나 예술가에게 주던 칭호의 하나.

《 오다 노부나가 연보 》

◈—서력의 나이는 오다 노부나가의 나이

일본 연호		서력	주요 사건
텐분 天文	3	1534 1세	5월, 오와리의 나고야 성에서 태어난다. 아명은 킷포시, 아버지는 노부히데.
	9	1540 7세	6월 6일, 오다 노부히데가 미카와 안죠 성을 공격한다.
	11	1542 9세	오다 노부히데가 미카와의 아즈키자카에서 이마가와 요시모토를 격파한다.
	14	1545 12세	9월 20일, 미카와 오카자키의 마츠다이라 히로타다는 안죠 성 회복을 위해 출병하여 오다 노부히데 군에게 패배한다.
	15	1546 13세	오와리의 오다 노부히데의 아들 킷포시는 후루와타리에서 관례를 올리고 이름을 오다 사부로 노부나가라 개명한다.
	16	1547 14세	8월 2일, 마츠다이라 히로타다는 그의 아들 타케치요(이에야스)를 인질로 이마가와 요시모토에게 보낸다. 도중에 타케치요는 오와리의 오다 노부히데에게 납치 된다.
	17	1548 15세	11월, 오다 노부히데는 사이토 도산과 화해하고, 도산의 딸 노히메를 히라테 마사히데의 중매로 아들 노부나가의 정실로 맞아들인다.
	18	1549 16세	11월 9일, 이마가와 요시모토의 명을 받은 셋사이가 미카와 안죠 성을 공격하여 오다 노부히로를 포로로 삼는

일본 연호		서력	주요 사건
텐분 天文			다. 셋사이는 오다 가의 인질 마츠다이라 타케치요(이에야스)와 노부히로를 교환한다. 12월 24일, 마츠다이라 타케치요가 스루가에 도착한다.
	20	1551 18세	3월 3일, 오다 노부히데 사망. 아들인 노부나가가 상속을 받고 카즈사노스케로 칭한다.
	22	1553 20세	윤 정월 13일, 노부나가의 가신인 히라테 마사히데가 노부나가에게 멍청이 짓을 그만두라며 간언하고 자살한다.
코지 弘治	원년	1555 22세	4월 20일, 숙부인 노부미츠와 모반을 한 형 노부히로에게서 키요스를 빼앗고 거성을 키요스 성으로 옮긴다.
	3	1557 24세	아우 노부유키가 오다 노부야스와 공모하여 노부나가를 반역한다. 11월 2일, 병중이라고 속여 노부유키를 키요스 성으로 유인, 암살한다.
에이로쿠 永祿	원년	1558 25세	9월, 키노시타 토키치로(도요토미 히데요시)가 수하로 들어온다.
	3	1560 27세	5월 19일, 이마가와 요시모토를 덴가쿠하자마에서 기습하여 죽인다(오케하자마 전투).
	5	1562 29세	미카와의 도쿠가와 이에야스와 동맹을 맺고, 이후 미노 공략에 전념한다.

일본 연호		서력	주요 사건
에이로쿠 永祿	6	1563 30세	3월 2일, 딸 토쿠히메가 마츠다이라 모토야스의 적자인 타케치요(노부야스)와 약혼한다.
	7	1564 31세	3월, 아사이 나가마사와 동맹을 맺는다.
	8	1565 32세	11월, 양녀를 타케다 신겐의 아들 카츠요리에게 시집보낸다.
	10	1567 34세	5월 27일, 딸 토쿠히메가 이에야스의 적자 노부야스와 결혼한다. 9월, 아사이와의 동맹 성립. 여동생 오이치가 아사이 나가마사와 결혼한다. 11월, 천하포무라는 도장을 사용한다.
	11	1568 35세	9월 26일, 아시카가 요시아키를 받들고 쿄토로 들어가 무로마치 바쿠후를 재건한다.
겐키 元龜	원년	1570 37세	4월 20일, 에치젠의 아사쿠라 요시카게를 토벌하기 위해 쿄토를 출발한다. 6월 28일, 오다 · 도쿠가와 연합군이 오미의 아네가와에서 아사이 · 아사쿠라 연합군을 격파한다(아네가와 전투).
	2	1571 38세	9월 12일, 히에이잔 엔랴쿠 사를 불태운다.

일본 연호		서력	주요 사건
겐키 元龜	3	1572 39세	7월 19일, 기후를 출발하여 오미의 아사이 나가마사를 공격한다.
텐쇼 天正	원년	1573 40세	4월 12일, 카이의 타케다 신겐이 시나노에서 53세의 나이로 사망, 아들인 카츠요리가 상속을 받는다. 8월 27일, 아사이 히사마사 · 나가마사 부자를 오미 오다니 성에서 공격한다. 8월 28일, 히사마사 부자는 자살하고, 아사이 가의 영지를 하시바 히데요시에게 준다.
	3	1575 42세	5월 13일, 이에야스의 나가시노 성을 도와주기 위해 군사를 이끌고 기후를 출발한다. 5월 21일, 나가시노 전투에서 이에야스와 함께 타케다 카츠요리를 격파한다.
	4	1576 43세	2월 23일, 오미 아즈치에 성을 축조하고 그곳으로 옮긴다. 장자인 노부타다를 기후 성에 남겨둔다. 11월 21일, 나이다이진이 된다.
	5	1577 44세	10월 23일, 하시바 히데요시에게 츄고쿠를 평정할 것을 명한다.
	7	1579 46세	7월 16일, 이에야스에게 노부야스가 자결하도록 요구한다. 9월 15일, 이에야스의 아들 노부야스가 21세의 나이로 자살한다. 켄뇨와 화친하여, 사실상 이시야마 혼간 사를 복속시킨다.

일본 연호		서력	주요 사건
텐쇼 天正	10	1582 49세	3월 11일, 타케다 카츠요리는 오다 · 이에야스 군의 공격을 받아 카이에서 자살한다. 5월 17일, 하시바 히데요시의 요청에 의해 직접 원병을 이끌고 나가려고 아케치 미츠히데에게 선봉을 명한다. 미츠히데는 준비를 위해 영지인 탄바 카메야마로 돌아간다. 6월 2일, 아케치 미츠히데의 공격을 받아 혼노 사에서 49세의 나이에 자살한다. 적자인 노부타다도 니죠 성에서 자살한다. 6월 14일, 이에야스는 아케치 미츠히데를 토벌하러 군사를 이끌고 오와리 나루미로 진출한다. 6월 27일, 시바타 카츠이에와 하시바 히데요시 등이 오와리 키요스 성에서 회합하여 히데노부를 노부나가의 상속자로 정한다(키요스 회의).

도쿠가와 이에야스 관련 연보(1579~1582)

◈—서력의 나이는 도쿠가와 이에야스의 나이

일본 연호		서력	주요 사건
텐쇼 天正	7	1579 38세	4월 7일, 이에야스의 삼남인 나가마츠마루(히데타다)가 하마마츠 성에서 태어난다. 어머니는 오아이. 5월 11일, 아즈치 성의 텐슈카쿠 준공. 7월 16일, 노부나가는 이에야스에게 노부야스가 자결할 것을 요구한다. 8월 3일, 이에야스는 미카와 오카자키 성으로 간다. 이어서 아들 노부야스를 미카와 오하마로 옮긴다. 8월 12일, 이에야스는 혼다 시게츠구에게 오카자키 성을 지키게 한다. 8월 29일, 이에야스의 가신인 오카모토 헤이에몬 등이 이에야스의 정실 츠키야마를 살해한다. 9월 5일, 호죠 우지마사는 이에야스와 화친하고 타케다 카츠요리의 협공을 약속한다. 9월 15일, 이에야스의 아들 노부야스가 21세의 나이로 자살한다.
	9	1581 40세	3월 22일, 이에야스는 타케다 카츠요리의 타카텐진 성을 함락시키고, 토토우미를 평정한다. 9월 11일, 노부나가의 명에 의해 노부나가의 아들인 노부오, 동생인 노부카네 등이 카가를 평정한다.
	10	1582 41세	3월 1일, 타케다 카츠요리의 부장인 스루가 에지리 성의 아나야마 바이세츠가 이에야스에게 항복한다. 3월 11일, 타케다 카츠요리는 오다·도쿠가와 군의 공격을 받아 카이에서 자살한다. 5월 15일, 이에야스는 아나야마 바이세츠와 함께 아즈치에 도착하여 노부나가를 만난다. 5월 17일, 노부나가는 하시바 히데요시의 요청에 의해

일본 연호	서력	주요 사건
텐쇼 天正		직접 원병을 이끌고 나가려고 아케치 미츠히데에게 선봉을 명한다. 미츠히데는 준비를 위해 영지인 탄바 카메야마로 돌아간다. 6월 2일, 오다 노부나가는 아케치 미츠히데의 공격을 받아 혼노 사에서 49세의 나이로 자살한다. 노부나가의 적자인 노부타다도 니죠 성에서 자살한다. 6월 14일, 이에야스는 아케치 미츠히데를 토벌하러 군사를 이끌고 오와리 나루미로 진출한다. 6월 27일, 시바타 카츠이에, 하시바 히데요시 등이 오와리 키요스 성에서 회합하여 히데노부를 노부나가의 상속자로 정한다(키요스 회의).

《 일본 연호 일람 》

◈—*표는 호쿠쵸北朝의 연호를 가리킴

서력	연호	서력	연호
645~650	타이카大化	859~877	죠간貞觀
650~654	하쿠치白雉	877~885	간교元慶
701~704	타이호大寶	885~889	닌나仁和
704~708	쿄운慶雲	889~898	칸표寬平
708~715	와도和銅	898~901	쇼타이昌泰
715~717	레이키靈龜	901~923	엔기延喜
717~724	요로養老	923~931	엔쵸延長
724~729	진키神龜	931~938	죠헤이承平
729~749	텐표天平	938~947	텐교天慶
749	텐표칸포天平感寶	947~957	텐랴쿠天曆
749~757	텐표쇼호天平勝寶	957~961	텐토쿠天德
757~765	텐표호지天平寶字	961~964	오와應和
765~767	텐표진고天平神護	964~968	코호康保
767~770	진고케이운神護景雲	968~970	안나安和
770~781	호키寶龜	970~973	텐로쿠天祿
781~782	텐오天應	973~976	텐엔天延
782~806	엔랴쿠延曆	976~978	죠겐貞元
806~810	다이도大同	978~983	텐겐天元
810~824	코닌弘仁	983~985	에이칸永觀
824~834	텐쵸天長	985~987	칸나寬和
834~848	죠와承和	987~989	에이엔永延
848~851	카죠嘉祥	989~990	에이소永祚
851~854	닌쥬仁壽	990~995	쇼랴쿠正曆
854~857	사이코齊衡	995~999	쵸토쿠長德
857~859	텐난天安	999~1004	쵸호長保

서력	연호	서력	연호
1004~1012	칸코寬弘	1108~1110	텐닌天仁
1012~1017	쵸와長和	1110~1113	텐에이天永
1017~1021	칸닌寬仁	1113~1118	에이큐永久
1021~1024	지안治安	1118~1120	겐에이元永
1024~1028	만쥬万壽	1120~1124	호안保安
1028~1037	쵸겐長元	1124~1126	텐지天治
1037~1040	쵸랴쿠長曆	1126~1131	다이지大治
1040~1044	쵸큐長久	1131~1132	텐쇼天承
1044~1046	칸토쿠寬德	1132~1135	쵸쇼長承
1046~1053	에이쇼永承	1135~1141	호엔保延
1053~1058	텐기天喜	1141~1142	에이지永治
1058~1065	코헤이康平	1142~1144	코지康治
1065~1069	지랴쿠治曆	1144~1145	텐요天養
1069~1074	엔큐延久	1145~1151	큐안久安
1074~1077	죠호承保	1151~1154	닌표仁平
1077~1081	죠랴쿠承曆	1154~1156	큐쥬久壽
1081~1084	에이호永保	1156~1159	호겐保元
1084~1087	오토쿠應德	1159~1160	헤이지平治
1087~1094	칸지寬治	1160~1161	에이랴쿠永曆
1094~1096	카호우嘉保	1161~1163	오호應保
1096~1097	에이쵸永長	1163~1165	쵸칸長寬
1097~1099	죠토쿠承德	1165~1166	에이만永万
1099~1104	코와康和	1166~1169	닌안仁安
1104~1106	쵸지長治	1169~1171	카오嘉應
1106~1108	카죠嘉承	1171~1175	쇼안承安

서력	연호	서력	연호
1175～1177	안겐安元	1239～1240	엔오延應
1177～1181	지쇼治承	1240～1243	닌지仁治
1181～1182	요와養和	1243～1247	칸겐寬元
1182～1184	쥬에이壽永	1247～1249	호지寶治
1184～1185	겐랴쿠元曆	1249～1256	켄쵸建長
1185～1190	분지文治	1256～1257	코겐康元
1190～1199	켄큐建久	1257～1259	쇼카正嘉
1199～1201	쇼지正治	1259～1260	쇼겐正元
1201～1204	켄닌建仁	1260～1261	분오文應
1204～1206	겐큐元久	1261～1264	코쵸弘長
1206～1207	켄에이建永	1264～1275	분에이文永
1207～1211	죠겐承元	1275～1278	켄지建治
1211～1213	켄랴쿠建曆	1278～1288	코안弘安
1213～1219	켄포建保	1288～1293	쇼오正應
1219～1222	죠큐承久	1293～1299	에이닌永仁
1222～1224	죠오貞應	1299～1302	쇼안正安
1224～1225	겐닌元仁	1302～1303	켄겐乾元
1225～1227	카로쿠嘉祿	1303～1306	카겐嘉元
1227～1229	안테이安貞	1306～1308	토쿠지德治
1229～1232	칸기寬喜	1308～1311	엔쿄延慶
1232～1233	죠에이貞永	1311～1312	오쵸應長
1233～1234	텐푸쿠天福	1312～1317	쇼와正和
1234～1235	분랴쿠文曆	1317～1319	분포文保
1235～1238	카테이嘉禎	1319～1321	겐오元應
1238～1239	랴쿠닌曆仁	1321～1324	겐코元亨

서력	연호	서력	연호
1324~1326	쇼츄正中	1381~1384	코와弘和
1326~1329	카랴쿠嘉曆	1384~1392	겐츄元中
1329~1331	겐토쿠元德	1384~1387	시토쿠至德*
1331~1334	겐코元弘	1387~1389	카쿄嘉慶*
1332~1334	쇼쿄正慶*	1389~1390	코오康應*
1334~1336	켄무建武	1390~1394	메이토쿠明德*
1336~1340	엔겐延元	1393~1394	메이토쿠明德
1336~1338	켄무建武*	1394~1428	오에이應永
1338~1342	랴쿠오曆應*	1428~1429	쇼쵸正長
1340~1346	코코쿠興國	1429~1441	에이쿄永享
1342~1345	코에이康永*	1441~1444	카키츠嘉吉
1345~1350	죠와貞和*	1444~1449	분안文安
1346~1370	쇼헤이正平	1449~1452	호토쿠寶德
1350~1352	칸오寬應*	1452~1455	쿄토쿠享德
1352~1356	분나文和*	1455~1457	코쇼康正
1356~1361	엔분延文*	1457~1460	쵸로쿠長祿
1361~1362	코안康安*	1460~1466	칸쇼寬正
1362~1368	죠지貞治*	1466~1467	분쇼文正
1368~1375	오안應安*	1467~1469	오닌應仁
1370~1372	켄토쿠建德	1469~1487	분메이文明
1372~1375	분츄文中	1487~1489	쵸쿄長享
1375~1381	텐쥬天授	1489~1492	엔토쿠延德
1375~1379	에이와永和*	1492~1501	메이오明應
1379~1381	코랴쿠康曆*	1501~1504	분키文龜
1381~1384	에이토쿠永德*	1504~1521	에이쇼永正

서력	연호	서력	연호
1521~1528	다이에이大永	1741~1744	칸포寬保
1528~1532	쿄로쿠享祿	1744~1748	엔쿄延享
1532~1555	**텐분天文**	1748~1751	칸엔寬延
1555~1558	**코지弘治**	1751~1764	호레키寶曆
1558~1570	**에이로쿠永祿**	1764~1772	메이와明和
1570~1573	**겐키元龜**	1772~1781	안에이安永
1573~1592	**텐쇼天正**	1781~1789	텐메이天明
1592~1596	**분로쿠文祿**	1789~1801	칸세이寬政
1596~1615	**케이쵸慶長**	1801~1804	쿄와享和
1615~1624	**겐나元和**	1804~1818	분카文化
1624~1644	칸에이寬永	1818~1830	분세이文政
1644~1648	쇼호正保	1830~1844	텐포天保
1648~1652	케이안慶安	1844~1848	코카弘化
1652~1655	쇼오承應	1848~1854	카에이嘉永
1655~1658	메이레키明曆	1854~1860	안세이安政
1658~1661	만지万治	1860~1861	만엔万延
1661~1673	칸분寬文	1861~1864	분큐文久
1673~1681	엔포延寶	1864~1865	겐지元治
1681~1684	텐나天和	1865~1868	케이오慶應
1684~1688	죠쿄貞享	1868~1912	메이지明治
1688~1704	겐로쿠元祿	1912~1926	타이쇼大正
1704~1711	호에이寶永	1926~1989	쇼와昭和
1711~1716	쇼토쿠正德	1989~	헤이세이平成
1716~1736	쿄호享保		
1736~1741	겐분元文		

옮긴이 **이길진**李吉鎭

1934년 황해도 출생. 1958년 서울대학교 사회학과를 졸업하였다.
일본 문학 작품 및 일본 문화에 관련된 많은 책들을 유려한 우리말로 옮겼다.
주요 역서로는 가와바타 야스나리의 『설국』, 이마이 마사아키의 『카이젠』,
오에 겐자부로의 『사육』, 기쿠치 히데유키의 『요마록』,
야마오카 소하치의 『오다 노부나가』, 『사카모토 료마』 등이 있다.

| 부록의 자료 제공 및 감수는 고려대학교 일어일문학과 최관 교수님께서 해주셨습니다.

도쿠가와 이에야스 제9권

1판 1쇄 발행 2000년 12월 10일
2판 3쇄 발행 2023년 5월 1일

지은이 야마오카 소하치
옮긴이 이길진
펴낸이 임양묵
펴낸곳 솔출판사

주소 서울시 마포구 와우산로29가길 80(서교동)
전화 02-332-1526
팩스 02-332-1529
이메일 solbook@solbook.co.kr
홈페이지 www.solbook.co.kr
출판 등록 1990년 9월 15일 제10-420호

ISBN 979-11-86634-34-9 04830
ISBN 979-11-86634-22-6 (세트)

- 잘못된 책은 구입한 곳에서 바꿔드립니다.
- 책값은 뒤표지에 표시되어 있습니다.

大

나가시노長篠 전투(1575) 병풍도 뒷부분.
오다 · 도쿠가와 연합군이 타케다 군을 공격하는 모습.